U0104455

云顶
有童城

语笑阑珊 著

云间有座城

CTS 湖南文艺出版社 博集天卷 CS·BOOKY

目 录

一座被厚重积雪覆盖的城，冬阳惨淡狂风乱舞，黑云在远处压成一条线，巨石如机甲般四处隆隆滚动。玄色城墙高耸入云，数万只鸦雀盘旋半空凄厉嘶鸣，城门口的牌匾已经很破旧了，旧得看不出字，风一吹就要化成灰。

谢刃停下脚步，回头看了眼。

风缱雪撑着伞，刚从山洞里出来。身后的火堆已经熄灭了，所以他放了一小把雪光流萤，似星辰飘浮在空中，照亮了身前的路。

世间原来当真有人能将心活成
一捧清可见底的水。

第一章

烛

照

剑

魄

天将暮，雪乱舞。

酷寒北风低低盘旋，卷得城门口半块破匾越发摇摇欲坠，"砰砰"砸着斑驳石墙，一声又一声，与不远处的凄厉鸦鸣缠在一起，落在旅人耳中，便如被一只冰冷的爪子攥住了心，骇得骨头缝都凉了。

"走，快走！"

客商们彼此催促着，挥动马鞭想在天黑前离开。一名十二三岁的少女使劲捆好货物，刚欲加快步伐，余光却突然扫到远处一片奇异光影，她忍不住踮脚细看，才发现那竟是三支熊熊燃烧着的利箭，正裹挟千钧力道，似烽火流星急速掠过昏暗天穹！

"轰！"

巨响之后，银白箭矢深深没入城墙。

大地震颤。

少年的手指动了动，猛地从梦里惊醒。

刺眼的阳光让他缓了片刻，方才看清四周景象。

一间清静雅室，一处苍翠小院，室内桌上焚香，室外缸里养鱼。

少年无趣地"啧"了一声，继续将书本反扣在脸上，打算续一续大雪弯弓射孤城的梦境，却被人丢来一粒枣糖。

"谢刃，别睡了。"窗外有人笑着叫他，"我们要去后山猎鸣蛇，就差你一个了，快些。"

鸣蛇，状如蛇而生四翼，曾搅得整片伊河水域民不聊生，听起来像是个正经的凶妖。谢刃却对猎这玩意没有半分兴趣，又眯着眼躺了好一阵，方才拎起佩剑出门。

正午时分，外头正热闹。不仅道路两旁挤满各色小摊，连清玉桥上也站了许多人，其实大家也没什么要紧事，总不过是走着走着，遇到熟人，于是停下寒暄两句，再遇到熟人，再寒暄两句，路就渐渐被堵起来了。

长策城，就是这么一座盛世康乐、秩序井然、彬彬有礼的城。

白衣少年们说说笑笑，结伴仗剑穿过长街，春风恰好带起满天花雨，衣摆团团云霞飘粉雪，远远看去，当真如长轴画卷，落笔处尽是风流与风雅。

"喂，阿焕，谢刃呢？"其中一名少年追上来问。

"我叫了，他不来。"另一名少年将嘴里的枣糖咬得"咯吱"响，"别管了，咱们先去后山。"

城外有山名"巍"，高千丈，险万分，除了仙门中人，寻常百姓是断然上不去的——也压根就不想上去，谁要闲着没事去看满山野花烂草？光是山脚下缠缚的那些符文锁链，就够瘆得慌了。

八成还藏着吃人的老妖怪。

民间都这么说。

而此时此刻，山深处还真有一只狰狞怪物，薄膜双翼被三道符纸反拧在身后，嘴中龇出尖锐毒牙，这便是少年口中的"鸣蛇"。厉害是真厉害，不过妖兽不提当年勇，自从它在百余年前遭两大仙府联手制服后，便被永镇此处，彻底沦为了供八方学府子弟观摩的"教具"。

也难怪谢刃在听到"猎鸣蛇"时，连动都懒得动，降伏这么一个玩意，确实没什么意思。

守在山中的老者嫌鸣蛇聒噪，便用拐杖敲了一下："伏好！"

大蛇扭动脖颈，怏怏地趴了回去。

"竹先生。"白衣少年纷纷御剑飞入谷中。

"谢刃呢？"老者的目光搜寻了一圈。

"回先生，阿刃在后头，就快来了。"一名少年恭敬地回答。

他名叫璃焕，出身高贵，素来勤勉，模样又生得白净俊俏，极讨人喜欢。所以此时此刻，就算竹业虚明知这句"阿刃在后头"九成九是鬼扯，也未多加斥责，只让众弟子又背诵了一遍擒拿妖兽时的要领，便挥手撤下两道镇守符文。

鸣蛇在"陪学"这件事上，早已驾轻就熟，头也不回地向外飞去。

"墨驰，你带人往东侧围堵，其余人随我到西侧！"璃焕抽出佩剑，率同窗风风火火地追了上去。

巍山多高树，鸣蛇拖着长长的尾巴盘旋其中，御剑不精的弟子，稍有不慎便会被粗枝扫落在地。平日里只撤一道符纸，少年们尚能合力将其围剿，今日两道镇压符纸皆被撤去，大家明显力不从心，最后穿过密林时，也只剩下璃焕与墨驰二人，还能紧紧跟随其后。

"这边！"璃焕大声道。

墨驰冲他点点头，正欲一同出击，鸣蛇却反常地腾空而起，在空中卷出一道气流旋涡。两名少年猝不及防，被巨大的尾翼横扫击中，双双朝着悬崖方向狼狈滚去！

竹业虚脸色大变，飞掠将他二人护在怀中。

一张破碎黄纸自半空缓缓飘下，符文已淡到几乎消失。挣开最后一道束缚的鸣蛇终于不必再装虚弱，振翅飞往群山深处，眼看就要逃出生天，脑后却冷不丁遭了一记重击，眼前瞬间漫开血雾。

带着倒刺的毒鞭抽裂疾风，深深咬入厚甲鳞片，谢刃反手拽住鸣蛇，将那庞然大物硬生生拖回悬崖，再贯雷霆之力甩向地面，当场砸了个山峦乱崩，百鸟惊飞。妖兽吃痛翻滚，整片密林都被搅得乌烟瘴气，古树奇花折毁无数，璃焕与墨驰躲过一场尖锐石雨，惊魂未定地望向眼前断木残林，脑海中不约而同冒出两个字：完了！

竹业虚却庆幸不已，连声道："幸好，幸好只是……"

还没等他说完"只是"的结果，灼灼红焰便已自谢刃掌心漫出，似洪水顷刻吞没整条蛇身，黑烟弥漫在整片山野间，还混了一点烤肉味。

竹业虚："……"

谢刃这才合剑回鞘，吹尽掌心余温。

竹业虚眼前发黑，看着几乎要被烈火包围的爱徒，半天没说出话。少年雪白衣袖上沾满妖血，虽然看在学府规矩上，尽量装了一下"做错事后的心虚"，却藏不住眼底的漫不经心，额前几缕碎发凌乱，眼睛垂着，薄唇向下撇着，一手佩剑，一手执鞭——居然还是竹业虚锁在塔中的八棱软鞭。他到底是什么时候偷偷顺出来的？

璃焕试图引水抢救一下竹先生养在深潭中的红锦鱼，结果水来了，鱼也差不多能吃了。

"你死定了。"他抽空溜到罪魁祸首跟前，从牙缝里往外挤字，"这下怕是要在思过院跪到明年。"

谢刃压根没当回事："跪就跪。"

璃焕听罢，气不打一处来，怒骂道："你跪在那里倒省事了，吃的不还得我去偷？"

长策学府规矩森严，思过院更是每天只供一顿餐食，还尽是些糙米、黄面、清水煮菜叶，璃焕每回给他送饭都送得提心吊胆，好好一个翩翩世家贵公子，硬是练出了一身翻墙钻洞的贼本事，还经常被狗撵得上蹿下跳，简直闻者落泪。

谢刃拍拍他的肩膀："先灭火。"

璃焕警告："再这么闹下去，当心竹先生告到青霄仙府。"

谢刃从他袋中摸走一粒糖："青霄仙府，你说那个白胡子几千丈的仙尊？他才懒得管我。"

"鬼扯，哪有人胡子几千丈？"璃焕重点跑偏，"喂，你慢点，等等我！"

这场突如其来的火，直把圆鼓鼓的苍翠峰顶烧成了秃子。竹业虚也跟着脑袋冒烟，连罚都顾不上罚，挑灯熬夜写出一封密函，派弟子立即送往青霄仙府。

青霄仙府，立于云端，凛凛雄壮不可犯，以拯救苍生为己任。

府内的青云仙尊的胡子并没有几千丈长，只有短短一撮，他惊讶地看着信使从背上卸下一个金色大布袋，满心感慨，又很期待："你说这不过年不过节的，你师父怎么想起给我送礼了？我这也没准备什么好回……哦，不是来送礼的啊。"

"仙尊，谢师弟在长策学府待了这些年，家师已经快赔空了家底，所有闯过的祸都记在这里。"信使哭诉，"要只是寻常顽劣，倒不打紧，但师弟灵脉内的毒焰最近越发嚣张，还不愿思过，整日里横行纵火，倘若将来真的成魔……请仙尊务必相助！"

青云仙尊掐指一算，错愕万分，那少年今年顶多十七岁，这就要翻出风浪了？

而在仙府另一角，白玉凉亭里，正坐着一名身穿月色纱袍的青年，细白指尖有一下没一下地拨弄琴弦，整个人看起来既冷漠又无聊，像一个精雕细琢的漂亮木偶，连表情也懒得有一个。

"师弟。"从远处匆匆过来一个人，声如洪钟，"师父找你。"

"大半夜的，找我做什么？"青年警惕地抬眼，"他又喝醉了？"

"长策城里的事。"来人坐在对面，"像是与烛照剑魄有关。"

青年也掐指一算，和青云仙尊同样错愕："这才过去几年？"

烛照神剑，在上古时期曾斩杀妖邪无数，待天下大定后，便被封于太仓山中，再不曾现世，直到现在仍好好埋着，其间并不是没有人去挖，但谁挖谁死，渐渐也就没谁再敢去了。

只是剑虽消停，被妖血养出来的剑魄却不消停，一缕精魂飘飘游走于天地间，不仅仙府想要，修习邪术者更想要，但多方势力追逐许久，也未能将其成功擒获，后来更是离奇消失，再出现时，剑魄已然钻进杏花城谢府小公子的灵脉，将自己彻底融在了对方的血里——也不知是累了，还是疯了。

此事只有两大仙府知情，可知情亦无计可施，只能绞尽脑汁说服谢府的主人，将年幼的谢刃送往长策学府，至少能在眼皮子底下好好看顾，免得生出祸端。

青年疑惑："师父不是吹嘘他在谢公子的灵脉内布了上乘咒术，至少可压制剑魄百余年吗？"

师兄摊手："失手了呗，所以师父目前正在竭力弥补过错，让你下山。"

下山伪装成十六岁的清纯少年，去接近谢刃，关心他、管教他，令其千万不要步入歧途。

青年道："这不叫'师父目前正在竭力弥补过错'，叫'师父把他惹出的烂摊子丢给了我'。"

师兄说："也差不多吧。"

"当初二师兄是怎么答应我的？"

"有福你享，有难我去，但这不是实在没办法吗？我长得也不像十六岁，而且外面的人大多认识我。"

风缱雪纠正："是有福同享，有难再议，我并没有样样好处都要占，木逢春你不要乱说。"

"再议的结果，这事还真就非你不可。"木师兄将人拽起来，"快走吧，已经有人去替你收拾行李了。"

风缱雪被他拖得跟跄，觉得自己好像也没那么热爱生活了。

待两人姗姗来迟抵达前殿，信使已经折返长策城，只留下满地纸页被风吹得四处乱飘，灯火憧憧，暗影交错，很有几分天下将乱的调调。

桌上还放着一个乾坤袋，里头微光浮动，行李装得那叫一个满。见徒弟进门，青云仙尊殷殷迎上前，眼底既慈祥又不舍，词都背好了，只等着晓之以理，动之以情，好尽快把人打包送走，风缱雪却已拱手行礼："师父放心，徒儿这就下山。"

言罢便将乾坤袋纳入袖中，转身疾步离开大殿，半句废话都没有，唯广袍素纱被星辉漫卷，洒下一路流动的光。

这一切发生得实在太突然，突然到青云仙尊甚至都没反应过来，只目瞪口呆地看着小徒弟翩然远去的神仙背影，直过了半晌，心里才隐隐涌上一丝不妙感，急忙问道："逢春，你们来的路上，他是不是又作妖了？"

"没啊。"木逢春道，"就去师父的藏宝室里随便拿了点东西，说对付烛照剑魄时或许用得到。"

青云仙尊眼前一黑："都有什么？"

木逢春回答："一些看着不值钱的字画围棋琴谱而已啦……师父你怎么晕了？"

青云仙尊颤声指责："私入藏宝室有违门规，你怎不拦着他？"

木逢春很没有出息地说："我可不敢。"

因为小师弟这人吧，虽然不走拔刀砍人路线，但不管是表情还是说话的腔调，都能纯天然冒寒气，随时随地摆一张"你爹欠我二十万"的冰坨脸，一般人确实招架不住。

青云仙尊胸口隐隐作痛。

风缱雪并没有御剑疾行至长策城，他自幼被师父收养，极少离开仙府，对山下的物与人不算熟悉，尚需要适应几天，所以也学剑客买了匹马，取了个很长的名字，叫"酒困路长唯欲睡"，就这么一路衣摆剑穗扫繁花，马蹄声声地入了世间。

这日正午，他抵达一处溪畔，很清静，也很干净。正好走热了，他便将马缰一扔，打算泡到日暮时再继续赶路。

几只白鸟叽叽喳喳落在对岸，看着可爱又很憨，和师父有一比，风缱雪捏碎一粒花生糖，准备蹚过水去喂喂这群"恩师"，雀儿们却像是受了惊吓，突然扑棱棱向四周飞去。

耳后隐隐传来破风声！

风缱雪反应极快，千重衣摆似冬雪漫卷，单手长剑出鞘，锋刃带起的狂风搅得水面乱晃，"当啷"一声将暗器一劈为二——是一枚不起眼的石子。

一道黑色身影从山腰俯冲入泉中。

风缱雪急忙退让几步，避开四溅水花。

谢刃单手扯住布在河底的网，想追赶那条被剑气惊走的红锦鱼，可哪里还能追得上，忙活半天连片鳞都没捞着，于是转身怒视罪魁祸首："你大白天洗什么澡？"

风缱雪的目光却落在他领口的兰草暗绣上，那是长策学府的徽饰，再加上方才少年如鹞鹰般的利落身手和手中银黑色的佩剑，年龄、身高、长相，甚至是目前这寻衅滋事的眼神，简直和谢刃扣得严丝合缝。

得来全不费功夫。

风缱雪不动声色地将解开的腰带重新系好："你受伤了。"

谢刃冷哼一声，从河里湿漉漉地走出来，胳膊上洇开不少血迹，扯开袖封时，露出几道戒鞭留下的新鲜伤痕。

风缱雪从没进过学府，课业皆由青云仙尊与师兄亲自教授，当然也就没挨过打，还是头一回见到如此震撼的教育方式，连带着自己也稍微肉疼了一下。谢刃看起来却没多在意，自顾自将衣服上的水拧干，对着河底的一团水草喊道："出来，我们去下一个溪谷！"

"水草"飘飘忽忽地动了一下，原来是只水妖，周身被漆黑怨气环绕，估计平时没少翻江倒海。但这大凶的妖邪，此时却缩成一小团，连头都不敢冒。谢刃等得不耐烦，于是将他硬扯了出来，却发现水妖正在哭，嘤嘤嘤梨花带雨，那叫一个惨。

谢刃疑惑："嗯？"

风缱雪也不解地问："他怎么哭了？"

水妖立刻就哭得更大声了，他带着十万分"我马上要死"的恐惧，求饶道："琼……"

一个"琼"字刚出口，风缱雪已猛然想起来，自己曾见过这水妖！

那是在蓬莱海域，水妖成群作祟，自己便同师父去斩杀，当时留了三只，师父命他们头顶明珠为灯，护往来渔船不再被怨潮吞噬，眼前这只便是其中之一！

眼看就要露馅，风缱雪指尖弹出细小雪光，悄悄没入水妖额心，将其神志打散片刻，木愣愣如牵引偶人一般说："琼……穷且益坚，不坠青云之志！"

谢刃满心不悦："你在装神弄鬼地念什么？"

水妖泪流满面，心道："我不知道啊，我在装神弄鬼地念什么？"

风缱雪不方便多用摄灵术，怕被谢刃看出端倪。幸好水妖本身很争气，没过多久就把他自己给吓晕了，直挺挺地倒在岸边，砰！

谢刃道："别晕啊！"

风缱雪将水妖一脚踹回河中，免得干死，又无情地推卸责任："这位朋友看起来身体不大好，你们是在合力抓鱼？"

红锦鱼生而有灵，数量稀少，能镇邪除祟，多以水中怨气为食。谢刃用水妖作饵，在这里埋伏了整整五天，方才引来一条红锦鱼，眼看就要入网，谁知山谷里突然冒出来一个人要沐浴，受凛冽剑气惊扰，别说是警惕性极高的红锦，就连河底那只百年老王八也挪动贵步，慢吞吞地挪走了。

白忙一场。

风缱雪还记得自己此行的首要任务，是要与眼前的少年拉近关系，便道："我并非有意打扰。"

谢刃将散开的袖封重新扣紧："所以我自认倒霉。"

风缱雪趁他不注意，右手食指微屈，一道符咒入水，冰冷寒意顷刻在河底泥浆中漫开，化为厉风雪影，破浪追上已经游出好几里地的红锦鱼，卷起它飒飒而归，一头撞进了乱麻般的渔网中，扑腾腾搅出一片水花！

被惊醒的水妖："救命！"

耳边剑声铮铮，他魂飞魄散，觉得这定是琼玉上仙要来斩杀自己了，立刻又晕了一次。

谢刃一剑挑起巨大渔网，在山谷扬出一场倾盆暴雨，左手顺势抽出乾坤袋，将红锦鱼装了进去。再扭头一看，风缱雪也不知道从哪里摸出来一把降魔伞，正撑着端端正正站在岸边，半根头发丝也没沾湿。

"噗。"

风缱雪明知故问："这条鱼为何会回来？"

"谁知道呢。"谢刃随口答道，"或许是在下游撞到了什么东西，城里有怪事。"

"怪事？"

"我也是昨天才听说。"

此地属于白鹤城，而白鹤城灵气稀薄，向来没有世家愿意镇守。平时山上若冒出来几具傀儡啦，几副白骨啦，都是由城中青壮年拿铁锹赶走的，也不是什么大问题。不过这回的麻烦有些棘手，至少靠着铁锹是拍不走了。

"白鹤城中有座破庙，无字无碑，看不出是哪位神明，原本风平浪静，最近神像却开始说话了。"

频繁发出一些古怪声音，没人能听懂，不过听不懂也不耽误百姓害怕。大家先是供奉了许多瓜果点心，燃起香火祈求安宁，可神像似乎并不领情，不仅声响越发急促，还会缓慢又僵硬地将贡品全部打翻，摔得满地狼藉。

风缱雪问："然后呢？"

谢刃道："然后也不知从哪里冒出来一个骗子，装神弄鬼掐了一卦，说需往庙中送一个姑娘。"

风缱雪皱眉："送了？"

谢刃道："送了。"

不过送也白送，姑娘提心吊胆地在庙中住了十天，什么事都没发生。古怪声没见小，贡品还被打翻得更勤了，后来她实在待得无趣，干脆卷起包袱回了家。

风缱雪："……"

他打算亲自去庙里看看。

谢刃暂时住在白鹤城的客栈中，可能是因为捕到了红锦鱼，他的心情看起来不错，听说风缱雪也要前往长策学府修习，很爽快就答应对方可以与自己同行。

"不过你得答应我一件事。"谢刃打下来一枚酸果，在手中抛着玩，"别告诉任何人水妖的事。"

风缱雪点头："好。"

想要快速与一个陌生人拉近距离，无非八个字："投其所好，有求必应"。所以风缱雪并未多问理由，其实也不需要问——修行者理应仗剑斩妖，而非与妖同行，更别提是以活妖作饵，怎么想都上不得台面，像竹业虚那种老学究，听到后肯定是要当场气晕的。

白鹤城不比长策城锦绣如画，看起来灰蒙蒙的，有些破落。两人进城时，恰好撞见算卦的骗子又在揽活，摇头晃脑说什么上回送的姑娘年岁大了，这次要换一个刚满十八的，听得周围百姓一愣一愣的。

"喂。"谢刃用剑柄扫开人群，"非得要送姑娘啊，万一那位神明不喜欢姑娘呢，不如你们都亲自去试试？"

百姓立刻七嘴八舌地说："送过了，胖的瘦的都有，一样没用。"

谢刃难得被噎一回："……"

你们还考虑得挺周全。

那算卦的骗子闯荡江湖，也不全靠狗皮膏药，其实还是有一点小修为的，自然能看出风缱雪与谢刃不是一般人，便嘿嘿赔笑道："这不是都……都试试吗，万一就对了神明的胃口呢？"

"享受香火却不护百姓，反倒要索活人取乐，与妖邪何异？"风缱雪发问，"庙在哪里？"

他容貌清雅脱俗，声音又冷，往那儿一站就像一株落满霜雪的仙树，众人先是看呆了刹那，后才齐齐一指："城西，柳树街！"

待两人离开后，大家又嘀咕："听说城里的刘员外已经差家丁去外头请高人了，莫非就是这两位白衣仙师？"

柳树街上果然有一座庙。

庙身斑驳破旧，上头却挂满了各色绸缎，估计是出现异状后来不及翻修，只能以此遮挡。庙中神像穿红着绿，正在发出阵阵怪音。

风缱雪双目微闭，以神识细辨。

神像声音洪厚，正中气十足地重复着同一句话——"大将军英明神武！"

大将军英明神武。

风缱雪问："哪位将军？"

声音答："满招大将军！"

"何年生人？"

"天庆十八年！"

天庆十八年。谢刃算了算："距今已有三百载。"

再问别的事情，神像就不肯回答了。风缱雪与谢刃出门一打听，这白鹤城还真出过一位名叫满招的将军，天庆十八年正逢康乐盛世，没仗打，所以没几个人记得他。至于"英明神武"的事迹到底是什么，当然就更说不出一二三来了。

两人再次回到庙中，谢刃道："这次我来问。"

风缱雪提醒："神识若被反噬，有损修为。"

"你刚才与他对话时，也没问过我的意见。"谢刃右手拇指在额心一划，风缱雪只好退后两步，站在一旁听着。

谢刃道："付昌大将军英明神武！"

风缱雪没料到他上来就冒出这么一句。与寂寂无闻的满招不同，付昌是真正的名将，他生于流离乱世，在尸山血海中拼死守护着家国，战功赫赫，直到生命最后一刻仍在杀敌。在付昌身故后，皇帝下旨将其忠勇事迹集结成册，又修建庙宇供后世瞻仰，香火就这么旺盛了五百余年。直到今天，提起"大将军"三个字，绝大多数人第一时间想起来的，也还是付昌。

神像果然受到了刺激："满招大将军英明神武！"

谢刃朗声："付昌大将军一生退敌三百余次，守城七十余座，率五万老弱残部大破南廷二十万精壮叛军，攻无不克，英明神武！"

神像咯吱咯吱地活动起来，像是气极，谢刃却不管他，双臂抱在胸前："而你又做了什么，就敢在这里自吹自擂？"

空气凝结，死寂而压抑。

显然神像也被问住了。

谢刃继续嘲讽："这庙怕也是你自己用私房钱修的吧。"

神像："……"

"白鹤城灵气稀薄，因此你虽有庙宇，却直到最近才聚起神识，发现这里香火惨淡，就作怪吓唬城中百姓，芝麻大小的本事，竟还自称英明神武。"谢刃拔剑出鞘，冷冷地说，"没用的玩意留着碍眼，不如拆了干净！"

神像怒咆着往前挪动，反被那些红绿绸缎缠住绊倒，自己跌下神坛摔了个粉身碎骨。庙外围了不少看热闹的百姓，听到"哗啦啦"的碎裂声被吓了一跳，刚准备伸长脖子往里瞧，却见风缱雪以广袖掩住口鼻，疾步走了出来。

"躲远！"

话音刚落，庙就塌了——被谢刃一剑砍塌了。

黄泥瓦片扑扑掉落，将残破神像深深掩埋，百姓被这突如其来的变故惊得魂飞，"唰"一下跑得影都没一个。风缱雪也御剑升至半空，直到下头的灰尘都散了，才轻轻落回地面。

满招怨念未消，又从断壁里直直伸出来半只断臂，试图做最后的反抗，结果被谢刃一脚踢飞。少年绘出一张符咒，弹指射入地下，训斥："老实点，不然刨了你的骨头喂狗！"

土堆扑簌两下，终于不再动了。

竹业虚曾在信中写谢刃"顽劣自大，性格狠戾，七情淡漠，不服管教"，但风缱雪与他相处这半天，却觉得倒也未必。毕竟他若当真冷漠狠毒，就该一掌将满招的残余神识打散，而不是以血绘符，逼对方安稳地躺回去。

破庙坍塌的消息很快传入富户刘员外耳中。

他在前一阵曾派出家丁，前往渔阳城的大明宗求助，现在人还没回来呢，突然就听外头都在嚷嚷，说自己请来的仙师已经将破庙给拆了，也犯了嘀咕："小三子请来人，怎么不先带回家休息喝茶？"

"仙师斩妖除魔，总是片刻耽误不得，还喝什么茶。"夫人替他准备新衣，"老爷快些，我听说他们已经去了八仙楼吃饭，咱们可不能失礼。"

"也是。"刘员外叫来心腹，命他将一早就准备好的谢礼蒙上红绸，先抓紧时间送到八仙楼，自己则匆匆沐浴更衣，准备体体面面地迎接贵客。

八仙楼是城中最好的酒楼。

谢刃熟门熟路，要了五个素菜包子，一碟炝拌三丝，一碟清炒笋片，一壶梨花蜜酿，又将菜牌推到对面："你方才说自己姓风，是来自银月城吗？"

风缱雪点头："正是。"

世人只道青霭仙府有琼玉上仙，并不知上仙本名，所以风缱雪也懒得再选个新名字。至于银月城风氏，是渭水河畔赫赫有名一支望族，大长老风客秋与青云仙尊私交甚笃，这回很爽快地就给了风缱雪一个远房侄儿的身份，昨日刚派弟子快马加鞭送来了服饰与门徽，还有厚厚一摞本家资料，供他随时查阅。

风缱雪替自己要了一碗狮子头、一碗珍珠鸡、一壶浓烈醉春风。

两人口味截然相反，一个素得青白一片，一个荤成屠夫过年。老板娘看他二人容貌上乘，心中喜欢，又白送了他们一盘蜜饯果子，自己倚在柜台后看热闹，看了一会儿觉得无趣，再让小二取了甜糕、酥糖、瓜丝，挨着往过端。

风缱雪道："不必再送，我不嗜甜。"

"咸的也有，咸的也有。"小二又往厨房跑。

片刻后，他在桌上"咚"地放下红托盘，上呈黑纹金三，醒灵果三，凝血草三，雪骨、地黄、火炼各一，以及玉币两百余枚。

风缱雪往柜台后看了一眼。

妇人掩嘴咯咯地笑："公子莫误会，这些值钱货可不是我送的，是刘员外。"

送礼的家丁态度恭敬："我家老爷感激二位仙师不远千里来此驱魔，特备下区区薄礼，还请笑纳。"

"你家老爷够客气的。"谢刃将玉币丢回去，"好意心领，礼就不必了。"

他看不上这些玩意，长策学府里什么天材地宝没有，至于风缱雪，更是连瞄都懒得瞄。留下家丁尴尬地站在原地，暗暗想着，不是都传大明宗的弟子好说话吗，这怎么冷冰冰的？

长街尽头，刘员外正笑容满面地叫："小三子！"

"老爷。"娃娃脸的家丁风尘仆仆，身后还跟着五名绛袍修士，"这些便是大明宗派来的仙师。"

"诸位辛苦了。"刘员外赶忙拱手行礼，"现如今邪祟已除，还请仙师到府上休息。"

绛袍修士面面相觑，娃娃脸家丁道："老爷，我们才刚进城，尚没来得及做正事哪。"

"刚进城？"刘员外吃惊极了，"可城中人人都在说大明宗的仙师拆了庙，我方才还差人送去了许多灵药，不是诸位，那是谁收了？"

"真是岂有此理！"一名绛袍修士闻言怒道，"何人如此大胆，竟然顶着大明宗的旗号行骗？"

"他们好像……好像在八仙楼。"

绛袍修士齐齐扭头，说来也巧，正好撞上谢刃与风缱雪出门，身后跟着几名手捧托盘的刘府家丁。

长剑"当啷"出鞘！

谢刃嘴里还咬着青果蜜饯，正在抱怨酸，突然就被五个陌生人团团围住，心中纳闷，问风缱雪："你的仇家？"

风缱雪刚吃完饭，不想说话："你的。"

"哪里来的野路子，连我大明宗也敢冒充！"其中一人呵斥，"还不快快束手就擒，随我前往渔阳城认罪！"

谢刃："啊？"

剑刃呼啸过耳！

风缱雪御剑腾空，他压根不知道什么大明宗，见来人气势汹汹的，第一反应八成又是谢刃在外招摇撞骗惹来的麻烦，在弄清原委之前，自己不方便插手，所以撤得飞快，留下谢刃独自与那五名绛袍修士缠斗。

街道狭窄，打斗时难免会伤及无辜，谢刃御剑向城外飞掠，绛袍修士一看这骗子居然还想逃，又哪里肯放，一行人就这么追到了荒郊野外。

大明宗弟子以金红天丝布出洛图阵法，想将谢刃困于其中。风缱雪站在半空，见阵图内浮光掠动，幻象丛生，是极高明的攻击术法，猜测按照谢刃目前的修为，恐难以招架，便在指尖凝出一道雪光，正欲暗中相助，五名修士却已被凶悍剑气横扫，呼痛滚在树下。

风缱雪发现自己似乎低估了谢刃。

而更棘手的事情还在后头，眼看少年掌心已经结出红莲烈焰，再不阻拦，只怕又会烧出更多乱子，风缱雪只好"一个不小心"从剑上跌落下来，直直坐在草丛里头说："我摔倒了。"

就像木逢春所言，他面容生得冷，又没表情惯了，哪怕是在鬼扯，也能扯出一股与天地同悲的高远壮阔感。比如此刻，就完全看不出他"御剑不精摔进草丛"的丢人现眼，而是一种"我摔倒了，是你撞的，今天没有二十万别想走"的祖宗架势。

谢刃熄灭掌心烈焰，没好气地说："你搞出来的事情，你跑得倒是麻溜。"

风缱雪疑惑:"我?"

谢刃道:"怎么,难道不是吗?我都不认识这群人。"

风缱雪:"……"

场面一度凝固。

当然,整件事最后还是被解释清楚了。大明宗的人鲁莽毛躁,理亏在先,又听说谢刃与风缱雪是长策学府竹先生的弟子,一时更加汗颜,当夜便御剑返回渔阳城谢罪。

天边弯月如钩,客栈后院中开着细细的白色小花,垂柳依依。

谢刃扯长语调:"就算是我被仇家追杀,你就能自己先跑了吗?"

风缱雪欲言又止,他其实有很多理由,比如说"我想看看你的修为",再比如说"我们才认识不到半天",又或者"你师父在信里说你是个闯祸精,三天不打上房揭瓦,我以为这种事情很正常",但考虑到两人日后还要共处很长一段时间,暂且哄一哄这小少年吧。

他便道:"因为我打不过他们,而你看起来又很厉害。"

谢刃"嗤"了一声:"那你得请我喝酒。"

"好。"风缱雪答应,"你等着,我这就去买。"

他已经记住了对方的口味,要甜、要淡、要好喝。到酒肆挑挑拣拣选了最贵的,带回客栈还没来得及上楼,一名绛袍青年却已从天而降,看起来激动极了,嗓音亦十分洪亮:"渔阳城大明宗弟子谭山晓,拜见琼玉上仙!"

风缱雪神情一肃:"闭嘴!"

谭山晓眼底热切,虽不懂上仙为何让自己闭嘴,但还是依言照做,双手抱剑猛施一礼,躬身久久不愿起。

风缱雪简直莫名其妙死了,心道:"你谁啊,是从哪里冒出来的?"

偏偏此时,谢刃嫌他速度太慢,又亲自晃出门来寻酒,恰好撞个正着。

四周很安静。

风缱雪心想:"算了,这任务不适合我,我还是回青霭仙府吧。"

这一晚的月色很亮，照得谭山晓整个人熠熠生辉，或者说得更确切一点，是照得他身上那件绛色家服熠熠生辉，材质如流水融微光，肩头嵌暗金辟煞咒，比白天那群修士不知要高出多少品阶。

这么一个有身份的人，按理来说是不该向长策学府的弟子行大礼的，不过因为谢刃并没有听到那句石破天惊的"琼玉上仙"，所以心里想着，许是大明宗遇到了麻烦呢，想请银月城风氏出手相助，那也能勉强解释得通。

他对别人的家事没什么兴趣，接过酒坛后，就回了自己的住处。白天喝的梨花蜜酿已经很甜了，而风缱雪带回来的这坛还要更甜，酒味淡得几乎没有，更像街边卖的果子露。璃焕与墨驰他们都不肯喝这种酒，嫌弃甜滋滋的像小姑娘爱喝的，谢刃却不以为意，咬着糖喝着蜜，照旧四处横行，将整座学府搅得鸡犬不宁，也没少挨打。

他扯开袖封，看了眼依旧在渗血的鞭痕，嘴角一撇，师父下手怎么越来越狠，也不知隔壁的人有没有带伤药。

桌上灯火跳动，一层隔音结界飘浮于空，时隐时现。

谭山晓脸色红润，双眼发光，依旧激动得词不达意。

风缱雪还是没能从记忆中将此人打捞出来，他常年居于青霭仙府深处，与各大门派鲜有往来，见过面的世家公子更是屈指可数，实在想不起还有一个渔阳城的大明宗。

谭山晓可能也看出了他的疑惑，赶忙道："当年西北旱魃为祸，琼玉上仙与齐府小公子仗剑斩妖，我那时率领族中弟子守在麦山出口处，负责断后。"

原本雄心勃勃，准备立一大功给家中长辈看，谁知好不容易等到了被撵得落荒而逃的妖群，还没来得及拔剑，四野已骤然掀起一阵酷寒疾风，翠绿草叶瞬间凝起冰晶，眨眼由夏入冬，而在众人都被冻得哆哆嗦嗦时，但见一道银白剑气横扫天穹，凛凛斩破漫天狂雪，白衣上仙单手执玉剑，素纱广袖漫卷，当时谭山晓看得呆愣，脑海中只稀里糊涂冒出一句：皓腕凝霜雪。

风缱雪皱眉："我不记得在麦山一带还埋伏着帮手。"

谭山晓不太好意思："那是因为上仙在一剑斩毙旱魃后，立刻就走了。"御剑乘风，饶是自己追得辛苦，也只来得及接住一片被衣摆扫落的冰刃，当场割得虎口血流如注。

风缱雪："……"

谭山晓继续道："这回我一听家中弟子的描述，立刻就根据长相猜出来了是上仙，便急忙过来看看。"

风缱雪心想，这是何等吃饱了撑的。

谭山晓又试探地问："上仙是要去长策学府？"

风缱雪看着他的眼睛："你最大的秘密是什么？"

谭山晓疑惑："啊？"

最大的秘密。

谭山晓的神思如被细线牵引，浑噩而不由自主地回答："我早在五年前就把我爹的落英鼎打碎了，后来造了个假的放回去，他不知道，每年中秋都要拿出来炫耀，我看那些自称眼光毒辣的叔伯长辈们也没谁能够识破嘛，哈哈哈哈。"真是好一个富贵人家的傻儿子。

风缱雪垂下视线："好。"

谭山晓回过神来，觉得头晕目眩，糊涂自语："刚刚我在说什么来着？哦对了，长策学府。"

"我去长策学府，是要隐姓埋名查一件旧事。"风缱雪倒了杯茶，"你若将此事捅出去……"

"不捅不捅！"谭山晓举手立誓，"上仙尽管放心，谭某定守口如瓶！"

风缱雪道："那谭公子可以回去了。"

谭山晓的眼神百转千回，此时夜已经深了，他一腔热血跑来白鹤城，也没来得及想个合理借口，再要强留确实失礼，只好起身告辞，但临走前还是硬往桌上扔了一只大明宗的传讯木雀——万一上仙什么时候缺个帮手呢。

谢刃正抱剑靠在回廊尽头。

风缱雪站在门口："有事？"

谢刃指了指自己的手臂："想问问你有没有伤药。"

风缱雪侧身让人进屋，从箱中取出药膏："衣袖挽起来。"

"你要帮我啊？"谢刃也没推辞，趴在桌上将胳膊一展，"轻一点。"

风缱雪替他处理鞭伤："既然怕疼，为何还要犯错？"

"一直循规蹈矩多没意思。"谢刃下巴抵着桌面，无聊地盯着他的动作，过了一会儿，却听外头传来一片吵嚷声，动静不小，像是全城都轰动了。

"走！"谢刃来了兴趣，拽着风缱雪，也跑到客栈最高处看热闹。

皎皎月光下，许多绛红色的光晕轻盈飘落，映得整片天都红彤彤的。谢刃伸出手，光晕落在掌心，变成了一枚小锦囊。

客栈小二正站在院中，他看起来收获颇丰，已经抱了满满一怀的锦囊，眉飞色舞道："是大明宗，为了庆祝白鹤城重归安宁。"

谢刃将锦囊丢给风缱雪，嗤道："事情是你我解决的，他们倒好，散一波财就能将名声买回去。"

不同的锦囊里，装的东西也不同，多的是玉币，也有小法器和灵药。风缱雪拆开之后，见是一瓶止血药，便又还给谢刃："你自己留着用。"

谢刃牙都疼了，往后一退："你别咒我成不成？"

风缱雪嘴角稍微一弯。

谢刃看得稀奇："我还当你不会笑。"

风缱雪学他握住一片光晕："往后你就会发现，我这人喜怒哀乐其实都还可以。"

大明宗的弟子撒了一个时辰的锦囊，城中也闹了一个时辰。

待到风缱雪歇下时，外头已天色将明，而谢刃也是一觉睡到下午才起床，他睡眼惺忪地敲开隔壁的门："我要再去街上买几坛酒，你要不要一起？"

风缱雪点头："好。"

这么看来，两人其实都挺没组织没纪律的，琼玉上仙也并不像竹老先生想的那样刻板规矩、威严冷漠，能一个眼神就冻得满学堂鸦雀无声。

从白鹤城到长策城，两人走了差不多五天，其实若昼夜不歇地赶路，完全能把时间缩短一半，但风缱雪此行的目的就是谢刃，现在人找到了，去不去学堂都一样。至于谢刃，更是随心所欲惯了，就连在抵达长策城后都不肯第一时间回学府，而是独自去了趟巍山，先将那条好不容易抓来的红锦鱼小心翼翼地放进空潭中。

"等着。"他心满意足，站在岸边对蔫头耷脑的鱼说，"下回再给你捞个媳妇回来。"

红锦鱼当然是听不懂人话的，所以也没法对即将到来的姻缘表达出应有的喜悦，摇摇摆摆地游去了另一边。

长策学府，璃焕正在前厅看书，围墙上突然就跳下一个人。

"给！"

迎面抛来一个油纸包，璃焕单手接住，没好气地问："你又跑去哪儿了？"

"白鹤城，给师父找了条红锦鱼。"谢刃把桌上的零散东西往旁边一推，看见里面竟混着一本《缺月诀》，随口问："你也偷溜去藏书楼了？"

"你当人人都是你，这是竹先生前几日送来的。"璃焕将书丢给他，"奖励你降伏鸣蛇有功。"

"那他还打我打得那么狠？"

"打你是因为你烧了半座山，和鸣蛇又没关系。"璃焕指着油纸包里的桂花糕："你还是留着自己吃吧，吃完赶紧去跪着。那晚竹先生亲自过来，不仅拿了这本《缺月诀》，还带了许多伤药，你却跑了，把他气得险些昏厥。"

谢刃匆匆吃完手里的糕，又往怀中塞上两块，一边跑一边嚷嚷："记得给我送饭啊！"

璃焕心道：要被气死。

风缱雪从竹业虚房中出来，一眼就看到谢刃正直直跪在院里。见到他后，谢刃还不忘抬手打个招呼。

风缱雪："……"

确实没什么真诚悔过的样子。

整座长策学府的人都知道，竹业虚对谢刃是当真严厉，却也是当真偏爱，否则也不会收为真传弟子。别的学生都得规规矩矩尊一句"竹先生"，只有谢刃唤他师父。

"阿刃。"竹业虚叫他，"你进来。"

"是。"谢刃做出一副乖头乖脑的模样，进屋手一垂，准备挨完训接着跪。

竹业虚却没有提他私自外出一事，而是道："今晨我接到消息，说乌嚏镇最近被一处凶宅搅得不甚安稳，现在你既然回来了，就替为师去看一眼。"

谢刃答应了一声，心里暗喜，喜的是不仅不必受罚，还能再离开学府逍遥快活几日。

竹业虚又吩咐："那位新来的风氏子弟，你这次与他一道行动，切莫……欺负人家。"

说这话时，连竹老先生自己也觉得非常诡异，毕竟琼玉上仙一剑便可化滚滚长河为冰，和"被欺负"三个字实在不搭边。

待谢刃回到住处时，风缱雪正在隔壁收拾东西。他生下来就没怎么沾过阳春水，被师父与师兄还有仙侍姐姐们捧在掌心，压根不知何为人间烟火气，这回出门前又没练习过，所以就连同样没怎么干过家务的谢刃也看不过眼了，难以置信地问："你不会收拾衣服？"

风缱雪答："不会。"

谢刃进屋，替他将那一柜子乱七八糟的东西勉强规整好……是真的很勉强，也就从乱七八糟塞进柜子，变成了叠一叠再乱七八糟塞进柜子："学会了没？"

风缱雪陷入沉默，不懂他这疯狗刨咸菜的手法怎么也好意思拿出来授课。谢刃可能自己也心虚，便将柜子强行一关，转移话题："你听师父说乌嚏镇的事了吗？"

风缱雪道："据说镇上有一座大宅，住着夫妻二人，原本举案齐眉，后来丈夫却另觅新欢，还要在寒冬腊月将妻子休弃出门。妻子不肯，在一个雪夜杀了丈夫，那座大宅也便成了凶宅。"

"倒是未必。"谢刃靠在窗台上，随口扯道，"妻子杀了负心汉，替她自己出了恶气，听起来像是件痛快事，我看那宅子非但不凶，反倒是个钟灵毓秀的好地方。"

风缱雪微微点头，继续说："现在那处好地方已经养出了红衣怨傀。"

谢刃舔了舔后槽牙："啵……"

行吧，那我们明日就出发。

第二章

红
衣
怨
傀

乌啼镇位于长策城以南，地势偏低，四周被大片古木秀林紧紧包围，更有一道清泉俯冲出山，潺潺绕城，以罕见灵气滋养着这一方福地。

谢刃站在镇子入口："前年我与师父来时，这里还热闹极了，送走一拨修士，又迎来新的一拨，客栈一床难求，就连酒肆里的位置都不好等，若大家喝到酩酊兴起，还会各自拿出法器抚琴奏乐，歌传九天，整夜不停。"

风缱雪道："但现在……"

"现在，现在可太惨了。"谢刃从污水中捡起一块脏木头，是半个破破烂烂的"乌"字，"怎么连镇名掉了也无人修葺？"

"自顾不暇吧。"风缱雪道，"怨傀生乱，城中人心惶惶，哪里还有空管别的？"

怨傀是由死前心中含怨的女子所化，黑衣怨傀大多老实，白衣怨傀甚至还能挑出几个可爱顽皮的，最凶的便是红衣怨傀，非得有翻江倒海的恨与憾，才能在死后化为一袭红衣，寻常修士根本镇不住这凶煞。

而乌啼镇闹的就是红衣怨傀，一个月前这里还风平浪静，突然就有十名无辜修士被掏心挖肝夺金丹，一夜之间死了个透。翠羽门的弟子设下埋伏，想要将其镇压，却反遭怨傀噬杀，唯一留住性命的是一名十三岁的小少年，据说当时他被怨傀端详了半天，最后对方丢下了一句"你还没成亲，将来也未必负心"，便转头去杀其余人了。

众人也由此推断出这无端冒出来的红衣怨傀，八成就是城南大宅的女主人，早年杀夫的苏莲儿。据说她在剁了家中薄情负心汉后，自己也服毒自尽，夫家弟弟恨她入骨，自然不会好好下葬，用破草席一卷尸体就丢去了乱葬岗——那弟弟现在也死了，就在前天。虽然他尚未结成金丹，肚子不值一剖，但依然被前嫂子拧飞了天灵盖。

谢刃道："翠羽门也算大门派，十几名弟子加在一起都杀不得她，看来这回是有些棘手。"

"将手擦干净。"风缱雪递过来一方帕子，"走吧，先进城看看。"

手帕素白，角落绣着两枝落雪梨花，谢刃也没多想，接到手中一蹭，赫然印上两个黑指印。

还是不能还回去了，幸好城中的铺子都还开着。

风缱雪才刚一分神，身边人就已经溜得不见影子了。

风缱雪："……"

"给。"片刻后，一方锦帕被递到面前，嫩黄底子绣牡丹。

谢刃继续笑着说："别嫌弃啊，还你的。"

风缱雪后退一步："不必。"

谢刃将帕子随手拍在他肩头，又道："我再去别处看看，你到前面茶楼等我，顺便探些消息。"

风缱雪眼睁睁看着他再度跑得无影无踪，像是丝毫没有要一起行动的意思，因此心情欠佳，连带着表情也欠佳。一走进茶楼，原本正在热烈讨论着大宅怨傀的客人们立刻变得鸦雀无声，暗道这位白衣仗剑的冷漠仙师一看就不好惹，最近城中事多，自己还是不要触霉头了，便各自端着盘子茶壶溜去一楼，连走路都蹑手蹑脚，跟做贼似的。

于是等谢刃寻来时，心里头就纳闷得很，问他："我让你探消息，你怎么一个人坐到二楼来了？"

风缱雪回答："不知道。"

"……算了，一看你就没经验。"谢刃从怀中掏出一支蝴蝶簪子，递到他面前问，"好看吗？"

风缱雪不解："你买它作甚？"

"送姑娘啊。"谢刃将簪子收好，"方才我打听了一下，都说那位苏莲儿姐姐生前极爱美，想买这支簪子，却又一直嫌贵，现在我买了送她，你说她会不会一个高兴，就不再杀人了？"

风缱雪揉揉涨痛的太阳穴，没有感情地开口："你可以试试。"

谢刃嘴里"咯吱咯吱"咬着芝麻糖，又打发小二去隔壁酒楼端来两碗拌面，两人一直在茶楼待到天黑，方才进了那处出事的大宅。

夜风"呜呜"穿过墙，刮得院中草木乱飞，墙上挂着大片干透的褐色血迹，再被两串灯笼一照……啧！谢刃道："好吧，是不怎么钟灵毓秀。"

风缱雪问："她今晚会出现吗？"

"应该会，这里可是她的家。"谢刃在院中燃起一堆篝火，"坐远些，那里有血。"

风缱雪拂袖一扫，在地上铺了条巨大的、毛茸茸的白色厚毯子。

谢刃惊奇地问："你出门还要带这个？"

风缱雪又加了一层，还要再摆上一个软塌，这才愿意坐下："是。"

软塌大得堪比一张双人床，于是谢刃也坐过去，觉得是比稻草铺地上坐要舒服许多。

过了一会儿，他觉得口渴了，风缱雪便又从乾坤袋中拖出来一截树杈子，上头挂满了鲜嫩欲滴的浆果。

谢刃整个人都看呆了："你现摘的？"

风缱雪点头："嗯。"

谢刃默默竖起大拇指，忍不住又问："风兄，你的乾坤袋是从哪儿买的？"

虽说这东西在修真界几乎人手一个，但一般也就放些生活所需，不比普通书生的背篓强多少。而像风缱雪这种连床带毯子往里塞，还要再捎带半亩地一棵树的高级货，在长策学府的弟子中还真不多见。

风缱雪给了他一包零嘴，止住了他的聒噪。

过了子时，风越发大了。

谢刃将最后一粒松子丢进嘴里。

一枚鲜红的指甲突然在他的肩头叩了叩。

"咯！"谢刃猝不及防，被呛得咳嗽了半天。

红衣怨傀"咯咯"笑着，飘浮在二人身后："好俊秀的两位小仙师。"

谢刃扶着身边人，好不容易才把松子吐出来。

风缱雪握紧剑柄，看着面前的凶煞怨傀。

其实是一个挺漂亮的姑娘，穿着红色裙装，描眉画目。只是美则美矣，身上的阴气却极为浓厚，笑里渗着古怪诡异："你们仗剑前来，莫非也是觉得那负心薄幸的狗男人杀不得，要替他报仇？"

"狗男人自然能杀，可那些死在你手中的修士又不是狗男人。"谢刃道，"姐姐怎么连他们也杀？"

"呸！"怨傀语调扬高，"那些修士，看着道貌岸然的，可哪个没去狎过妓，浑不记得家中还有道侣，莫说只是死了，就算被剐成肉泥喂狗，也活该。"

谢刃不解："你还知道都有谁喝过花酒？"

"我在青楼外头守着他们呢，不会认错。"怨傀弹了弹鲜红的指甲，"那些后头跑来杀我的修士，也不是好东西，个个色欲熏心的，只有一个年纪小的勉强干净。"

"原来如此，倒不算枉杀无辜。"谢刃点点头，又从袖中摸出簪子，"实不相瞒，先前听说有妻子杀了负心丈夫，我也觉得痛快极了，想着这分明就是女侠所为，今日再一看，姐姐还生得这般美若天仙，当真是狗男人瞎了眼。"

风缱雪："……"

谢刃转了转簪子："今日听市集上的人说，姐姐一直想要这个，我便买了相赠，好不好看？"

怨傀果然被他哄得高兴："你却是个有心的，还去打听了这些。"

"姐姐。"谢刃问，"你还要继续杀人吗？"

怨傀道："倘若以后世间再无负心人，我自然不会再杀。"

谢刃又问："那姐姐今夜会不会杀我？"

他的眉眼本就生得讨喜，又笑眯眯的，说这话时，像个讨糖吃的孩子。

风缱雪在旁冷眼看着，也不知是另有打算，还是在钦佩对方这对鬼撒娇的本事。

怨傀收起簪子，忽觉察到了杀气与寒意。她一手轻轻搭在谢刃肩上，身子却轻巧地拧到风缱雪面前："这位仙师，剑握得这么紧，莫非真要斩我？"

风缱雪声音染霜："你害人无数，自该受死！"

怨傀眉间陡厉，猛地往前一凑，几乎要与他鼻尖相贴："那些狗男人只知道在外寻欢作乐，废物一般，我为何杀不得？"

"我方才就说了，狗男人自然该死。"谢刃抬手挡在风缱雪面前，"可我又不是狗男人，姐姐怎么连我也要杀？"

说这话时，他另一只手正死死卡着一只红纱枯爪，那是方才红衣怨傀在盯着风缱雪时，悄无声息探到谢刃身后的。

见阴谋已被揭穿，红衣怨傀索性撕破伪装，右手裹挟怨气朝二人面门抓来！风缱雪侧身一闪，带着谢刃落到一旁，碍于目前的身份，他并不方便大杀四方，不过幸好谢刃已牢牢记住他当日"我打不过，我摔倒了"之英姿，并没指望这位同窗能帮上大忙，只自己拔剑攻了上去！

怨傀原本没将他们放在眼中，甚至还有些嫌弃今晚来的货色太面嫩，就算取了金丹也没意思。却不想谢刃一招便险些废了她一半修为，那把银黑的长剑裹着烈焰，几乎要点燃整座荒宅！怨傀躲避不及，肩膀被极高的温度灼伤大半，剧痛令她的愤怨陡然拔高，牙齿尖锐地磨着，想要以怨气幻剑，心口却突然传来一阵烫意。

她惊慌地低头，发现左胸不知何时竟已被烧出一个空洞。

半道焦黑符文带着火星落在地上，谢刃手中依旧转着蝴蝶簪子："这么贵的东西，我可舍不得随便送人，不过那道斩凶符箓幻成的金簪价钱也不低，你不算亏。"

怨傀踉跄扶着墙："你！"

"我怎么啦？"谢刃用剑锋指着她额心，"说吧，你到底是哪里冒出来的凶煞，又为何要躲在这大宅里，冒充苏莲儿夺人金丹？"

风缱雪微微皱眉。

他并不意外谢刃能识破凶煞的伪装，但……这竟不是苏莲儿吗？

红衣怨傀一时大意，身子被谢刃用符箓烧得破破烂烂，简直恨得牙痒，她暗自往后退了一尺，问："你怎知我不是苏莲儿？"

"白天的时候，我在集市上打听一大圈，人人都说苏莲儿生前朴素，最不爱穿金戴金，头上顶多戴一朵杜鹃花。"谢刃道，"你既要冒充人家，怎么事先也不打听清楚，竟被我用一根簪子就诈了出来？"

红衣怨傀心口还在冒着烟，她抬起右手，在那空洞的地方摸索着，声音怨毒："诈出来，诈出我不是苏莲儿来又如何，你照样得死！"

"死"字刚一说完，她周身已幻出无数黑雾凝成的绳索，却没有刺向谢刃，而是全部朝着风缱雪飞去！红衣怨傀算盘打得精明，见方才谢刃一直将他护在身后，猜想该是个没什么本事的，便想先下手解决。

黑雾在空中张开毒牙，试图像绞杀翠羽门弟子那样绞杀风缱雪，却被谢刃一剑缠住，火光顺着剑身蔓延，烧得黑雾顷刻化灰！

怨傀见状，越发被激得疯魔癫狂，一身红衣悉数化作夺命索，如同一朵巨大的妖花，在院中被风吹得蓬然绽放，铺天盖地地朝二人包来。谢刃没料到这玩意竟还有些本事，也收了先前的玩世不恭，对身边人道："你自己小心！"

风缱雪剑一直未出鞘，他觉得谢刃应该能解决眼前的麻烦，便道："好。"

红衣怨傀讥笑："原来是带了个中看不中用的摆设。"

风缱雪指着她胸口的大洞，冷冷嘲讽："你烂了，补不好。"

红衣怨傀怒骂一声，谢刃双手握紧剑柄，红莲烈火轰然贯穿剑身，照得整座大院明灭跳动！他用尽全力砍向已扑到风缱雪眼前的凶煞，却只扬起一片燃烧的火星，像是砍中了一团虚无空气，反倒带得自己踉跄了两步。

风缱雪闪身扶住他："是幻象，她躲了。"

四周一片寂静。

谢刃闭眼细听，掌心燃起一团火。

夜风吹得整座小镇都在呜咽。

院中树叶沙沙。

风缱雪凝神感知，很快就判断出了红衣怨傀的藏身地。他指尖凝出微小雪光，悄无声息地向着墙角射去，谁知好巧不巧，谢刃也在同一时间窥破幻象，纵身拍下一掌！

风缱雪心中一乱，想要收回寒意，可雪光如针，饶是他速度再快，也还是多多少少撞上了红莲烈焰，冻得火光结成了冰！谢刃掌心瞬间挂满霜雪，大吃一惊道："这是什么玩意？"

风缱雪："……"

而红衣怨傀也趁着这短暂的空隙，跑了。她原本是不想跑的，想像猫抓老鼠一样逗弄院中两人，却被那道突如其来的寒气惊得汗毛倒竖，意识到此处或许还藏有其他高手，她便落荒而逃，迅速隐匿于夜色中。

谢刃活动着冻僵的手指，百思不得其解："既然如此厉害，那她跑什么？"

风缱雪只好敷衍："不知道，可能是回光返照吧。"

谢刃摇头："我看不像。"

但像与不像的，现在怨傀已经跑了，也猜不出个一二三。

谢刃坐回软榻，手中还拿着那支簪子。

风缱雪这才有空问："白天我进茶楼时，恰好听到一句讨论，说苏莲儿喜欢打扮，你在集市上打探到的消息分明也一样，为何方才却说她不爱金簪，只爱杜鹃？"

谢刃道："集市上的流言未必就为真，还有人说苏莲儿是因为买首饰买空了家底，才被她男人休弃的呢，闲话都难听得很。所以今晚我故意先说喜欢，又说不喜欢，那怨傀却一样分辨不出真假，只知道陪着我演，可见确实是个冒牌货。"

而且更重要的是，苏莲儿杀夫之后服毒自尽，留下的绝笔信很平静，更像是在经历了一场漫长折磨后的重生解脱，可怜可叹可悲可惜，却不面目可憎，不像是能化作红衣怨傀的样子。

风缱雪点头："嗯。"

"那怨傀为什么要冒充苏莲儿？"谢刃往后一靠，习惯性想用双手撑在身侧，却忘了手上还有冻伤，顿时疼得倒吸冷气。

风缱雪从袖中取出一瓶药，替他包扎伤处。

谢刃继续道："怨傀杀人，是最寻常不过的事情了，有什么必要再加一层伪装？"

风缱雪提醒："假如她不加这层伪装，听到乌啼镇有红衣怨傀为祸，你第一时间会想起什么？或者换一种说法，此地残破败落，对谁最有好处？"

"这……"谢刃琢磨，"乌啼镇灵气充沛，修士们都喜欢在此聚集，若说败了对谁有好处，难不成是鸢羽殿？这一带原是归他们镇守，去年更是几次三番想要将乌啼镇圈起来，仅供自家弟子使用，后来因为骂的人太多，才不了了之。"

"鸢羽殿。"风缱雪道，"我记得你们谢府，也是依附于此门。"

谢刃一乐："所以我爹总在背后嘀咕，说他们贪得无厌，每年都要刮掉一层皮。不过这事可不是我瞎说，你问乌啼镇败了对谁有好处，第一还真就是鸢羽殿，修士被吓跑了，镇子空了，他们正好名正言顺地圈为己用。"

"那可要回去，将此事禀于竹先生？"

"别啊，师父让我们来除凶煞，现在两手空空的，怎么好折返？"谢刃指间夹着一道符，扬扬得意，"寻踪咒，方才在怨傀逃跑时，我贴了一道在她身上。"

看少年意气风发，风缱雪也跟着道："嗯。"

谢刃又掏出一只传讯木雀，将此地发生的事详细记下，风缱雪侧过头看他写字："求助？"

"不然呢，我们又打不过。"谢刃给他看自己被缠成粽子的手，"我们先去追，看她最后会不会逃往鸢羽殿，其余事情等师父安排。"

风缱雪倒是对谢刃刮目相看，从进到乌啼镇到现在，他所有事情都做得有条不紊，心思缜密，而且不盲目逞强，打不过就打不过，搬救兵也搬得利索。

有分寸，知进退，值得表扬。

于是等谢刃将传讯木雀放走，回头就见风缱雪从乾坤袋里取出了一枝剔透的花，层层怒放，上头还挂着露。

"吃了。"他递过来。

谢刃惊奇万分，又见了新世面："你的乾坤袋居然还能养千灵雪草？"这东西娇贵罕见极了，是补充灵气的圣品，就连长策学府都是过节设宴才舍得拿出一朵，哪有这种递馒头的馈赠法？

风缱雪答："因为我家有钱。"

谢刃听得牙疼："我家也不穷啊，不过是比你们风氏差远了，这么珍贵的东西，你还是留着自己吃吧。"

风缱雪却不肯收回去："我吃腻了。"

谢刃："……"

最后他还是吃了。作为回礼，谢刃颇为体贴细心地在早市上买了一包炸臭豆腐送给他，结果被风缱雪一拳打得蹲在地上，半天没缓过劲。

"你还讲不讲道理啦？"他捂着肚子抗议，"是不吃甜的，又不是不吃臭的！"

风缱雪扯起他的发带，将这顽劣的小少年跟跟跄跄地拽出乌啼镇。

红衣怨傀一路往东，躲躲藏藏极为小心，若不是谢刃那道符咒下得隐秘，怕是早已被她逃脱。

"再往前，就是春潭城。"这日午后，谢刃靠在一根树杈上晒太阳，顺便啃着野果，"过了春潭城，就是鸢羽殿，难不成真是他们在搞鬼？"

风缱雪站在树下："若的确是鸢羽殿在背后操纵，你要如何应对？"

"他们家大业大，修为深厚，我一时半刻还没办法。"谢刃跃回地面，单手搭住他的肩膀，"所以要是真惹出事，你得护着我，他们再厉害，也比不过风氏，得罪不起你家。"

风缱雪答应："好，我护着你。"

一进春潭城，立刻就又热闹了，这里是修真界赫赫有名的灵器城，许多炼器师都住在这里，商铺更是一家挨着一家。到处都是飞来飞去的揽客书，谢刃接下几张粗粗一扫，还真有不少稀奇古怪的新东西。

风缱雪不明白："为何每一户店铺都在极力推荐'修为大长石'？"

一听这名字就知道是骗钱货，而且价钱定得不高不低，也达不到让黑心商铺开张吃半年的效果。

"这你就不懂了。"谢刃一边走，一边随手拿起路边摊子上的小东西把玩，"虽然一块石头赚不了多少钱，但只要你买了，就说明你既有点小钱，脑子还不怎么好用，店铺就可以使劲坑你了，否则靠什么精准筛选傻子？"

一番话逗得摊主直乐，风缱雪也带着笑意，轻轻拉了他一把："别撞人。"

"我们去前面歇会儿。"谢刃放下手里的东西，又问："对了，你那个高级乾坤袋也是在这里买的吗？"

风缱雪摇头："师兄送的。"

谢刃盯着他看了一会儿，催促道："师兄送的，然后呢？下一句难道不该接如果我想要，你就去问问你的师兄？这才是朋友间的日常寒暄之道。"

"没有这种寒暄之道。"风缱雪无情拒绝，"天下仅此唯一。"

谢刃撇嘴："小气，那你再请我喝酒。"

风缱雪替他买了一小坛淡酒，因着小少年嗜甜，又往里加了一勺蜜。

谢刃看得稀奇，心想怪不得他上回买回来的酒甜，原来还能这么喝。

"走吧。"风缱雪端起托盘，打算与他一道去酒肆二楼。

结果转身就撞上一伙人，为首那个趾高气扬，语调扯得阴阳怪气："我当是谁呢，原来是谢兄，我看看，这又是拐到了哪家的小美人，双双出来寻欢作乐了？"

风缱雪依旧捧着托盘，眉头微皱："你认识？"

谢刃道："崔望潮，早年路遇凶煞，被我所救。"

风缱雪又问："所以他今天是来道谢的？"

谢刃双手抱剑，语调扬高："这位崔兄向来不识礼数，当初我把他从乱葬岗里掏出来，也没换得一句谢，今日怕是同样等不到。"

"不愿道谢，倒不一定就是不识礼数。"风缱雪放下手中托盘，抬眼冷冷一瞥，"说不定人家愿意磕头呢。"

崔府与谢府一样，都依附于鸢羽殿，而且要更家大业大一些，所以崔望潮一直没把谢刃放在眼中。再加上前些年长策学府选拔弟子，自己考试多回都未能考中，谢刃却是被竹业虚亲自上门接走的，如此一比，崔望潮自然越发不忿。

风缱雪说完"磕头"二字，不仅是旁边凑热闹的人，就连崔府的家丁也没忍住，"扑哧"一声笑了出来。崔望潮面子挂不住，指着风缱雪叫骂："你又是从哪里冒出来的？"

他嘴里不干不净，谢刃眼神一暗，正欲上前让对方闭嘴，却被风缱雪按住："我来。"

"你？"谢刃侧首，小声往外挤字，"他有些本事的，你行吗？"

风缱雪道："虽打不过你，打他却绰绰有余。"

这话说得像嘲讽，崔望潮果然被激得恼羞成怒，他自认资质并不比谢刃差，上次之所以会输，全是因为运气没跟上，这回狭路相逢，已打定主意要给对方些颜色看看。于是拔剑出鞘，锋芒染青霜，引来周围一圈惊呼，就连谢刃也有些意外，这是……浮萍剑？

崔望潮感受到身边羡慕的眼神，心中得意非常，再看一眼风缱雪，却见对方依旧一副冷冰冰的表情，像是丝毫没有被自己的名剑震慑，又觉得十分扫兴，语气不善道："你若是肯认输，现在还来得……"

来不及了。

风缱雪一脚踹在崔望潮胸口，踢得他整个人向后飞去，一屁股坐碎了一堆"修为大长石"！

谢刃："……"

崔望潮上回被谢刃一脚踢进乱葬岗，这回又被风缱雪一脚踢进杂货铺，勃然大怒，一张脸气得如猪肝赤红，恰好和手中的浮萍剑形成鲜明对比。风缱雪当空一剑扬落花，看得周围百姓双眼放光，赞道原来容貌好看的小仙师，打起架来也好看，竟连剑气都能飘出花瓣。

但这其实是二师兄的剑法，万木逢春，花开满园，风缱雪打算以后都用这一招。除了方便隐藏身份，还因为剑舞落花确实好看，比剑舞冰霜好看，他在青霭仙府的时候就是这么认为的，又不愿被旁人看出羡慕之情，所以一直非常冷漠地没有外露，现在总算能名正言顺地据为己有，连带着看崔望潮都顺眼了些。

谢刃接住剑芒幻成的花瓣，指间化出一片微光。

崔望潮这人有个毛病，打架的时候喜欢骂人，尤其是在觉得自己可能快输了时，废话就更多。而这种嘴欠打法的后果也是显而易见的，风缱雪原本打算点到即止，这回直接反手一掌，拍得他险些吐出一口血。

"少爷！"家丁赶忙扶住他。

风缱雪收剑落地，问："还打吗？"

"你……你们给我等着！"崔望潮狼狈地站起来，嘴上发狠，身体倒脚底抹油溜得贼快。

谢刃走上前来，笑道："看不出，你还挺厉害的。"

"不算太厉害，那个崔浪潮若是再不认输，我就要求助于你了。"风缱雪重新将托盘捧好，"走吧，我们上楼。"

"他不叫崔浪潮，他叫崔望潮。"

"嗯，崔望潮，差不多。"

风缱雪之所以要主动打这一架，一因对方言辞无礼，二来能和谢刃进一步拉近关系，三者，他觉得自己总不能一直维持御剑不稳的傻子形象，往后若再一道斩妖除魔，还是要拔剑的，所以得适当展现出一些实力。

两人在二楼寻了个靠窗的位置，风缱雪问："乱葬岗是怎么回事？"

"先前我和崔望潮在霓山相遇，他带着一群人挑衅，嘴里也像今日这般不干净，我就把他丢进了乱葬岗。"

风缱雪："……"

谢刃倒酒，问："你怎么不说话了？"

风缱雪道："你先将他丢进乱葬岗，后又把他从乱葬岗里掏出来，还要他向你道谢？"

谢刃理直气壮道："我也可以把他丢进乱葬岗，然后不掏出来，那破地方可脏了，我费了好一番力气才找到他，回去光澡就洗了三回，让他道声谢怎么啦？"

风缱雪想了想："也对。"

然后倒霉的崔望潮就被两人丢在了脑后。

加了蜜的酒很甜，谢刃又买了几碟盐津果子，随口问小二："最近城里有没有什么新货？"

"厉害的新法器倒是没听过，不过飞仙居造了一艘很大的仙船，马上就要完工了，据说可载数百人自由翱翔九天，伴星辉采月露，美丽极了，最近正在征人报名哪。"

"登船需要多少玉币？"

"三百一个人。"

"三百？"谢刃一口酒呛进嗓子，"这么贵？"

"人人都想乘船，当然贵。"小二道，"不过仙师想来听过，那飞仙居的主人平时喜好结交文人，更爱写诗，所以若没有玉币，有好诗也成。"

"我可不会写诗。"谢刃撇嘴，过了一会儿，又用一根手指推推风缱雪，"喂，风兄，你想不想去仙船上看看？"

"好。"风缱雪爽快点头，"你我二人，六百玉币，够吗？"

"别破费啊，你写首诗呗。"谢刃挪到他身边，"你是风氏子弟，自幼被万卷书香熏陶，肯定随随便便一开口，就能盖过这城中所有人！"

风缱雪停下掏钱的手："也可以。"

他虽没有被银月城的万卷藏书熏陶过，但跟随师兄学过好几天诗，不太难。

谢刃充满期待，看他下笔如飞——

好大一艘船，翱翔飞九天。

三百登船费，确实不算贵。

谢刃："……"

风缱雪将纸上的墨痕吹干："写完了。"

谢刃瞪大眼睛仔细观察他，他想确定一下对方究竟是不愿意写，是生气了，是在敷衍自己，还是真的不太会。

最后发现好像是最后一种可能性。因为风缱雪的表情并不冷，甚至还很认真。

这种文采，竟也能从银月城风氏的学堂里混出来？

谢刃简直大吃一惊！

风缱雪不解："你愣着干什么？"

谢刃痛心疾首地想："我当然要愣一下啊，你这脸和你这诗，未免也太不搭了吧！"

风缱雪问："要怎么把诗递到飞仙居？"

谢刃不想打击他，刚打算寻个借口敷衍，小二却偏偏端着酒来了，只见他热情地将诗文一卷，道："我们每天都要往飞仙居送一回客人们写的诗，仙师只管放心交给我。"

风缱雪点头："既如此，多谢。"

谢刃单手扶住额头，罢罢罢，人人都想坐船，想必诗早已堆成雪片般，那飞仙居的主人未必会细看，就算细看了，也顶多丢人现眼，又不会因此多挨一顿打，随便吧。

喝完酒后，天色也暗了。

因那红衣怨傀一直躲在城外，并没有新的动作，长策学府也还没有消息传来，两人便打算在春潭城暂住一晚。结果一连去了三四家客栈，都说满房，想找个地方凑合坐一夜，却是连酒肆的门都进不得了。

谢刃意识到不对："怎么回事？"

小二赔着笑脸，不敢说，只敢用手悄悄往两人身后一指。

谢刃扭头，就见崔望潮阴魂不散地又来了，而走在崔望潮身边的人，着一身淡金家袍，发冠如玄鸟长尾，一看便知出自鸾羽殿。

来者明显不善，风缱雪问："这人也被你踢进了乱葬岗？"

谢刃嘴一撇："没有，他叫金泓，是鸾羽殿的七名少主之一。"

"有何过节？"

"没过节，他们就是单纯看我不顺眼。"

谢家依附于鸾羽殿，逢年过节，谢府的主人总要带着妻儿前去赴宴，而谢刃从小就天资卓著，又被竹业虚收为亲传弟子，所以只要他一出现在宴席上，立刻就会成为闪闪发光的"别人家的孩子"，比过来比过去的，人缘自然不会太好。

不过一般人被比下去，顶多心里不服骂两句，或者再硬气一些，打一架也行，像这种仗着是自家地盘就不让别人吃饭、住店的，着实欠教训。

金泓走上前，语带不屑："谁准你来这里的？"

"春潭城又没被你买走，我为何不能来？"谢刃将风缱雪挡在身后，

"有本事我们单打独斗，少仗势欺人！"

"单打独斗，行啊。"金泓一抬手，周围人群立刻散开，"多空出点地方，免得伤及无辜。"

谢刃对身边人道："你站去旁边。"

风缱雪提醒："他没有佩剑。"

谢刃看了眼金泓空荡荡的腰间，自己也将剑合了回去。

"别，谢刃，我可不想赤手空拳与你斗，况且我也不是没有佩剑，而是最近新换了一把剑。"金泓从侍从手里接过剑匣，"啪"一声打开。

若说早上崔望潮的浮萍剑能令众人连声惊叹，那么这把灭踪剑一出，整条街就只剩下了倒吸凉气的声音，全部在咂舌羡慕鸾羽殿果真家底深厚。据传此剑能大大提升主人修为，更能自己飞起斩敌，除了至今压在太仓山下的烛照，怕还真找不出第二把剑，能盖过灭踪的风头。

谢刃将剑柄握得更紧。

风缱雪开口："等一下。"

崔望潮原本正在幸灾乐祸地看好戏，突然被打断，心中不悦："等什么？"

风缱雪皱眉："我没有同你说话。"

崔望潮喋喋不休："金公子约战谢刃，和你有什么关系？"

风缱雪被惹烦了："闭嘴，崔浪潮！"

"我叫崔望潮！"

"闭嘴，崔望潮。"

崔望潮："……"

风缱雪将谢刃拉到旁边："你也换一样武器。"

"我现在哪有武器换？"谢刃压低声音，"等会儿我要是打不过，你看情况自己跑，反正别落到他们手里，记没记住？"

风缱雪往身边扫了一眼："都让开。"

人群面面相觑，往后挪动一小步。

风缱雪说："我已经提醒过一次了。"

人群依然没反应过来他是什么意思。

风缱雪将手伸进乾坤袋，从里面硬生生拖出一只两丈高的壮硕铁虎兽。

铁甲猛兽四爪落地，"砰"的一声，直踩得黄沙漫天地皮塌陷，凛凛虎啸威震天！

在一片惊呼声中，满街看热闹的人如潮水般轰然散去。

谢刃也被震得够呛，头皮都要炸了。

风缱雪命令他："坐上去。"

谢刃道："不是，你这什么我就坐……喂喂喂！"

他整个人都被风缱雪推上了铁虎兽，忙不迭地抓住了面前的皮缰绳。

金泓目瞪口呆，他看着面前一身铁甲的庞然大物，不由得往后退了三步。

铁虎兽长牙如矛，浑身坚不可摧，竖着的钢尾上更是生满倒刺。站起来虽称不上遮天蔽日，却也能严严实实挡住一片天光，将对面的所有人都笼罩在阴影里。

崔望潮还是头一回见到这种古怪机甲，膝盖发软，喉结艰难地滚动着，半天挤出一句："你们使诈！"

"使诈？"风缱雪冷冷地道，"只许你们换剑，我们就不能换吗？更何况灭踪乃南山四神剑之一，曾斩妖除魔惩奸除恶，在烛照现世之前，称它一句天下无敌亦不为过。而这铁虎兽只是我师兄一时兴起，用阴山捡来的破铜烂铁所制，他并非炼器师，只是在闲暇时对着一本手工旧书拼拼凑凑而已，这么两样东西摆在一起，到底是谁占谁便宜？"

他言语掷地有声，乍听也确实有几分道理，但只要一细想，就能明白其中的门道。灭踪剑虽威名赫赫，却对剑主人有着极高的要求，非得天资卓著者，或者剑主人与剑经过多年磨合，方能合二为一所向披靡。现在金泓只是新得此剑，即便能增修为，也远远发挥不出灭踪应有的威力。铁虎兽却不同，铁虎兽对使用它的人没有任何要求，哪怕捆一块石头在它背上，也一样能轰隆隆横冲直撞，用利齿钢尾将对方卷个血肉模糊，二者根本就不是一个入门难度。

谢刃此时也坐稳当了，他一手拽着皮缰绳，一手执剑指着金泓挑衅："喂，别站着不动啊，还打不打？"

金泓眼底含着愤恨，用力合上剑匣，转身向长街另一头走去。

风缱雪飞身挡到他面前。

"你还想干什么？"金泓没好气地问。

"客栈。"

"客栈又不是我家开的，你要住就去住！"

"你付钱。"

金泓："……"

风缱雪伸手一指："我要住这家。"

金泓几欲呕血，但眼见谢刃已经骑着那只铁虎兽，一步一个坑地往这边来了，他只有狠狠一脚踹开客栈大门，甩手往柜上丢了一包玉币："给他们两间客房！"

小二连声答应，战战兢兢地目送那一群纨绔离去。风缱雪走到铁虎兽旁边，仰头道："还没坐够吗？"

谢刃笑得趴在铁甲背上："你怎么这么厉害啊？"

风缱雪把他拽下来，又将铁虎兽收回乾坤袋："上回借它来玩，一直忘了还给师兄。"

"金泓肯定被气惨了。"谢刃道，"他素来嚣张跋扈，这次得了神剑，想炫耀却吃瘪，回去八成要好几天吃不下睡不好。"

风缱雪摇头："他配不上那把灭踪剑。"

"鸾羽殿不缺钱，什么不能买得？"谢刃打发小二去泡了安神茶。两人近来连日奔波，难得能在客栈舒舒服服睡一夜，便各自都早早回了客房。春潭城的灯火是彻夜不熄的，商铺不仅将整条街照得亮如白昼，就连天上也时不时有各种机甲飘过，闪烁似漫天星辰。谢刃靠在窗边看了一阵子，刚想洗漱歇息，怀中的寻踪咒却突然有了动静！

"风兄！"他风风火火，一把推开了隔壁客房门。

风缱雪正在沐浴，眼神疑惑，问："有事？"

谢刃道："那只红衣怨傀像是要跑，我先去追，你慢慢来！"

风缱雪点头，挥手扫过一旁木架上的棉锦浴巾。

风缱雪御剑疾行，很快就在城外找到了谢刃。

"红衣怨傀呢？"他问。

"寻踪咒突然失灵了。"谢刃指间夹着黯淡符咒，"两种可能性。"

第一种，有人解咒；第二种，怨傀死了。

谢刃将失效的符咒化成火："我下的寻踪咒，不说旁人一定解不得，可至少该有些动静传过来，断没有突然消失的道理。"

"所以是有人抢先一步，散了怨傀的残魂。"风缱雪拉起谢刃，与他一起升至高处。春潭城不灭的灯火正好在此时派上用场，整片天几乎都是亮的，而在无数飘浮的云船与机甲间，有一道金色的光影正一闪即逝。

风缱雪说："是鸾羽殿的人。"

"三更半夜不睡觉，鬼鬼祟祟跑得倒挺快。"谢刃猜测，"会不会是金泓白天看到了我们，猜到与红衣怨傀有关，担心乌啼镇的事情败露，所以毁尸灭迹先下手为强？"

"鸾羽殿除凶煞，习惯用剑还是用咒？"

"都有，不过多是用他们独创的玄鸟符。"

"有何特点？"

"能引惊雷，斩妖之后，地上会残余一片金影，三五天不散，生怕别人不知道是他们鸾羽殿的功劳。"

风缱雪问："是那样的金影吗？"

谢刃顺着他的目光看过去，还真在树丛中发现了一片闪烁的影子，正是玄鸟符留下的痕迹。再在周围仔细一寻，半张残破的寻踪咒也在树杈上挂着，边缘有被雷劈过的焦黑。

"急着杀红衣怨傀掩人耳目，这事我不意外。"谢刃坐在地上，"可直接留下雷鸣金影，未免也太明显了，这不是等着让人发现？"

"猜不透。"风缱雪问，"现在红衣怨傀已经没了，你有何计划？"

"师父那头也不知回个话。"谢刃双手撑在地上，"你我连日奔波追来这里，至少要弄清楚今晚是谁下的手，否则岂不是一无所获？"

风缱雪想了一会儿："上门去问。"

"去问？"谢刃初听觉得疑惑，不过很快就反应过来，"也对，反正已经撞到了金泓，而他们恰好又留下了这明晃晃的玄鸟符，那我们就光明正大地去鸾羽殿问，看看究竟是谁杀的，又为何要杀。"

"明日，我们一起去。"风缥雪站起来，"走吧，先回客栈。"

"等……等等我，腿麻。"谢刃倒吸冷气，连剑都御不稳当，回城后还要靠风缥雪搀扶，嘴里叽叽歪歪话不停。

"你慢点，慢点行不行？"

"不行。"

风缥雪抬手推开客栈门，两名正在喝茶的白衣少年听到动静，一起站起来："阿刃。"

"璃焕、墨驰？"谢刃纳闷，一瘸一拐地跳到桌边，"你们怎么会在这里？"

"竹先生接到你的传讯木雀，派我们前来相助。"璃焕拎住他的胳膊，"几天不见，你的腿果然被人打断了？"

"什么打断，我是坐的……"谢刃指着风缥雪，又问，"需要我给你们做介绍吗？"

"来时竹先生已经说过了。"墨驰拱手行了一礼，"风兄。"

风缥雪微微点头。

璃焕出自临江城璃氏，家中有几位姐姐都嫁往了银月城，和风氏多多少少沾些亲戚关系，再加上他为人亲和热情，所以很快就将风缥雪当成了自家熟人，问道："红衣怨傀呢？"

"先别提什么红衣黑衣。"谢刃揽过二人肩膀，"我不是在信里都写了吗，这次的怨傀极凶，也不知是哪儿冒出的野路子，将我的红莲火都冻成了冰，师父怎么不亲自前来，只派了你们两个？"

风缥雪："……"

璃焕一胳膊肘打向他的肚子："我们两个怎么了？"

谢刃眼前发黑："行行，你们厉害，你们厉害。"

可厉害只是嘴上说说，打闹是一回事，璃焕心里也清楚，若是连谢刃都对付不了红衣怨傀，那再加上自己与墨驰，确实一样够呛，竹先生究竟是怎么想的？

只有风缥雪面不改色，伸手揉了揉太阳穴。

竹业虚的想法其实很简单，有琼玉上仙在，哪里还需要自己出马？

他只恨不能将学府里所有的弟子都打包成礼盒送上门，让他们好好把握这难得的学习机会——这回只派来两个，真的已经很良心了。

璃焕还在问："红衣怨傀呢？"

谢刃道："死了。"

璃焕与墨驰异口同声："你杀的？"

谢刃一搓鼻子："不是我，是鸢羽殿的人。"

璃焕嫌弃："那你岂不是被姓金的比下去了？"

"闭嘴。"谢刃扶着桌子站起来，"先去睡，有事明早再说。"

他腿虽然麻，倒不耽误往楼梯上跑，就是姿势扭曲了些。风缱雪也站起来回了二楼，只留下墨驰还在费解："怎么坐的，居然能把腿坐麻？"

璃焕分析："可能是在追红衣怨傀的时候，风兄从天而降，一下子撞倒了阿刃吧，把他的腿撞麻了。"

墨驰点头："有道理。"

两人极有默契地双双绕过去，打了个呵欠，也上楼去睡了。

第二天中午，四人便一起出发前往鸢羽殿。

春潭城外依旧有许多飘浮的云船，虽不如夜晚仙乐飘扬灯火璀璨，但整齐地悬浮在一起时，仍有一种寂静而又庞大的震撼感。璃焕仰着头感慨："真不愧是灵器城，别处可见不到这些。"

"我们在来的时候，曾听人说飞仙居制出了一艘巨大的仙船，能上九天摘星揽月。"墨驰见风缱雪像是不怎么爱说话，便主动与他攀谈，"风兄，你想不想上去看看？"

谢刃将人拎到旁边，面不改色："不想！"

"少来，我还不知道你，最爱凑热闹。"墨驰用石子打枝头的野果玩，又说，"不过价钱也够贵的，好像要三百玉币。"

风缱雪道："不必付钱，我写诗了。"

谢刃："……"

璃焕闻言拊掌："对啊，我怎么忘了，银月城风氏出来的子弟，哪里有不善诗词歌赋的？可不就占了这便宜。"

"擅长也带不了你们两个。"谢刃继续将风缱雪挡住，"一首诗带四个人，飞仙居还要不要赚钱啦？"

"不必麻烦，我爹好像同飞仙居的主人有些交情，登船不难。"璃焕道，"墨驰若想上去，我现在就放木雀问问。"

"好啊，要是时间来得及，我们四个一起去看热闹。"墨驰将打下来的果子分给三人，他平时最喜欢捡着小石头打叶打鸟，不用任何仙法也能百发百中，长策学府后院那棵可怜的秃顶大树，就是这么来的。

谢刃咬了口果子，心情很复杂。早知你有靠山，我就不提议写什么诗了，现在可好，若"好大一艘船"换不得两个名额……算了吧，自信一点，不是若换不得，是肯定换不得。到时候另外两个人靠着关系高高兴兴登船了，自己与风缱雪却在下头，看不成热闹倒是其次，但银月城风氏子弟的面子可能就要荡然无存了。

风缱雪见谢刃欲言又止，不解道："你想说什么？"

谢刃道："我是想问你，我们到鸾羽殿后要找谁？"

虽然长策学府在修真界颇有地位，但说到底也只是一座无权无势的学堂，与其扯起竹业虚的大旗，倒不如搬出各自的家世好用。

谢府寻常殷实，寻常富贵，多年来还一直依附鸾羽殿，面子不够大。墨驰家中经营仙府修建的生意，更是个有钱没地位的主：只有银月城风氏和临江城璃氏能拿来撑腰。

风缱雪道："我就认识金泓。"昨天刚认识的。

璃焕道："我连金泓都不认识，我压根没去过鸾羽殿。"

谢刃一手揽过一人，将自己没形没状地挂在中间："那说定了，我们就去找这位仁兄！"

鸾羽殿中，金少主莫名地后背一凉。

离开春潭城后，再御剑疾行一个时辰，就能抵达鸾羽殿。这时太阳还没完全落下山，余晖落在金灿灿的大殿墙瓦上，璃焕被晃得连眼睛都睁不开："我的天，这也太难看了，他家是只会用金砖砌房吗？"

"若真是金砖就好了，偷两块还能去寻常世间换酒喝。"谢刃道，"是幻术。"

"那岂不是又小气又想摆阔?"璃焕整了整衣冠,他是自幼在满谷幽兰中长大的,素雅洁净惯了,对这土横暴发户似的鸢羽殿基本处处看不顺眼,连敲门时都不忘垫块布巾。

墨驰:"……"

开门的弟子在听完四人身份后,恭恭敬敬地将他们迎进前厅,又火速去请自家少主。

金泓觉得自己聋了:"他们没毛病吧,闹完春潭城不算,竟还敢到家里来挑衅?"

崔望潮也道:"不如直接赶出去。"

"胡闹!"旁边还有一位留山羊胡子的长辈,是金泓的叔父金仙客,他虽不知这崽子又在外头闯了什么祸,但他向来看不顺眼崔望潮的唯诺奉承,觉得自家侄儿就是因为狐朋狗友,才变得越来越不学无术的,现在听他竟还要将风璃二族的少爷赶出门,更是勃然大怒,一脚就把金泓踢去前厅解决问题:"记得给人家道歉!"

金泓险些吐出一口血,心道:"是他们骑着铁老虎耀武扬威,我道什么歉?"

崔望潮被风缱雪打出了心理阴影,进门一看到他就肉疼。

璃焕很规矩地行礼:"金兄,我等贸然登门,打扰了。"他又看向金泓身后的人:"不知这位是?"

崔望潮冷哼一声,不予回答。

风缱雪平静地说:"他叫崔浪潮。"

崔望潮怒极:"你!"

"他怎么了?"谢刃用剑柄护在风缱雪身前,"你不肯答,就别怪别人答错。"

风缱雪疑惑地问:"我答错了吗?崔浪潮。"

崔望潮这回干脆被气出了门。

金泓面色不善:"你们来干吗?"

"我们最近一直在追一只红衣怨傀,从乌啼镇到春潭城。"谢刃道,"结果就在昨夜,他却被一道玄鸟符斩杀散魂。"

金泓承认："是我杀的。"

他答得爽快，屋里其他人却都一愣，还当他多少要遮掩一下，怎么张口就认了。

金泓被盯得莫名其妙："你们有病吧？红衣怨傀谁杀不得，因为这事找上门，难不成你们还要护着她？"

谢刃问："你怎么知道山中有红衣怨傀？"

金泓不满："这和你有什么关系？"

谢刃看着他的眼睛："前阵子乌啼镇频频发生命案，凶手就是这只红衣怨傀，她不仅剖人金丹，还竭力隐藏身份。我觉得其中有古怪，便故意留了她一条性命，又下了寻踪咒，想看看她到底要逃往何处，结果却被你给杀了。"

"我又不知道你要留她作饵。"金泓不悦，"现在我杀都杀了，你想怎么样？"

谢刃又问了一遍："所以是谁告诉你，山中有红衣怨傀的？"

这原本也不是什么难以回答的问题，但金泓一向看不惯他，自不愿配合，转身想走，却被谢刃用半截剑刃挡在身前："不说，可就别怪我拿你当同伙了！"

"你放肆！"金泓一脚踢来，手中佩剑也出了鞘。两人面色不善互相对指，还是璃焕出来打圆场，提醒道："金兄，乌啼镇若是荒废了，唯一的获益者就是鸾羽殿。"

金泓皱眉："你什么意思？"

"就是你听到的意思。"谢刃合剑回鞘，"谁不知道你家一直想将乌啼镇圈起来，现在那鬼鬼祟祟的红衣怨傀受伤后不往东不往南，偏偏朝着春潭城跑，还恰巧被你斩了，我不来问你，还能问谁？"

"阿泓。"厅门突然被一把推开，"回答谢公子的问题，你为何要大半夜的，跑出去杀红衣怨傀？"

来人正是金仙客。

他原本是因为担心少年们鲁莽易怒，才想跟来看看情况。谁料刚进院就听到谢刃的质问。他老奸巨猾，自然清楚此事若传出去，鸾羽殿将会迎来怎样的闲话，不管不行，必须得管。

金泓收回佩剑，没好气地一扬下巴："是他说的。"

众人顺着他的目光看过去。

风缱雪道："崔浪潮。"

崔望潮："……"

金仙客沉声问："你是从哪里得来的消息？"

崔望潮也不知为何中心竟会转移到自己身上，愣了半天才说："我……我专门派人去城外找的啊，不只红衣怨傀，还有僵尸怪物，费了好一番力气呢，金兄新得了灭踪剑，不得多练练手？"

谢刃道："但那只红衣怨傀是死于玄鸟符，并非被剑斩杀。"

崔望潮吞吞吐吐："这……什么……我……"

见他态度扭捏，还不住看向自家侄儿，金仙客又是一股子火直冒，声音一厉："老实说！"

崔望潮被吓得一抖。

金泓没好气地说："因为我握不稳那把灭踪，总不能让怨傀跑了吧！"

屋内一片安静。

得了南山四神剑之一的灭踪，却无法顺利控剑，好丢人啊！

金仙客也没料到竟还有这么一种可能性，噎得半天没组织好措辞。

墨驰偷偷看向其余三人，用眼神示意：喂，现在我们怎么办？

风缱雪道："金公子若真的与红衣怨傀有关，确实不必用玄鸟符留下痕迹。"

他不说还好，一说，金泓越发怒火中烧："那你们跑来做什么？"

风缱雪继续道："但事情发展到现在，所有疑点都指向了鸾羽殿。"

金仙客试探："不知这位小公子是？"

风缱雪行礼："在下银月城风氏，风缱雪。"

金仙客点点头，道："风公子，此事的确蹊跷，这样，不如各位先在家中住下，待兄长明日回来，我再将红衣怨傀的事情详细禀于他，看看究竟是谁在背后操纵，想将脏水泼给我鸾羽殿，我们定会给出一个交代。"

风缱雪道："好，那就多谢金先生。"

金泓甩手离开，可能还在恼羞成怒的余韵里没有出来，一张脸青青紫紫。崔望潮也赶紧走了，金仙客叫来家丁，将四人带去客院，吩咐万不可怠慢——事实上也真的没有怠慢，侍女来来往往，光是灵果甜酿就摆了满桌。

风缱雪问谢刃："你怎么看？"

谢刃道："暂时没有头绪，先看看明日他们如何回话吧。"

璃焕站在窗边，伸手接住一只木雀，拆开一看，扭头道："墨驰，飞仙居送来了两张登船丹券，我先收起来了。"

谢刃剥瓜子的手一停："这么快？"

"对啊。"璃焕说，"你们的丹券还没来吗？"

谢刃心口闷痛，还要假装轻描淡写地说："嗯，可能还没看到风兄的诗吧，再等等。那什么，我觉得诗肯定挺多的，飞仙居的主人若是犯懒，不看也正常。"

"你早说啊。"璃焕道，"这样吧，我再放一只木雀，看看能不能多要两张。"

谢刃立刻站起来："好！"

风缱雪按住他的肩膀："不必。"

谢刃赔笑："万一对方真的不看呢，一直没有丹券传回来怎么办？"

风缱雪很认真："那我就亲自拿到他面前，你只管放心。"

谢刃瞪大眼睛与他对视，一句话都说不出来，心道"你还要亲自拿去人家面前？"

璃焕将掏出来的木雀装了回去："那我就不管啦。"

谢刃："……"

鸾羽殿的东殿主名叫金苍客，是金泓的父亲，也是金仙客的二哥。

他这段时间一直在青蚨城访友，访友这种事嘛，叙叙旧喝喝酒，本来是很轻松惬意的，但也不知怎么搞的，席间话题突然就转到了小辈身上。谁家儿子能一剑单挑整座山的妖怪，谁家女儿十岁就能幻锦帕为剑，听得金苍客还没饮酒，就先一步面红耳赤，憋了半天，只憋出一句"阿泓最近新得了一把灭踪剑"，靠着大名鼎鼎的南山神剑，总算能勉强争回一些面子。

结果刚一回家就听说儿子别说是御剑，就连握竟然都握不稳，险些当场气昏。

金泓被骂得受不了："爹像我这么大的时候，也未必……"

"你放屁！"金苍客的火暴脾气，比起金仙客来有过之而无不及，"你老子我十七岁的时候，已经斩杀妖邪三百余只，独自捣毁了白黎水妖老巢，那条大江至今都风平浪静，百姓哪个不夸？"

金泓缩回脖子："哦。"

金仙客劝慰道："二哥切莫动怒，先进来坐。"

金苍客将佩剑递给三弟："我出去这阵子，家中可还消停？"

"家中倒没什么乱子。"金仙客道，"不过有件事，前阵子乌啼镇有红衣怨傀为祸，二哥可知道？"

"我听说了，长策学府像是已经派阿刃去斩了怨傀。"金苍客说着话，看见自家儿子一声不吭的，又气不打一处来，"你看看人家！"

金泓嘀咕："那只红衣怨傀是我杀的。"

金苍客惊奇道："你杀的，你去乌啼镇了？"

金泓："……"

金仙客将红衣怨傀的事情大致说了一遍，又道："长策学府的四名弟子目前正住在客院中，虽都只是十几岁的少年，但他们奉竹业虚的命令，一路从乌啼镇追来春潭城，怕是无论如何也要讨到个说法。"

"最想要乌啼镇的，就是阿洲了。"金苍客听得头疼，"不会是他弄出来的吧？"

"我也这么想。"金仙客道，"不过最近大哥闭关修行，阿洲忙着在玄鸟台护法，理应抽不出精力再去管乌啼镇。"

崔望潮也被叫来问话。

但再问也就那些了。他确实是为了讨好金泓，才派家丁去各处山林里搜寻凶煞的，也确实不知道红衣怨傀是谢刃放出来的饵——讲道理，这谁能提前知道？

另一头，谢刃与风缳雪正坐在屋顶上晒太阳。

璃焕在院中喂完鱼，拍拍手里的馒头渣，问道："你们在看什么？"

"刚刚有二三十个人急匆匆地跑去了东殿。"谢刃道,"穿着崔府的灰色家袍。"

"我猜是金殿主回来了,要问他们究竟是如何发现红衣怨傀的。"璃焕也跃上屋顶,见风缱雪手中握着一串鲜红可爱的果子,奇怪道:"咦,这是哪儿来的?"

"乾坤袋。"风缱雪分给他几颗,"季节还没到,不太甜。"

"你的乾坤袋中还有四季流转?"璃焕大为震惊,问出了和谢刃同样的问题,"这么高级,是从哪儿买的?"

"师兄送的。"谢刃代为回答,单手撑着腮帮子,"还有啊,就算能买,我也排在你前头。"

"那我要排第三个。"墨驰跟着凑热闹,又道:"阿刃,既然金殿主正在问红衣怨傀的事,你要不要用幻术化鸟去看看?"

谢刃一琢磨:"也行。"

风缱雪却摇头:"鸾羽殿四处都是金色光束,幻术极易被干扰。"

璃焕这才反应过来:"原来他们也不只是又土又爱炫,四处都是金灿灿的,竟还有这种用途。"

墨驰说:"你按照我给的路线,就不会遇到光束。"

璃焕稀奇:"为何?你我的幻术还不如阿刃呢,难不成还能破法?"

"不是破法,是这宅子本就有破绽,世间哪有那么天衣无缝的设计?"墨驰问:"信不信我?不信我就不画了。"

"信,当然信。"谢刃跳下屋顶,"可你怎么会知道这宅子的破绽?"

墨驰无奈地回答:"因为整座鸾羽殿都是我家修的啊!"

风缱雪:"……"

璃焕也被惊呆了:"你家修的?也对,你家经营的就是仙府修建的生意,全修真界最好的仙筑师都在机关墨家啊,我这什么脑子,可你怎么不早点说?"

墨驰一边画路线,一边没好气道:"你一直嫌这里的房子土,连敲门都得垫一层手巾,我要怎么说?难道承认这是我爹呕心沥血的得意之作吗?"

谢刃靠着柱子哈哈直乐,风缱雪也扬了扬嘴角,只有璃焕哭笑不得,飞身落到院中哄他:"你早说,你早说我就不说闲话了,而且这金光灿烂的，我看和皇宫也差不多，锦绣阔气。"

墨驰将一张纸拍到他脸上："走开！"

他很快就画好了路线图，风缱雪道："我随你一起去。"

"你？"谢刃看他，"你行不行啊？"

幻术虽说只是小把戏，可若想完全不被外人察觉，还是很难做到的。况且这回是去盯金苍客与金仙客的梢，那两人都是修真界鼎鼎有名的大人物，所以墨驰才提议只让水平最精湛的谢刃去，自己不敢托大。

风缱雪坚持："行。"

谢刃点头："那好吧，你跟紧一点，凡事小心。"

两人回到屋内，神识幻作两只金色鸟雀，悄无声息地向东殿飞去。

崔府的家丁整整齐齐站了一房，正在回忆当晚的状况。春潭城附近的山里其实是没有多少凶煞的，因为城中的炼器师们不管制出什么降妖的新玩意，都要拿去城外试一试，久而久之，凶煞也就被灭得差不多了。所以这回当一只红衣怨傀突然跌跌撞撞从林子里冲出来时，家丁们都惊呆了，没想通怎么还藏着这稀罕好货没被发现，赶紧将她围起来，又派人去请金泓。

金泓道："当时她受了很重的伤，慌不择路，我用玄鸟符将她斩杀后，就回来了。"

金苍客沉默未语。在这件事上，他当然不觉得自家儿子做错了，不仅没错，勤于练剑还值得嘉奖。但长策学府的四名弟子分析得也没错，乌啼镇若是荒败，鸾羽殿确实是唯一的获益者。

那么现在问题就来了，到底是哪个龟孙子在背后搞鬼，纵怨傀杀修士，给自己捅出了这么一个麻烦？

金仙客让崔府的人先行退下，又道："二哥不必忧心，或许只是巧合呢。"

"去将阿洲唤来。"金苍客吩咐，"不管对外如何交代，至少你我得先将事情弄清楚。"

两只小小的鸟雀依偎在大殿柱子上，一动不动地挤作一团。

片刻后，门外齐刷刷传来一句："见过少主！"

门帘一晃，进来一名金袍青年。他生得眉目秀雅，腰插金扇，看着斯斯文文，正是位列鸾羽殿七少主之首、金泓的堂兄金洲。

"二位叔父。"金洲问，"这么急找我过来，是出了什么事？"

"与乌啼镇有关。"在面对大哥的独子时，金苍客稍微将火暴脾气收了些，"前阵子那里突然闹起红衣怨傀，有人说与鸾羽殿有关。"

"乌啼镇？"金洲摇头，"前些年就因为它闹得全家不安宁，现在怎么又起了风波？"

金泓站在旁边无语地想，前些年为什么会全家不安宁，不就是因为你瞒着所有人，硬要去将乌啼镇收回来吗？惹得修真界人人咒骂，怎么现在倒好似全然跟你无关一样？

金洲继续问："叔父可要我去做些什么？"

"现在长策学府四名弟子就住在家中，等着我们给出一个说法。"金仙客道，"若确实与鸾羽殿无关，那告诉他们是巧合误会，打发走了便好。"

金洲点头："此事确实与我无关，既如此，那我先回去了。"

他说话细声细气，看起来也不愿在此多待，行礼后便转身离开了。

看着他离开的背影，金仙客问："还查吗？"

"查，不过是鸾羽殿关起门自己查，无须外人插手。"金苍客道，"晚些时候，你与阿泓去了长策学府的弟子，再好好招待一顿饭，明日便送他们走。"

金仙客道："是。"

眼见已经探不出什么了，谢刃稍稍一拱身边的人……身边的雀，想唤他一起飞回去，就这小小一点动静，竟也引得金苍客狐疑地抬起头。谢刃心中暗道一句不妙，风缱雪却镇定得很，一翅按住他的头，将那圆圆的眼遮了个严实。

融光幻境无声化开金墙金柱，金苍客微微有些目眩，觉得自己八成是没休息好，怎么连眼睛都花了。

金仙客道："大哥这一路奔波，还是让阿泓送你回去休息吧。"

谢刃屏住呼吸，纹丝不动。直到殿内彻底安静下来，风缱雪才撤走翅膀，顺便拍了下他的脑袋，转身飞出殿外。

谢刃也赶忙跟上。两道神识一前一后进入屋内，一直守着的璃焕与墨驰总算松了口气，同声问道："怎么样？"

风缱雪起身倒茶："学艺不精，险些被发现。"

谢刃强辩道："他又没看出来。"

风缱雪皱眉："改掉浮躁之气，以后多加练习。"

谢刃叫苦："你这腔调怎么跟我师父似的，行行，以后再练。"

几人正说着话，金仙客已经派侍女来通传，说晚上会在纤瑶台设宴。

璃焕道："得，看来是要将咱们送走了。"

谢刃将大殿中发生的事情复述了一遍，又道："崔府家丁说红衣怨傀是自己跑出来的，我倒觉得奇怪，她被我打得破破烂烂，一路东躲西藏见山洞就钻，断没有自投罗网的道理。"

风缱雪道："有人在追她。"

"或者是在赶她，故意让崔府的家丁发现的。"谢刃正说得口渴，于是顺势从他手中抽过茶杯，一口气将剩下的喝尽了，"你们说，这人最有可能是谁？"

风缱雪心平气和地提醒："那是我的杯子。"

谢刃："……"

是白玉杯，胖乎乎圆润可爱，剔透晶莹，明显与桌上的金色茶壶不是一套。

谢刃很识趣地双手递回："喏。"

风缱雪又从乾坤袋中取出另一只："不要，送给你了。"

谢刃看向另外两人，用眼神问：他是不是在嫌弃我？

璃焕与墨驰齐刷刷点头。

是呢。

金洲一路回到自己的居所，人还没进门，便已冷冷地开口："是你干的？"

厅中一名七八十岁的老妪拄着拐杖，颤巍巍地抬头向他看来。金洲没心情跟他玩这鬼把戏，右手金扇扫出一道锐利锋刃，将面前幻象击得粉碎，只化作翩翩蝶影飞出殿。

老妪消失无踪，椅子上坐着的是一名容貌苍白的青年，他指尖仍停着一只蝴蝶，摇头道："金兄今日真是暴躁，早知如此，方才我就该变作妙龄佳人，也好哄君一个开心。"

"收起你的幻术吧！"金洲站在他对面，"魏空念，我再问一次，乌啼镇红衣怨傀的事，是不是你干的？"

"乌啼镇怎么又出事了？"青年眉间露出疑惑，顺手将蝴蝶捏成粉末，"早就说了，那破地方不吉利，金兄非不信，早年闹了一大通，倒显得我们真的计较那一星半点灵气一样，现在可好，闹个红衣怨傀竟也要鸾羽殿负责。"

金洲不想与他多言，拂袖离开前厅，只留下一句："长策学府的人已经找上了门，若真是你，就去将烂摊子收拾干净！"

是夜，漫天星辰明灭。

纤瑶台高百尺，浅金轻纱曼舞，两侧繁花似锦，更有光束搭成云梯，一路伸至天穹深处——当然啦，是不能登攀的那种，只用幻术布景，博一个纤云弄巧、瑶台揽月的意思。因为客人都是小辈，所以金苍客与金仙客都未露面，主席上坐着的是金泓，但别说吃饭了，他光是一看席间四人，就觉得胃隐隐作痛，气不打一处来，正好连客套都省了。

崔望潮也在，他只与风缱雪对视了一眼，就迅速把眼神挪开。

风缱雪真心发问："他为何要躲，是怕我打他吗？"

谢刃一乐："也可能是怕你叫他。"

"我不想叫他。"风缱雪坐在席间，"这是什么茶？"

"玉芙蓉。"谢刃年年都要来鸾羽殿吃饭，于是一一给他介绍，"翠山拢雾、相思难表、红颜留春、青芜河上柳。"

名字起得云里雾里，但味道还不错。四人都非常默契地没有理会台上的金泓，正好金泓也不想理会他们四个，宾客间倒也达成了一种诡异的和谐。风缱雪犹记得在离开青霭仙府前，二师兄再三叮嘱的"要对谢府小公子多加照顾"，所以此时见谢刃面前甜羹空了，便想叫人替他加一碗新的，但半天没看到有侍女过来，便道："崔浪潮！"

崔望潮一口酒全部喷了出来。

风缱雪说："再给我一碗甜羹。"

崔望潮气极："你问我要什么甜羹？"

风缱雪皱眉："你是主，我是客，我不问主人要，莫非还得自己去厨房端吗？"

"你……"崔望潮被他堵得无话可说，因为在开席之前，金泓也不知道是哪里不太对劲，可能是抱着"凭什么要弯羽殿伺候你们"的心态吧，下令将所有的侍女都撤了，只留下一桌菜。原本是为了给个下马威，但现在看来，被踹下马的仿佛又成了自己。

风缱雪坐回去："没有就算了。"

崔望潮看了眼金泓。

金泓也要气死了，这种场合谁会是真心实意来吃饭的？不都是敷衍客套动一下筷子吗？哪有人吃光了不算，还主动要第二碗的？

风缱雪侧头问："他们家是有规矩，一人只能一碗汤吗？那我的给你吧。"

谢刃已经笑得说不出话了，他扶着桌子，半天才直起身："算了，你自己吃。"

风缱雪将碗推给他："你吃，我不吃甜，那不然我们各自一半。"

金泓坐在上位，眼睁睁看着二人拿着勺子分起了一小碗羹，那小心抠搜的模样，简直令他连心头血都要呕出来。这回崔望潮倒是机智了，赶忙低声分析："你说他们会不会是故意的？好出去逢人就讲，说弯羽殿存心怠慢，连饭都是两个人只给一碗。"

金泓不耐烦地一挥手："给他给他！"

片刻后，侍女鱼贯而入，在谢刃面前摆满了甜羹。

风缱雪目测了一下，觉得应该够了，于是对台上二人道："多谢。"

金泓自是不愿理他，至于崔望潮，生怕对方若得不到回应，自己就要再听一遍"崔浪潮"，倒是强行扯出了一个难看的笑。

这顿饭吃得宾欢主不欢，好不容易撤下最后一道茶点，金泓站起来就想走，却被谢刃挡住："等会儿，我还有事。"

金泓握紧佩剑，面色不善："我就知道你没安好心！"

"我对你只是没耐心，不是没好心。"谢刃道，"乌啼镇的红衣怨傀，听不听？不听我可就不说了。"

金泓不悦："你伤了她，我杀了她，她现已魂飞魄散，还有何好说的？"

"在乌啼镇时，我将她打成重伤，只剩下了一口气。"谢刃道，"她仓皇逃窜躲了一路，像是惜命得很，却偏在崔府的家丁搜山时，主动跑出来找死，你难道不觉得奇怪吗？"

"谢刃！"崔望潮听得莫名其妙，慌道，"这和我有什么关系，你休要在这里挑拨离间！"

"谁挑拨离间了？你闭嘴吧。"谢刃继续对金泓说："现在疑点全在你身上，那可是乌啼镇的几十条人命，要我是你，肯定要在事情传得沸沸扬扬之前将真凶找出来。"

金泓挥手将人扫开，自己带着崔望潮离开了纤瑶台。

风缱雪问："他会有动作吗？"

"肯定会，我还不知道他，最受不得委屈。"谢刃又随手在席间捡了个果子，"小时候我来这里过年，看林中积雪松软，刚要自己玩，金洲却带着人来了，我不想理他们，就躲在了树上。"

一群孩子也没什么高明术法，在雪里跑了一阵，又挖了几个大坑，搭盖树枝学猎人做陷阱，没多久便说说笑笑地远去了。

谢刃继续说："他们走了，我也就走了，后头雪越下越大，估计陷阱很快就被掩盖无踪。"

这本不是什么大事，谁知道有个姓刘的夫子突然来了兴致，要去深林里画雪景，结果掉进大坑摔断了腿。

谢刃啃了口果子："然后金洲就说是金泓干的。"

璃焕问："那你给他做证了吗？"

"我才懒得管这事。"谢刃道，"不过也不用我做证，听说金泓那次问了许多人，花了半个月时间，硬是寻出蛛丝马迹，完整拼出了金洲当天的行动路线，都去过哪里，都带着谁，还找到了几名证人出来说话。"

风缱雪点头："照这么看，他确实应该替自己探明红衣怨傀的真相。"

谢刃揽过墨驰："这次还有没有能避开金光的路线，让我去金泓的住处看看？他住在东殿最左侧的斜阳楼。"

"有，不过你千万小心，别被发现了。"墨驰对这里的图纸很熟悉，用微芒在他掌心绘出图，"可他回了斜阳楼，应该还要去金洲的住处，你知道金洲住在哪里吗？"

"百丈楼。"

墨驰发愁："那就麻烦了。"

百丈楼虽然没有真的高百丈，但位于整座鸾羽殿防守最严密的地方，金光阵法环绕，泼水不进。

谢刃嗤了一句："这是做了多少亏心事，才要将他自己这么铜墙铁壁地裹起来，不知道的还以为是藏着大小姐的绣楼。"

风缱雪道："我有办法。"

谢刃问："你有办法闯进百丈楼？"

风缱雪还真的有办法，而且办法不止一个。

但又不能暴露身份，若十六岁的风氏少年能一掌冻住鸾羽殿的金光阵法，只怕整个修真界都要震惊了。所以他只能用一种比较微末的法术，提议道："我们可以让金泓把脚崴了。"

其余三人不约而同地想：好损啊！

璃焕道："也对，他脚受了伤，不能动，又不想背黑锅，若再想质问金洲，只能将人请到斜阳楼去。"

谢刃冲风缱雪竖起大拇指：还是你厉害。

于是四人便先回了客院，两只圆滚滚的金色鸟雀再度飞出窗棂，扑棱去了斜阳楼。

这回为了防止谢刃因为学艺不精，又左摇右摆露出什么破绽，风缱雪在蹲好之后，抢先一翅兜住他，压得他牢牢不能动。

谢刃猝不及防，两根细爪外八一撇，险些坐了个屁股蹲。

谢刃："……"

金泓正在问崔望潮："你怎么看？"

崔望潮只知道说："金兄，这事确实与我家无关啊！"

　　金泓又被这驴头不对马嘴的回答气得够呛，平时看你也还顺眼，怎么最近越来越蠢了？

　　他道："算了，我亲自去问问。"

　　"现在？"崔望潮迟疑着看了眼天色，"已经很晚了，而且百丈楼那头一直同咱们不对付，这回别又是谢刃在故意挑拨，鲁莽去问反而中了他的奸计，还是再好好想想吧，不就是一个怨傀吗？"

　　谢刃对这草包也是无话可说。

　　金泓坐在椅子上："你说会不会是金洲身边那个魏空念干的？"

　　谢刃心里一动，魏空念？

　　他还真的知道这个人。

　　不过传闻都说魏空念早已远赴南洋，怎么会突然出现在鸾羽殿？

　　金泓突然站起来往外走去。

　　风缱雪见状眼神一厉，右爪一拧，一道看不见的蛛线霎时缠住金泓的右脚，引得他一个趔趄，直直摔在院中。

　　"金兄！"崔望潮冲出去扶起他。

　　"哟……"金泓疼得险些背过气，声音都发抖了，"快去叫大夫，不是，先扶我去净所。"

　　崔望潮赶紧带着他去了。

　　留下两只鸟蹲在窗前。

　　过了一会儿，谢刃说："我觉得他方才出门，可能只是想去茅房。"

　　风缱雪点头："嗯。"

　　谢刃补充："并不是想去百丈楼。"

　　风缱雪继续点头："嗯。"

　　大夫拎着药箱匆匆赶到，检查过后，说是并未伤到骨头，崴伤缓个十天半月就能下地，不要紧。

　　金泓靠在床上，一条腿直挺挺地伸着，心中越发气恼。虽说这一跤是自己摔的，但若不是晚上那场宴席实在太无趣，无趣到他只能频频自斟自饮，又哪里会因为着急去净所而跌倒？现如今脚腕肿成馒头，别说是御剑飞上百丈楼，就连走平路都要瘸着走。

崔望潮提议："不如找几名侍从，将轿子抬上去。"

"你还嫌金洲平日里对我的嘲讽少？"金泓没好脸色，嫌他太吵，索性扯过被子捂住头，在黑暗中独自琢磨了一阵。乌嗁镇的红衣怨傀一路逃往春潭城，中邪一般往自己剑下撞，若说一切都是巧合，傻子都不会相信，的确应该趁早下手查清。

崔望潮在旁边站了一会儿，见被子一动不动的，还当人睡着了，于是蹑手蹑脚向外挪去，结果刚到门口就听到身后传来一句："回来！"

崔望潮道："哎！"

金泓将被子拉下来，吩咐："去将谢刃找来。"

崔望潮一听，眉毛都要飞了，震惊地问："找他做什么？"

金泓对他这一惊一乍的嗓门也是服了，耐着性子道："我问你，谢刃和金洲，谁更有可能在背后阴我？"

崔望潮说话含含糊糊的："差不多吧，谢刃不也挺能无事生非的？就算要请，也别让我去，那屋的四个人里头，两个都打过我。"

金泓被噎住了，他想想谢刃身边的风缱雪，再看看自己身边这饭桶，胸口一阵发闷，简直悲从中来。可能是看金泓的表情太过一言难尽，崔望潮最终还是挪着小碎步出了门，不过也幸亏他这含羞带怯的大姑娘走法，谢刃与风缱雪才能抢先一步回到客院。

神识归位，璃焕立刻问："如何？"

谢刃道："金泓倒有些脑子，听起来像是要与我们合作。我还从他那里探得一个消息，你听过魏空念吗？"

璃焕点头："当然听过，龟山一派的幻术高手，在百仙宴时，曾挥袖幻出牡丹万朵、白鹤千只，漫天金霞璀璨，火烧整片流云，丝竹绵绵仙乐绕耳，数百美人怀抱琵琶裸足曼舞，有画师匆匆挥笔，却只来得及绘下不到十分之一的壮阔美景。"

幻术在众人的惊叹中碎裂成蝶，飞舞如绮梦铺满四野。魏空念因这场百仙宴声名大噪，成为世家望族竞相追捧的座上宾，谢府在给老太太过生辰时，也花大价钱请过他一回，不过谢刃当时年岁尚小，贪睡没能赶上。

墨驰道："后来我爹想邀他，却被我娘劝阻了，好像那阵子外头已经隐约在传，魏空念的幻术之所以出神入化，是因为他在施法时多以蛊血为引，所以仔细算起来，应该归为邪术。"

风缱雪道："蛊血邪术？"

"是，修真界最见不得歪门邪道，魏空念的地位自然一落千丈。"谢刃道，"他像是在一夜之间消失了，大家都猜测他去了南洋，没想到竟会出现在鸾羽殿，听起来还与金洲关系亲近。"

几人正说着话，崔望潮终于不甘不愿地姗姗来迟，站在门口道："谢刃，金少主请你们过去。"

谢刃看了眼天色："现在？"

"是。"崔望潮道，"有要事相商。"

谢刃向后一仰躺，嘴欠道："不去，他若有事找我，让他亲自来。"

崔望潮欲言又止，但止了又请不到人，只好说："金少主脚崴了。"

璃焕与墨驰听到他崴了脚，都没觉有任何意外，在事先商量好的计划里，金泓本来就是要崴脚的嘛！

不过谢刃觉得，他这个脚好像也不是非崴不可。因为金泓倒没那么蠢，竟然知道要与自己合作。但他看身边的风缱雪一脸冷若冰霜，就很识趣地把话咽了下去，崴脚就崴吧，就当无事发生。

四人一起去了斜阳楼。

金泓的脚腕上敷了药袋，再用绷纱一裹，看起来样子惊人。璃焕与墨驰进门都呆了，这怎么崴得如此严重？谢刃伸手一摸鼻头，只有风缱雪面不改色，站在床边问："找我们有何事？"

金泓道："关于乌啼镇的红衣怨傀，你再仔细说一遍。"

他使唤下人使唤惯了，说起话来颐指气使的，若换作平时，可能已经被风缱雪一脚踢出了八百里，但今天不同，今天他太倒霉崴脚了嘛，所以琼玉上仙真的就很没有表情地又说了一遍。

谢刃道："再多讲两回，你都该会背了，怎么样，有什么想法？"

"我会去查。"金泓停顿了一下，像是咬了咬牙，才又说，"你们能不能多住三天？"

谢刃嘴一撇，用剑柄敲敲他的肩膀："虽然你留客的态度有点差，不过我也想知道红衣怨傀究竟是谁放出来的，好吧，成交。"

金泓"哼"了一声，不耐烦地将剑扫下去："行了，快走。"

"那你好好养着。"谢刃又看了眼他的脚，"不过金兄，修仙之人能平地摔跤，你这……喂喂，风兄，你别拖我啊！"

风缱雪将人一路扯回了后院。

想在鸾羽殿多住几天，首先得寻一个合理的理由。

翌日清晨，风缱雪往床上一躺，硬邦邦地说："我生病了。"

仆人们："……"

璃焕与墨驰简直不忍直视，他这未免也装得太不像了吧？

谢刃一早就见识过他的"我摔倒了"，接受能力要稍微强一点。谢刃不知从哪里弄来一块湿手帕，端端正正覆在对方额上。

"行啦，现在像了。"

中午的时候，金仙客也闻讯赶了过来。风缱雪睡得四平八稳，用一点灵力逼出满头虚汗，眼睛都不愿睁，据说是在宴席上多饮了两杯烈酒，回来后又着了邪风，导致阴寒入体，卧床难行。

谢刃在旁道："休息两天就会好，金先生不必担忧。"

"这……没事就好，没事就好。"金仙客见风缱雪面色潮红，心里暗暗叫苦，总不能将这银月城风氏的公子送去春潭城客栈吧？只好派了家中最好的大夫，看能不能快些将他的病治好。

风缱雪睡了差不多整整一天，梦尽时，谢刃恰好在边上，问："你醒了？"

外头天色已暮，璃焕与墨驰去了饭厅，院中很安静。

谢刃继续说："金泓派人去查魏空念了。"

风缱雪坐起来："他告诉你的？"

"当然不是。"谢刃起身倒了杯水，"我幻鸟去看的，他现在哪里都不能去，倒方便我探消息。"

风缱雪担心他学艺不精被发现，不悦道："以后不许单独行动！"

"知道了。"谢刃继续道，"话说回来，你是装病，又不是真病了，怎么睡得这么沉？"

风缱雪伸出双指直直插向他的眼。

谢刃笑着将杯子递过去："走，吃饭去。"

金泓很快就查明了魏空念这几日的动向，在红衣怨傀被斩杀那天，他的确不在鸾羽殿。

但仅仅不在，并不能证明他一定与怨傀有关。谢刃靠在柜子上，手欠地摸过一个摆件扔了两下，又在金泓愤怒的眼神里放回去，问他："魏空念不是躲去南洋了吗，怎么会突然出现在金洲身边？你爹你叔叔他们，竟也不拦着？"

金泓道："拦了，但没拦住，更不好拦。"

金洲的生母曾是修真界排名第一的大美人妩初夫人，能歌善舞，心地善良，后却因难产而死，人们在叹息红颜薄命之余，往往也要额外可怜一句那刚出生就没了娘的婴儿。魏空念是在宴席上看过妩初夫人的，金洲也就以此为借口，说想在幻境中见一见母亲。

金泓继续道："大伯父一直闭关修行，已经整整两年没有出来过，旁人管不住金洲，他又搬出了亲生娘亲，我爹便吩咐下去，只要那魏空念别胡作非为，别再动用蛊血邪术，剩下的事情，全家就睁一只眼闭一只眼，都装作没看见。"

"我原本有个法子，能试试金洲到底同红衣怨傀有没有关系。"谢刃站直，"但魏空念偏偏又是幻术高手……啧，这就有点棘手。"

风缱雪道："先说说看。"

"我们放出消息，就说红衣怨傀没死，只是被玄鸟符击晕了。"谢刃指着金泓，眉梢一挑，"而某些人为什么要偷偷藏起怨傀呢？是因为他迟迟无法控制住灭踪剑，心中焦急啊，所以决定铤而走险，以怨气御剑！"

"你胡言乱语！"金泓当场大怒，将手中茶杯朝他扔来，"我怎会走歪门邪道！"

谢刃单手握住茶杯："那好，你想个别的办法，诱来幕后之人斩怨傀除根。"

金泓："……"

璃焕也开口道："金公子，我们此番下山只为杀怨傀，怨傀已死，任务就算完成了。"

换言之："我们随时都能打道回府，并不是非要留下帮你不可。"

金泓还是不愿答应，倒是崔望潮站在门口，很没有底气地提醒了一句："这不只是一句假设吗？假设魏空念不是幻术大师，才能弄一个假的怨傀出来。但现在魏空念分明就是幻术大师，这计谋本来也不能用，金兄有何可犹豫？"

经他这么一点拨，金泓才反应过来："对啊，我在犹豫什么？"

谢刃用胳膊肘推了一下风缱雪。

风缱雪立刻给了他一个"你放心"的眼神，转头对所有人说："我有个办法，可以让魏空念看不破假怨傀的幻象。"

谢刃："……"

谢刃只是想让风缱雪看像个傻子的金泓，并不知道原来他还能有本事瞒过魏空念？

风缱雪提出的方法其实很简单，魏空念既然是幻术大师，能窥破一切幻境，那干脆舍弃幻术，找人假扮成红衣怨傀，这样不就窥不破了？

金泓听得一脸鄙夷："我还当是什么好主意，红衣怨傀周身都是怨气，是一等一的凶煞，谁能轻易假扮她？只怕还不如多布置几层幻术来得稳妥。"

风缱雪双眼在屋内环视一圈。

崔望潮腿都麻了："我不……不是，等会儿，我确实不会假扮那玩意啊！"

璃焕后退："我也不行！"

墨驰简直无语："你不行就不行，你推我干吗？"

最后只剩下一个谢刃："……"

风缱雪和他对视。

金泓见状倒得意了，也不管自己即将扛下"天赋不够，竟想以怨气来凑"的惊天大锅，阴阳怪气地催促："谢刃，怎么样啊？"

谢刃咬着后槽牙，挤出游丝一样的声音："风兄，不会真是我吧？"

风缱雪却没有理他，而是看向金泓："所以你愿意配合了？"

金泓撑着坐起来一些，可能是想到了谢刃扮红装的大好景象，整个人简直神清气爽！愿意啊，为什么不愿意？虽说要背几天黑锅，但锅毕竟是暂时的，而永恒的只有女装。以后大家再提起这件事，自己的忍辱负重和谢刃的红裙乱飘将会形成多么震撼的对比？想到这一点，他甚至开始迫不及待起来。

谢刃牙都疼，心道："你至不至于这么双眼放光。"

金泓问："何时行动？"

风缱雪答："后天。"

金泓不解："为何还要多等一天？"

风缱雪道："因为我要先去一趟二十五弦。"

二十五弦是一处山谷，谷中琴弦纵横，以音律布迷阵，旁人绝难踏入。那里隐居着鹦氏一族，着五彩衣饮葡萄酒，身姿轻灵，能歌善舞，还擅模仿。

谢刃如释重负："所以扮怨傀这件事与我无关？"

风缱雪点头："嗯。"

金泓一听，再度恼怒："你们又诈我！"

谢刃双手抱剑，语调一拖："哎，会不会说话，我们分明就是在帮你，二十五弦的鹦氏何其难请，风兄要卖很大一个人情的。而且你怎么一听我要穿裙子就答应，我不穿了又立马想反悔，你到底是想抓幕后黑手，还是对我抱有什么非分之想？"

金泓脸色一白，觉得自己可能已经被他气出了毛病，索性闭嘴不发一言。

"那就这么定了。"风缱雪道，"我今晚去二十五弦。"

谢刃立马道："我也去。"

风缱雪眉头一皱："不许！"

谢刃："……"

"你这么拒绝，我很没有面子。"

但风缱雪最后还是没有带他，主要是担心鹦氏的人也冒出一句"见过琼玉上仙"，造成不可挽回的后果。

二十五根琴弦在山风的拂动下，发出轻柔的乐声，如水波漾于谷中。

风缱雪一身素白纱衣扬起，御剑似雪影精灵，几乎连眼睛都不用眨，就已巧妙穿过重重设障，落在一处山洞前。

守门弟子被吓了一跳："来者何人？"

风缱雪叫道："鹦二月！"

弟子："……"

洞中应声飞出一柄银月弯刀，锋刃光寒斩风，看似来势汹汹，却在距离风缱雪的鼻尖还有半寸时，轻盈化为一片羽毛，转圈飘落在他掌心。

"没大没小，什么鹦二月，你不该唤我一声姨姨吗？"山洞前的水月障光一晃，走出来一名彩衣女子。

弟子纷纷行礼："大谷主。"

"行了，你们都下去吧。"鹦二月上前笑问，"怎么突然想起来我这儿了？"

风缱雪开门见山："帮我一个忙。"

"什么忙？"

"假扮红衣怨傀。"

鹦二月："……"

鸾羽殿内，璃焕看了眼天色，有些担心地问："我听说二十五弦的布阵凶险极了，而且鹦氏又不喜欢同外界打交道，更别提是假扮怨傀那种脏东西，风兄真的能请来帮手吗？"

"我哪里知道，不过他是银月城的人，应该比我们多些门路吧。"谢刃仰躺在屋顶上，"今晚的天可真亮。"

细云环绕着黯星，一轮明月高悬。谢刃张开五指挡在眼前，透过缝隙看星辉月影，夜露微凉，肩头很快就被沾湿一层。他从腰间解下一壶蜜酒，还没来得及拔开壶塞，一道纯白身影已经站在眼前："你又喝酒！"

"我这不是为了等你吗，干坐无趣。"谢刃站起来，看向他身边的红衣女子，"不知这位是？"

风缱雪介绍："她叫鹦二月。"

一语既出，院中的璃焕与墨驰，还有屋顶上的谢刃都惊呆了！

先前他说要去求助鹦氏，还当顶多带个小辈回来，怎么……鹦二月，鹦二月难道不是二十五弦的谷主，堂堂鹦氏的主人吗，这也能行？！

鹦二月哭笑不得："都张着嘴干吗，傻了？"

"前……前辈。"璃焕说话打磕巴，"怎么是您亲自来了？"

"没办法啊，谁让我欠他的。"鹦二月飞身落到院中，"先说说看吧，到底要扮哪个怨傀？"

璃焕赶忙将她请进屋内，而谢刃还沉浸在匪夷所思的情绪中："风兄，你如何做到的？"

风缱雪下巴微扬，高贵转身："回屋。"

谢刃拍拍他的肩膀，心道："你好了不起。"

而金泓在听说赶来相助的竟然是鹦二月本人之后，也被震得瞠目结舌，连带着看风缱雪的眼神都变了，既茫然不解，又有一种竭力想隐藏的羡慕。于是谢刃也就跟着嘚瑟起来，鸡犬升……不是，与有荣焉的。

有了鹦二月，想在魏空念的眼皮子底下假扮怨傀，就变得非常简单。所以没过多久，鸢羽殿就传开了"金泓试图以怨气御剑"之事。

金苍客不信儿子会如此糊涂，当场就去斜阳楼一探究竟。金泓挂着腿躺在床上，看起来也是一肚子鬼火，连骂定是谢刃在背后搞鬼，故意败金家的名声！

崔望潮在旁帮腔："那红衣怨傀真的已经魂飞魄散了，我亲眼看到的。"

金泓道："爹，你还是将姓谢的那群人赶出去吧，省得他们又不消停。"

金苍客瞪他一眼："现在无凭无据，那四人里还有风氏与璃氏子弟，如何赶得？"

"那也别让他们再乱说话。"金泓愤愤地道，"我怎么可能想出怨气御剑这种法子？真是可恶！"

金苍客安抚了他两句，又下令彻查谣言源头。可一下午时间过去，源头没查到，倒是又有新消息传出来，说有人亲眼在斜阳楼的藏书堆里瞥见了一抹红衣，黑雾缭绕的，可不就是怨傀！

金苍客听到之后，险些把鼻子气歪。

金仙客道："二哥，谣言不像出自客院，我一早就下令加强了守卫，还亲自去看过，那四名少年压根连门都没出过。"

金苍客怒不可遏："到底是谁在胡言乱语？"

答案是崔望潮。

他从谢刃处领得此任务，万般不愿却又不得不干，所幸效果还不错。天还没黑，故事情节就已经发展到"金少主之所以要养着红衣怨傀，不仅是因为他想以怨气御剑，还因为那怨傀生得极美，眉眼间风情万种"，再往下会是什么，意会便知。

也亏得金泓崴了脚，崔望潮又不敢将这些很桃色的谣言转述给他，否则只怕他会当场吐血。

自然，这件事也传到了百丈楼。

金洲又一次问："究竟与你有没有关系？！"

魏空念看着指尖蝴蝶，眉眼微垂："无关。"

"最好是真的，否则我可保不住你！"金洲咬牙切齿道。

魏空念一笑："好。"

结果当天晚上，斜阳楼又出了一件事。

一名小厮去给金泓送伤药，结果在途中离奇消失了。

若放在平时，这倒算不上大事，但偏偏宅子里正传着红衣怨傀的流言——那可是要以人心为食的凶煞。

这下连金苍客都坐不住了，亲自带人搜查斜阳楼。数十名弟子进进出出，将每一处角落都翻了个遍，没找到红衣怨傀，却找到了一片沾血的家袍。

金苍客如雷轰顶，怒喝："究竟是怎么回事？"

金泓坐在床上一言不发。

旁边有人相劝："也未必就是少主所为，他脚受了伤，一直躺在床上啊。"

金苍客狠狠一拍桌子："崔望潮呢？！"

经他这么一提醒，众人才发现，对啊，平时一直影子一样跟在少主身后的崔望潮呢？

月色寒凉。

崔望潮御剑疾行，气喘吁吁。他肩上扛着一个锦缎大包，虽说加了四五层障眼法，却还是盖不住那几乎要溢出的浓黑怨气，一抹鲜红裙摆随风飘扬，慌得他赶忙停下脚步，战战兢兢地将那玩意又塞了进去。

山中寂静无人，风吹出鬼哭狼嚎声。崔望潮又累又怕，只知道往前跑，在路过一处山弯时，整个人也不知撞上了什么，向后一屁股坐在地上，险些滚下山。

蝴蝶碎成影。

在一片飘浮的金色粉末中，魏空念正站在山道尽头，伸出手："交给我。"

崔望潮爬起来："果然是你？"

"果然？"魏空念微微侧头，"她说了什么？"

崔望潮拔出浮萍剑："你别想抢走。"

魏空念嗤笑："金泓还真把她当宝贝，不错，有出息，不过有一句话你说错了，今日我不是来抢的，是来杀的。"

红衣怨傀听到"杀"字，从袋中骤然挣脱，她身上捆着绳索，贴着符咒，丝毫动弹不得，所以怨气更甚，头发披散着，将脸遮得严严实实，双手指甲尖锐鲜红，堪比最锋利的武器。

她从喉咙里发出愤怒的闷吼！

崔望潮握剑的手都在哆嗦。

魏空念对着她呼唤："阿绿，回来。"

崔望潮干咽了一口唾沫："她……她明明是红的。"

魏空念继续道："阿绿，回来，你伤得太重，需要休息。"

红衣怨傀依旧盘旋在崔望潮头上。

魏空念叹气："不回来，可就没命了。"

最后一个字刚说完，他眼里骤现杀机，手中幻出利剑万千，与当日乌啼镇怨傀所控黑雾一模一样！崔望潮情急之下，挥手扫出一道浮萍剑光，竟然还有些气势。

他大喊："你杀她就杀她，为何不绕开我？"

魏空念冷笑："原来你当自己能活？"

他广袖一展，从中飞出道道高墙，崔望潮慌得连连后退，却仍被两堵墙夹在中间，魏空念借势从高处一跃而下，长剑直指他的头颅！

崔望潮闭起眼睛："救命啊！"

红衣怨傀张开右手，一招打破山间幻象。高墙顷刻化作蝶，魏空念后退两步，错愕地看着架在自己脖颈处的短剑："你不是阿绿，怎么可能？"

他曾亲自去斜阳楼找过，再三确认了那被关在暗室中的红影的身份，居然不对吗？

鹦二月却不想与他多话，只高声道："你们还不出来？"

一块山石后传来窸窣动静。

谢刃、风缱雪、璃焕、墨驰，还有一个金仙客。

在这件事上，谢刃对金泓算是仁至义尽，专门为他多带了一位有分量的金家长辈，免得到时候没人信。

风缱雪道："金先生，这个人就交给你了。"

"风公子请放心。"金仙客此时心情也复杂得很，不知家中出了孽障，竟还要靠着外人提醒，便正色道，"此事我定会处理妥当。"

鹦二月不愿在外多待，在事情办完后，立刻就回了二十五弦。魏空念也被金仙客押回了鸾羽殿，只留下四名少年站在山间。

璃焕问："咱们也该回长策城了吧？"

墨驰道："别啊，还有仙船没坐呢。"

谢刃表情一僵："……"

风缱雪很认真地问他："我们的登船丹券来了吗？"

第三章

仙船横祸

登船丹券没有来，而且很有可能永远也不会来。

偏偏墨驰还要在旁边不是煽风点火，胜似煽风点火地说："对啊，后天就要登船了，你们的丹券怎么还没送来？"

谢刃此时此刻的心情非常难以描述，他当然可以实话实说，但一旦对上风缱雪无辜的眼神，就又开始动摇了。这种破烂文采都能从风氏的学堂里混出来，还混得如此轻描淡写、自信昂扬，八成是被全家小心翼翼捧着长大的，那么现在由自己来做这个戳破真相的人，妥当吗？

当然不妥当啊！

况且此番能顺利抓到幕后黑手，还要多亏人家请来鹦二月前辈。想到这里，谢刃揉了揉鼻子，对他说："到了，我忘记说了。"

风缱雪点头："嗯，到了就好。"

谢刃强行挤出笑，心里一阵滔天的酸痛，悔自己当初为什么要嘴欠提一句仙船，唉，自作孽不可活。

四人在月光下你追我赶，现在红衣怨傀已死，该如何处置魏空念是鸾羽殿的事，那么大家也就不必再回客院了。春潭城里的客栈多如牛毛，建在地面上的、机甲飘浮在半空中的，还有被仙鹤托起缓缓前行的，住在哪里也比住在金家自在舒服。

璃焕进城就相中了一处古朴的客栈，名叫何菲菲阁。趁着他在同小二说话时，墨驰对谢刃嘀咕："我就知道，他肯定又会选与兰草有关的。"

风缱雪看了眼店招，不解："何菲菲为何与兰草有关？我以为是店主的名字。"

谢刃："……"

墨驰笑道："风兄忘了那句诗吗，幽兰花，何菲菲，世方被佩资簚施，我欲纫之充佩韦，裛裛独立众所非。"

风缱雪道："听不太……"

谢刃眼疾手快地制止了他说下去，把最后一个"懂"字给他截了回去。

风缱雪疑惑地看他。

墨驰也莫名其妙："你干吗不让风兄说话？"

"我是不让他同你说话。"谢刃一脚踢过去，高声挑拨离间，"璃焕，墨驰在背后说你闲话。"

璃焕莫名其妙："哎？"

墨驰道："我没有！我只说了你喜欢兰草！"

谢刃顺势去柜前开了几间客房。远处隐隐传来钟声，已近卯时，天也隐隐亮了。小二特意为这四位小仙师加了道隔音去光的结界，好让他们不被窗外热闹的清晨叫卖声吵醒。璃焕与墨驰都是打定主意要睡到下午的，风缱雪倒是醒得很早，想去隔壁找谢刃，房里却空空荡荡。

"哦，那位小仙师啊。"小二在柜后笑着说，"很早就出去了，或许是去看热闹了吧。"

鸾羽殿，斜阳楼。

金泓问："你刚刚说什么？"

谢刃道："给我一百玉币！"

金泓简直匪夷所思："你跑来问我要钱？"

谢刃抱着剑，凶神恶煞地说："我帮了你这么大一个忙，别说一百玉币了，五百也应该，你给不给？不给我涨价了。"

金泓："……"

崔望潮谨慎小声道："金兄，我们还是给他吧，不然你脚现在这样，也打不过啊。"

金泓没好气地取出钱袋："给！"

谢刃成功打劫到一笔保护费，再加上自己积攒的五百玉币，总算够买两张登船丹券了。虽然心疼吧，但算了，钱财是身外物，也就这一回。

他御剑回到春潭城，一路打听找到飞仙居，在柜台上豪爽地拍下六百玉币，结果换来小二一句："仙师，我们的票已经卖完了。"

谢刃一口血吐出来，三百一张的丹券都这么多人抢吗？为什么修真界有钱的闲人这么多？

"帮个忙行不行？"他一把握住小二的手腕，"我只要两张，两张也挪不出来？那大船一次能坐几百人，应当极为庞大，我们不要位置，站着也成。"

"站着可不成。"对方很有职业道德，"仙师有所不知，这艘大船耗费了我家主人三年心血，登船的人数更是经过精心计算，只能少，不能多。这样，我看仙师也是诚心诚意想登船的，不如去西街集市看看，那里可能会有人出让二手……"

话没说完，柜台前已经空空荡荡，只留下一片被风旋起的叶。

谢刃直奔西街，果然找到一个很大的二手集市。门口卖簪子的女修见他俊朗英气，热情指路："登船的丹券？有的有的，就是那间古玩铺子的老板，他买了票又肉疼后悔，最近正在往外出哪。"

"谢谢漂亮姐姐！"谢刃一路往古玩铺子跑。

女修看着他火急火燎的背影直笑。

古玩铺的老板高高举着手中的两张登船丹券："我这个位置靠前，只能六百玉币原价出让，不讨价还价。"

"没问题！"谢刃劈手夺过，"给，六百！"

"不是，你谁啊，先来后到懂不懂？"柜台前还站着另一名五大三粗的壮汉，他刚刚与老板仔细谈了半天，正准备一手交钱一手交券，这少年却突然像风一样冲进铺子，二话不说上来就抢，现在竟然还想跑？

谢刃被他从身后扯住，心里暗暗叫苦，又不好在闹市惹事，便转身做出一副乖巧模样："这位兄台，求你了，这丹券对我真的很重要。"

"对你重要，对我也重要啊！"壮汉堵着门，怒目圆睁，"废话少说，快把丹券还给我！"

谢刃背过手，摇头："不给。"

此时附近的修士听到动静，纷纷过来瞧热闹。壮汉一看人多，来精神了，大嗓门将事情前因后果都说了，叫所有人评评理。谢刃心里暗"嗤"一声："这还需要旁人评理吗？我当然知道我没理啊，不然方才跑什么？"

但没理归没理，东西抢到手了是断不可能交出去的。他将丹券攥得更紧了，嘴里强硬道："这丹券对你来说，怎么就重要了？"

壮汉瞪他："我媳妇怀孕了，这两天吃不下睡不香，只想上仙船看看，你说重要不重要？"

周围有女修帮腔："怀胎十月的确不容易，小兄弟，你还是将丹券让给这位大哥吧。"

要比这个还不简单？谢刃眼睛都不眨一下就开始照着壮汉的经历编："这么巧，我也是怀孕的媳妇要上船。"

女修吃惊地说："你看着才多大，这么小，就成亲有孩子啦？"

谢刃应一句："是啊，我成亲早，而且媳妇是小地方来的，从没见过仙船的大世面，心心念念就想上去一趟。我这回咬牙问老家所有的亲戚借了钱，七挪八凑才勉强凑够六百玉币，余钱雇不起快一些的马，只能靠两头老骡子拉车来到这春潭城，否则也不会耽误了买丹券的日子。"

女修不解："可你们怎么不御剑？"

谢刃深沉地叹了口气，双手一揣："因为我媳妇吃不下睡不着，哪里经得住御剑的苦，我这不是怕孩子被御没了吗？"

女修连连点头："也对，也对，看你的年纪，媳妇应该是头胎，是得好好疼着。"说完又劝壮汉，"大哥，不如你再去别处打听打听，这城里肯定还有人要往外卖，咱们别为难这乡下来的小兄弟了，他也实在找不到别的门路。"

其余人跟着一起劝，你一言我一语的，壮汉气恼道："算了，你走吧。"

"多谢兄台。"谢刃双手一抱拳，"告辞！"

他得意扬扬地往外溜，门口卖簪子的女修还在笑，伸手指着他领口没藏好的长策徽饰："小小年纪，怎么还骗人呀？"

谢刃脸皮厚惯了，被戳穿也不害臊，一边跑，一边还学人家软软的语调说话。

回客栈时，璃焕与墨驰都去了外头逛，只有风缱雪在独自饮茶。半弯月牙窗，一片春花影，纱衣侧影如玉雕琢。

谢刃将酒递过来："给，最烈的。"

风缱雪抬头："你去哪儿了？"

"喝酒啊，春潭城的好酒可多了。"谢刃坐在他对面，"你怎么没出去看看？"

风缱雪道："你也没叫上我。"

谢刃一愣："干吗非要跟着我，墨驰他们不行吗？好吧好吧，下回我出门，先问问你。"

风缱雪这才接过酒坛。

这间何菲菲客栈可能是为了和兰草相呼应，书香气息很浓，茶室里也放了不少书。谢刃随手抽出一卷，风缱雪只扫了一眼，便道："《王鳞工书》，只有前半部分能看，从第五卷开始，全是著书人的臆想乱语。"

谢刃笑道："巧了，我也是这么想的。"

风缱雪点点头。

谢刃又换了一册："那这个呢？"

风缱雪道："《牡丹集》，所载仙术太过浮夸，没什么实用性。"

谢刃将手边的书一一问过去，越问越觉得稀罕，直到剩下最后一册《南府诗集》，风缱雪终于摇头："不感兴趣，一看就睡。"

谢刃索性开口道："风兄，我能问个事吗？"

风缱雪斟酒："什么？"

"就是……你的这个诗吧。"谢刃清清嗓子，"你写诗，给先生和家中亲友看过吗？"

风缱雪道："自然。"

"那他们怎么评价？"

"评价？"

风缱雪想了一会儿。

当时是在仙山上一株很大的树下，大家一起品仙果赏白云，风吹得纸张到处飘。

大师兄道："小雪会写诗了？赶紧让我看看……我去，不是，这玩意……啊，从没想过在我这平凡的一生中，竟然有幸能看到这种惊世巨作。"

小师弟道："是吗？可我觉得我写的和书上的，好像不太一样。"

二师兄道："'好大一瀑布，哗啦似泄洪'，这句子很好啊，质朴可爱，我看比那些浮夸的'白练银河'好多了，看不懂的诗有什么意思？"

青云仙尊扶着树："好徒儿，这么惊人的文采，你以后还是莫要随便写了。"

然后晚上还有仙侍姐姐做了好喝的肉羹汤，隆重庆祝青云仙府获此佳作。

风缱雪至今仍觉得那碗肉羹汤很好喝，于是连带着嘴角也一弯："我师父与师兄，还有姐姐们都说我写得好。"

谢刃心想："我就说吧，果然如此。"不过难得看风缱雪笑，倒和窗外暖融融的阳光出奇地搭配。于是他也跟着一起乐："对啊，你诗写得最好了。"

到了登仙船这日，整座春潭城都是沸腾的。

刚近辰时，已有数百艘机甲小舟从飞仙居出发，分批将持有丹券的客人载上大船，秩序井然。这些机甲小舟大多是朴素木纹的，唯有停在何菲菲客栈门前的那艘，不仅通体剔透似琉璃，两头还缀着蕙草幽兰，又香又阔气，惹得街上众人纷纷来看，都在猜测究竟是谁的面子这么大，竟能乘九歌登仙船。

九歌就是这艘琉璃小船的名字，刚造出来时，因为实在太美丽，还轰动了整座春潭城，不过琉璃易碎，所以飞仙居极少用它载人，一般只有在贵客来时，才舍得一用。

墨驰敲门："阿刃，好了没？我们准备出发了。"

"来了来了！"谢刃将头发匆匆束整齐，出门问，"还有两个人呢？"

"喏，栏杆那儿，在看热闹。"墨驰笑道，"我猜飞仙居的主人定然极喜欢风兄的诗，所以专门派了一艘琉璃机甲来接咱们。"

琉璃机甲？谢刃听得新奇，也跑去栏杆处看，熠熠生辉的小船果然引人注目极了——不过更引人注目的，是旁边那位五大三粗的眼熟大哥，此时正挤在人群里，踮脚伸长脖子瞧稀罕呢。

谢刃："……"

"人齐了，那我们走吧。"璃焕回身，"小船已经等了好一会儿。"

"唔——"谢刃一脸痛苦地捂住肚子，"胃疼。"

璃焕皱眉："好端端的，怎么突然胃疼？"

"没事没事，你们先走，我去趟茅房，下午再登船。"谢刃转身想溜，却被风缱雪拉住，"我跟你一块儿吧。"

璃焕便道："那我们也等着你吧，琉璃机甲是来接风兄的，他若不去，我们坐了不像样子。"

谢刃听得牙疼，可省省吧，这船一看就是因你们临江城璃氏的面子来的，和那"好大一艘船"没有一文钱的关系。幸好风缱雪此时帮腔了一句："无妨，晚上若能见到飞仙居的主人，我亲自同他说，你们先去仙船。"

"对对，你们先上去探探路，看哪儿好吃哪儿好玩，别因为我耽搁了。"谢刃将璃焕与墨驰轰下楼，自己假模假样地去了趟茅房，出来见那艘琉璃机甲已经开向远处，街上人群也散了，方才松了一口气。

风缱雪关怀道："多喝热水。"

"喝什么热水，我知道在沉霞客栈门口也有小机甲，走，咱们去登船。"谢刃带着他往楼下跑。

风缱雪问："你的胃不要紧吗？"

"已经好了。"谢刃跑的速度像风一样，"快点，那两张丹券可不便……我是说，你写诗可不容易，我们不能吃亏，得把本玩回来。"

风缱雪想说："其实我写诗挺容易的。"

两人还在路边买了五味豆，这才高高兴兴挤上沉霞客栈门口的机甲，一起飞向城外。

体积庞大的仙船已在昨晚正式升空，目前正静静沐浴在金色的朝阳下，巨型风帆饱胀，船底无数齿轮精密相扣，数百名造甲师御剑行于半空，进行着航行前的最后一次检查。而与这些繁忙造甲师形成鲜明对比的，则是甲板上悠闲说笑的客人们，飞仙居还用幻术造出了四季盛景，船头春花三月，船尾白雪皑皑，有贪玩的小娃娃伸手一抓，雪顷刻化成光。

就连风缱雪也是第一次见到这么大的船，几乎已经称得上是座城镇了，而船上确实也有酒肆、有茶楼，甚至还有一个小小的集市。璃焕与墨驰正在挑挑拣拣买东西，见到两人之后都有些意外："咦，你们怎么这么快就来了？"

"病得快，好得快呗。"谢刃随手从摊子上捡起一个小机甲，"这玩意有什么意思，修真界到处都是。"

"本来就是买来做个纪念，不到一玉币的价钱，你还想要什么稀罕货？"璃焕指指另一头，"那边倒是有好东西，但人家不卖，嗯，卖我们可能也买不起。"

"走。"谢刃把小机甲放回去，"带我去看看。"

璃焕所说的"好东西"，并非武器，而是一座微缩的城池——说是微缩，但也有六尺多长，城里灵气浮动，街道两旁挤满建筑，九层高的宝塔上挂着玉铃铛，酒肆门口的三角旗正随风飘扬，卖茶的姑娘在揽客，丝绸铺子的老板娘手里攥着一把瓜子，嗑得满地是壳。

再细看，城东宅院里，一位面带愁容的女子倚门远望，腮边清泪落布袍。

城西学堂书声琅琅，每到酉时，便会跑出来一群雀儿样的小童子，各自散开回家。

城南有人练剑，城北有人浣纱，城中的每个角落，都有不同的人在过各自的生活，他们遵循着日升月落的规律，身处世间，却又远离世间。

这么精巧的一座模型，春夏秋冬万千变幻，让人痴痴盯上一天也不觉得乏味。前些年飞仙居只造出了一个戏台，便引得各方高价竞拍，更别提这回是一座完整的城，价格怕是要飞到天上去。

所有登船的客人都清楚这一点，所以并没有谁鲁莽地询价，都只是静静欣赏。谢刃站在最前面，凑近想看清剑客手中的招式，身后却传来清冷的一句："老板，这个卖吗？"

如一滴冷水入热油，人群瞬间炸开，"唰啦"一下扭过头！

竟真的有人要买？

风缱雪站在几步外，他手里还攥着一串糖果子，眉头微皱："为何看我，这东西不卖？"

大家发出泄气的声音，还当有富贵高人，原来只是个不知天高地厚的小后生。

"来来来，来这边。"谢刃挤出人群，问他，"你去哪儿了？"

"给。"风缱雪将糖果子递给他，"我看到许多小孩都在吃。"

谢刃虽然嫌弃，但还是接了过来，又教他："那座城肯定不卖的，听说飞仙居花了大功夫才造出来，光炼器师和造甲师就请了十几轮，差不多花了五年时间吧，比打造这艘仙船还要耗工。"

风缱雪坚持："你想要吗？我可以试试。"

谢刃被糖渣呛了一下，哭笑不得："你怎么这么大方啊，好了好了，走，我们去另一头看看。"

"真的不要？"

"不要不要。"

谢刃带他来到船尾："喝茶吗？我请客。"

风缱雪点头："好，那我先去那边围栏旁坐着。"

茶也分十几种，谢刃买了一壶飘雪春芽，还在等小二冲泡，身边却有人粗声问："你怀孕的媳妇呢？"

谢刃面色一僵，心道，有没有这么巧？

壮汉怒道："小兔崽子，我就知道你在诓我。"

"诓你怎么了，在船上闹事，可是要被赶下去的。"谢刃拎起茶壶，"不信的话，你吼我一嗓子试试？"

"等着！"壮汉指着他的鼻子，"咱们下船再比过！"

"别，我这人不赊账。"谢刃眉梢一挑，"所以你要么现在打，下船我可就不认了。"

壮汉被激得越发恼怒，他性格莽撞，脑子一热便忘了仙船规矩，想要教训这顽劣无礼的后生，谁知手中剑还未出鞘，便有一道花影掠风而至，将剑柄"当啷"一声又敲了回去，紧随其后的是一句质问："你想干什么？"

壮汉手腕被震得发麻，而风缱雪的表情比声音还要冷，他刚刚坐得远，其实完全不知道发生了什么事，但不知道并不影响帮忙打架，还很理直气壮，壮得连谢刃都看不下去了——况且这事本来也是自己没理嘛，真闹起来没法收拾，于是才将不明前后因果的风缱雪强行劝走了。

同时不忘回头喊："喂，兄台，那壶飘雪春芽送给你。"

壮汉："……"

风缱雪问："是你以前的仇家吗？"

谢刃干笑："不算，不算，现在茶没啦，我们去喝梅子汤。"

过了一阵，璃焕与墨驰也寻了过来。谢刃想起先前买的五味豆，便取出来玩，这是修真界常见的小零嘴，酸甜苦辣咸，吃到什么全凭运气。墨驰那粒酸苦，璃焕那粒咸辣，只有谢刃，吃一个是甜的，吃三个还是甜的。

风缱雪继续把他手中的第四粒也变成甜的。

谢刃却泄气道："也太没意思了，怎么总是一个味道？"

风缱雪手下一顿，疑惑地问："你不嗜甜？"

谢刃嘴一撇："五味豆只图好玩，少见的味道才稀罕，越古怪越好，谁要只吃甜的了？"

风缱雪点头："有道理，那你再吃一粒。"

谢刃高高抛起一粒，张嘴接住。

璃焕问："如何，还甜……"

最后一个"吗"字还没问出来，谢刃就捂着嘴，脸色铁青地一路冲去角落里吐了。

墨驰震惊地问："他吃到什么了？"

风缱雪答："不知道。"

概括一下，就是二师兄在后山偷偷养的那只鬃毛巨兽躺过的烂草席子的味道吧，他曾在八岁时不幸闻过一回，吐了两天，至今难忘。

过了一会儿，谢刃面色惨白地回来，声音都在颤："我再也不吃这玩意了。"

"少装，再难吃能有我那粒难吃？"璃焕不信，推他一把，"头发都乱了，快重新束好，等会儿还要去冬雪小筑赴宴呢，别仪容不整，给长策学府丢人。"

谢刃坐直："什么冬雪小筑，晚上不是在东陌厅吃饭？"

"东陌厅的宴席是普通客人参加的，冬雪小筑是私宴，我刚刚才收到两张邀请函。听送信的人说，除了亲朋好友外，飞仙居的主人还额外邀了十余名诗文精彩的大才子，风兄肯定也在其中，你们难道没有接到通知？"

谢刃听得眼前发黑，半天说不出话。

本以为混上仙船就万事大吉了，怎么还有第二茬？

私宴邀请函，这真的是我能买到的东西吗？

他心如死灰地趴在桌上，表情也绝望得很，任由谁叫，都不肯再起来了。

仙船上好玩的地方很多，璃焕与墨驰没多久就去了别处，只留谢刃蔫蔫地趴在桌上，戳一下动一下。冬雪小筑私宴的票，莫说根本买不到，即使能买到，这回他也真的没有钱了。

风缱雪以为他还沉浸在鬃毛巨兽破草席的味道里，便从乾坤袋中取出一粒糖："给。"

糖纸晶莹稀奇，谢刃却提不起兴趣，闷声问："你不是不吃甜吗？"

风缱雪笑笑："嗯，替你准备的。"

他始终牢记在下山前二师兄的叮嘱，想要顺利完成任务，拉近跟这被剑魄融于骨血的少年的距离，就要无微不至。所以昨日见街边糖果种类繁多，他便各样买了一些，以备不时之需。

谢刃抿了抿糖，舌尖化开清甜灵果味，再看看对面关心的眼神……心想："唉，算了，就当是吃人嘴短吧，我再努力这最后一次，往后可就不再帮你圆了啊！"主意打定，他两下将糖粒"咯吱"咬碎，对风缱雪道："风兄，你在这儿喝会儿酸梅汤，我去找找璃焕他们。"

风缱雪点头："好。"

璃焕正在看一群小女娃表演幻术，刚到精彩处，人却被谢刃一把扯到角落，脚下差点滑倒："你干吗？"

"帮我个忙！"

"帮你什么忙？"璃焕往他身后看，"风兄呢？"

"先别管他。"谢刃压低声音，"冬雪小筑的私宴票，你能再帮我要两张吗？"

璃焕迟疑："我倒是能试试，怎么，风兄的诗不行？"

谢刃帮人帮到底："不，诗很行，和诗没关系，是我不小心把票给烧了。"

璃焕闻言嫌弃极了："你这也太不靠谱了。怪不得风兄方才听到私宴时一脸茫然，你是不是还打算瞒着人家？"

"闭嘴吧你，废话多。"谢刃拎着他往主厅走，"快，现在就去要，别说我烧票的事啊，就说你要多带两个朋友！"

璃焕反手一拳打向他，两人就这么一路闹到主厅。守门管家听说临江城璃氏的小公子还想要私宴票，答得十分爽快，没多久就派人送来了镂花信封。璃焕拍到谢刃怀中："收好，这次若是再烧了，我可就不管了。"

"放心吧，烧什么也不能烧它。"

谢刃将票仔细收进乾坤袋，总算能松一口气，他擦一把额上细汗，觉得什么猎鸣蛇啊，杀怨傀啊，加起来也不比这趟仙船之行来得惊险刺激。

不仅费钱，还提心吊胆。

晚宴设在酉时末。

冬雪小筑位于仙船偏南的位置，虽不比东陌厅气派宽敞灯火通明，但飞檐绕雪廊柱积霜，看起来清幽别致极了。座位分列左右两侧，左侧为亲朋好友，右侧是各路才子，风缱雪一进门就自觉往右走，结果被谢刃强行带到了左边。

风缱雪不解："我们不是靠诗进来的吗？"

谢刃道："这又不是什么严肃场合，没那么一板一眼的，我说想同璃焕他们坐在一起，人家就换了。你猜这个果子味道如何？"

风缱雪把盘子端到他面前，也没再多问左右的事。

待客人们陆续入座后，飞仙居的主人也准时前来。他名叫落梅生，穿一身星辉袍，衣摆绣繁花影，凤目薄唇，笑起来眼底飞三月春光："承蒙诸位赏脸，今晚船上可热闹了。"

谢刃微微侧身，小声说："我还当他和璃伯伯差不多年纪。"

璃焕道："我先前也没见过真人，只听我爹他们谈天时经常提起飞仙居的梅先生，说他是当今最好的炼器师。"

谢刃继续嘀咕："最好的炼器师，难道不该将他自己关在黑房子里，胡子拉碴……哟，干吗踩我？"

风缱雪没表情："你声音再大一点，就该传去东陌厅了。"

"哪有那么夸张？"谢刃坐直，"好好好，我闭嘴。"

随着一声清脆击玉声，侍女依次送来琉璃盘，菜量都不多，摆得精致如画，能看出飞仙居对这场宴席还是下了功夫的。不远处有琴娘奏乐，她面容生得美丽，手也美丽，柔柔一抚便是小雪漫天，从屋顶轻轻飘落至宾客杯里，引来一片喝彩。

谢刃使个小术法，将周围一片细雪都拢入手中，捏了个小雪人放在桌上，捧到风缱雪面前："给。"

不远处坐着一名十几岁的小姐，她进屋就发现了这群风流的俊俏少年，一直含羞偷瞄。这会儿看到谢刃的举动，更是掩嘴笑出声，自己也不好好吃饭了，学他用术法揽雪，却又苦于技艺不精，风刮得桌上杯盘乱晃，惹来身旁长辈训斥。

风缱雪摇头："教坏旁人。"

谢刃笑："我可没有让她看。"

宴席进行得和乐融融，落梅生身侧一直有人，顾不上四处敬酒，其余人也乐得逍遥，吃吃喝喝轻松惬意。酒过三巡，船外传来一阵美妙仙乐，顷刻间万千灯烛燃起，照得整片夜空亮如白昼。落梅生笑道："修真界最有名望的才子，这回可都聚齐了，我有个提议，不如大家轮番写诗乘仙船踏紫云，将今夜盛景尽数收归笔下，想来定可流传百世。"

谢刃感觉头又开始隐隐作痛，现场作诗这种事，像是神仙难帮。

但幸好两人是坐在亲友这一侧的，并没有融入那群大才子，所以若肯闷声吃饭，想混过去应当不难。

琴娘演奏完后，抱起古琴款款施礼，转身翩然离去。

她走了，厅内也就静了。

风缱雪正好在此时问谢刃："我也要写诗吗？"

他的声音如玉清寒，本就极好听，再加上还是主动请缨，一时之间，所有人的注意力都被吸引过来。

落梅生拊掌笑道："好啊，这位小公子，请！"

谢刃膝盖发软，一把按住风缱雪的肩膀，手臂暴出青筋。

他现在很有一种五雷轰顶的感觉，心道："不是，我只不过喝了一杯酒，你怎么就要写诗了？"

风缱雪看着他："你怎么了？"

谢刃颤声开口："风兄，我多喝了几杯酒，有些晕，你送我回房吧。"

璃焕道："风兄要写诗，大家都在等着呢，还是让他留在这里吧，我送你回去。"

谢刃坚定地攥住风缱雪："不行，不要你，我就要风兄送。"

风缱雪安抚地拍拍他："那我先写完诗，马上送你回去。"

谢刃万没料到还能有这种思路，简直目瞪口呆，偏偏落梅生又开始说话："没想到小公子看着年纪轻轻，竟能出口成章，好，好，来，大家且仔细听着，可别漏了半字一句。"

四周鸦雀无声。

人人满怀期待。

唯有谢刃目色悲凉："风兄，我真的努力过了。"

风缱雪清清嗓子："好大——"

谢刃心道："我死了。"

席间有人惊呼："好大一条缝！"

谢刃疑惑："啊？"

落梅生脸色大变，从座上飞至冬雪小筑外，只见船板不知何时竟已裂开一条巴掌宽的缝隙，最严重处甚至能看到船体内的齿轮机关。这时东陌厅那头也传来一阵骚乱，估计是出现了同样的裂纹。虽说船上人人能御剑飞行，不至于跌落云巅，但仙船若四分五裂，飞仙居的多年声望可就彻底毁了。

"来人！"落梅生大喝，"随我前去主轴处。"

几十名造甲师匆匆跟着他离开，管家则前往冬雪小筑与东陌厅安抚客人，说只是小故障，请大家少安毋躁，马上就能修好。

谢刃盯着那道越来越大的缝隙，道："似乎有怨气溢出。"

风缱雪也发现了，这绝对不是普通的木板断裂，更像是舱底藏了东西，正在试图撕裂这艘船。

其余修士一样注意到了空气中细小的怨气，纷纷御剑腾空，但还没等他们看清底下的状况，巨大的黑雾已自船底轰然炸开，如同无数炸药一起被引燃，开出遮天蔽日的漆黑莲花，眨眼就包裹住了整艘船！

这一切发生得极快，快到所有人都来不及反应。尖锐恐怖的笑声在黑雾里漾开，刺得人耳膜生痛。席间那名十几岁的少女被人潮冲到角落，剑也没握稳，两道怨气如利爪攀上她的肩膀，眼看就要性命不保，幸有一道红莲烈焰及时焚断了鬼爪，灼灼照出一方光明。

"自己躲好！"谢刃用力将她推下船。

少女惊魂未定："你也小心！"

雾气遮挡住视线，谢刃找不到其余三人，只有尽可能地将手边修士往船下扔，想让他们尽快逃离这怨狱。

"阿刃！"璃焕怀中抱着一个捡来的婴儿，"这怨气在变浓！"

而且力气也越来越大，刚开始像烟，后来像水，现在则像胶，牢牢裹住船上的修士，即便有人能侥幸离开大船，也会被缠住脚踝再拽回来。

狂风如吼，不久前还灯火明亮、歌舞升平的仙船，此时已变成漆黑的魔窟，在云端摇摇欲坠，处处都是惨叫声。

一名诗人脚下踉跄，跑得狼狈极了，怀中不忘抱紧带上船的祖传古书。谢刃将他拖离黑雾，刚打算扔下去，诗人却道："还有王兄，王兄、李兄、慕容兄他们，都在里头！"

谢刃挥手砍出一道红莲烈焰，果然看到角落里躲着七八个人，但黑雾已经融成了泥浆一般的怪物，他心里一阵发怵，不知自己还有没有本事冲进这恐怖鬼池，正准备咬牙一试，却听当空传来一声大喝，抬头但见一名灰袍修士御剑飞来，双手扯住泥浆发力一甩，竟将整片黑浆撕离了船底，抛向天际之外。

谢刃不由愣在原地，不仅愣对方深厚的修为，更愣对方修为如此深厚，居然也能容下自己像个小痞子一般，又骗丹券又挑衅。

壮汉将所有的诗人丢下船，便又赶去别处帮忙。谢刃来不及多想，也御剑去了另一头。

船底，落梅生已被黑雾牢牢粘住，丝毫动弹不得，衣袍满是脏污。他想破口大骂，可还没骂两句，就被人一把拎了起来，头撞得眼冒金星。

风缱雪面色如霜，单手玉剑出鞘，刺骨寒气霎时带出一场隆冬暴雪，在巨大空旷的舱内呼啸盘旋。

黑雾被冻成脆冰，哗啦啦跌个粉碎。

落梅生方才被黑雾打伤，这阵又被冻得浑身挂霜，嘴唇哆嗦着，半天才挤出一句："多……多谢。"

船舱底部到处都是冒寒气的脆硬黑雾，风缱雪问："这究竟是什么？"

落梅生粗喘着摇头："不知道。"

头顶还在传来惨叫和惊呼声，落梅生跟跄撑着站直，想持剑上去帮忙，却被风缱雪从后领扯住，冷冷命令："替我隐瞒身份。"

落梅生脑子其实还蒙着："……隐瞒，好。"

风缱雪往上看了一眼，一剑深深插入船底！

裹满冰针的大风源源不断地灌入舱体，吹得白衣上仙发冠散落，墨发似瀑。极地寒气飞离玉刃，冰晶层叠挂满木板，又骤然膨大向外蔓延。浓稠如莲的黑雾原本已经牢牢裹住仙船，正在得意，却不料竟会有另一道更锋利的冰棱横空出现，自底部急速向上包拢，飞雪肆意盘旋着，瞬间就织成了一张巨大而又密不透风的网！

不断有被冻硬的黑雾掉落甲板，噼里啪啦如下雹一般，此时有修士放出照明符咒，数百上千张一起明晃晃地飘在半空，众人的视野总算清晰了些。璃焕拉着谢刃后退两步："这寒气又是什么玩意？"

"不知道。"谢刃伸手接住一块，黑冰在他指间碎成粉末，仰头说，

"看起来像是帮手。"

待黑雾觉察到不对时，已经大半都被冻硬，余下的只能颤颤蜷在一处角落里。

风缱雪这才合剑回鞘，又提醒了落梅生一次："别说你在这里见过我。"

落梅生亲眼见识了他纵风降雪的强大修为，又想起那隐于云端的青霄仙府，心中隐约猜到了一些事情，立刻面色一肃，拱手行礼："是。"

风缱雪喂他服下一粒疗伤药，正欲转身离去，外头却又传来一阵呼喊声。

原来是那蜷缩躲藏的黑雾，见四周冰晶已散，就想趁黑偷偷溜走，结果被两名修士发现，纵身追了上去。

黑雾虽被寒霜冻伤，但余威尚在，看起来逃得仓皇失措，却是有意在将那两名修士往远处引。直到确定他们已经远离了仙船，不会再有其余帮手，方才猛然转身露出狰狞本相！

"小心！"谢刃第一个看出异常，御剑想冲上前，却已是来不及。黑雾再度化成浆，在空中甩出硕大的泥点，噼里啪啦似瓢泼暴雨，两名修士猝不及防，被打得视线模糊，裸露在外的皮肤一阵刺痛，双双失足从高处跌落！

谢刃眼睁睁看着两人一前一后从自己面前坠下，尽力伸手却只来得及抓住一片衣摆破布，心中大为懊恼，懊恼方才为何没有早些看出端倪，又白白折了两条性命。

而就在他怒火中烧，准备去找黑雾算账时，那两名修士却又离奇地升了起来，像是被一股看不见的力量牵引着，跌跌撞撞回到了各自的佩剑上。细小寒风刮过耳侧，谢刃错愕地一搓脸，带下几片漂亮的六角雪花。

船舱底部，落梅生道："不好，那东西又想逃！"

风缱雪右指绘出一道灵符，不由分说拍到落梅生手中，又抬起左掌，将他整个从破洞里打了出去！落梅生毫无准备，被吓了一大跳，幸好此刻佩剑及时赶到，在空中稳稳托住了他！而随佩剑一起追来的，还有一股野蛮寒风，盘旋着将他整个裹住，离弦之箭一般冲向了黑雾！

"啪！"

灵符被落梅生精准地贴到了黑雾正中央。

"好！"仙船上掌声雷动。

谢刃将那两名修士带回甲板，再回头看时，黑雾已幻出人形，正被一张银白色的寒网捆着，一动不动。

此时又有更多人上去帮忙，将黑雾也拖上船。

一场风波这才初定。仙船遭遇重击，落梅生一边吩咐造甲师们加紧修补，一边命人替伤者检查治疗。没受伤的宾客们也自愿留下帮忙，另有几名德高望重的修士，则是负责看管黑雾，那名壮汉也在其中。

谢刃在人群里找了半天，方才找到风缱雪。对方正在从乾坤袋里摸出糖，分给面前受惊啼哭的小娃娃们。

于是他自觉伸手："我也要。"

风缱雪心道果然还是小孩心性，站直身体，抓出满满一大把："给。"

面对这明晃晃的偏爱，小娃娃们纷纷露出羡慕之情。

谢刃含着糖，向后懒懒靠坐在围栏上："你方才在哪儿，怎么头发都散了？"

"黑乎乎的什么都看不清。"风缱雪道，"那黑雾是什么东西？"

"谁知道，我看落梅生本人也茫然得很，我来的时候，他们正在商量要将黑雾送去哪里。"

"走吧。"风缱雪拽起他，"我们也过去看看。"

甲板上聚集了许多人，正在讨论最后的那阵寒风与符咒，说似乎出自青霭仙府那位上仙。落梅生事先得了风缱雪的叮嘱，自不会说出真相，便敷衍道："前些年我云游四方时，机缘巧合得了这道寒雪灵符，一直贴身收着，见方才情势危急，正好拿来一用。"

"若没有梅先生这道符，怕是要出大乱子。"有人道，"现在这怪物昏迷不醒，咱们不如将其送往鸾羽殿，交给金殿主处理。"

落梅生看了一眼风缱雪。

风缱雪微微摇头。

落梅生心领神会，道："还是送往长策学府吧。"

听他这么说，其余人皆是不解，春潭城是鸢羽殿的地盘，现在冒出怪物，当然应该由他们来处理善后，整件事同长策学府八竿子打不着，为何要送到那里去？

落梅生却很坚持："这怪物生得模样古怪，大家先前别说见，就连听都没听过，即使送往鸢羽殿，他们恐也要求助长策学府的博学名师，与其来回折腾，倒不如直接送往长策城。正好现在船上有竹先生的四位弟子，不如就由他们负责押送，我会再写一封书信送往鸢羽殿，将整件事禀于金殿主。"

这说法也有几分道理，众人便没有再提出异议。仙船在造甲师的操控下，稳稳降落在山巅，整体算是有惊无险。因这回是怪物作乱，所以并没有多少宾客去找飞仙居讨说法，相反，在离开前还都要安慰落梅生几句。

壮汉打算先将怀孕的妻子送往客栈，再回来帮忙。谢刃看着他御剑远去的背影，问身边一个大叔："那是谁？"

"他啊，他就是大名鼎鼎的桑东方，蜀山真人唯一的亲传弟子，曾仗剑斩杀三头巨蟒一百八十三条，你竟不认识吗？"

谢刃揉了揉鼻子："哦。"

船舱里，落梅生道："这黑雾越缩越小，现在只剩巴掌大，也不知是装出来的，还是当真快要魂飞魄散了。"

风缱雪一剑搭上银网。

网里的黑雾登时剧烈挣扎起来。

"死不了。"风缱雪道，"有干净的收煞袋吗？"

"有。"落梅生取来一个锦绣口袋，"这是我亲自炼出的，属最上品，上仙只管用。"

风缱雪将黑雾丢进收煞袋，确定已经包裹严实了，不会再漏出来恶心兮兮地到处乱窜，方才挂在腰间——像这种脏东西，是一定没有资格进乾坤袋的。

落梅生又感激道："这回真是幸亏有上仙。"

风缱雪视线一扫："倒不必言谢，我还想再要一样东西。"

落梅生恭敬道："上仙但说无妨。"

风缱雪伸手一指。

落梅生顺着他的方向看过去："……"

风缱雪问："不行？"

落梅生咬牙："行！"

风缱雪得了满意的谢礼，这才去找谢刃。此时天已大亮了，众人忙碌了一夜，都靠在树下不愿动。风缱雪一边走，一边从乾坤袋中抖出一张薄毯，轻轻围在三名少年身上。

似雪轻盈，却又比春阳更暖。

谢刃睫毛动了动，在这温柔的棉窝里，睡得越发昏沉，甚至还做了几个细细碎碎的梦。醒来之后头昏脑涨，灌了三四口凉水才清醒。

"你醒啦。"璃焕丢过来一包素包子，"吃吧，吃完咱们也该回学府了。"

谢刃打开油纸包，直接用嘴叼着吃："那黑雾呢？"

"风兄收着呢，半死不活的。"璃焕躺着晒太阳，"这回出来，可真够惊心动魄的。"

谢刃匆匆咽下最后一个包子，到河边找到了正在洗手的风缱雪。他方才不小心碰了一下收煞袋，着实被那软绵绵的触感恶心到了，于是很仗义地取出自己的乾坤袋："来吧，装进去，我拿着。"

风缱雪惊愕地问："你这里面不是还装吃的吗？"

谢刃大大咧咧道："吃的怎么啦，反正又不会挨在一起。"

风缱雪想起自己上回还吃过他给的一包瓜子，脸色更白。

谢刃及时改正错误："好好好，那你给我吧，我单独收着，不让这玩意进乾坤袋了行不行？"

风缱雪无情地说："随你放哪儿，反正我以后也不会再碰你的东西了。"

谢刃哭笑不得："喂，我也没那么不讲究吧！"

风缱雪不想理会他，走得飞快。

谢刃几步追上，脏衣服还不慎蹭到了上仙干净的衣摆。

就很讨嫌。

第四章

静

心

悟

道

当天下午，四人便御剑飞向长策城。

古朴学府掩映在繁花绿树中，书声琅琅，安宁祥和一如往常。谢刃将黑雾倒出来时，已经比巴掌又小了一圈，活像一片泡水不久的风干海带，又皱又黏又硬。

风缱雪问："竹先生可识得此物？"

竹业虚道："有一套古书名叫《黄烟集》，共分三十八卷，当中记载了不少此类妖邪，待我一一比对之后，或许就能找到答案。"

风缱雪点头："那就有劳竹先生了。"

竹业虚道："你们此番出门也辛苦了，早些回去歇着吧。阿刃，你好好照顾风公子，莫要欺负人家。"

谢刃听得叫屈："怎么来来回回都是让我别欺负他，我什么时候欺负过人啦？"

这话一出，别说竹业虚，就连璃焕与墨驰都满脸嫌弃，心道："应当是你什么时候没欺负过人吧？就连厨房养的芦花鸡都被你拔光了毛，招谁惹谁了真是，鸡飞狗跳的丰功伟绩，拿去写书都能分个七八册。"

谢刃嘴一撇，扛起剑走了。

而青霭仙府里的二师兄也写来一封书信，里头除了对小师弟充满爱的叮嘱，还问了几句谢刃，问他是不是像传言中那么横行霸道，不服管教。

风缱雪沐浴完后，一边擦着半湿的头发，一边在灯下写回信。先说自己在这里一切都很好，又补了一行：谢刃也很好，天资奇佳，侠义心肠。

他抬头往窗外看了一眼，白衣少年正一跳一跳的，使劲往树上抛馒头渣，喂那群叽叽喳喳的鸟雀。

于是继续写：不算顽劣，甚是可爱。

谢刃喂完小鸟，趴在窗口扯长语调叫他："风兄，你怎么这么早就要睡，要不要来我房中下盘棋？"

风缱雪提醒："明日还要早起上学。"

"晚睡又不耽误早起。"谢刃索性翻窗跳进来，"不下棋，玩解谜也行啊，我这回在春潭城买了不少小机甲。"

风缱雪放下笔："走吧。"

谢刃的住处和其余学子不同，没有多余的摆设，只有一床一柜一矮桌。风缱雪站在房中看了一圈，没找到合适的地方，于是对谢刃说："你出去找个大些的高桌子。"

"干吗？"

风缱雪将手伸进乾坤袋，呼啦啦掏出来一座六尺长的微缩城池！

谢刃倒吸一口冷气，整个人都惊傻了："怎么会在你这儿？"

风缱雪整个塞进他怀里："嗯，落梅生托我送给竹先生的，但先生说他不要，现在归你了。"

谢刃捧着整座城池，还是觉得很不真实："风兄，你确定师父真的不愿要？"

风缱雪伸出手："你若不信，那给我。"

"别！"谢刃赶紧后退两步，"我要。"

风缱雪一笑："好。"

两人一起去外头寻了个方柜，将城池稳稳当当地摆了上去。此时夜已深，城中木人也各自回去歇了，只有城南酒肆的灯火还亮着，一名红袍剑客坐在桌边，脚下散落了七八个空坛，小二在楼梯上上下下，不多时就又送来了新的酒。

谢刃趴在一旁看："深夜喝闷酒，风兄，你说他会不会是在等心上人？"

风缱雪摇头："酩酊大醉，衣衫不整，即便心上人真来了，怕也要扭头就走。"

谢刃却笑："难说，难说，万一心上人见他如此狼狈落魄，反而心疼起来了呢？"

又过了一会儿，酒肆中果然又出现了一人，是另一名剑客。

谢刃泄气："我还当会等来漂亮姐姐。"

风缱雪扭头看他："等来漂亮姐姐，然后如何？"

谢刃被噎住了："你是真的不懂，还是故意在逗我，你们风氏子弟都不教这些的吗？"

风缱雪道："不教。"

谢刃赶紧道："我也是自己在书上看的，你若想知道，我顶多把书借给你。"

风缱雪点头："那你把书给我。"

谢刃从床铺底的暗格里抱出来七八本书，非常豪爽地揽住他："一共就这么多，全部是小弟的私藏好货，你拿回去好好……等等等会儿，干吗？"

风缱雪单手虚空一攥，那摞艳书顷刻化为飞花残瓣。谢刃毫无心理防备，想抢救也没时间，只能眼睁睁地看着书页满室乱飞，半天颤声憋出一个字："你……"

"以后少看这种东西。"风缱雪转身往外走，"好了，睡吧。"

谢刃欲哭无泪："喂，你这也太过分了！"

风缱雪反手一扫，替他"砰"一声关好门。

谢刃回身看着满屋狼藉，好货被毁，还要整理内室，啊，仰天长叹。

不值得，没意思。

翌日清晨，风缱雪一早就到了学堂。其余人听说新转来一名风氏子弟，自然免不了上前与他攀谈，风缱雪应付了几句，看了眼第一排空荡荡的座位，问："谢刃呢？"

"阿刃啊，他才不会起这么早。哪怕是要挨先生罚，也得睡到日上三竿。"

风缱雪站起来："我去找他。"

璃焕也没睡醒，单手撑着脑袋打呵欠："风兄，你就别管他了，昨晚后半夜时，他还在敲我的窗户，后来不知又去了哪里胡混，今天肯定要睡到下午。"

风缱雪独自去了后院。谢刃果然正用被子蒙着头，睡得大梦不知归处，梦中那座落满冬雪的城还在，箭也在，可这回他还没来得及拉满弓弦，就被一根棒子戳中了腰，戳得他浑身一酥，险些被箭矢的火舌烫了手。

"怎么了！"他猛然推开被子坐起来，身体还沉在突如其来的失重感中，心脏狂跳。

风缱雪语调平静："起来，上课。"

谢刃："……"

风缱雪见他坐着不动，于是又用剑柄戳了戳他的肩膀："快点。"

"不去。"谢刃直直躺回去，语调拖得又欠揍又沙哑，"我还没睡够。"

风缱雪提醒："你说的，晚睡不耽误早起。"

谢刃转身背对他，用枕头将耳朵一捂，嘴里含含糊糊道："我说的是你晚睡，不耽误你早起，但我不行，我晚睡就一定要晚……哎，你把被子还给我。"

"起床。"风缱雪道，"从今日起，你必须和我一起去学堂。"

"为什么啊？"谢刃瞪大眼睛，"师父都不管我这些。"

风缱雪将人扯到面盆前，又将帕子打湿给他盖脸上："因为我第一天来这里，谁都不认识。"

谢刃被冰水一激，清醒了，但清醒也不耽误连声叫苦："不是有璃焕和墨驰吗？而且你是来求学的，又不是来呼朋唤友的，好好坐在那里听课不就行了？"

风缱雪道："你也知道求学就要好好坐着听课。"

谢刃将帕子丢回木架，循循善诱："我知道是一回事，做不到是另一回事，但风兄你不一样啊，你是风氏子弟，凡事都很讲规矩的，所以你看，这随随便便就闯人卧房掀人被子，是不是稍微有些失礼？"

风缱雪往外走："不觉得。"

谢刃走得深一脚浅一脚，整个人没形没状，将"讨嫌"二字诠释得淋漓尽致。在路过隔壁卧房时，还要伸长脖子将头探进去看，这一看，顿时万分震惊："风兄，我昨晚来的时候，你的房间不是还很正常吗？"

风缱雪不解："现在哪里不正常？"

谢刃看着满室明晃晃的玉床碧柜琉璃台，再一次感受到了银月城风氏的有钱程度："哪有人求学还自带家具的，这些都是你从乾坤袋里取出来的吗？对了，那个毛皮垫子是什么稀罕东西，居然会自己发光，我能不能进去摸一把？哎哎哎，你别拉我啊，救命，我不想去学堂，风兄，风兄！"

风缱雪不理会他的胡言乱语，强行将人扯到前院。此时大家已经开始上课了，竹业虚终于能在早课时见到爱徒，心里那叫一个欣慰，而一众同窗也稀罕得很，集体目送他二人回到座位，感慨不愧是风氏出来的人，竟能将谢刃从床上揪起来，厉害，了不起。

俗话说得好，来都来了，谢刃倒也安分，乖乖坐着听了一早上课。中午大家都去吃饭，他却又没了影子，璃焕见怪不怪："大概跑去城里听说书了吧。"

风缱雪拿起佩剑就出了学堂。

长策城照旧是热闹又繁华的，谢刃从东街走到西街，许多铺子的老板都眼熟他，有的将刚出锅的小糕点用叶子裹了，热腾腾地递过来："尝尝，新出的。"

"多谢福伯！"谢刃也不客气，一边捧着吃，一边往茶馆的方向走。正要进门时，见旁边的小摊子前围了不少人，就也挤过去看。

桌上摆了三四排精致的木鸟雀，拧一拧就能展翅飞，而且速度会越来越快。谢刃买下一只，用指尖在木雀尾梢随意点出一朵红莲火，撒手放它盘旋于空。娃娃们看着纷扬落下的火光幻影，纷纷鼓掌喝彩，谢刃逗够了这群小孩，刚准备得意扬扬地收回木雀，身后却传来清冷一句："谢刃。"

谢刃："……"

风缱雪道："跟我回去上课。"

谢刃简直要被他念到耳鸣，语调也有气无力："风兄，你怎么总管我这些？"

然而风缱雪极有原则，有求必应也好，投其所好也好，前提都是得好好上学——否则自己下山是为了什么？便强行拖着他走。谢刃踉踉跄跄，心累得很，不懂这金贵大公子怎么听课还得有熟人陪，走了两步，又顺手摸了个灵果啃，摊主大婶认识他，只笑着骂了一句，也不愿计较。风缱雪见状暗自摇头，过去将钱付给大婶，回头却见谢刃表情呆滞，便皱眉："你又有什么事？"

"糟了。"谢刃脸色一白，"那只木雀还燃着火，我刚刚给忘了，它飞去哪儿了？"

风缱雪抬头一看，天上空空荡荡，哪里还有木雀的影子？幸亏有一个小娃娃指路，两人赶忙御剑去追，追了一路，眼看再往前就是长策学府，却始终不见其踪迹。谢刃心中焦急，正欲扭头折返去别处寻，却被风缱雪一把抓住，拖着继续往前疾驰。

"有烟。"

确实有烟，先是青丝丝一缕，再是蓝莹莹一片，再往后，已是浓烟滚滚黑雾缭绕，火光熊熊蹿上半天。整座学府都乱了，上课的顾不上念书，干活的顾不上扫地，水桶与引水符齐上阵，从四面八方哗啦啦往上浇，总算盖灭了这把从天而降的红莲火。

竹业虚怒不可遏："阿刃！"

谢刃："……"

被烧的是风缱雪的卧房。

因为璃焕反应够快，及时用避火咒隔开了相邻的几间房，才没有造成更大的损失。但话说回来，就算将长策学府所有学子的卧房都烧了，加起来可能也不如上仙一张床值钱。

风缱雪自然不会让谢刃赔，不过他倒是发现了一个很好的理由，能让对方不再四处乱逛，而是老老实实留在学堂修身、修心、修性、修德。

这晚，谢刃在去跪思过院之前，收到了一张账单，看完第一条"兰透熏香柜，七千玉币"就开始眼前发黑，觉得自己这辈子可能也就这样了。

风缱雪道："可以免你一个零头。"

谢刃没有底气地说："风兄，这件事……你是不是也稍微有那么一点点的……责任？你看，是你突然在集市上叫我，我才顾不上木雀的。"

风缱雪很爽快地点头："好吧，免你八成。"

谢刃心花怒放，好说好说，接着看第二条——

"空山凝云床，十二万三千玉币。"

谢刃："……"

风缱雪低下头，唇角透着一点笑。

但谢刃没顾上看，因为他已经迅速脑补完了自己辛苦还债的凄惨一生，心中正不胜悲凉。

风缱雪提议："不然你以后跟我好好上学，别再到处乱跑，钱我就不要了。"

谢刃闷闷抬头："别，这我也过意不去。"

"那你除了上学，再与我一道研究这个。"风缱雪取出厚厚一本《静心悟道经》，"这书难读枯燥，我却喜欢，人人都不愿与我同修，所以只能找你。"

若换作平常，谢刃一看这无聊的名字，可能已经当场睡着，但今时不同往日，身负巨债的少年是没有资格拒绝的，别说是静心悟道，就算是静心撞墙，他也不是不能考虑。

"那就这么定了。"风缱雪收起书，"等你从思过院回来，我们便每晚一起看书。"

谢刃生无可恋地想："在跪思过院和看《悟道经》之间，我竟分辨不出究竟哪个更惨。"

他站起来，很没有精神地说："那我去跪着啦，你今天没地方睡，就去我的房间凑合凑合吧。"

风缱雪点头："好。"

思过院要比别处寒凉一些，院中铺满了圆形鹅卵石，谢刃是这里的常客，已经跪出了经验，打了个呵欠就开始发呆。反正"过"嘛，来来去去就那么几样，思得再彻底也改不了，索性就不思了。

墙角虫豸窸窣，被圆盘似的月亮照着，进进出出忙忙碌碌。谢刃下午忙着救火，晚上忙着挨师父训，饭没顾上吃。肚子正饿得咕咕叫时，有人刚好拎着食盒，从墙头轻盈落下，如雪衣摆上沾着露。

谢刃吃惊地问："怎么是你，璃焕呢？"

风缱雪跪坐在他对面，将盘碟一样样端出来："往后你再挨罚，都换我来送饭。"

"你这也太明目张胆了，给我几个包子馒头就行。"谢刃赶紧按住他，"哪有人罚跪还要吃七碟子八碗的？"

不行吗？风缱雪想了想，自己唯一一回被师父关禁室，师兄们何止是送来了七碟子八碗，还有一张铺满柔软毛皮的大床。

谢刃捡了几个包子，催促道："快点回去。"

风缱雪收拾好食盒，离开前不忘提醒："明日记得准时来上课。"

谢刃一听就叫苦："可我都跪一夜了。"

风缱雪默默和他对视。

想起那张十二万三千玉币的绝世神床，谢刃立刻举手保证："好，我准时，我一定准时。"

第二天清晨，谢刃果然准时前往学堂上课，他被罚跪了一夜，实在困倦极了，摇摇晃晃地往下一坐，只双眼无神地盯着竹业虚，至于讲的内容是什么，半个字都没入耳。

璃焕奇怪地问："你怎么不回去睡？"

谢刃有气无力地伸手往隔壁一指。

璃焕压低声音："你一共烧了人家多少钱啊，真要卖身不成，不如我先借给你点？"

谢刃将袖中揣着的账单拍给他。

璃焕打开一看，面色一肃："算了，我突然觉得你睡不睡的也不是那么重要。"

谢刃撑着脑袋展开畅想："你说有没有可能，哪个铸币师突然发狂，非要送给我整山整山的玉币，我若拒绝，他就寻死？"

璃焕满脸同情："你继续做梦，我要去看书了。"

在巨债的压迫下，谢刃很规矩地坐了一整天，只在晚上呵欠连天地问了一句："我能先睡会儿吗？就半个时辰，等你要修习的时候，再叫醒我。"

风缱雪点头："好。"

谢刃如释重负，连脸都懒得洗，往床上一倒就睡得昏天黑地。隔壁被毁的卧房尚未修葺好，风缱雪依旧暂住在他这处，替他放下床帐，自己回桌边静心打坐。窗外轻风吹着，罩中灯火跳着，空气里也漫开花香，学府的夜色总是静谧，比起别处来，多了几分说不清的祥和美好。

谢刃这一觉睡得很熟，连大雪孤城的梦都没了，枕间残余的梨花香沁进梦里，带出一片春日芳菲林。他惬意地伸了个懒腰，睁眼看了会儿床帐外的小团烛光，以及桌边那个白色的人影……人影？！

风缱雪听到动静："你醒了。"

"你一直坐在那里吗？"谢刃跳下床，惊愕地问，"现在什么时辰了？"

"寅时。"

寅时。谢刃回忆了一下，自己睡着时差不多戌时末，所以他在桌边整整坐了三个多时辰？

风缱雪道："过来看书。"

"你怎么也不早点叫我？"谢刃坐在他对面，"万一我一觉睡到大天亮，你岂不是要枯坐一夜？"

"不算枯坐，我这样也能睡。"风缱雪替他倒了一盏茶，又将《静心悟道经》翻开第一页。

谢刃睡得正渴，一口气饮尽杯中茶，加了梅子酸酸涩涩，倒很醒神。

然而醒了可能也就半刻不到吧，因为面前的《静心悟道经》实在太无聊了，他看了不到半篇，就又开始困，满篇密密麻麻的字此时都变成了重重叠叠的影，心如沉月寂静，心如沉月……月，神什么参不尽来着……道……

风缱雪提醒："谢刃，坐直。"

谢刃强撑着坐起来，把无聊写了满脸。

风缱雪耐心教他："修身静心本就枯燥乏味，否则岂非人人皆可悟道？闭目，静心。"

谢刃敷衍地闭上双眼，想着长策城里的风花雪月，街边的果子，笼子里的蛐蛐儿，哪样不比静心有趣？哪怕没事干看别人两口子吵架呢。况且人心本就应鲜活生动，全部无欲无求地静下来，和枯木有何区别？

过了一阵，他将眼皮偷偷掀起来，想看看身边的人是不是真的在看书。

结果风缱雪也正在审视他。

目光交接，谢刃被吓了一跳："风兄，说好的要静心，你怎么不看书，却看我？"

风缱雪回答："书我已经看完了。"

谢刃却不信："这《静心悟道经》足足有一百四十二卷，谁能看得完？"

风缱雪道："我。"

谢刃随手翻开一页："第十二卷，讲的是什么？"

风缱雪道："妄欲不生，心自清静。"

"第三十卷呢？"

"知足之足，方能常足。"

"第……一百零七卷！"

"不欲以静，天下自定。"

谢刃又问了几卷，风缱雪皆对答如流。他又惊奇又纳闷，惊奇的是竟真有人能背完整部《静心悟道经》，这得无聊到什么程度，纳闷的是，你既然都背完了，参透了，为何还要拉着我半夜苦读？

风缱雪道："因为我实在喜爱此书，所以想让你也看看。"

谢刃被这种奇诡的分享欲噎住了，他看着面前厚窑砖样的大部头，心底再度悲凉起来，干脆往桌上一倒，叫也叫不动。

风缱雪提醒："早些看完第一卷，你还能再回去睡一个时辰。"

谢刃依旧趴着耍赖："风兄，明日不用上课，我带你去城里玩吧，保准比看书有意思。"

风缱雪答应："好，你看完第一卷，我便陪你去城里玩。"

谢刃一骨碌坐起来："不是，不是这样的因果关系，我的意思是，你要是今晚不逼我背书，我明日就带你去吃喝玩乐。"

风缱雪用扇骨一敲他的头："看书！"

谢刃："……"

他又磨蹭了一阵子，见风缱雪已经开始凝神修习，自己一个人再演也没人看，便只好不甘不愿地坐起来，总算静心看完了第一卷。

炊烟袅袅，晨光熹微。

风缱雪替熟睡的谢刃盖好薄被，自己起身去了南堂。竹业虚依旧在藏书室内查阅《黄烟集》，虽也从中挑出了一些与仙船黑雾类似的妖邪，但细细比对之后，都有区别，不能做到全然相符。

风缱雪问："最像的是哪一种？"

竹业虚答："玄花雾，由万千尸骸怨气所化，时而轻如烟，时而黏如浆，力量最强大时，曾弥漫笼罩整片大荒原，狂风吹不散，烈火焚不灭，后被烛照神剑所伤，仓皇逃窜。"

"烛照神剑？"

竹业虚道："是。不过书中记载的玄花雾如寒冰般刺骨，但仙船上的黑雾，伤人时如岩浆般滚烫，也有细微区别。"

"玄花雾当初为神剑所伤，最终受伤逃往了何处？"

"书中没有记载，往后也再未现世。"

"若那黑雾真是玄花雾，上古妖邪重现人间，听起来可不像好兆头。"风缱雪道，"那就先劳烦先生将余下卷宗查阅完毕，看能不能找到别的答案。"

竹业虚点头："上仙尽管放心。"说完之后又试探，"阿刃昨晚可还听话？"

风缱雪道："虽不愿静心悟道，却也没有太胡闹，天亮时刚睡下。"

竹业虚闻言松了口气："没有胡闹就好，至于被焚毁的房屋，请来的仙筑师说至少需要五天才能恢复原状。"

风缱雪道："五十天。"

竹业虚吃惊道："五十？"

风缱雪解释："五十天，刚好看完上卷。"

至于为什么修补房间竟要用上五十天——因为那是银月城风氏公子要住的嘛，自然不能草草了事，精雕细琢一些，并不奇怪。

而谢刃此时尚不知道自己已经被亲爱的师父打包送人，睡醒后就要舒舒服服出门去逛。照旧是三人小分队，加上新来的风缱雪，璃焕问："阿刃，咱们今天去哪儿？"

"听说书。"

"说书人的段子来来回回就那么几个，斩妖除魔打打杀杀，没意思。"墨驰指间夹着一片叶，转了两圈后道，"风兄是新来的，不如我们听听他的意思，风……他人呢？"

璃焕纳闷："不知道啊，刚刚还在。"

谢刃拨开人群找了半天，才在一栋小楼前找到他："你在这儿干什么？"

风缱雪伸手指着一块木牌："我要去看这个。"

"这是什么？"谢刃莫名其妙，站在前面念，"马礼德劝邻向善歌，马礼德是谁？"

墨驰嘀咕："这名字，像是刚出生就有八十岁。"

璃焕没忍住："噗。"

风缱雪问："是戏楼吗？"

谢刃道："原来你想听戏啊，走，我带你去牡丹楼看煞神成魔大乱四方。"

风缱雪却不肯挪步："这里也是戏楼。"

"这里是戏楼没错，可你看看进出的人，个个头发花白，哪有像你我这种年纪的？"谢刃哭笑不得，"若不是因为要找你，我都不知道城里还有这地方。"

风缱雪道："那正好，我们一起进去看看。"

谢刃牙疼："你就这么想听马礼德向善歌？"

风缱雪点头："嗯。"

墨驰小声相劝："算了吧阿刃，你刚烧了风兄那么多值钱货，不如就让他一回，璃焕，你去买票。"

"好！"

谢刃眼睁睁看着璃焕攥了四张票回来，头直疼，进去戏楼一看，头更疼。昏昏暗暗一处小戏台，桌子上连瓜子蚕豆都没有，因为来这里的观众们大多牙口不好，所以换成了一盘软烂点心。

四人寻了张空桌坐下，此时戏文已经开始了。马礼德是一位乡绅大德，看起来吃穿不愁的，每天不用忙碌生计，所以就发展出了劝邻向善的爱好。偏偏邻居又很暴躁，只要马礼德一来，就打他，马礼德被打破头也不恼，回去养好后再来，如此循环往复骂了十几幕，最后邻居终于被大德感动，两人相拥痛哭。

璃焕与墨驰都是第一回看这么无聊的戏，都比较震惊，也算另一种意义上的大开眼界。再扭头一看，谢刃也是泪眼迷蒙，一脸生无可恋，像是困得实在不行，偏偏坐得又很直，因为风缱雪只要看他往桌上一趴，就伸手来掐，掐得胳膊都紫了，简直痛不欲生。

好不容易戏罢人散，璃焕和墨驰赶紧寻了个借口溜走，生怕又被拦住再来一次——反正烧房的又不是我们，何苦一起受这罪。

告辞！

谢刃眼睁睁看着二人跑远，切身体会了一把什么叫兄弟大难临头各自飞。他现在倒是不太困了，但已经被马礼德唱出了阴影，打算在漫漫余生里都绕着这木头小楼走。

风缱雪还在有礼貌地询问管事："下一幕是什么？"

谢刃受惊不已，赶紧上前把他拽走。其实风缱雪也觉得这戏文无聊至极，简直想掀桌打人，但大德劝善总比牡丹楼的煞神成魔要好，差不多和《静心悟道经》是一个效果，重在熏陶。

这时两边的铺子已经亮起了灯火。

谢刃站在长街尽头，很没抱希望地问："风兄，我们现在去哪儿？"

风缱雪道："我带你去赴星河宴。"

谢刃惊讶："星河宴，我们能混进去吗？"

风缱雪拉住他，御剑飞往星河万千："有我在，就能。"

风吹散云絮，带起一片闪着融光的粉末。

修真界最有名望的两大家族，一是银月城风氏，一是锦绣城齐氏。

风氏素雅高洁，虽立于世间却不染纤尘，真如一轮银白皓月，高悬不可攀。而齐氏也同样应了锦绣城的名，府内热闹繁盛，仙乐不绝耳，宾客酩酊醉。每逢三月三十日，还会在星辉阁大设酒席，便是修真界最有名的星河宴。

星辉阁是飘浮在天上的，百余只白鹤托起百余间造型别致的小木楼，缓缓飞行着，高低错落灯火明亮，远远看去，当真如散落于半空的星辰，琴声、歌声、笑谈声不绝如缕，连月影也散发着酒香。

一名蓝衣姑娘正站在仙鹤背上，她佩银剑戴银冠，本该英姿飒爽，但一双杏核大眼水汪汪的，笑起来时杀气减弱不少，看谁都像在看情郎："风公子，这边！"

谢刃侧头问："那位漂亮姐姐是谁？"

风缱雪答："齐雁宁，我与她的哥哥齐雁安是朋友。"

而且是关系不错的朋友，知根知底的那种，前些年还一起仗剑斩旱魃。不过齐雁安并未将琼玉上仙的真实身份告知妹妹，所以此时她也只当他是风氏贵公子，笑道："我哥哥在外地有事耽搁了，赶不及回来，让我招待……咦，不是说有四位客人吗？"

风缱雪施了一礼："还有两人不来了，说要去吃鳝鱼面。"

齐雁宁直呼惊奇："得是多诱人的鳝鱼面，竟连我们家的宴席都不愿参加了？"

谢刃："……"

长策城中，墨驰丢下筷子，被辣得满头是汗："这也太重口了，排半天队式不值。"

璃焕问他："那你是愿意吃鳝鱼面，还是想再去听一遍马礼德？"

墨驰立刻回答："来，咱们继续吃面。"

仙鹤驮起谢刃与风缱雪，展翅落在最高处的阁楼前。

齐雁宁介绍："这位置是哥哥特意吩咐的，要闹中取静，要视野开阔，要不被打扰，那二位请自行入座，我再去别处看看。"

风缱雪点头："多谢齐姑娘。"

侍女将他二人引入阁楼，又奉上琼浆美酒。风缱雪额外要了一小盏桂花蜜，用玉匙慢慢加入酒中。谢刃问："风兄，你既早就安排好了星河宴，怎么也不同璃焕他们说一声？"

风缱雪答："我原本是要说的，但他们跑得实在太快了。"看起来对鳝鱼面充满渴望，可能确实很好吃吧。

谢刃听完干笑："那倒也是，若我没有欠你一大笔钱，我也跑。"

风缱雪将酒盏递给他："是果酒。"

谢刃一饮而尽，清爽淡甜。

星河宴的菜色比起仙船冬雪小筑来，不知要稀罕多少倍。齐氏本就爱好奢华，这一年一度的待客宴更不愿让人看轻，红润的果子在齿间迸开甜香，灵气充沛，风缱雪道："红玲珑，一百八十年才结一轮果。"

谢刃道："怪不得每人就一颗。"

风缱雪问："你喜欢？"

谢刃随口答："喜欢。"

片刻后，他就单独获得了一大海碗。

谢刃："……"

还有一道菜是盛在芍药花蕊中的，玉色一小粒，嚼之酸甜。谢刃屈指敲了敲芍药："是真花？"

"是幻术。"风缱雪道，"等会儿整片天穹都会开满夏花，也是幻术。"

同魏空念的邪术不同，为星河宴布景的幻术师是个挺喜庆的小老翁，他没有搞大场面的野心，一生只专心致志为主人家幻芍药满园，幻鸟雀婉转，幻烟花璀璨。谢刃趴在窗口，悠闲地看着花影一路摇曳上天，后又被风吹得四处飘落，数十名舞姬于星河间轻歌曼舞，水袖一挥，美不胜收。

谢刃又问："前头那处亭子是什么？"

风缱雪道："客人喝够了酒，赏够了乐，便会去亭中畅谈古今。"

"畅谈古今？"谢刃来了兴趣，"走，我们也去看看。"

风缱雪警告他："看看可以，不许插嘴。"

"放心吧，齐氏请的客人都是大拿，我不会妄议是非给你丢人的。"谢刃将他手中的酒杯夺下，拽着就往外跑。

凉亭中此时已经聚了不少人。风缱雪带着谢刃，拣了个最不起眼的位置坐下。说来也巧，此时大家的话题正是千年前的那场屠妖之战。谢刃没有丝毫身怀剑魄的觉悟，嘴里抿开红玲珑果，还要张嘴小声问："风兄风兄，染没染色？"

风缱雪："……"

一人正在阔论："想那烛照神剑是何等霸道邪佞，曾纵横四野劈天斩地，令无数妖邪闻之丧胆！"

谢刃还在问："红了没啊？"

风缯雪轻声喝止："不许说话。"

谢刃闭嘴："嗯。"

烛照神剑的故事，在修真界已经是老生常谈了，几乎人人都能倒背。上古时期诸妖泛滥，搅得天下大乱民不聊生，曜雀帝君便以赤山为炉，煌山为铁，心血为淬，炼出了一把斩妖剑，取名烛照。当时最大的妖邪名为九婴，盘踞极北河畔，能吐水火，叫如婴啼，故而得名。曜雀帝君脚踏红莲烈焰，手持烛照神剑，从南至北诛妖万千，终于遇到了九婴。

九婴有九头九命，天性狡猾残忍，曜雀帝君耗时数年，方才将他斩得只剩一条命。最后一场战役发生在北境凛冬城，书中对此并没有详细的记载，只粗略提了一笔，曜雀帝君终与九婴同归于尽，待狂风暴雪散去后，众人进城去寻，见曜雀帝君单手持剑，虽已身死，仍凛凛屹立于天地间。

谢刃问："风兄，你们家书最多了，里头有没有提到烛照神剑？"

风缯雪道："曜雀帝君长眠于凛冬城，下葬之日，神剑却自己从棺中飞出。原来烛照在斩妖时，剑身往往会遍布红莲烈焰，再经妖血淬炼千万回，早已孕出精魄，不愿长眠地下，只想继承主人遗愿，继续斩妖除魔。

"从此天地间就多了一把会自己飞的剑，它将九婴余部杀完后，又一路往北。众修士在刚开始时，都对烛照极为尊敬，将它视为己方最得力的助手，可是随着妖邪的数量逐渐减少，天下也慢慢安定下来后，大家却惊愕地发现，烛照似乎并没有停下来的意思——没有妖邪，它便斩恶，没有大恶，它便斩小恶。总之只要有人犯下错漏，哪怕只是偷鸡摸狗，都有可能性命不保。

"眼看烛照越来越不可控，修士们不得不再度联合起来，以灵符布下天罗地网，终于将神剑镇压在了太仓山下，这才换得世间再度风平浪静。"

谢刃单手撑住脑袋："可这么听起来，烛照像也没做错。"

风缯雪看他："偷个钱袋便要被斩去半边身体，没做错？"

谢刃撇嘴："那谁让他偷钱啦，万一是别人买药的救命钱，岂不是也害了一条命？一命还一命，有何不妥？"

风缱雪问："万一不是救命钱，又该如何？"

谢刃不以为然："不是救命钱，偷鸡摸狗一样该罚。"

风缱雪提醒他："可你也常在集市上顺手摸果子吃。"

谢刃被呛了一下，苦起脸："这怎么能相提并论，风兄，我在婆婆婶婶里行情好得很。"

风缱雪道："万一烛照神剑并不觉得你行情好呢？"

谢刃一想："好吧，这回算你对。"

他语调懒洋洋的，也不知是真的被说服了，还是不想再继续讨论这无聊的事，只冲着面前的侍女一眨眼，笑着伸手："姐姐，我还想要一个果子。"

风缱雪不悦："谢刃。"

"我知道我知道，要稳重，可他们都在说烛照神剑呢，顾不上看这头。"谢刃剥开一枚橘果，自己还没吃，先将一半递给他，"你尝尝……你虽不嗜甜，可果子又没有咸的，还要不要？"

风缱雪摇头："不要。"

谢刃便将剩下一半丢进自己嘴中，一咬差点没将牙酸掉，龇牙咧嘴地说："这么难吃，风兄，你怎不提醒我？"

风缱雪答："因为你没问。"

"什么没问，我看你分明就是故意的。"谢刃皱着眉头，"我发现你这人吧虽然没表情，坏心思倒不少，明知我不爱酸苦，偏要看我笑话。"

风缱雪绷起唇角："我没有。"

"不行，你得再吃一个。"

"好。"

"这么爽快？"

"我能吃酸。"

"……那你别吃了。"

然后直到宴席散了，风缱雪才说："骗你的，我最不喜吃酸。"

谢刃："……"

风缱雪不紧不慢道："兵不厌诈。"

谢刃觉得自己这回真是亏惨了，于是又在桌上捡了一枚橘果，回头却见风缱雪已经御剑飞往云海深处，赶忙去追。此时小老翁布下的幻境尚没有完全散，娇艳的花海在，焰火也在，谢刃掌心带出的火索混在漫天火树银花里，并不引人注目，只挡得风缱雪后退了两步。

两人在云层与焰火间打闹，旁边有醉眼蒙眬的修士路过，隐约窥得一眼，当场大吃一惊，赶忙拉着年幼的子女绕道走。

第二天就有消息传出，说是在星河宴罢后，有宾客可能是喝多了酒，稀里糊涂的，竟在云海间就打了起来……荒谬啊，荒谬！

谢刃靠在长策学府的秃头大树上，震惊地说："谁啊？我们怎么没看到？"

风缱雪在树下看书，毫无兴趣地回答："不知。"

璃焕和墨驰痛定思痛，还是觉得这事不能怪自己，因为不管从哪个角度想，《马礼德劝善歌》后面都应该跟一顿清心忆苦餐，大家围坐灯火手捧窝头，一起含泪感念马礼德的崇高品质那种，哪有抛下朋友独自去吃星河宴的道理？

谢刃丢给璃焕一枚红玲珑果："分明就是你们自己要跑。"

璃焕大感不公："谁能知道风兄的行程安排竟那般诡异，我们都以为你晚上在和老大爷一起喝咸菜汤。"

谢刃将剩下的果子都塞给他二人，打着呵欠往回走："不说了，我去睡会儿，晚上还得继续看那本静心什么经。"

墨驰安慰璃焕："算了吧，阿刃虽然能赴星河宴，但陪风兄消遣可是苦差事，又要静心又要劝善，你我确实招架不住这八十岁起步的无聊生活。"

璃焕道："有道理。"

夜间，小院里依旧灯火昏黄。

谢刃睡眼蒙眬地看完《静心悟道经》第二卷，刚想回去睡觉，却被风缱雪拉住，问他："看完之后，有何想法？"

有何想法，想法就是我现在真的非常困。谢刃一头栽到他肩上，耍赖提醒道："风兄，先前只说陪读，可没说还有共议，这得是另外的价钱。"

风缱雪随手从乾坤袋里抽出一本书："你不偷懒的话，这就是另外的价钱。"

谢刃看了眼封面绘图，当场清醒过来，修真界有四大禁书，这本《画银屏》就是其中之一，而十几岁的少年嘛，对这种书总是怀抱好奇的，他比较惊奇地问："你们风氏还藏着这种书？"

风缱雪道："如何？"

谢刃揽住他的肩膀："看在禁书的面子上，成交。"

他方才虽然困倦，但《静心悟道经》还是半字不差地看进去了。给自己倒了一盏温茶醒神后，便道："书中说无欲方能久安，我却觉得未必，想有片瓦遮顶是欲，想要三餐饱足也是欲，换作任何一个正常人，都会想吃饱穿暖有屋住，谁愿无欲无求地裹一片烂麻布去吃野果喝山泉？照我看，这书——"话到嘴边，又及时想起风缱雪好像甚是欣赏此部《静心悟道经》，便话锋一转，"总之我不大喜欢，也不大认可。"

"太极端。"风缱雪摇头，"不过你愿坦诚说出自己的想法，也算没有敷衍。"

谢刃伸手："那给我。"

风缱雪将《画银屏》交到他手中，自己起身洗漱。

谢刃往床上一靠，舒舒服服地看了两三页，越看越觉得不对，这不是很正常的诗集吗，有何可禁的？再细细一看，封皮上三个大字并非画银屏，而是画……很屏？！

他想呕血："你怎么又骗我？"

风缱雪用手巾擦干脸："我说是什么书了吗？"

谢刃继续抗议："多骗两次，往后我可就再不信你了。"

风缱雪道："若我五回骗你，五回拿出真的好东西，这十回你要如何分辨真假？若分辨不出，你是要全部拒绝，还是全部接受？"

谢刃："……"

风缱雪挥手扫灭灯火："睡觉。"

片刻后。

"骗一回，真九回。"

风缱雪："……"

窗外，仙筑师们还在隔音结界内修补着隔壁房屋。

虽然看起来十分忙碌，但在五十天内，肯定是无法完工了。

慢工出细活，慢工出细活。

时间一晃就过去了一个月。

竹业虚查阅完整部《黄烟集》，最像仙船黑雾的仍然只有上古妖邪玄花雾，他不敢大意，正想将整件事完整地记录下来，再送往各大世家与修真门派，小童却禀道有客来访。

"何人？"

"血鹭崖宗主，何归。"

何归，一听到这两个字，竹业虚便皱起眉头："又是来找阿刃的？"

小童道："没提谢师兄，像是来找先生的。"

血鹭崖在修真界的名气不算好，光听名字就知道，不是什么平和安乐的省事之地。前宗主何松间成日里顶着一张黑眼圈惨白脸，让人觉得在修习邪道与纵欲无度之间他总得占一样，而后果然连五十岁都没活满。独子何归继任宗主，样貌虽说很周正，天赋也不差，古怪的行事作风却像极了亲爹，同样不讨喜。

竹业虚到前厅时，何归已经喝空了一壶茶。

他其实只比谢刃大四岁，笑起来完全能冒充阳光少年，拱手道："竹先生。"

"何宗主。"竹业虚回礼，"今日怎会突然来我这里，可是有什么事？"

何归也未隐瞒，开门见山地说："为了玄花雾。"

仙船黑雾闹出的动静太大，自然也传到了血鹭崖，何归继续道："我一听到消息，便差人出去打探，再加上连夜查阅家中数千本邪咒禁书，觉得那黑雾极有可能就是玄花雾。"

私藏邪咒禁书者在修真界人人喊打，哪怕真有心私藏，也得像做贼一般掖着，能如此光明正大地说出"家里藏了几千本"还不让旁人感到意外的，可能也就只有血鹭崖了。

竹业虚道："不像。"

何归解释："烛照神剑燃起的大火，与玄花雾缠斗三天三夜，虽将它烧得只剩小半条命，却也炼出了新的神魂，不再如尸骸般冰寒，而是像红莲一样炽热，竹先生若不信，我今日也带了书来。"

他准备得很周全，还特意圈出了相关记载。竹业虚粗扫一眼："若真如此，上古妖邪重现于世……何宗主有何看法？"

何归站起来，轻飘飘撂下一句："上古妖邪重现于世，竹先生觉得这其中会包括九婴吗？"

竹业虚眉头猛然紧锁。

学府后院，谢刃正在树下拆解从春潭城买来的小机甲，面前突然被人丢了一枚赤红银石："看这里！"

"何归？"谢刃意外道，"你怎么来了？"

"找你师父有事，顺便来看看。"何归坐到他对面，自己也拿过机甲拆。

"你都是宗主了，怎么还和我抢东西？"谢刃往门外看了一眼，"这回我师父没强行送客？"

"我是来给他送书的，顺便告诉他，仙船上的黑雾就是玄花雾。"何归道，"不过他确实警告我了，不准来找你。"

"走走。"谢刃揽过桌上的机甲，将人拖回自己房中，"跟我说说玄花雾的事。"

片刻后，风缱雪也拿着一卷书要回房，璃焕恰好撞到他，便低声提醒："何宗主在阿刃房中，你还是等会儿再进去吧。"

"哪个何宗主？"

"血鸢崖的何归啊，阿刃与他是朋友。"

风缱雪也听过血鸢崖的大名，此门的历任宗主似乎都喜欢在邪道边缘来回试探，祖传的不务正业。何归虽说刚继任没多久，还没机会离经叛道震惊众人，但何松间拉着一众修士狂饮妖血险些入魔的事，目前可是修真界教导小辈的经典反面教材。

璃焕邀请道："风兄，不如你先去我房中……"

然后他就眼睁睁看着风缱雪一把推开谢刃卧房的门，进去了。

璃焕："……"

房中的两个人都被吓了一跳。

风缱雪一身白衣，高傲华贵，跟个没表情的小冰雕似的，往桌边一坐就开始看《静心悟道经》，还要将封皮明晃晃地亮出来。

何归莫名其妙地看向谢刃，用眼神问他：这是谁？

谢刃咳嗽两声："介绍一下，血鸶崖宗主何归，银月城风氏，风缱雪。"

风缱雪微微点头，丝毫没有要走的意思。

何归完全不认识这个人，当然也不愿继续与谢刃说玄花雾，便道："风公子，你若没什么事，不如回自己房中看书？"

风缱雪回答："我就住在这里。"

何归惊奇道："啊？"

谢刃将《静心悟道经》往风缱雪面前推了推，笑着道："行，那你在这儿看，我们出去。"

言罢，拖着何归就往外走，边走边解释："我欠了人家近百万玉币，你还是别捣乱了，不就一间房吗？咱们去客栈，正好省得被我师父发现。"

何归暗自摇头，与他一道去了长策城，谁知话还没说上两句，风缱雪又来了，手中拿着一个不知从哪儿摸的青玉茶罐，往谢刃面前直直一递，道："打不开。"

谢刃往后一缩："这个看起来好像并没有封住。"

风缱雪与他对视。

谢刃道："好好，帮你弄。"

风缱雪盘腿坐在矮几旁，衣袖一扫，摆出满桌茶具，茶盘、茶荷、茶垫、茶宠一样不缺，连不同高低的杯子都有三四个。

谢刃："……"

风缱雪抬头问谢刃："你要喝什么？"

何归心中不悦，刚想说话，却被谢刃在桌下一脚踩得面色发白。

"风兄。"谢刃挪过来，撑在桌上小心翼翼地看他，"我是不是哪里又惹你不高兴了？"

风缯雪倒了一杯滚烫的开水："没有。"

谢刃连连挥手示意何归先出去。

何宗主冷"嗯"一声，甩袖出门。

风缯雪道："他不喜欢我。"

谢刃心想："你这一路跟的，他不喜欢你很正常。"

风缯雪继续道："自从知道城东那个卖糖饼的老张不喜欢你，我就再也没有理过他。"

谢刃受宠若惊道："还有这种事？"

风缯雪"嗯"了一声，又问："何归找你有什么事？"

"为了玄花雾。"谢刃坐在软垫上，自己倒了一杯茶喝，"他说九婴或许要重新现世了。"

第五章

九婴现世

　　九婴重新现世，这几个字听起来实在过于匪夷所思，修真界谁不知晓此妖邪已被曜雀帝君亲手斩杀，不仅尸骸在红莲中化了灰烬，连残魂都被狂风吹散了，如何还能复生？

　　风缱雪问道："何归有何证据，说九婴会再度出现？"

　　谢刃表情无辜："不知道啊，我这不是还没来得及听？刚起了个话头，你就拎着罐子气势汹汹地进来了。"

　　风缱雪："……"

　　谢刃小声道："说实话，是师父让你来盯着我的吧？他一直就不喜欢何归。"

　　风缱雪并未否认："血鸾崖行事诡异，何松间……"

　　"何伯伯是何伯伯，何归是何归，二者又不是同一个人。"谢刃打断话头，提壶斟了一盏热茶，"何伯伯的许多做法，何归也不赞同。再说血鸾崖的修习之法，千百年来一直未变，虽说并非正统，但离经叛道不等于十恶不赦，旁人又为何要对他们指指点点、横加干涉？"

　　风缱雪道："若换作竹先生与何归亲密打闹，我自然不会指点干涉。"

　　谢刃一想那个画面，浑身汗毛都要立起来了，惊悚程度堪比夜半床头见九婴，这是什么见鬼的比喻。

　　风缱雪道："跟我回学府。"

　　谢刃问："那九婴呢，不管啦？"

　　风缱雪坚持道："有竹先生。"

　　谢刃笑："别总一本正经的，知道你与师父都是为我好，这样吧，先让我把玄花雾与九婴的事情听完，再说回不回学府的事，如何？"

何归等得不耐烦，已经开始在门外敲。谢刃跟着风缱雪站起来，对他说："你先去楼下大厅里吃会儿点心，想要什么尽管点，我来请客。"

何归看两人下楼，眼底多有不悦。待谢刃回来后，便道："银月城风氏，出了名的枯燥无趣，你怎会与他关系亲近？"

"银月城无趣，又不代表风家人人无趣，师父再三叮嘱让我好好照顾他，你就别管了，接着说九婴。"

何归道："血鸷崖的高阶弟子修习，往往会去血骸潭底的空洞闭关，你应当听说过这件事。"

谢刃答曰："我何止是听过，我还劝过你，把那难听的血骸潭换个名字，比如说清心正道潭，再比如说春光灿烂潭，保管其他门派的闲话都要少八成。"

何归道："先祖特意布下过阵法，以免潭底煞气过重，影响本门弟子修习。这么多年一直很安稳，但前段时间，血骸潭出现离奇异动，三不五时就如火海沸腾，就连符阵也压制不住。"

"这和九婴有何关系？"

"血骸潭本是九婴的休憩之地，潭底掩埋着他的一颗头。"

九婴共有九首九命，据血鸷崖的藏书记载，其中一颗头就是被曜雀帝君手持烛照神剑，斩落在了血骸潭中。

谢刃吃惊："还有这种事，那剩下的几颗头呢，都分别埋在哪里？"

"我怎么会知道。"何归道，"我只知道玄花雾曾是九婴最虔诚的追随者，它消失多年再度出现，紧接着血骸潭就跟着煮沸，像不像是某种征兆？"

"那你可得将血骸潭封好，别让九婴的头飞出来。"谢刃向后一靠，"待我回去后再问问师父，对了，你家藏着一颗九婴脑袋这件事，还有谁知道？"

"只有我与几名亲信。"何归道，"不过告诉你师父倒无妨，反正我这次过来，也是想请他帮忙，弄清楚血骸潭沸腾的原因。"

"行。"谢刃拍拍他的肩膀，又问："除了告诉师父，我能不能再顺便告诉风兄？"

何归没好气地说："要不要我再帮你做一只九尺长的传音鸟雀，让它在修真界转着圈飞，好告诉所有门派我家藏着上古妖邪的头？"

谢刃说："也行啊。"

何归抬脚就去踹他，却被闪身躲开。两人一路打下楼，恰好撞见风缱雪在吃点心，于是谢刃迅速收拢起嬉皮笑脸，一脚将狐朋狗友踢出了客栈，打发他快点回血鸷崖封血骸潭，自己则是很规矩地坐到桌旁："风兄，分我一个甜的呗。"

"没有。"

"咸的也行。"

风缱雪推过来一盘鲜肉酥饼："你们方才都聊了什么？"

谢刃道："哦，何归说自家潭底埋着一颗九婴的头，最近好像要蹿出来。"

还没走出十步路就被卖的何归：吐血。

风缱雪手下微微一顿，他初听时诧异，不过仔细一想，九婴的九颗头颅，除了最后一颗是被斩于凛冬城，其余几颗散落在哪儿，平时的确没怎么听过，滚一颗到血鸷崖也不奇怪。

谢刃看着他："你怎么好像一点都不震惊？"

风缱雪道："我为何要震惊？方才那位何宗主长得就很像要抱着九婴的头才能入眠的人。"

谢刃哭笑不得："那现在还说不说正事了？"

风缱雪道："修真界的确隐约有传闻，当九婴的九颗头颅重新出现，便能复活旧主，但这种说法实在过于荒谬，况且诛杀九婴的是烛照神剑，红莲烈焰燃起时，再凶悍的妖魂也只能化成灰。"

谢刃摇头："没人见过九婴，也没人见过烛照，说到底，许多年前那场诛妖之战传到现在，不过是薄薄几页纸罢了，万一神剑并不像记载的那么厉害，真让妖魂逃了呢？妖邪蛰伏数年再度生事，也不是没有先例。"

风缱雪看着他："若真如此，那便由你去收拾这烂摊子。"

谢刃莫名其妙，心说修真界那么多前辈，这和我有什么关系？不过他现在已经能摸清对方的脾气了，他这位室友虽然有时看起来又冷冰冰又不讲道理，但大多数时间还是比较友善可爱的，便顺着他道："好好好，我收拾，你还想点什么？"

风缱雪拿起佩剑："不吃，回学府。"

谢刃匆匆将点心揣了两个："等等我啊。"

天色已经暗了，空中不断飞过漂亮的流光纸鸢，是整座城最温情脉脉的时候。风缱雪想起竹业虚喜欢吃肉脯杏干，就去铺子里买，留下谢刃独自一人无聊地等，扭头看到热腾腾的糖饼刚出锅，便走过去："老张。"

老板忙着刷蜜糖，并不理他。

谢刃又敲敲案板："老张！"

老板纳闷地看着他："这位小哥，你在叫我吗？我姓李。"

谢刃一顿，继续礼貌询问："所以你不喜欢我……喂喂，疼！"

风缱雪面不改色地拽着他往前走，脚步飞快。

谢刃好不容易才挣开他，好笑道："被抓包了吧，就知道你又在骗我。"

风缱雪目视前方："我没有。"

"人家根本就不姓张。"

"嗯，因为他不喜欢你，所以不愿让你知道他姓张。"

"你自己听听，你觉得我会相信吗？"

"会。"

谢刃扯住他的一寸发带："不管，你请我喝酒。"

风缱雪反手扫出一剑。

谢刃顺势将人带上屋顶。此时华灯初上，街上的人都笑着看这两名小仙师比武似的从酒肆打到客栈，再到最高的塔尖，衣摆如雪，剑扫落花。

剩下最后一截路，两人走得也不消停，扯野果丢石子，甚是鸡飞狗跳。直到进门看到竹业虚正一脸威严地站在院中，方才双双刹住脚步。

竹业虚问："何宗主呢？"

谢刃笑嘻嘻道："我就知道瞒不住师父，他在同我说完事后，就回血鸳崖了。"

竹业虚摇头："先进来。"

谢刃已经发现了，只要与风缱雪同行，那么无论自己是翘课捣乱，还是纵火打架，所得到的惩处警告总要比以往轻上那么一些些，就比如这次，他都与何归混了一下午，回来竟也没被罚跪，进屋还能有椅子坐。

风缱雪可能尚且没有意识到，自己下山劝学居然劝出了靠山的反作用，见谢刃说得口干，还亲手替他倒了一杯茶，又从乾坤袋里摸出来一小坛桂花蜜，加了几滴进去。

目睹完整个过程的竹业虚："……"

谢刃将血骸潭与九婴首级的事情细细说完，又问："师父可听过其余头颅的下落？"

竹业虚道："第一颗头颅被斩于长夜城，第五颗头颅被斩于白沙海，第七颗头颅被斩于火焰峰，这三个是野史中有记载的，至于到底是真是假，多年来并无人仔细研究过。"

也对，已经死去数千年的妖邪，顶多出现在话本里吓吓小孩，谁会闲得没事做到处替他找头——可能也只有血鸢崖了，不仅藏头，还要跑去头上打坐修习，简直不可理喻。

风缱雪问："那黑雾呢？"

竹业虚道："何宗主今日带来一本书，详细记载了玄花雾被烛照砍伤后，炼出新魄一事。除此之外，还提到当初红莲烈焰裹挟着玄花雾，自千里绝壁俯冲直下，似钢钉重重揳入谷中，不仅将地面砸出了一个天坑，还将另一侧的铁山也震得当场坍塌。"

巨大的山石滚入深坑，再被烈焰焚成熔化的红浆，滚滚浓烟将整片天都遮住了，直到三日后降下一场暴雨，谷中方才重新恢复平静——狼藉的平静，青山幽谷皆不在，只有裸露的土地和被深深掩埋的玄花雾。

谢刃恍然："原来铁山是被红莲烈焰所焚，才会变成如今漆黑坚硬一大块，我还以为真像传闻说的，那里曾被用来熔化补天。"

风缱雪道："铁山坚硬无比，曾有无数炼器师想去那里取材，却无论如何也砍不动，若玄花雾真被埋在山下，那它是怎么逃出来的？"

谢刃随口回答："可能是感受到了旧主的召唤吧，九婴的头不也动了吗？一般话本里都这么写。"

竹业虚气血上头，又想打这吊儿郎当的小徒弟，九婴若真的重现于世，一场浩劫恐在所难免，哪里能容他如此轻飘飘地调侃？

谢刃往风缱雪身后一躲，继续说："照我看，那九颗头既然属于同一个主人，要动也应该一起动。不如我们去另外三个地方看看？万一真有异常，也好通知大家早做准备。"

竹业虚心中正有这个想法，白沙海位于南境，火焰峰位于西边，只有长夜城离得最近，但也要走上半个月。他原本打算亲自去看，风缱雪却道："竹先生还是留在长策城吧，以免别处又生乱。"

谢刃也说："对，这种小事，师父只管交给我与璃焕，保证速去速回。"

说这话时，他特意存了个心眼，原以为带上璃焕，就能将债主留在学府，自己也不必再夜夜苦读《静心悟道经》，结果一回头就被风缱雪瞪了一眼，瞪得那叫一个凶蛮，本来就冷冰冰的脸更似寒霜了，生生让谢小公子后背一凉。

竹业虚道："璃焕要留下准备几日后的考试，脱不开身，你与风公子一道去。"

谢刃只好说："哦。"

竹业虚打发他去账房支取路费，待厅中重新安静下来之后，风缱雪道："曜雀帝君与他手中的烛照神剑，都是以斩妖除魔为毕生追求的。"

竹业虚试探道："上仙的意思是？"

风缱雪道："烛照剑魄一直游走于天地间，无拘无束如一阵自由的风，无论是多有名望的修士，都不能将其制服，后却突然主动钻入谢刃的灵脉中。师父与竹先生多年来一直猜不透缘由，可现在看来，或许是神剑感应到九婴即将重现于世，所以想借助谢刃的手，再如千年前一样，轰轰烈烈地诛一次妖呢？"

竹业虚担忧："这……"

室内灯火跳动着，影子也跳动着。

照得处处半明半暗，看不真切。

离开前厅之后，风缱雪目不斜视，腰杆挺直，走得衣袖带风。谢刃一直在路边等着，他这回可谓偷鸡不成蚀把米，不仅没能成功摆脱《静心悟道经》，反而得罪了债主，但幸好，脸皮厚是万能的，于是他强行将人家截住，道："我这不是怕你路上辛苦吗？长夜城又不是什么山明水秀的好地方，那里的妖邪很凶残的，哪有舒舒服服睡大觉好？"

风缱雪纠正道："你那床只是一张硬板，顶多能睡，和舒服没有任何关系。"

谢刃本来想说"那等回来……"，可转念一想，隔壁的房又不是修不好，便道："那我今天晚上多看两页书，这样总成了吧？"

风缱雪果然点头道："嗯。"

谢刃乐了："你还真是好说话，不对，你还真是喜爱《静心悟道经》，行吧，晚上我彻夜陪你读。"

院中的仙筑师们还在忙碌着，忙什么呢，忙着雕花，因为大家实在找不出什么活了，又必须待满五十天，所以只好各种没事找事，倒是让谢刃再度大开眼界："原来你们风氏子弟的居处，连窗户缝隙里都要雕满芙蓉花吗？看起来很费工啊！"

风缱雪问："你有意见？"

谢刃如实回答："稍微有一点，这不是有钱烧得……不是，还挺好看的，好看。"他单手遮在他眼前，叫苦："商量件事，你别老瞪我好不好？来，咱们回去。"

后半夜时，最后一场春末细雨沙沙落。

说要彻夜读书的人，还没翻上三四页就又要赖睡着了。风缱雪单手撑着头，指尖扫出一道絮满飞花的柔软毯子，轻轻覆盖在对方身上。

长夜城城如其名，没几天能看到太阳，城中还修建着三座高耸的黑塔，塔尖各落一只石雕巨鹰，双翅一展，越发遮得整座城池昏暗不见天日。

这么一个鬼地方，自然没人愿意住，差不多已经空置了几百年。空城最易生妖，隔三岔五就有房子咯吱咯吱开始响，爬出来什么都不奇怪。各家修士合力在城外布下阵法，好让怨气凶煞无法出城作乱，至于为何不彻底铲平省事——修真界还是挺需要这么一个阴森诡异的地方，用来给初出茅庐的小辈们做练习的，练习胆量、练习剑术、练习阵法，差不多和巍山上的鸣蛇一个作用。

不过鸣蛇有符文镇压，还有竹业虚盯着，长夜城里的诸位"父老乡亲"可自由得很，拧脑袋比拧萝卜还利索，而且随着岁月的流逝，这项手艺也越发精湛，所以谁家弟子若能进城擒趟妖，还能再囫囵着出来，不说吹嘘三年吧，至少吹三个月是没问题的。

风缱雪问："你先前来过这里吗？"

谢刃摇头："没有。"

风缱雪怀疑："真的？"

谢刃纳闷："当然是真的，这又不是什么了不得的事，我干吗骗你？"

风缱雪道："但我觉得你和这座城还挺配。"

谢刃看了眼不远处那黑漆漆的城门，到处乱滚的骷髅，还有嘎嘎乱叫的乌鸦，表情一言难尽："你就不能给我许一个稍微好点的地方？不说纸醉金迷，至少得春暖花开吧，我怎么就和它相配？"

风缱雪往城里走："我以为你会迫不及待来这里试身手。"

谢刃摇头："这你就错了，我就算试身手，也是去擒那些四处为祸的凶煞，这种被圈在城里的能有什么意思，小打小闹罢了。"

地上到处都是暴雨留下的水洼，谢刃走了两步，突然拉住风缱雪："等等。"

"何事？"

"那里，是鸾羽殿的玄鸟符吗？"

风缱雪看着草丛里烧焦的金符："是。"

谢刃嫌弃道："不是吧，他家竟然也能看上这穷地方，有钱有势的，也不知道带门内弟子去见见真的大世面。"

"城中有动静。"风缱雪叮嘱，"小心。"

谢刃点点头，右手暗自握紧剑柄。

几只乌鸦落在城门上，扑簌带落灰尘。谢刃取出一道避尘符，还没来得及放出，一块巨大的砖石已自城墙脱落，轰轰砸了下来！

风缱雪扬出剑光，将青砖斩得四分五裂。谢刃被呛得直咳嗽："这也太年久失修了，再来几场暴雨，怕是整座城都要塌。"

话音刚落，地底就传来了浪潮一般的震颤，人也像是站上了漂浮的小舟。谢刃看着前后摇摆的城墙，不知自己原来还有这言出法随的本事，单手拉起风缱雪便御剑升上半空，又恰好撞上数千乌鸦受惊，正成群结队往外飞，险些被裹在里头。

风缱雪道："不像地动。"

谢刃道："也不像是年久要塌。"

更像是有什么深埋于地下、见不得光的怪物，正在蠢蠢欲动地往外爬。

此时，城中又传来一阵惊呼声！

风缱雪拉着谢刃飞掠进城，两人合力扫出一道剑光，将不远处那栋摇摇欲坠的高楼拦腰斩为两截，救下了险些被坍塌废墟掩埋的……看金色家袍的样式，应当是鸾羽殿弟子。

透过漫天飞舞的灰尘，风缱雪道："崔浪潮。"

崔望潮："……"

他看起来狼狈极了，头发蓬乱挂着草，衣裳也扯破了，再顾不上纠正自己的名字，反倒像是见了救星，三两步扑上前，伸手想拉风缱雪的衣袖，结果被避开了，只好退而求其次，一把握住谢刃的手，哭道："快……快去救救金兄！"

"哪个金兄，金泓？"谢刃问，"他被这城中的凶煞拖走了？"

"是啊，就在刚刚。"崔望潮语无伦次，"我们都没反应过来。"

"这么紧张干吗？"谢刃将胳膊抽回来，"他是鸾羽殿的少主，虽然讨厌了些，本事还是有一些的，先说说看，带走他的是漂亮姐姐还是魁梧大汉？"

崔望潮道："是……是一颗头！"

谢刃闻言一愣，看向身边的风缱雪："头？"

崔望潮继续说："也有可能不是头，反正是个脏兮兮的圆东西，看不清颜色与五官，像个球一样猛地就从地下冲了出来，直直撞到金兄怀中，带着他飞走了。"

风缱雪道："这里残余的煞气极阴寒。"

谢刃侧头小声道："八成是九婴负责吐水的脑袋，金泓这下赚了，足足在地下埋了几千年的宝贝，让他白捡抱走……哟，别踩我啊。"

风缱雪问："那颗头带着金少主，飞向了何处？"

崔望潮哭丧着脸："我们都没看清，等到想追的时候，人已经没了。"

谢刃哑口无言，也是服了这草包，救不下人就算了，连飞往哪个方向居然都没看清，难不成一听到动静，就吓得当场抱头蹲地了？

有另一名弟子辩解："谢公子，方才的烟尘实在太大了，又极冷，我们……真的没反应过来。"

谢刃找了块干净的巨石坐下："那没辙，崔兄，不如你先去找几个本地人问问看吧，至少弄清楚那是个什么玩意啊。"

崔望潮如五雷轰顶："啊？"

长夜城里的"本地人"，估计得扛着铁锹往外刨。

崔望潮一想起方才那拔地而起的头，就觉得两股战战，生怕自己也被带走，于是辩道："这城里的凶煞何其狡猾，就算我将他们都捉来，也未必肯说真话，倒不如直接去找金兄。"

谢刃道："也对，那你们自己去找吧。"

崔望潮傻眼。

他是万万使唤不动谢刃的，但仅靠着自己，又实在没办法找到金泓，最后只好妥协，吩咐众弟子跟紧，又从袖中掏出来一把折扇，打开之后那叫一个香且闪，金丝银线绣了个密不透风，扇骨上还镶着鸽子蛋大的宝石。

谢刃被丑到了："这是什么玩意？"

崔望潮回答："这叫'伏虎辟邪正宗鎏金宝石扇'，修真界人人想要，想买还得排队，你竟然连见都没见过？"

谢刃低声对风缱雪说："看到没，和'修为大长石'一个路数。"然后又拔高了音量："原来这就是赫赫有名的伏虎……什么扇，崔望潮，你既然有此值钱的宝贝，想来抓七八个凶煞是没问题的，我就坐在这里等。"

崔望潮"嘁"他一句，带着弟子刚要走，却被风缱雪拦住，往怀中塞了一把白色降魔伞："带上它。"

崔望潮犹豫，满脸怀疑地问："你这个东西看起来平平无奇，品阶高吗？"

风缱雪还未说话，谢刃伸手来夺："不高，肯定没你那把值钱扇子高，还回来！"

"我不！"崔望潮虽说不喜欢风缱雪，但对银月城风氏还是很放心的，于是将伞紧紧一抱，忙不迭地跑走了。

谢刃推推身边的人："你既然带了好东西，怎么路上不先给我玩？"

风缱雪摇头："你这一路的玩具还嫌少？"从蛐蛐儿到树叶，哪个不是玩出了花样，揪一朵花要尝尝味道，扯一段草茎要比试拔河，比七八十只传音木雀加起来还要聒噪。

"再多也没有降魔伞好玩。"谢刃伸了个懒腰，"走吧，咱们也去抓凶煞，我可没指望崔望潮。"

风缱雪问："你既然知道对方本事平平，为何还要放他单独行动？"

谢刃连连叫屈："他带了至少三十名家丁，也叫单独？"

风缱雪道："站直，好好说话。"

见他当真不悦，谢刃总算收起调侃，笑道："我是讨厌他，可也不至于让他去送死，只打算跟在后头，看他出些洋相罢了，这也不行？"

风缱雪面色稍缓："行。"

谢刃拉起人往外走："不过现在他有了你的降魔伞，应当不会再出洋相，我们也没戏可看。"

风缱雪反手一扬，一道银白寒光自远处飒飒飞来，熟门熟路地钻进乾坤袋中："现在有了。"

谢刃问："……你刚刚是收了降魔伞的灵脉吗？"

风缱雪答："嗯。"

谢刃默默一竖大拇指，够狠。

而与此同时，崔望潮正在苦心分析，分析哪里的妖邪比较温和讲理。

井中不行，投井自杀的人肯定怨气足，养出红衣怨傀都有可能。

城墙不行，从遥遥高处一跃而下，摔个粉身碎骨，谁还能心平气和？

街上也不行，死在街上的人，要么孤苦无依，要么是暴毙，估计都装了一肚子火。

就这么一一排除后，他最终选定了一处高阔大宅，虽然因为岁月的侵蚀，外观已经破败不堪了，但旧时气派仍在，主人寝室中央摆了一张红木雕花大床，崔望潮觉得能在这里走完人生路的，基本已经享受够了荣华富贵，离开时必定十分安详。

谢刃跟在后头，见他念念有词挑三捡四，不懂这是个什么路数，风缱雪也不大明白，于是两人静静看着崔望潮从袖中抽出一张符咒，开始以术法召孤魂。

初时没什么反应，谢刃等得都有些犯困了，觉得是不是他这符咒不好用，刚打算自己也试试，耳畔突然传来一声暴喝！

是真的很暴，也很爆，跟打雷似的，别说原本就提心吊胆的崔望潮，就连风缱雪也心中一颤！

屋里的红木大床"嗖"的一声飞起，一名身穿锦缎的中年男子面目狰狞，在空中现出身形！谢刃看着对方身上的赤黑怨气，恍然大悟："原来崔望潮方才精挑细选，竟是为了找出城中最强的凶煞？"这种等级、这种模样，放在修真界也能排进前十啊，好厉害！

崔望潮已经吓疯了，幸亏手中有浮萍剑，才能勉强挡住几招。这时另一名机灵的弟子从地上捡起降魔伞"哗"一下打开，刚好接住对面伸来的凶爪！

伞当场被撕个粉碎！

谢刃震惊道："风兄，你也收得太彻底了，怎么连一点点防护都不给人家留？"

风缱雪拔剑出鞘："事多！"

谢刃跟着一道攻上去："我哪里事多啦！"

崔望潮见来了帮手，赶忙从地上爬起来想往外跑，结果闹出的动静太大，被凶煞一眼看到，谢刃挥剑想拦没拦住，眼睁睁看着那股怨气冲向屋外，继续缠住了崔望潮。

鸾羽殿与崔府的弟子想上去帮忙，又哪里是凶煞的对手。谢刃大声提醒："攻他心口！"

崔望潮踉跄两步站稳，右手挥剑奋力一刺，整个人直直扑进了凶煞怀中！

谢刃道："哎？"

崔望潮魂飞魄散："救命啊！"

风缱雪当空一剑，片片落花化为闪着寒光的绳索，自凶煞胸口穿过！对方大吼一声松开双手，弟子们趁机将崔望潮拉了回来。

怨气不断向四周飘散，又不断地往中间聚集，男子的身形也在逐渐长高，很快就变成了原先的两倍大，崔望潮早已连滚带爬地逃了。风缱雪手中握紧花索，扭头看了一眼谢刃，见对方微微点头，便骤然发力，将凶煞整个甩到谢刃面前！

红莲烈焰轰然炸开，迎风向四处蔓延，风缱雪提醒："留他一命！"

谢刃四下看看，一剑将其挑离火海，丢进了一旁的池塘中。

火势熄灭，凶煞的身形也恢复如初，被火烧得破破烂烂，再不能为非作歹。

风缱雪用花索拖着凶煞，将他带离了冒烟大宅。走到一半，又遇到了崔望潮，谢刃用剑指着他的鼻子骂："你还是不是人了，我与风兄好心帮你，你却带着弟子转身就逃？"

崔望潮："……"

"给！"谢刃将风缱雪手中的绳子夺过来，丢给崔望潮，"好好牵着，跑了算你同谋！"

崔望潮瞄了眼花索另一头的漆黑"同谋"，浑身汗毛都竖了起来，赶紧把绳头丢给弟子，自己跟在谢刃与风缱雪身后，再不肯多看脏东西一眼。

一行人还是回了先前那处废宅前，谢刃问："谁来审他？"

崔望潮赶紧摆手："我不行。"

"谁说你了，闭嘴吧。"谢刃用胳膊一顶风缱雪，"风兄？"

风缱雪道："好，我来。"

他站到凶煞面前，看着破烂脑袋，又皱眉："崔浪潮。"

崔望潮很惊慌："都说了我不行啊！"

风缱雪吩咐："你脱衣服将他的头包起来，只露眼睛。"

崔望潮问："为什么？"

谢刃却听出了端倪："你会摄魂术？"

风缱雪答："是。"

谢刃吃惊极了，压低声音："这可是禁术，你们风家那么……你是偷偷练的吗？"

风缱雪反问："禁术怎么了，你还看过《画银屏》，不一样是禁书？"

谢刃心说："禁书和禁术能一样吗？而且我看的也并不是《画银屏》，而是《画很屏》！"但现在显然不是纠结于此的时候，再加上他发现崔望潮在听到"画银屏"三个字后，居然还流露出了羡慕之情，顿时就觉得，行吧，确实看过。

凶煞黑乎乎的头被包住，只露出一双眼睛，风缱雪总算稍微舒服了些，双眼盯着对方，轻声问："那颗头是谁的？"

凶煞目光发直："九婴。"

崔望潮倒吸一口冷气，咋咋呼呼地喊了一嗓子："谁？"

风缱雪极烦他："闭嘴，崔浪潮！"

而崔望潮已经开始绝望地想："啊，九婴，金兄八成已经死了。"

凶煞的语调很缓慢，据他所言，那颗头是上个月刚刚出现的，从地底深处冲出后，就整日飘浮在大街小巷中，不断穿透各路妖邪的身体，又不断钻出来，如此杀个不停。

"最近可还有其他修士来长夜城？"

"没……有。"

谢刃也道："最近各大门派刚刚开始选拔新弟子，学府里也要考试，正是最忙的时候，确实没工夫再来此处。"

至于金泓与崔望潮为何要来，还是为了各自手中的剑。金泓经过多日练习，总算能比较自如地控制灭踪剑，但春潭城附近因为炼器师的关系，实在找不出几个妖邪，崔望潮便提议来长夜城练手。

结果运气太差，刚一进城，就撞到了头。

谢刃猜测："九婴不断在城中横行捕杀，是想吞噬怨气，收为己用？"

风缱雪道："也有可能是想找合适的宿主。"

谢刃虚握了一下剑："那金泓……"

风缱雪拍拍他的肩膀："只要找到得及时，就还有救。"

凶煞又说："九婴的首级最常在城南出没。"

谢刃与风缱雪拿剑去寻，崔望潮不敢独自待在此地，便也脚步匆匆地跟了上去。

长夜城是真的破，真的荒，也是真的大，差不多能顶三个长策城。

城南连像样的房屋都没一间，空荡荡一眼就能望遍。

风缱雪道："九婴的这颗头颅像是喜寒，不如去井中看看。"

谢刃点头："好，那你在上头等我。"

风缱雪看了眼井口脏兮兮的苔藓，眉头紧皱，将谢刃挡在身后不准他动，扭头叫："崔浪潮！"

崔望潮已经发现了，只要风缱雪一叫自己，不对，是一叫崔浪潮，就肯定不会有什么好事。所以此时此刻，他看着那像是几百年没清理过的污黑井口，头摇成拨浪鼓："我不下去，让谢刃下去！"

谢刃双手抱着剑："凭什么是我下去，金泓到底是你的朋友，还是我的朋友？"

"你不是最有本事吗？每年的宴会都出尽风头。"崔望潮梗着脖子强辩，"当然应该你去救！"

风缱雪道："救人可以，拿你的匕首换。"

崔望潮立刻警觉地摸向腰间，他所佩的匕首名唤春涧，由天然冰石打磨而成，不说价值万金，但确实有钱也不一定能买到，现在要白白交出去，心中自是不愿。谢刃见风缱雪看上了匕首，便恶霸般帮腔："给不给？不给我们就走了！"

崔望潮："……"

金泓还在被鬼头带着满场飞，崔望潮别无他法，只好咬牙解下匕首："给，行了吧！"

风缱雪接到手中，对谢刃说："走。"

崔望潮急了，抬手挡在二人面前："白拿了东西就想跑？"

"跑什么？"风缱雪问，"现在不是去救金泓吗？"

崔望潮怒道："那你们怎么不下井？"

风缱雪答："因为金泓又不在井里。"

一语既出，谢刃也愣了："不在井里？"

风缱雪伸手一指。

众人顺着他的方向看上去，那高塔巨鹰上负手站着的金袍修士，不是金泓，还能是谁？

崔望潮瞠目结舌："金兄？"

谢刃冷声道："他现在可不是你的金兄。"

崔望潮干咽了一下："他……他是被九婴侵占了神识？"

风缱雪拔剑出鞘："各自小心。"

见底下的人已经发现了自己，金泓，或者说是侵占了金泓身体的九婴口中发出古怪的笑声，风吹得他一身袈袍如金鹏展翅，脚下踩着灭踪剑，在空中来去自如，倒是显得比金泓本人还要熟练。

崔望潮往后挪了几寸，想着对方若真是上古妖邪，那还是走吧，反正金兄已经这样了，不如告诉家中长辈，由他们去想办法，总好过在此送命。

谢刃问："你是打算下半辈子都挂在我身上？"

崔望潮："没有，没有。"

然后手一直抓着人家的袖子，指节都泛白了。

风缱雪握住谢刃的胳膊，带着他冲向黑塔高处，崔望潮猝不及防摔了个屁股蹲儿，在"跟过去帮忙"和"算了反正我又没什么本事"之间，迅速选择了后者，于是带着弟子躲了起来。

九婴看着对面的两人，声音含混："不知天高地厚！"

风缱雪想趁此机会让谢刃练练手，便没有使出全力。谢刃的剑术虽也精进，但他平时已习惯了用红莲烈焰斩妖，这回九婴躲在金泓的躯壳中，总不能图省事一起烧了吧？出招时难免处处受制。见两人一路且战且退，九婴挥袖扫出一道水柱，想将对方困住慢慢虐杀，却不料谢刃等的就是这一招，两道红莲烈焰似巨蟒在空中盘旋，水柱瞬间被蒸腾成滚烫的雾！

九婴瞳孔骤然紧缩！眼前熟悉的火光，将回忆生生撕扯回千年之前，也是一道如此该死的红莲火光，裹着那把同样该死的烛照神剑，将自己生生砍成了两截！

为什么，为什么现在竟还有？！

震怒令他的杀意更加明显，满心只想将对方的魂魄也吞噬嚼碎！但这具新占据的身体不配合，一直在挣扎抵抗。九婴已经在地下待了太久，久得他直到现在，依旧无法甩脱那种沉闷的晕眩感，便踩着灭踪剑升到高处，袖中水柱未及时收回，恰好将三只高塔巨鹰打得开始转动。

灰尘与碎石掉落如雨，崔望潮胆战心惊地想，这地方怕是要塌。他警惕地盯着，准备一有苗头就撤退，巨鹰旋转的速度越来越快，越来越快，到最后简直呼啸如风轮，三座黑塔也被带得缓缓移动，在地上拖出巴掌宽的裂痕！

崔望潮赶紧带着人往外跑，脚下却一个打滑，骨碌一跤滚入一处……这是秦淮城？他的思绪像是被人瞬间抽离，恍惚过后再回神，却整个人都呆住了，只见面前有波光粼粼的河，有开满繁花的船，杨柳轻柔抚过侧脸，甚至还有嗓音美妙婉转的歌姬在吟唱。他抽出佩剑胡乱一砍，什么都没砍中，只有虚无的空气。

谢刃同样被卷入了幻象。

他看到的是一场混乱激烈的诛妖之战！无数看得清的、看不清的妖邪如潮水般涌出地面，关键时刻，一道红莲烈焰横贯千里，威风凛凛的火舌将所有凶煞都吞了个干净！

风缱雪反应最快，在幻境边缘便已腰身一转，御剑重新向高处冲去！没有了谢刃，他自不会再有所顾忌，眉宇间锋芒骤厉，凛冽一剑降下隆冬寒霜，冻得那站在塔尖的九婴后退几步，浑身立刻结满冰花。

塔下浓烈的阴气盘旋不散。九婴没料到风缱雪竟如此厉害，他一时摸不清对方身份，于是转身想逃，又哪里能逃得掉！一道寒冷的冰索如毒蛇般绞上他的咽喉，风缱雪奋力往后一拽，另一手贯满灵力拍向金泓的后背，生生将那颗鬼头从他的体内震了出来，"砰"地撞上硬墙，磕开一个黑漆漆的洞。

金泓的身体被他顺手挂在塔尖，摇来晃去，气若游丝。

风缱雪抽出一截白练，横七竖八地将那颗头牢牢包裹起来，又塞进收煞袋，这才有空踹了巨鹰一脚，低声斥道："回去！"

黑塔又缓慢地挪回了原处。

黑雾消散，城中恢复平静。

一直受困的谢刃与崔望潮这才发现，自己距离对方不过几步路，刚刚却遥远得像是隔了两座城，眼前耳中皆是幻象，浑不知身侧还有旁人。

风缱雪拖着金泓稳稳落在地上。

"金兄！"崔望潮赶忙迎上前。

谢刃刚准备问九婴的下落，迎面就飞来了一个收煞袋："头，收好！"

谢刃："……"

谢刃不可置信，用两根手指拈起袋子："九婴？"

风缱雪点头："嗯。"

谢刃惊奇："怎么做到的？"

风缱雪用一条帕子擦了擦手："它被你的红莲烈焰灼伤，无法继续控制金泓的身体，我便趁机将它拽了出来。这颗头刚苏醒没几天，再加上又只是九首之一，所以并不难对付。"

前半段话是假，后半段话是真。这颗头颅的威力比起当年的上古妖兽，可能连千分之一都不及，刚刚谢刃若能不顾金泓地放手一战，应该也能将其降伏。

谢刃系好收煞袋："没看出来，风兄你还有两下子，对了，刚刚的幻境又是怎么回事？"

风缱雪问："你听过掠梦鹰吗？"

"那种以梦为食的妖兽？"谢刃看向黑塔顶端，"原来就是这三位兄弟，刚才突然轰隆隆动起来，我还当是九婴的同伙。"

"掠梦鹰喜欢漫长黑夜，长夜城又恰好终年不见光，它们会选择在此长居，并不奇怪。"风缱雪走向另一边，递过去一粒伤药。

在九婴抽离身体后，金泓其实已经醒了，也记得发生过的事，他惊魂未定地粗喘着，干燥的嘴唇里勉强挤出一个"谢"字。

谢刃靠在旁边树上，习惯性嘴欠："哎，姓金的，你怎么不向我道谢？"

崔望潮气恼："你说话都不会看时机吗？"

金泓瞥过来一眼，实在不愿搭理他，撑着刚坐起来，塔上的巨鹰又"咯吱咯吱"地动了起来。

崔望潮立刻拔剑出鞘，金泓也握向剑柄，却被风缱雪按住："无妨，是掠梦鹰要取食。"

"取什么食？"

"方才的两粒梦珠。"

不远处的草丛中，正隐隐滚动着两粒发光的珠子，巨鹰张开尖锐的嘴，梦珠果然主动向塔尖飞去。谢刃却不愿："我可没答应做梦喂它！"

言毕，风风火火御剑就去追，崔望潮不明就里，见谢刃飞身去夺了，自己也赶忙跟了过去，学他将另一粒珠子牢牢攥到手中！

结果攥得太用力，碎了。

谢刃："……"

这场梦如棉轻柔，又像水一般不可控，似画卷徐徐铺展开，将现场所有人都裹了进去。

于是大家被迫共同欣赏了一下崔小公子的梦。

秦淮河，垂烟柳，歌舞升平繁花似锦，一名非常漂亮的黄衣姑娘正在崔望潮的陪伴下挑选首饰，谢刃仔细看了看她的脸，觉得甚是眼熟，过了一会儿想起来，这不是修真界第一美女，柳辞醉吗？

而崔望潮已经开始和人家成亲了，穿喜服骑白马，昂首挺胸春风得意，跟状元还乡似的。

谢刃没忍住："噗。"

梦是在洞房花烛时消散的。

谢刃已经笑得直不起身了，靠着树直嚷嚷肚子疼，又道："崔望潮，原来你一天到晚的，脑子里都在想这个呀？"

风缱雪："……"

崔望潮面色赤红羞愤欲死，手都在颤，觉得还是再来一颗九婴头把自己带走算了，活着没意思。最后还是金泓实在看不下去，瞪了谢刃一眼，训道："柳姑娘貌美心善，喜欢她的人数不胜数，想娶就想娶了，有何可笑？有本事你将你的梦也放出来，我倒要看看有多正义凛然。"

"看就看。"谢刃答应得干脆，将自己的梦珠也抛向空中。

浩瀚的战场再度铺开，天昏暗得像是要坠入永夜，却偏偏裂开了一道鲜红的云隙，无数鸦雀盘旋飞舞，千万修士御剑迎风，风吹得他们的道袍高高飘扬，妖邪的头颅落了满地，江河被鲜血染红，再被红莲烈焰焚烧成暗红色的雾。

一只巨兽张开生满獠牙的大口，咬断了这场梦。

谢刃得意道："怎么样，斩妖除魔，够正义凛然吧？"

被这么一对比，崔望潮更加沮丧了，他虽然看不惯谢刃，但怎么人家的梦想就这么能见人？而金泓也没料到，谢刃还真是时时刻刻都能交出一张讨长辈喜欢的答卷，冷脸撑着剑站起来，问："你们下一步有何打算？"

风缱雪道："写一封信回长策学府。"

谢刃纳闷："我们不回去吗？九婴的头还在这儿。"

风缱雪道："先去铁山看看，玄花雾若真是从那里逃出来的，我猜有人在暗中帮它。"

谢刃点头："也对，那就听你的。"

金泓瘸着往前走了两步："我们也一道去。"

崔望潮受惊："啊？"

金泓却打定了主意，可能是受到谢刃梦境的刺激，也可能是觉得自己斩妖未遂，反被九婴夺走神识太丢人，所以急于找回场子，总之是一点都不想灰溜溜地回鸢羽殿。

谢刃侧头问："如何？"

风缱雪答："随便。"

铁山虽然担了个"山"的名号，但更像是一块奇形怪状的饼，黑漆漆盖住山石与峡谷，从高处往下看时，只觉得毫无生机，瘆得慌。

崔望潮道："书上都说铁山是在女娲补天时被熔的，你却说是烛照神剑为了困住玄花雾所为，有证据吗？可别害我们白跑一趟。"

"怕白跑，就回去啊。"谢刃手中转着回旋镖，"我又没让你们跟着。"

崔望潮气极："我们现在也算结伴同行，你就不能先透个底？"

谢刃瞥他一眼："你的女娲补天是从书上看的，我的烛照神剑也是从书上看的，至于哪本是真哪本是假，不得亲眼验证过才能知道？"

崔望潮正色强调："我看的书是正统史书，年年考试都要考。"

谢刃语调无赖："我看的书是街边买小话本时送的添头……哟，你又打我！"

风缱雪很无情地再一使力。

谢刃泪眼婆娑道："我闭嘴，我闭嘴还不行？好好好，烛照神剑与玄花雾的事，是师父告诉我们的，疼！"

风缱雪这才继续往前走。

听到竹业虚的名号，金泓与崔望潮也就打消了疑虑，同时对银月城风氏的手腕有了全新的认识，毕竟旁人若是敢这么掐一下谢刃，八成已经被烧成了猪头，哪里可能让他叫苦连天地求饶。

谢刃揉着酸痛的胳膊，紧追几步与风缱雪并排，委屈兮兮地抱怨："上回我胳膊都紫了。"

风缱雪看他一眼："不行吗？"

谢刃大感不公，当然不行啊！我又不是铁打之躯，但转念一想，又换了种思路："那掐完之后，能减点债吗？"

风缱雪没忍住，侧过头偷笑。

谢刃自己也乐，还挺有成就感，刚准备再说两句，风缱雪却递过来一把漂亮的匕首："给。"

谢刃："……"

跟在后头的金泓看到，疑惑地问："那不是你的春涧吗？"

崔望潮正心痛呢，又不好说因为我不敢下井找你，所以被风缱雪讹了去，便含糊道："他们救了你，问我要了这把匕首，算了，反正只是好看，也没什么用途。"

话刚说完，就见谢刃随手一拔，匕首锋刃寒光闪过，周围草木瞬间覆上白霜，树上的露也变成了冰。

崔望潮目瞪口呆，这……什么情况，为何自己拿的时候，春涧就只有"被别人羡慕"这一个作用？

谢刃也没想到匕首竟有此等威力，一时也愣了。

风缱雪道："送你。"

谢刃不解："干吗突然送我东西？"

风缱雪答："因为你胳膊紫了，给你赔罪。"

谢刃将匕首还回去："我不要，这东西可不便宜。"

风缱雪继续说："去铁山用得着。"

金泓听到之后，几步跟上来问："去铁山要用这把匕首？"

风缱雪扬手一挥，在空中铺开一张巨大的地图。

因为地面被厚重铁石覆盖，所以铁山一带几乎感受不到任何来自地下的灵气，根基不够深厚的修士一旦进入，往往会感觉焦躁晕眩，而佩剑也会受到铁石干扰，变得忽上忽下摇摆不稳，御剑飞行并不是个好主意，只能靠双腿走。

根据炼器师们多年总结，进铁山的路一共有两条。

一条比较绕，路线画得如蛇行，还是条狂躁不识路的蛇，缺点是费时，优点是安全。

另一条是捷径，不过得穿过一片灼热的火树林。对于琼玉上仙来说，这自然不是问题，但随行的还有另外三人，所以当他看见崔望潮带的寒石匕首后，就顺势要过来，又暗中加了一道仙法，用来给火树林降温。

风缱雪道："春涧既然认你，那你便拿着它砍树。"

谢刃问："只认我一个吗？"

风缱雪轻轻点头："嗯。"

谢刃合刀回鞘："好，这件事交给我。"

崔望潮不信邪，硬要过来重新拔了一次，别说寒霜了，冰溜子都没见一根。

于是在梦境之后，他又被惨烈地打击了一次，顿时觉得人生更加没指望了。

唉，万古如长夜，万古如长夜。

几人昼夜不休，御剑行至铁山附近。

没有灵气的地界，四处都死气沉沉，稀疏的草木从铁石缝隙里长出来，又黄又细，让人连踩一脚都不忍心。漆黑铁石依旧保持着当年熔化后四处流淌的形状，在暮色下如四处爬行的怪物。

四人的佩剑果然受到外力干扰，变得重若千斤，挂在腰上扯得环扣都变形了，只能暂时收进乾坤袋。谢刃道："翻过这片矮坡就是火树林了，估摸得走上三天，大家先在此地休息一夜吧。"

两堆篝火燃起，风缱雪从乾坤袋中取出了一张巨大的软椅，还有条雪白的毯子。

金泓："……"

崔望潮："……"

这种高级货色是从哪里买的？！

谢刃还记得当初在"玄花雾存放地点"一事上，风缱雪的那句"反正我以后都不会再碰你乾坤袋里的东西"，所以前几日在准备吃食时，他全都自觉交给对方保管。金泓与崔望潮便有幸目睹了以下画面——

谢刃道："我要吃蝴蝶酥。"

风缱雪从袋子里取出来给他。

谢刃道："我要吃包子。"

风缱雪从袋子里取出来给他。

谢刃道："我想喝茶。"

风缱雪从袋子里取出来给他。

崔望潮侧过头，从牙缝里往外飘字："什么情况，风家是出钱买了他吗？"

　　谢刃吃饱喝足，用毯子将自己裹住，舒舒服服地靠在软椅上："我稍微睡会儿。"

　　风缱雪点头："嗯。"

　　夜色渐深。

　　这一带是没有活物的，白天寂静，晚上也寂静，静得像一汪深不见底又毫无波澜的湖水，只要站在岸边看一眼，就觉得整颗心都沉甸甸地，在往下坠。谢刃是在一脚踩空的梦境里醒来的，灵气稀薄的环境让他稍微有些不耐烦，便又往中间方向靠了靠——有冰雕总比燥热强。

　　风缱雪还在闭目养神。

　　他的睫毛很长，弯弯往上翘，又被篝火的光染得尖梢融金。脸很小也很白，几乎没有血色的那种白，于是谢刃非常自然地伸出手，想试一下对方的胳膊是不是也和表情一样冷冰冰。

　　还真挺凉的，像玉。

　　风缱雪睁开眼睛看他。

　　谢刃关心道："你冷不冷？"

　　风缱雪皱眉："你洗手了吗？"

　　面对这灵魂拷问，谢刃迅速把手收回来："不然你接着睡。"

　　风缱雪："……"

　　谢刃往后一退："别瞪了别瞪了，我去给你弄个湿帕子擦擦！"

　　有了春涧匕首，倒也不必浪费水囊里的水，谢刃用空气中凝成的霜雪打湿手帕："给。"

　　风缱雪擦干净手臂，谢刃没心没肺往过一倒："那我接着睡啦。"

　　风缱雪带着莫名其妙被吵醒的起床气，伸手用力一拍他："不许睡。"

　　谢刃叫："啊！"

　　风缱雪将砖头样的《静心悟道经》一股脑塞进他手中："到时辰了，看书！"

　　谢刃哭丧着脸："怎么出门还要看？"

　　风缱雪反问："为何出门就不用看？"

　　谢刃试图争取自由："因为前几天一直都没看。"

　　"所以你想在今晚全部补上吗？"

谢刃眼前一黑："不，我不想。"

他翻开书，被迫不怎么静心地继续悟道。风缱雪坐在一边陪着，夜里风冷，谢刃的体温要稍微高些，在这种环境下，自带暖烘烘的催眠效果。

这时对面的崔望潮也睡醒了。

他睡眼惺忪地打了个呵欠，透过跳动火光辨了半天，才发现谢刃好像在与风缱雪一起看书。

这种年纪的少年，大多有半夜偷偷摸摸凑在一起看书分享的经验，崔望潮也不例外，又记起先前风缱雪说过的《画银屏》，便暗想，就算你天赋高，做梦除魔，总还有这种违规看禁书的时候吧？看我不当场抓个现行！

于是他站起来，蹑手蹑脚地溜了过去。

谢刃看得正昏昏欲睡，虽然听到了窸窣的脚步声，但以为对方是要解决问题，懒得回头问，而风缱雪已经又睡着了。

就在这种很安静很温暖的气氛下，崔望潮突然大喝一声："你俩看什么呢！"

金泓一个激灵坐起来，"当啷"一声拔剑出鞘，还以为有凶煞来犯。

风缱雪也被惊得猛然睁开了眼睛。

谢刃没好气地抬头："崔望潮你有毛病吧，咋咋呼呼什么？"

崔望潮劈手夺下他手中的书！

一看！

《静心悟道经》！

崔望潮道："哎？"

金泓提着剑走过来，看了眼他手中的书，也疑惑极了："出什么事了？"

崔望潮大受打击，声音跟被人卡住了嗓子眼似的："你们半夜……怎么看这书？"

谢刃大概能猜到他的想法，心里暗笑，清清嗓子做出正义凛然的姿态："悟道当然要选在夜深人静时，不然呢，我半夜该看什么书？

还是说你方才一脸激动地跑过来，是想在我这里看到什么奇奇怪怪的书？"

崔望潮被问得心虚气短，又不免愤恨：好个谢刃，人人都说你不爱读书全靠天赋，现在看来，原来都是演出来的。白天逃课摸鱼四处打架，晚上却挑灯苦读《静心悟道经》，还看得如此陶醉忘我，果真十分虚伪！

金泓心道：迟早气死。

风缱雪皱眉："崔浪潮。"

他方才正在做梦，还是个很不错的梦，梦到自己带着谢刃一道回了青霭仙府，两人一同在树下写诗，文思如泉涌，先写好大一棵树，再写好大一块冰，一首两首三四首，直到宣纸如飞雪覆满草坪。

谢刃看起来也很高兴，将诗篇仔细捡起来，转身刚要说话，一个看不清脸的人却突然钻了出来，大喝一声："你俩看什么呢！"

然后梦就碎了，雪一般的诗也化了。

崔望潮十分警觉地后退两步："啊？"

风缱雪说："你好吵。"

崔望潮："……"

他悄悄退到金泓身后，免得被揍，或者又被讹去值钱家当——按照对面两人理直气壮的程度，他怎么觉得腰间的浮萍剑也岌岌可危呢？不如还是回家吧，去什么铁山？

风缱雪却没有再理他，继续裹着毯子闭目养神。崔望潮松了一大口气，回到篝火边后，又偷摸纳闷地问："他今天怎么这么好说话？"

金泓再度气闷："怎么，你还被打上瘾了？还有，你睡得好好的，突然跑过去吼什么？"

崔望潮有苦说不出，总觉得提《画银屏》只会显得自己更缺心眼，还不如不提，便道："我以为他们背着我们，又在商议进铁山的事，就想偷偷跟过去听听。"

金泓道："你管那一嗓子叫偷偷？"

崔望潮："……声音稍微大了点。"

金泓觉得自己不能再说话了，否则容易气出毛病。

崔望潮也趁机裹住小被子，赶紧装睡。

另一头，风缱雪喝了半盏温茶，梦里的恍惚感才消退些许。

谢刃在他面前晃晃手："你在发什么呆？"

"我梦见你跟我在写诗。"

谢刃表情一凛："是吗？"

风缱雪继续道："你还将我写的所有诗都收了起来，刚要说话，就被人一嗓子吵醒了。"

谢刃一脸正色："崔望潮怎如此不识趣？竟然打断我说话。"

风缱雪问："所以你刚刚要说什么？"

谢刃道："啊？"

风缱雪继续看着他，等答案。

谢刃将毯子仔细拉高，道："当然是要夸你的诗写得好，对了，都写了什么，你还记得吗？"

风缱雪答："好大一棵树。"

谢刃咧嘴一乐："嗯，我猜到了。"

并且在心里暗想"将来你若要开宗立派，名字都是现成摆着的，就叫好大一个宗！"

风缱雪道："你笑什么？"

"笑你写的诗呗。"谢刃坐得离他近一些，"你还困就再睡会儿，我还有三页书就能看完。"

风缱雪靠在软椅上，看着漫天星河发呆，过了一阵觉得无聊，便问："你经常做那个洪荒斩妖的梦吗？"

"也不经常。"谢刃合上书，"我这人吧，白天想什么，晚上就会梦什么，不过有一个梦例外。"

"是什么？"

"我经常会梦到一座孤城。"

一座被厚重积雪覆盖的城，冬阳惨淡狂风乱舞，黑云在远处压成一条线，巨石如机甲般四处隆隆滚动。玄色城墙高耸入云，数万只鸦雀盘旋半空凄厉嘶鸣，城门口的牌匾已经很破旧了，旧得看不出字，风一吹就要化成灰。

而风缱雪也亲眼见过一座同样的城，位于终年酷寒的北境。

他并不知道为何谢刃会梦到凛冬城，只能猜测或许是因为烛照神剑在被妖血淬出精魄后，拥有了一部分记忆，后又将这些记忆带给了谢刃。

"因为总是做同一个梦，我还特意去藏书楼查过，结果发现在修真界，这种暴雪孤城实在太多了，有天然的，有人为修建的，甚至还有幻境，长得也差不多一模一样，都是一眼看不到尽头的白。"

风缱雪接着问："梦里都有谁？"

谢刃道："梦里只有我，还有一支摇着铃铛的商队，走在最后的是个扎着小辫子的姑娘。"

风缱雪不解："小姑娘？"不该是曜雀帝君吗？

谢刃笑着看他："怎么，你又要说我不务正业，整天梦姑娘啦？她年纪不大的，也就十岁出头吧。"

商队，扎小辫子的姑娘。

曜雀帝君大战九婴的史料中，可没有类似记载。

风缱雪再度陷入疑惑，若这些不是烛照剑魄带给他的记忆，那又是从哪儿冒出来的？

而在谢刃接下来说的梦境里，还有一把漂亮的银色长弓，剔透如幽月，手感如寒冰，搭载着三支火光熊熊的利箭，先是短暂地照亮黯淡长空，再重重射穿城墙。

"然后我就会被惊醒，也不知道城墙最后倒没倒，你说我是不是该找个高人算算？看看这梦是会招财还是招祸。"谢刃这阵也不困了，伸着懒腰从毯子里钻出来，"再过一个时辰，天就该亮了。"

他打算去弄点水洗漱，却被风缱雪扯住："不准走！"

谢小公子连连叫苦："不走就不走吧，下回别拽头发行不行？"

风缱雪"啪"一声，往他面前拍了一支笔一张纸："把你的梦画下来，那座城，那把弓，那三支箭。"

谢刃不明白："画它干吗？"

风缱雪答："我好奇。"

谢刃哭笑不得："哎，你这理由是不是稍微有点不讲理，况且我也不是很会画画，我不画。"

风缱雪又拎出一张桌子："画下来，准你十天不用看《静心悟道经》。"

谢刃立刻正襟危坐："不就是画幅画吗？你等着，包在我身上。"

只要不用看《静心悟道经》，那我就不是谢刃了，是谢道子！画个梦有什么问题，画山河社稷都可以撸起袖子一试！

少年一腔热血，提笔就来！

但热血并不耽误鬼见愁的画技。

过了一会儿。

风缱雪说："你画得好丑。"

谢刃给自己挽尊："我这不是还没有润色？"

"那你再润润。"

"好……不是，你别盯着我画行不行，我稍微有点紧张。"

"画画有什么好紧张的，我又不会打你，为什么这只乌鸦这么大？"

"因为这根本就不是乌鸦。"

"那是什么？"

"是小姑娘。"

风缱雪："……"

谢刃："……"

谢刃自暴自弃地把笔一丢："我就这个水平了，你凑合看吧，话先说好啊，十天不用看《静心悟道经》。"

风缱雪沉思片刻，提笔自己画了一把弓。

谢刃道："咦？"

风缱雪将纸拿起来："你在梦里拿着的，是不是它？"

谢刃惊奇地看着纸上栩栩如生的长弓："你画画原来这么好？"心想："那你写诗怎么那么烂，风家对子弟的培养这般缺胳膊少腿的吗？"

风缱雪踩他一脚："说重点！"

谢刃敏捷地躲过去："对，就是这把弓，很有名？为什么你照着我这……几笔破画，居然都能还原成一模一样的？"

风缱雪道："本该有名，却也不有名。"

谢刃摇头："不懂。"

"本该有名，是因为它出身显赫。"

"有多显赫？"

上古两大兵器，一为神剑烛照，一为长弓幽萤，全部出自曜雀帝君之手。

"幽萤长弓？我好像看过图，不长这样。"

"也是街边买小话本送的添头吗？"

"差不多吧，反正不是什么正经书，正经书上也没有啊。"

没有的理由也很简单，烛照是经过千万次的妖血淬炼才有了灵气，幽萤却生而有灵，可惜不是赤魂照肝胆的斩妖灵，而是邪灵。据传这把长弓不辨善恶，只嗜杀戮，无论曜雀帝君朝着哪个方向拉弓，箭矢都会随心所欲地飞向它想杀的人——从不分妖邪与正道。

谢刃道："我听说幽萤被曜雀帝君弃入火海，最终灰飞烟灭。"

风缱雪点头："书中的确是这么记载的。"

从炼制到毁灭，幽萤顶多在世上存在了十天，参加了一次诛妖之战，却伤了上千修士。

史官们在记录时，很有默契地集体抹去了这一桩事，以免影响曜雀帝君正面光辉的形象。而在这种刻意安排下，关于幽萤的传闻也就渐渐被淹没于岁月长河中，现在提起上古兵器，除了烛照神剑，已经很少有人知道幽萤长弓了。

谢刃又拿起了那张纸："话说回来，你也没见过，怎么能肯定这就是幽萤？"

风缱雪道："我看的书不是添头。"

谢刃道："哦，你们风家的正经藏书啊？"

风缱雪道："差不多。"

是师父的书，所以一定不会出错。他当时翻看，只觉得这把长弓漂亮极了，比月光更剔透明亮，美丽华贵，便暗自记在了心里，打算找师兄弄一把一样的挂着当装饰，却没料到谢刃竟然会在梦中见到幽萤。

谢刃也挺喜欢这画中弓箭，天下生而有灵的兵器并不多，虽然是邪灵，但万一是曜雀帝君没用对呢，才十天就熔了人家，连个辩解的机会都没有。

风缱雪看他："所以你为什么会频频梦到幽萤？"

谢刃被问住了："这我哪知道？"

风缱雪心想："又是和血鹫崖的何归关系亲近，又是梦到幽萤，你果然很有入魔的征兆！"

于是伸手掰过他的肩："去看《静心悟道经》！"

谢刃转身就溜："就知道你说话不算话，我才不看。"

风缱雪纵身去追，两人在林子里斗得鸡飞狗跳，金泓与崔望潮也被吵醒了，都觉得很无语，干吗呢这是？

崔望潮趁机又提了一遍："金兄，你看谢刃那样子，我们还是回去吧，就算要进铁山，也得带着鸾羽殿的人来，何必与他们搅在一起？"

金泓将沉坠的佩剑装回乾坤袋："不行。"

崔望潮嘀咕："可火树林哪是人能穿过去的？"心想："而且我是个草包。"

金泓耐下性子："你还想不想去娶柳辞醉了？若想娶她，就做出男人的样子！"

崔望潮干咽一下："就算我去了火树林，她也看不到。"

风缱雪此时恰好从树林中出来："她看不到，就不能听到吗？"

崔望潮道："啊？"

风缱雪斩钉截铁道："若能穿过火树林，我就带你去见她。"

谢刃听得一愣："你还认识柳辞醉？"

风缱雪道："不认识。"

谢刃心道："那你是哪里来的这种自信？"

风缱雪只在梦珠里见过一次柳辞醉，但没怎么看清脸，于是问谢刃："她很好看吗？"

谢刃回答："记不太住，应该还可以吧。"

崔望潮替心上人正名："好看，当然好看！"

修真界第一美女，哪里能不好看？就如金泓先前所说，想娶她的世家公子能从南列到北，其中也包括风缱雪名义上的远房兄长，银月城风氏的大公子风初止，他曾带着厚礼亲自前往秦淮城，结果一样被柳府管家恭恭敬敬地"请"了出来。

在这件事上，崔望潮稍微有那么一点幸灾乐祸："你们风家的面子，也不是处处都好用。"

风缱雪提醒："就算风家的面子好用，我也不会为你仗势欺人。"

崔望潮嘟囔："那你说这老半天。"

"你就只想着借他人之势吗？"风缱雪上前两步，他要比崔望潮稍微高一些，因此说话时姿态更加凛然，"若能穿过火树林，找到玄花雾外逃的真相，你就会在修真界声名远播，成为人们口中的传奇，柳姑娘只要不是与世隔绝，迟早会知道。"

崔望潮想象了一下，当自己以少年英雄的姿态登场时，该是如何威风的场景！

结果过于激动，满脸通红。

金泓："……"

谢刃低声问："你干吗非得带着崔望潮？"

风缱雪嘴上答："他虽怯懦自私，但本性不算坏。"心里想："带你一个是带，多两个也是带。"若条件允许，他并不介意将整座长策学府都搬出来，让所有学子都历练一番，因为俗话说得好，来都来了。

过了一阵，崔望潮果然跟了上来。

四人很快就抵达了火树林的边缘。

热浪似刚揭开的蒸笼，蒸得人面上发红。风缱雪递给每人几枚冰珠，又将春涧交给谢刃："按照我们先前定好的路线，明晚子时就能顺利穿出去。"

谢刃点头："你们都跟紧我。"

崔望潮一想到要在这林子里走两天，不自觉就又想跑，结果被忍无可忍的金泓一脚踢了进去。

炽热的树干遇到春涧匕首的寒气，顷刻就会由赤红变成焦黑，再酥脆折为两截。刚开始的树木生得稀疏，轻易就能砍出一条路，但越往里走，地上流动的熔浆就越多，有些地方在踩上去时，甚至会有一种浮动感——就好像土壤只是薄薄一层包子皮，里面裹着滚烫的酱。

树木的生长也越发密了，还不是直直参天的那种，而是横七竖八各种形状，几乎将眼前遮了个严实。不断有着火的树枝往下落，崔望潮忙不迭地抱头躲开，一句"我们还是走吧"卡在嗓子眼，忍了半天，到底没说出来。

但金泓开始打退堂鼓了，他原以为火树林就是一片滚烫的树树，既然谢刃与风缱雪能过去，自己没理由过不去。现在看来，这里的危险远比想象的更多，万一真的踩出喷涌的红浆，又无法御剑飞行，仅靠着两条腿往出跑，岂非死路一条？

地面"扑哧、扑哧"地往出煮着热浪。

"嗞！"谢刃的手被树枝烫了一下，风缱雪取出伤药替他包扎，轻声问道："还能行吗？"

谢刃满头是汗，嘴唇也干裂着："嗯，你也小心。"

金泓看他的狼狈模样，再看看前方一眼望不到头的灼热密林，心一横："我们不进去了！"

崔望潮大喜过望："我就说！"

谢刃瞥了两人一眼，他砍了一路的树，每一分力气都得用到正处，实在不想说话浪费。

风缱雪收好绷带："现在已经没路了。"

金泓面色一变："你什么意思？"

谢刃撑着站稳："还能有什么意思，这是火树林，就算用春涧暂时砍出了路，火就不会再燃起来吗？哪怕你想不明白，也能回头看看。"

金泓急急望向来路。

春涧带出的寒霜虽有极厚一层，但在火舌的舔舐下，很快就会化为白气，焦黑倒地的树木上先是迸发出火星，后重新变回灼烫红炭，噼里啪啦地燃烧起来。

崔望潮道："这……"

"走吧。"谢刃刚欲继续前行，却被金泓挡住："等会儿！"

谢刃不耐烦："你又想做什么？"

金泓道："送我们出去！"

谢刃"嗤"一笑："你还挺会想，怎么不说让我把你背出去？"

他又热又累，情绪也烦躁极了，全靠一股不服输的劲在硬撑，滚烫的热雾能让他整个人都燃成炮仗，经不起任何人没事找事，眼底与语气都鄙夷："闪开！"

"你们清醒一点！"金泓指着前方，"路只会更难走，现在回去还来得及，又不是没有别的路能进铁山，无非是绕一些罢了，何必逼英雄白送死！"

谢刃将春涧往身旁树干中一甩："我偏就想逗这个英雄，你又能怎么样？"

金泓越发被激怒了："你们简直不可理喻！"

"我看你才是畏首畏尾，贪生怕死。"谢刃懒得与他多言，拉住风缱雪就想走，金泓又哪里肯放，伸手去握他的肩膀。谢刃正被这破树林烧了一肚子火没处发，于是反手就是一拳。风缱雪眼睁睁看着二人居然在这滚烫的林子里扭打起来，心中暗自摇头，刚想上去拉架，崔望潮却又跑来添乱——他见春涧在树干上插着，便机智地想，管他娘的三七二十一，先抢到手再谈条件！于是单脚踩住树，双手握住刀柄往出使劲一拔！

嗖！整个人都飞了出去！

"啊！"崔望潮大叫一声，重重一屁股坐在了地上，嗓子都变音了，"烫！"

金泓惊呼："快起来！"

话音刚落，汹涌的岩浆已喷涌而出，地面也裂开一条巨大的缝隙。

崔望潮猝不及防，整个人都"骨碌碌"滚了下去！关键时刻，幸有风缱雪及时赶到，一把握住了他的手腕，厉声道："上来！"

崔望潮整个人悬在地裂中，又急又惊恐："上不来，我脚下……我脚下有东西在拽！"

风缱雪试着将他往上拉，果然感受到了一股巨大的抗力。

这时谢刃与金泓也赶了过来，往地裂中一看，深不见底的缝隙中也不知道藏了什么玩意，正在盘旋爬动。眼看岩浆已经流淌过来，谢刃迅速捡起一旁的匕首，将周围的土地覆满厚厚寒霜，金泓也去帮忙往上拉崔望潮，但无论使多大的力，对方就是纹丝不动！

谢刃喊道："你们快点！这些阻断维持不了多久！"

金泓焦急道："不行，他不知道被什么玩意给缠住了！"

风缱雪一手拽着崔望潮，另一手暗中一转，将春涧内的寒气加到最重，以期能多坚持一段时间。

崔望潮还在撕心裂肺地喊："你们别丢下我！"

金泓单脚踩着裂缝边缘，双手握住他的手腕发力，人没拉上来，反倒不慎踩塌地面，险些连自己也滚了进去。

谢刃趴在缝隙边缘一看，扭头对风缱雪道："你们坚持住，我下去看看！"

风缱雪皱眉："不许！有危险！"实在到了万不得已时，大不了暴露身份，他是有把握将三人都带出火树林的，但前提是三人都要安分听话。

谢刃却已经灵巧地跃入地裂，他手上戴着钢爪，又吞下了两颗冰珠，很快就攀到了崔望潮脚下，仔细一看，抬头道："不知道是什么玩意，一条条缠着恶心得慌！"

崔望潮催促："快，快些！"

谢刃单手固定住身体，另一手掏出春涧匕首，用力一砍！

红色的"绳索"霎时被冻成脆冰，节节脱落，上头的两个人趁机发力，顺利将崔望潮拖了上去。

谢刃也回到地面："走吧，接下来得加快速度，这里快被熔浆淹没了。"

金泓扶起崔望潮，总算没有再提议要原路返回，四人正要继续前行，脚下的土地却又震颤起来，并且比方才还要强上几倍、几十倍！

一只红色的爪子"砰"一声，挂在了裂缝边缘。

崔望潮魂飞魄散："什么玩意？"

风缱雪虚握了一下拳："火翼炎狱。"

剑都收在乾坤袋中，唯一的武器只有谢刃手中的春涧，面对这缓缓冒头的庞然大物，其余三人不自觉地靠拢在了一起。只有风缱雪还站在最前方，他手中幻出一把虚无的气剑，崔望潮哆嗦着喊："你还是快回来吧，这哪能砍得动那厚皮！"

方才被谢刃割断的，是炎狱的一条触舌，剧痛令它怒意更甚，浑身覆盖的厚甲也片片翻开，看似坚不可摧。

也确实坚不可摧。

崔望潮悲道："金兄，是我对不起你。"

金泓呵斥："闭嘴吧！快想办法！"

崔望潮绝望，这能有什么办法？我们四个也就够它吃两顿。

炎狱生于火海，谢刃的红莲烈焰对它无计可施，他也幻出一把气剑，上前与风缱雪并肩站着："现在要怎么办？"

风缱雪盯着炎狱："让他们两个先爬上去。"

崔望潮听到之后，又惧又气："反正都要死了，难道还要分个先后顺序吗？"

谢刃道："要死你死，我可不死！"

金泓此时也反应过来风缱雪的意思，没有任何犹豫，单手拎着崔望潮就扑向炎狱那坚实的后背！崔望潮在空中惊恐地大喊，脑中空白，等到找回神志时，整个人已经趴在了厚甲上，被戳得浑身疼。

炎狱愤怒地吼出声！

而风缱雪与谢刃几乎是在同一时间行动的，两人飞身跃起，一左一右落在那颗巨大的头颅上！

两把气剑一起刺向巨兽最柔软的下颚，强迫它展翅飞起，巨大的身体像一座移动的岛，足够托起四个人。崔望潮双手死死扣住鳞甲，只听耳边风声飒飒，热浪不断迎面打来，烫得人几乎睁不开眼睛，内心却狂喜——这，还能有这种办法？

金泓也抓着两片甲，他费力地抬头看向前方，谢刃与风缱雪正通过改变气剑角度，操纵着炎狱飞行的方向。头顶是漆黑的长空，脚下是翻滚的火海，二者碰撞出了一种悲壮而又气势庞大的末日感，像是天地都会在瞬间毁灭。

万物成灰，唯有少年一往无前。

他闭了闭眼睛。

崔望潮艰难地顶风问："金兄，你怎么哭了？"

金泓气恼道："我没有！"

崔望潮："……"

在炎狱冲出火林的刹那，风缱雪与谢刃同时散去掌心气剑，谢刃正准备拉着他一起往下跳，就见风缱雪握住拳头，猛地打向了巨兽的天灵盖。

"轰！"

炎狱直挺挺地掉在了地上。

谢刃被震得半天没说出话："你这……"看着这么斯文，白白净净漂漂亮亮的，怎么这么野蛮？

风缱雪活动着手腕："等会儿还要坐它出去。"

金泓与崔望潮跳到地上，谢刃也纵身一跃，风缱雪叫他："你扶我一把。"

谢刃很是不理解，这高度有何可扶一把的，但琼玉上仙就是这么讲究，握拳打炎狱是一回事，要优雅得体地下马……下巨兽是另一回事。他握住谢刃的指尖，轻盈地落到地上："走吧。"

目睹全程的崔望潮表示：这不有病吗？过场多。

不远处就是铁山。

谢刃很快就觉察出了异常："不对。"

"是不对。"风缱雪道，"这里有灵气。"

本该是铁山的中心，却有灵气外泄，而且还有越来越浓的架势。金泓与崔望潮拿出各自的佩剑，果真不再沉若千钧。四人御剑赶到铁山中央，惊愕地发现在厚重的铁壳上，居然被生生插入了三把剑！

灵气就是顺着剑身泄出的。

显然，玄花雾用同样的方式逃离了禁锢，重新飘向世间为祸。

崔望潮这回提高了警惕性："这是不是幻象？"否则世间怎么可能有剑能砍得动铁山，不是说春潭城那些炼器师凿上十天半个月，所获也不过三四两？

谢刃道："不是幻象。"

崔望潮不太信："可这是铁山。"

风缱雪往前走："那是南山神剑。"

金泓心下一动，看了眼自己的佩剑。

风缱雪继续道："南山四神剑，除了金少主手中的灭踪，其余三把天呈、雷鸣、分辉，都在此处。"

炼器师们若能有此神剑，估计也能砍下一大块铁抱回去。但像鸾羽殿那样的势力与财力，想寻灭踪都花了大力气，谁能有本事一下寻得三把，还都插在这荒无人烟的铁山中？

金泓主动道："我这把剑是从飞仙居购得的，从委托到交易完成，共花了两年时间。家父也曾问过梅先生是在何处寻得灭踪，但他口风极紧，不肯透露。"

崔望潮不解："放剑的人就这么走了，也不怕被炼器师们发现？"

谢刃道："或许是因为他的目的已经达到了。"

"放出玄花雾？"

"是。"

崔望潮咂舌："这手笔，怕是连锦绣城齐府也要自愧不如。"试问天下谁能拿南山三神剑当成抹布，用完就扔？

风缱雪道："先将三把剑收起来吧，回去再说。"

谢刃将剑一一拔出，装进了乾坤袋中。

崔望潮试图提出意见，这天降横财是不是得对半分，结果被金泓一肘打得险些闭气。

崔望潮："……"

风缱雪抽出手帕，擦了擦腕上的血痕，他为了拉住崔望潮，手臂被裂缝内的热浪烫伤了，方才情势危急顾不上处理，现在才感觉到疼。

金泓的手臂也在渗血，崔望潮整个人掉了下去，还要更加严重一些。谢刃因为事先多吞了冰珠，倒没受伤。他将一瓶伤药丢给金泓，自己转身回到风缱雪身边，拉着人坐到干净处，准备帮他上药："可能会疼，你忍一下啊。"

"我不忍，你轻一点。"

谢刃哭笑不得："胳膊给我。"

"我怕疼。"

"好好好，那我尽量轻一些。"

另一头的崔望潮痛不欲生："你这是伤药还是辣椒粉？"

风缛雪胳膊一抖，站起来就跑。

谢刃握着沾满药粉的绷带："……"

风缛雪站在昏迷的巨兽旁，打算靠自己痊愈。

谢刃将崔望潮拉到一旁，嘀嘀咕咕的，也不知说了些什么。

片刻后，崔小公子不甘不愿地挪过来，挤出一个十分难看的笑："我发誓，那药真的不疼，敷上之后毫无感觉，甚至还很清凉痛快。"

风缛雪不为所动："那你鬼哭狼嚎什么？"

崔望潮回答："因为真的好舒服啊，我忍不住。"

风缛雪道："不信！"

"怎么能不信呢，骗你干吗？"谢刃抓过崔望潮的胳膊，现场证明，"不信你看！"

半瓶药粉倒下去，崔望潮表情扭曲，泪流满面："啊，真的完全不疼，风兄，我觉得我快死了，求你赶紧敷上吧！"

风缛雪最终还是坐回了石头上，可能是嫌崔望潮叫得实在太难听了。谢刃握住他的手腕，问道："你想要快一点还是慢一点？"

风缛雪一听这半吊子郎中的诊法，心里就觉得不大妙，再想站起来跑时，却被早有防备的谢刃一把按住，手往背后"啪"一拍，赫然一道定身符！

风缛雪毫无防备，没料到竟会这么着了道，一时气极："谢刃！"

"我就在你面前，别这么大声成不成？"谢刃虽然也比较心虚，但还是强行做出了轻描淡写的姿态，蹲在他面前将衣袖挽起来，细细往伤处覆盖药粉，跟绣花差不多的手势。

虽然他的心意很到位，觉得慢一些轻一些，疼是不是就能少一些，但现实正相反。风缛雪被这漫长的过程折磨得牙关紧咬，最后实在忍无可忍，哑声道："快点！"

谢刃惊得手腕一抖，险些倒空半瓶，急忙抬头去看，就见风缱雪脸上毫无血色，双眼紧紧闭着——倒是没骂人，也不知道是疼蒙了，还是疼得没力气了。

反正药已经撒上了，谢刃索性狠下心来，三下五除二将绷带缠好，然后提心吊胆地撤去定身符，站在一旁小心观察，时刻做好跑路准备。

风缱雪眼眶泛红，眼底蓄了一层水雾，表情和挥拳打巨兽时差不多吧，反正谢刃被他一眼瞪的，觉得自己今天可能也就交待在这儿了。

于是他后退两步，没话找话地说："那什么，你的脸上有点灰。"

风缱雪问："哪里？"

谢刃隔空指了指："这儿。"

风缱雪想用手背蹭，两边手却都被裹了厚厚的绷带。谢刃便用手巾替他擦了擦："好了，耳朵这里还有一点点烫伤，你看要不要再……好的我懂，不上药了，不上。"

他火速将剩下的药丢给崔望潮，自己仿佛无事发生般坐在风缱雪身边："我们什么时候出铁山？这只炎狱怎么办？你的乾坤袋能不能装进去这只巨兽……我又不是故意弄疼你的，不过这炎狱好像有点大，应该装不进去吧，大不了等你手好之后，我乖乖给你揍。"

风缱雪问："我为什么要揍你？"

谢刃诚实回答："因为你确实经常打我，我觉得你应该挺喜欢这种消遣的。"

风缱雪表情一僵。

谢刃侧过头看他，自己也乐："你肯笑啦？"

风缱雪站起来："炎狱在火树林中生活得好好的，并未为祸伤人，还是将它放回原处吧。"

谢刃跟在他身后："好，你说了算。"

崔望潮再度斩钉截铁地说："风家一定是把谢刃给买了！"否则谢刃哪能对风缱雪如此言听计从？

金泓缠好最后一道绷带："走吧，尽快离开这里。"

有了火翼炎狱，倒也不必再用春涧匕首砍路。四人按照来时的方法，一路驱使巨兽飞跃火树林。抵达边缘地带时已近深夜，炎狱或许是被打得没了脾气，慢吞吞挪着步子走入林地深处，将庞大的身躯彻底隐没在了暗红色的焰树间。

这趟铁山之行虽说万分惊险，却也收获颇多。崔望潮可能是觉得自己偷刀不成反而掉沟里的行为比较拖后腿，没再提柳辞醉的事，只蔫蔫地跟在金泓身后，准备回春潭城。

四人都不愿在林地边缘凑合休息，便又赶了一夜的路，直到天亮时才分道扬镳。

谢刃与风缱雪寻了个小村落歇脚，村口大婶见来了两名风尘仆仆的小仙师，很热情地就把他们领回了自己家，又送来两桶沐浴热水，自己忙活着去煮饭。

谢刃追出去叮嘱了两句，又付了玉币，回屋就见风缱雪已经将他自己浸到了浴桶里，两只缠着绷带的手搭在两侧，碰不得水。

于是谢刃道："你先泡一会儿啊，你手不方便，我过会儿就来帮你洗头。"

风缱雪往后一靠，微微侧过头。

片刻后，水声"哗啦"一响，谢刃将下巴搭在桶沿，眼睛很亮，笑嘻嘻的。

风缱雪便想起了先前写给师兄的那封信，说谢刃甚是可爱。

结果下一刻，谢刃就屈指弹过来一串水珠。

风缱雪："……"

也甚是讨嫌。

谢刃叫他："你过来一点，我帮你洗头。"

风缱雪背对他靠在桶沿，将头微微抬起来。谢刃其实没怎么做过这种事，但好在不难，他迅速总结经验，只要将对方当成易碎的琉璃小人，怎么小心怎么来就完全没问题。

过了一会儿，风缱雪问："你在想什么？"

谢刃替他将湿发绾起来："想那三把剑。"

风缱雪转过身："你想要？"

"南山神剑谁不想要，可又舍不得我自己的佩剑。"谢刃道，"虽不是什么上古神物，但当年我爹送出祖传的芳檀木大柜，才请来了最好的炼剑师，我娘又将她陪嫁的整套红莲首饰都拿出来，投入炉中熔成剑心，用三十天炼出了这把剑。当时师父恰好来家中接我，他想给这把剑取名静心，我娘却不肯，说八十岁的老头子才要静心，她盼我能无拘无束自在逍遥，便给这把剑取名逍遥。"

把竹业虚气得够呛。

风缱雪点头："你娘没错，逍遥也很好。"

谢刃又问："你的剑呢？我还是第一次见到有人用玉剑。"

风缱雪道："是师父送我的，叫云破月来花弄影。"

谢刃被这七个字的剑名震住了！而更加震住他的是，按照风缱雪一看诗集就困的风格，怎么会喜欢云破月来花弄影这种文绉绉的名字，哪怕叫好大一把剑呢，也更合理。

风缱雪解释："是我师兄取的名。"

而木逢春对于喜欢的、珍贵的东西，向来是不吝字数的，十分大手笔，比如说风缱雪目前养在长策学府的那匹小母马，芳名"酒困路长唯欲睡"的，前身就是二师兄的一匹矮脚小马。

谢刃道："你师兄好像很喜欢给你送东西，他会来学府看你吗？"

风缱雪叹了口气："应当不会。"

主要是木逢春实在太常下山斩妖了，有不少人都见过他，不方便出现在长策学府中。谢刃见他像是有些想家，就安慰道："那也没事，等这次课业暂结后，我们都能回家待上一两月。"

风缱雪问："你家在哪里？"

谢刃道："杏花城，不怎么出名，你可能没听过。"

风缱雪又问："我能跟你去看看吗？"

谢刃受惊道："啊？"

风缱雪找了个理由："我没见过几次杏花。"

谢刃擦了擦脸上的水珠："可是城里连一株杏花都没有，只是随便取个名字罢了，城外倒是有一大片梨花林。"

风缱雪说："梨花也行。"

谢刃心想："你还真不挑。"但梨花同样不行，因为季节不对啊，那时候都已经是夏末秋初了，哪里还有梨花开？

风缱雪继续耐心地问："那杏花城里有什么？"

谢刃苦心想了半天，什么都没想出来，平平无奇一座小城，不像江南秀雅，不像西北粗犷，更不像主城繁华，举目皆普通，唯一不普通的……他比较厚颜无耻地回答："杏花城里只有我。"

风缱雪道："好。"

谢刃："……"

"好"是什么意思，真要跟我回去？谢刃小心询问："你是不是和家里闹别扭了？"

风缱雪随口道："嗯。"

谢刃心想："我就猜嘛，果然！"便笑道："也行，那咱们就回杏花城，让我娘做香辣猪蹄和豆瓣鱼给你吃。"

风缱雪对这个菜色比较满意。

当然，他去杏花城并不是为了香辣猪蹄，而是要防备万一一个不注意，谢刃又被血鹫崖，或者别的什么奇奇怪怪的宗门拖下水，所以还是跟紧些才稳妥。

沐浴完后，外头的饭菜也煮好了，当中好大一盆油汪汪的红烧鸡。大婶笑着对风缱雪说："这是那位小仙师特意叮嘱的，要给你多做些肉，快尝尝。"

乡村菜色不讲究，但好在家常粗饱，管够。谢刃就着两盘素菜吃下三碗饭，心满意足地往后一靠，风缱雪正在专心致志地啃鸡腿，转过来问他："你这么快就吃饱了？"

谢刃道："没，我还能再吃会儿，你慢慢吃，别急。"

于是他挑了一根青菜，细嚼慢咽半天，陪着风缱雪吃完了整整大半盆的鸡。

可见上仙这几天确实饿了。

厨房里还在煎炒烹炸。风缱雪疑惑："等会儿要吃第二顿？"

谢刃虎躯一震："不了吧，我有点撑。"

风缱雪也有点撑，于是两人礼貌地到厨房询问，得知这顿饭是给村里的小孩子们做的。

"他们去后山打山猴子了，得明早才能回来呢，我先把菜备着。"

风缱雪不解："猴子？"

"就是一些低等级的妖物。"谢刃握过他的手，"走，我们也去消消食！"

这一带的山峦都不高，一个个起伏连绵的小山包，在午阳下绿得分外可爱油亮，于是风缱雪又警告了一遍身边的人："不许纵火！"

"知道，打个山猴子哪里用得着火。"谢刃跳上一块山石，炫耀道，"我穿开裆裤的时候就能提着它们的头到处跑。"

风缱雪："……"

没人想听你穿开裆裤时的故事。

七八岁的小孩，最喜欢的活动就是结群去打山猴子，跟过年差不多。拿着短剑，再学大人画一些错漏百出的符咒，遇到了就一拥而上，追得对方抱头满山跑。谢刃一边倒退着走，一边向风缱雪介绍自己六岁时的"丰功伟业"，他曾让一只山猴子换上裙子、戴上簪子，同另一名小孩成亲——当然了，"新郎官"肯定是被迫的，据说回去哭得几欲昏厥，从此见到谢府的大门就尿裤子。

风缱雪道："坑。"

"我哪儿坑他了，是他先仗着自己年纪大，抢我的东西——啊！"

风缱雪轻巧地从上面跳过去："我是提醒你身后有坑。"

谢刃哭笑不得地坐在陷阱里："这哪算提醒，我看你根本就是故意的，过来拉我！"

风缱雪往前走了两步，回头见谢刃还在坑里不肯出来，便道："你几岁了？"

"十七啊，正因为十七懂事了，才拉一把就肯出来。"谢刃抱起手臂，

"若换作三四岁，没有十包八包糖来哄，我是肯定要在这里撒泼打滚哭上一天的。"

风缱雪站在陷阱边："好，那你哭，哭了我就去给你买糖。"

谢刃抱怨道："你怎么总不给我面子？"他嘴一撇，看似要自己爬出来，却猛然一把拽住对方的脚踝，将人也拖下了陷阱！

"这样扯平啦！"

他扬扬得意道："下回还敢不敢骗我？"

风缱雪气定神闲道："敢。"

谢刃笑道："我算是发现了，你的脾气居然比我还要倔，那现在咱们两个都在陷阱里了，是你先……"

话音刚落，便有一团黑影呼啸着从天而降！

谢刃与风缱雪反应极快，双双拔剑出鞘，两道剑光在上方结成网，将黑影又给弹了出去！

一声嘶哑的惨叫声传来！

两人御剑升至半空，就见方才那团黑影在被剑光扫出后，恰好又遭一支飞箭射了个对穿，牢牢钉在了山壁上！垂软的四肢挣扎几下，很快就没了气息。

是一只高等级的凶妖。

谢刃吃惊道："这玩意哪是山猴子？"

风缱雪猛然握紧他的手腕："那些村里的孩子！"

谢刃正欲放出灵符去寻，远处却御剑行来一人，身材魁梧结实，手持金木长弓，而在他的肩上，还扛着一张流光金丝大网，里头装了少说也有十几名幼童，此时正在齐齐欢呼喝彩。

谢刃、风缱雪："……"

风缱雪还有些印象，问道："是在仙船上要与你打架的那个人？"

谢刃想起自己"家里媳妇怀孕了"的鬼话，就觉得浑身不自在，道："他是蜀山真人唯一的弟子，桑东方。"

风缱雪在青霭仙府时就听过桑东方的名号，知晓他四处游历斩妖除魔的故事，心里极尊敬，便上前行礼："桑道长。"

"原来是你们。"桑东方也认出了二人，"这山里跑来了五只凶妖，现已被我斩杀三只，剩下两只逃去了南坪，你们先将这些孩子送回去。"他一边说，一边将金丝大网扔过来，谢刃赶忙伸手去接，但逍遥剑哪能撑得住这一群小崽子的重量，连带着他也一起摔了下去，叠宝塔一般摞了一堆。

风缱雪："……"

桑东方："……"

谢刃被压在最下面，叫苦："你们别光看着啊，过来扶我一把。"

风缱雪道："桑道长先去斩妖，这里交给我们。"

桑东方点点头，转身追去了南坪。风缱雪将金丝大网里的小孩子们放出来，要带他们回村。但有句俗话叫"七岁八岁讨狗嫌"，他们哪有那么乖巧听话，全部嚷嚷着要再飞着去斩妖！风缱雪一个不注意，十几个人已经像小鸡崽一般跑得到处都是了。

谢刃拍拍风缱雪的肩膀，另一手画出符咒，火光蛇形一闪即逝，将所有的孩子都圈在了里头，再也跑不出一步。

"放我们出去！"

"快点放了我们！"

"啊！"

叽里哇啦的，吵成一片。

"放你们出去喂凶妖吗？"谢刃叉起腰上前教育，"都给我老实一点！快点回家！"

"不回去！"

"我们要斩妖除魔！"

"你讨厌！"

孩子们一边说，一边还抓着土到处丢，搞得乌烟瘴气。

谢刃两步退出战斗圈，耳朵嗡嗡响，觉得这活可比斩妖累多了，扭头抱怨："你说，他们怎么能撒泼打滚呢？"

风缱雪抿嘴一笑："或许用十包八包糖就能哄好了吧。"

谢刃道："我刚才只是一说，又没有真的打滚！"

风缱雪不理他，从乾坤袋里取出一包糖，用漂亮闪光的晶纸包着，像一粒粒宝石。小孩们果然被吸引了注意力，眼巴巴地围上来，不闹了。

谢刃不满道："喊！"

风缱雪将糖分出去，又回头递给满脸不屑的谢小公子一粒："吃不吃？不吃我全部给他们了。"

"吃！"谢刃抢过来，在嘴里咬得咯吱响，"还要。"

"没了。"风缱雪将空袋子装回去，"下回买了新的，再多给你一把。"

谢刃指着小娃娃们："记住了，你们现在吃的都是我的糖。"

结果没一个人给他面子，齐齐拖长语调："才——不——是——"

谢刃："……"

风缱雪一直在前头笑，他挥手幻出一道开满繁花的冰白绳索，上头还有会发光的蝴蝶在飞，漂亮得像春日花园。这次还没等他招呼，小孩们就争前恐后地跑过来，好奇地伸手去摘花抓蝴蝶，聚在旁边不肯走。

繁花绳索往村子的方向轻快地飘，小孩们也跟着往村子的方向跑。风缱雪回头见某人还站在原地，便叫他："谢刃！"

"干吗？"

头刚一抬，怀中就多了一大捧花，红如烈焰，还挂着冰晶一样的莹露。

风缱雪看着他笑："高兴了？你的最大。"

谢刃将花往怀中一抱，春风得意地追上队伍，果然惹来一片羡慕的眼神！因为真的好大一捧啊！感觉做成饭都能吃饱。

临到村口，所有的花瓣都被吹成落雨，翻飞消失在风中。两人将孩子们送回大婶家，说明原委后，刚想折返南坪相助，桑东方却已经拎着两只凶兽的脑袋回来了。谢刃再度对这位斩妖高手肃然起敬，不过幸好，对方并不打算重提"怀孕的媳妇"，他也就厚着脸皮假装无事发生，上前问："道长，这五只凶妖是从哪儿冒出来的？"

桑东方道："我本来要去往长策城，却在途中遇到了十八只凶妖，便一路追一路杀，这是最后五只。"

"这种大凶的妖邪向来喜欢独行，怎么会十八只结伴？"

桑东方摇头："不知。"

风缱雪猜测："或许这些凶妖原本也不是群居，只是感受到了同样的召唤，便同时出发，要赶往同一个地方。"

至于是哪种召唤……

谢刃问："道长听过上古妖邪九婴即将重新现世的传闻吗？"

桑东方皱眉："我已收到竹先生的书信，说仙船黑雾就是玄花雾，但并未提及九婴。"

"师父未提九婴，是因为他还不确定，我们这回前往长夜城，就是为了查这件事。"谢刃打开收煞袋，"结果还真在那里找到了一颗头。"

桑东方大惊："这……"

风缱雪道："铁山被人插入天呈、雷鸣、分辉三神剑，导致玄花雾外逃。道长可知修真界谁有如此手腕，能一次性找齐三把神剑？"

"齐氏、风氏或者其余世家门派拼凑在一起，只要肯出钱出人，找齐三把神剑其实并不稀奇。"桑东方道，"稀奇的是既要找齐神剑，还要不为人知。"

谢刃灵光一闪："有一个人！"

风缱雪也道："落梅生。"

桑东方不解："梅先生？"

"落梅生曾受托替鸾羽殿寻找上古神剑。"谢刃提醒，"所以他派出再多人，打探再多消息，都是合理的，不会有任何人怀疑。"最后虽说找到了灭踪剑，可谁能保证他只找到了灭踪剑？

风缱雪道："我曾与落梅生打过一次交道，对他的印象虽不算差，但就目前而言，飞仙居的确最有可能探得神剑下落。"

桑东方道："我本来是打算前往长策城，问问玄花雾一事，既如此，那我便先去一趟春潭城，烦请二位转告竹先生，桑某过几日再去拜会。"

谢刃拱手道："是。"

待桑东方离开后，谢刃问风缱雪："你方才说的'曾与落梅生打过一次交道'，是指冬雪小筑那回吗？我记得他就让你写诗，只说了一句话，怎么就印象不差了？"

风缱雪稍微一顿："嗯。"

谢刃缠着他问："'嗯'是什么？"

风缱雪道："'嗯'就是我看人一向准。"

谢刃心想，你这是不是过于随意，正要提意见，迎面却飞来了一个包袱。"收拾东西，我们也回长策！"

觉没睡成，又得赶路。谢刃呵欠连天地跟在后头："这趟出来可太累了，想安安稳稳躺一夜都难。"

"赶在九婴彻底苏醒前将其制服，你想睡多久都行。"风缱雪跨出门。

谢刃耍无赖："那到时候我要去你的新床上躺一躺。"

风缱雪问："为何？"

"我还没睡过玉床呢。"

"好。"

"我还要会发光的那个毯子。"

"好。"

就这么着，谢刃走一路问一路，在抵达长策学府时，已经将隔壁房间的床柜桌椅都讹了来，连洗脸的盆都没放过。

他心里得意，又想着，虽然风缱雪看起来冷冰冰的又不爱说话，但骨子里还是很友好的，什么东西都愿意分享，不拘小节，十分大方！

这时又遇到另几名同窗，他们一路走得正口渴，见到谢刃手里拿着两个水囊，便要来分。谢刃也没多想，扔过去后才想起来，其中一个好像是风缱雪的，便扭头问："风兄，你没……"

结果被瞪得说不出话。

谢刃："……"

白衣小神仙脚步飞快，面无表情，走得似一阵清风，不对，一阵寒风。

谢刃心道：我又错了是不是！

他将水囊劈手夺过来，也不顾其余兄弟正茫然着，拔腿一路追到前厅，还顺便在路边拢了一堆小花，将门一推："不生气了好不好，你看这个花粉色……的。"

声音戛然而止。

满满一屋子人都在惊愕地看他！

竹业虚一股滚血直冲脑门，扶住桌子，尽量心平气和地介绍："诸位，这就是我方才所说的小徒弟，谢刃。"

第六章

雪
光
流
萤

厅中坐着的都是有头有脸的人物，有头有脸到什么地步呢，就连鸾羽殿的东殿主金苍客，也只能坐于次席。而坐在首席的，是锦绣城齐氏目前的掌权者齐琼华。银月城风氏则派来了大公子风初止。

竹业虚方才是这么介绍自己的小徒弟的——年纪虽小，但天赋奇高，根骨极佳，立誓要以斩妖除魔为己任，手中逍遥红莲屠妖魂无数，就是性格稍微顽劣了些，相信只要多历练一些时日，定能变得沉稳可靠。

然后话音刚落，谢小公子就握着一小把粉花破门而入，吓了所有人一大跳。顽劣是真顽劣，沉稳实在是看不出来。

风缱雪站在门外，也无话可说。他方才只走到了院子里，感觉到里头有人，便准备转身离开，谁知谢刃可能跑得太过忘我，一阵风似的直直就冲了进去，想拦都来不及。

风初止恰好看到了院里的风缱雪，他来时已受过叔父叮嘱，知晓了琼玉上仙的事，便主动打招呼："小风，来这里。"

这称呼是木逢春在信里教的，因为小师弟既然要混进风府当亲戚，总得有个亲人之间的称呼。但又舍不得贡献出只有自家人能叫的"阿雪"，便大笔一挥，决定只叫个姓氏吧，这样不吃亏。

风缱雪走到风初止跟前："兄长，你怎么来了？"

"为了九婴，我听竹先生说，你与谢小公子已经找到了一颗九婴的首级？"

"是。"风缱雪道，"除了九婴首级，我们还在铁山深处找到了三把南山神剑。"

一语既出，满座哗然，三把南山神剑？

最紧张的当数鸾羽殿金苍客，他还没收到金泓的木雀传书，尚不知道儿子去了何处，便急忙问道："哪三把？"

风缱雪道："除灭踪外，其余三把。"

谢刃看了眼竹业虚，见师父微微一点头，便将九婴的一颗头与三把神剑都取出来，一一摆在桌上。

众人纷纷围上前看，三把利剑光华闪耀，确是南山神剑不假。至于九婴的头，在将层层白布解开后，已经干瘪得几乎看不出五官，但煞气仍有残余，断颈处也满是红莲焚烧过的印记。

齐琼华差弟子取来一个收煞笼，这是他在收到竹业虚的传书后，连夜打造出来装头的，笼内灌注了最强的灵力，威力等同于镇压在上古群山下。

趁着这工夫，谢刃溜到竹业虚身边，小声问："师父，怎么这么多前辈都来了？"

竹业虚叹气："在你与风公子出门的这段时日，又有两颗九婴的头颅有隐约现世的迹象，此番各派齐聚长策城，也是为了商讨下一步的计划。"

九婴已在地下埋了数千年，现在突然一颗头接一颗头地开始往外飞，还引得不少凶妖也蠢蠢欲动，堪称黑云压境山雨欲来，修真界若再不及时出手，只怕那场混乱的旷古之战要重演一回。而插在铁山上的三把南山神剑，似乎说明了在幕后至少有一个人，在暗暗推动着整件事。

在场众人也同意风缱雪先前的看法，能神不知鬼不觉地找齐三把神剑的，确实只有飞仙居的落梅生。现在桑东方已经去往春潭城，再过两日就能将人带回，到时候且看他要如何解释。

谢刃又问："另外两颗头颅出现的地点，是书中有载的白沙海与火焰峰吗？"

竹业虚摇头："是怒号城与猿哀城。"

谢刃算是发现了，好像九婴头颅被斩落之地，都不是什么山明水秀的好地方。长夜城终日不见天，怒号城据说一天到晚地往下劈天雷，猿哀城位于密林中，城中住了一群满身黑毛的猿怪。这么一对比，那颗埋在血鸢崖血骸潭下的脑袋，竟然已经算是在最繁华舒适的地方了。看来九婴这些年也不怎么样，怪不得心急如焚地要往出飞。

竹业虚道："长夜、猿哀、怒号三城的九婴首级既已出现，想来白沙海与火焰峰也安稳不了太久，阿刃，你可愿与风公子前往白沙海一探？"

谢刃抱拳道："是！"

风缱雪也点头："好，我们准备好后，立刻出发。"

座间却有人站起来，委婉地提出意见："竹先生，九婴现世事关重大，而谢小公子又年纪尚小，不如多派几队人协助他，也更稳妥些。"

谢刃转过身，还没来得及说话，风缱雪已冷冷开口："长夜城的九婴首级，难道不是谢刃取到的吗？"

对方被问得一噎，可又训斥不得风氏的人，只好为了自己的脸面强辩了一句："话虽如此，但至少也该带几名自家弟子。"

风缱雪转身："不必。"

丝毫不留面子。

气氛尴尬，风初止及时出来打圆场："既然舍弟与谢小公子能在长夜城擒妖、铁山取剑，那再去一趟白沙海，想来也不会有问题，还请柳兄放心。"

柳兄，姓柳，柳府的人？

风缱雪便又看着对方补充了一句："长夜城擒妖也不只我与谢刃，还有金泓与崔浪潮。"

谢刃知道，他还记得当初"若能穿过火树林，就带人去见柳辞醉"的承诺，所以有意在柳家面前提及，但你至少将人家的名字说对啊，都纠正多少回了，是崔望潮！

但柳府明显对崔望潮或崔浪潮没兴趣，说来说去不还是未出茅庐的小辈？靠不住。唯一欣喜若狂的可能只有金苍客，因为他万没想到自己的儿子还有这本事，竟然能跟随谢刃一起擒获九婴？

祖坟一阵冒烟。

风初止道："那这件事就先定下了。"

既然这位大公子都发了话，其余人自不好再多言，再一想，出了事也有你们风氏兜着，我们又何必吃力不讨好？

于是最后商议的结果，是由齐氏前往猿哀城，鸾羽殿前往怒号城，谢刃与风缱雪前往白沙海，火焰峰由璃氏前去查探。至于风氏，则派出弟子前往四方镇守，顺便查探其余头颅的下落。

竹业虚拱手道："既如此，那就有劳诸位了！"

像是为了配合屋内肃穆沉重的气氛，窗外也轰隆隆地打起了雷，黑云遮日，四处压抑沉沉不见光。

待众人离开后，竹业虚才夸了一句："此番你做得很好。"

谢刃一乐，又道："师父别光夸我啊，还有风兄，九婴的头还是他捕到的呢。"

竹业虚心想："上仙还用得着我去夸吗？你看看人家，你再看看你这没形状的站姿！"

风缱雪问："先生，我们何时出发？"

竹业虚道："先等桑道长将落梅生带来，你们也休息两天。还有一事，那间被阿刃焚毁的房屋，已经基本修葺好了，但房内用具还没送齐，短期内怕是住不进去。"

至于为什么这么久了都没送齐，当然是因为琼玉上仙还没发话，所以大家也不知道该不该送齐，只好一直拖着。

谢刃一听到"被焚毁的房屋"几个字，熟悉的债务压身感再度袭来："无妨，我的床可以继续让给风兄！"

风缱雪对此也没意见。

"那我们回去休息啦！"谢刃又问，"周婶回来了吗？我晚上想吃翡翠菜羹！"

竹业虚胡子一翘："跑什么，我还没教训你，方才那般失礼莽撞地撞进门，简直丢为师——回来！"

谢刃充耳不闻，跑得飞快。

竹业虚再度被这逆徒气得头晕。

谢刃一边跑一边笑："你猜师父这回会不会罚我跪思过院？"

风缱雪道："竹先生看似严苛，其实一直在惯着你。"

"我当然知道啊，所以我才敢这么无法无天。"谢刃停下脚步，假装无事发生地说，"对了，你的水囊我要回来了。"

"不必，送你。"

风小公子的"送你"是很没有感情的，没有丝毫送礼的诚意，扩写完整就是"被人碰过不干净了，我十分嫌弃，根本连看都不想看一眼，所以你快点拿走，不要再让它出现在我的面前"。谢刃很识趣地往自己的乾坤袋中一塞："哦，那我们先回屋。"

小院一切如旧，微缩城池里的生活也还在继续，喝酒的剑客不见了，或许是去了别的天涯。客栈的老板娘已经添了一双儿女，连摊子前的流浪狗也有了伴。

谢刃趴在桌前看："我发现生活在这座城里也挺好，日出日落，一日三餐，虽然无聊吧，但至少不会突然冒出来九颗头，每天都十分安稳。"

"那可未必。"璃焕与墨驰跨进门，"前几天我们来看时，猪肉摊的老板娘正扯着她相公的衣领，从城东打到城西。"打了差不多一个下午，那叫一个凶残激烈。

谢刃丢过去一根笔，抱怨："我都回来多久了，你俩怎么现在才来？"

"你又不是什么难得露面的大小姐，我们还得赶着时间来看不成？"墨驰笑骂一句，又道，"为了考试的事，我与璃焕已经在藏书楼待了好几天，这阵还在头晕眼花。"

璃焕坐下："我们刚才去找了竹先生，他已经答应，让咱们四人一起出发前往白沙海。"

谢刃不解："璃氏要去火焰峰，你怎么不与他们一道？"

"就是因为我家要去火焰峰，我才要赶紧跑，不然就得跟着叔父，你又不是不知道他有多古板暴躁，每天除了骂人就是骂人。"还是拐着弯的那种骂，极容易和表扬混淆，堪称修真界第一阴阳人。

谢刃心道："有道理！"

璃焕与墨驰都催促他讲长夜城与铁山的事，风缱雪便去了隔壁房中检查修葺的进度。谢刃往窗外看了一眼，伸手搂住璃焕的肩膀，用接头的语调说："先不管什么金山铁山，帮我看看这个水囊值多少钱？"

璃焕接到手中："别的不知道，不过上头镶嵌的月光琉璃，一粒差不多一百玉币。"

谢刃问："那你现在能借我多少？"

璃焕警惕道："……干吗？"

"快点！"

"一千吧，我最近手头也不宽裕。"

"墨驰。"

"三千。"

"来来，都给我。"

"借你倒是可以，但别告诉我们你借钱就是为了买水囊。"

"怎么可能？当然不是。"

"你刚刚停顿什么？"

"我喘气不行吗？少废话，快！"

"你怎么要钱还这么凶！"

两人都嫌弃得很，将钱借给他后，又提醒道："不过风氏所有东西都由自家仙坊制造，据说坊内共有各类仙匠一万八千三百余人，而且从不接外单，你怕是有钱也买不到。"

谢刃问："多少？"

璃焕答："一万八千三。"

渭水河畔的银月城风氏，修真界第一世家，在变成确切的数字之后，原来竟如此惊人，家中养着上万仙匠，怪不得连窗户缝里都要雕花。谢刃被震得心口作痛，很想吐血："算了，我放弃了，你们干脆挑个黄道吉日将我投进炼器炉，看能不能弄出来一个水囊吧。"

璃焕补刀："八成不能，你哪有风氏的水囊值钱？"

倒是墨驰提出了一条比较像人话的建议："反正还有两三天时间，你也不用考试，不如亲手做一个。"

谢刃被打开了思路："自己做？"

墨驰道："我这里有图纸和制法，也能替你找到最好的炼器炉，我看风兄这个水囊的材质就是芙蓉玉，倒不难寻得。"

"可以啊！"谢刃喜出望外，"那我们就从材料开始找！芙蓉玉，哪家店里有卖？"

墨驰："……"

谢刃催促："你哑了？"

"他不是哑，是无语。"璃焕撑着脑袋，呵欠连天地提醒，"风府的东西，再不难寻，也不至于在街边铺子里就能买到，都是要托有门路的人专门去寻的。"

谢刃握住他的手："那实不相瞒，我认识的最有门路的人，可能就是你了。"

璃焕道："哎？"

璃焕将手抽回来："算了，你还是找个黄道吉日跳炼器炉吧，我还有事，就先走了。"

～

交友不慎，时常被坑。

璃焕痛定思痛……暂时还定不下来，因为他正被谢刃拖着往外跑，要去找芙蓉玉。

长策城是书香城，文人雅士不少，商贾却屈指可数，唯一的炼器坊只能做些盘杯碗筷。所以两人也没去商铺里浪费时间，直奔文轩客栈。

璃氏的管家意外道："小少爷怎么来了？请稍等片刻，我这就去通传……"

"别别，不用告诉叔父，我就是来打听一件事。"璃焕拉住他，"忠叔，你知道这附近哪儿有芙蓉玉吗？"

"芙蓉玉？"管家道，"像此类价高原石，各大炼器坊都只有在要用的时候，才会去矿山按需进货，一般不会积压。小少爷想要多少？我先记个数，待回家之后，再让人去买。"

璃焕道："我就要一块，而且等不得，最好现在就能拿到。"

管家为难道："这可没办法，就算去春潭城碰运气，来回也得耗上

176

一段时间。不知小少爷找芙蓉玉，是想做什么？"

璃焕指着身边的人："他想做个水囊。"

管家笑道："原来是谢公子想做水囊，那咱们还真带了一块好料，是空山玉，比芙蓉玉更细腻寒凉，不过……"

璃焕追问："不过什么？"

管家在他耳边低语几句。

璃焕听完之后回头："空山玉是我叔父买的，据说甚是喜欢，每天都要取出来把玩，你要试着去问问吗？"

"每天都要握着盘？"谢刃一听果断摇头拒绝，"那还是算了，我们再去别处找。"

璃焕将他扯到一边："我叔父虽说不好说话，但你试都没试呢，怎么就放弃了？"

谢刃声音比他更低："你没听吗，你叔父天天把玩，八成都包浆了，风兄在这方面毛病又多，我看咱们还是去另寻一块吧，最好自打开采出来就没人碰过的。"

璃焕惊呆了："你居然嫌弃我叔父？"

屋门"砰"一声被人推开，一股凉风夹着雨丝涌进来。"谁嫌弃我？"

谢刃立马道："我不知道。"

璃焕："？"

来人身材瘦高，一条腰带勒出细窄腰肢，头发束得一丝不苟，长眉细眼，表情寡淡，这么形容可能不大正确，但谢刃从看到他的第一眼起，就想到了那种非常素的阳春面。

璃焕却深知这碗阳春面的难搞之处，暗暗叫苦："叔父。"

"听说你知道璃氏要前往火焰峰后，连饭都顾不上吃，就狂奔去找竹先生，死活要往白沙海走。"璃韵用素白的帕子擦了擦手，"不错，有出息。"

谢刃暗道，果然好会阴阳怪气。

璃焕心虚："我只是……"

"行了，你也不必再费心找借口。"璃韵坐在椅上，将管家叫过来，"先说说，这两个崽子来做什么？"

管家将原石的事情叙述一遍，又帮忙打圆场："咱们确实没有芙蓉玉，还是让小公子与谢公子去别处寻吧，我这就送他们走。"

璃焕忙不迭地往外跑，结果却被一道灵符挡住了。璃韵站起来："怎么，被我碰过的东西，就送不得人了？"

谢刃硬起头皮道："前辈误会了，我们只是不想夺人所好。"

璃焕躲在他身后道："对。"

璃韵走到他面前："原来你不仅不愿与我同行，还当我是个聋子。"

璃焕暗暗叫苦：我不是，我没有。

璃韵冷哼一声，挥袖取出一块晶莹透霜的原石："除了空山玉，我还有这块冬雪。"

修真界最罕见的四类原石：春柳、夏绵、秋藏、冬雪。

璃韵继续说："这块没盘过，甚至都没碰过。"

璃焕心塞，嫌弃你的又不是我。

璃韵提条件："想要的话，你便跟着家里一道行动。"

璃焕后退两步："不去。"

璃韵语调不悦："放肆，过来！"

璃焕打小就没做过几件随心所欲的事，现在眼看又要被强迫去火焰峰，心里也冒火。见门还被灵符挡着，他脑子一热，干脆直接从窗户翻了出去，头也不回地往远处跑，谢刃被惊了一跳，赶忙追上去："你没事吧？"

客栈二楼的窗户被"砰"一声推开，而后便是一道冷光迎面袭来，谢刃手疾眼快，一把紧紧将东西攥住，触手生寒，正是冬雪。

而窗户已经被关上了，冷漠无情得很。

谢刃道："我觉得你叔父对你也挺好的。"

璃焕气急："他那是对我好吗，你若手慢一点，我岂不是会被砸得头破血流？"

但不管怎么说，原石是拿到了。

接下来就是炼制。

墨驰借到了最上品的炼器炉，位于巍山深处，但又有一个问题，雨季是不适宜在野外炼器的，因为最好的红炭反而越娇贵，得时时刻刻看顾着，稍有不慎就会前功尽弃。

璃焕坐在一旁的山洞口："你俩还是进来躲躲雨吧，实在不行，就等将来去春潭城再说。"

谢刃却不肯，反手一剑插入土中，红莲烈焰腾空而起，烧得青色炼器炉透出赤红。"好了。"

墨驰哭笑不得："你到底有没有看图纸，上品的水囊至少得炼制一天一夜。"

"那我就守一天一夜呗，又不久。"谢刃将材料一一投入炉中，"行了，这回多谢，你们先回去吧。"

墨驰难以理解这种行为，不就是一个水囊，居然搞得又借钱又欠情，还要淋着雨用自己的红莲火去炼，不知道的，还当是什么保命屠妖的重要灵器。

璃焕看着盘腿坐在地上的谢刃，怀疑人生地问："他真的脑子没出事吗？都这么狼狈了，怎么还能春风满面地哼小调？"

墨驰也纳闷："看着风兄也不像那种穷凶极恶逼债的人啊，我还觉得他对阿刃挺好的。"

眼看着又一轮黑云袭来，而谢刃还在喜滋滋地守着炉子。说实话，这真的是中邪了吧？璃焕只好留了把伞给他，自己与墨驰回城里拿吃的。

风缱雪这天一直待在竹业虚处，与风初止商议围剿九婴的事，直到深夜才回到住处，屋内却空荡荡的。

璃焕解释："阿刃去了城外办事，明天中午就会回来。"

风缱雪问："何事？"

璃焕答："私事，好像是他家里来人了吧。"

风缱雪点点头，并未多言。

结果直到第二天傍晚，谢刃还是人影全无。

风缱雪不介意他去处理家事，但介意所谓"家人"或许又是血鸳崖的何归，便去城中客栈寻了一圈，依旧不见踪迹，倒是包子铺的老板提了一句："阿刃没见过，不过璃府的小公子昨天来我这里买了许多糖饼，说要赶去后山，他们或许在那儿。"

天边惊雷不断。

谢刃懒得撑伞，一直在专心致志地守着炉子，这是他生平第一次炼器，除了兴奋与忐忑，还忍不住想了想成品该是多么华美精致，肯定比那嵌满了月光琉璃的要好看。

雨水哗哗地浇灌下来，汇聚在地上就是溪流。红莲烈焰不断蒸腾出白色的雾，将整座山笼罩得氤氲袅袅如仙境。谢刃好不容易守够了时辰，连最后一簇火的熄灭都等不及，扇扇热气就去开盖。

风缱雪撑了一把白色的梨花伞，远远看着被雨浇透的人："谢刃！"

"咦，你怎么来了？"谢刃回头，没有贪玩被抓包的心虚，反而神采飞扬得很，"快过来！"

风缱雪眉头微蹙："别闹了，跟我回去。"

"我可没闹。"见对方站着不动，谢刃索性主动上前，将人强拽到炼器炉旁，"看。"

火此时已经完全熄了，只有剔透的水囊静静悬浮在炉内，没有任何装饰，但漂亮极了，壶口嵌着细细的金丝，像折了一束日光绕住了冰山。

风缱雪惊讶地抬头看他。

谢刃笑得开心："送你的，喜不喜欢？"

风缱雪错开视线，想去拔他的剑，却被挡住。"别，烫。"

"你在这儿炼了多久？"

"本来该是十二个时辰，但我手生，又多了半天。"

谢刃将水囊取出来，又问了一回："你方才还没说呢，喜不喜欢？"

风缱雪点头："嗯。"

谢刃很满意这个回答，打开他腰间的环扣，低头将水囊仔细扣上去。他头发有些乱，睫毛上也挂着水，风缱雪便从袖中取出手帕，替他将脸擦干："以后不必如此。"

"反正这两天也闲着。"谢刃道，"雨太大，我们先去山洞避会儿。"

洞里还有璃焕送来的吃食，风缱雪围着火堆替他热食物，过了一会儿抬头："为何一直看我？"

"因为我在想，你怎么一点都不激动。"谢刃挪过去，"你看，我手都烫红了。"

风缱雪瞄了一眼："红莲烈焰出自你的灵脉，被自身所伤，说明你学艺不精。"

谢刃蔫蔫地坐直："哦。"

风缱雪取出一瓶药："手给我。"

谢刃抱着胳膊，目视前方："不给，我学艺不精，活该被烫伤。"

风缱雪将他的手硬拽过来，笑道："怎么，还说不得你了？别动。"

他声音很轻，下手也轻，微凉如玉的手指触过掌心，灼伤的痛楚立刻减轻了不少。

风缱雪随口问："你在想什么？"

谢刃答："想《静心悟道经》。"

风缱雪抬头："心里又有什么邪念了？"

谢刃不承认："干吗非得有邪念才能静心悟道，我只是想复习一下，我现在清心肃静得很。"

风缱雪伸出一根手指，在他心口点了点。

雷鸣风雨，火堆在黑暗里燃烧着，照出洞壁人影成双。

风缱雪道："你分明就有心事。"

谢刃若无其事地坐直，弄了根棍子拨弄火堆："有心事也不能告诉你。不过放心吧，与除魔斩妖无关，与正道大义也无关，纯粹是我自己胡思乱想。"

风缱雪便没再问，又从乾坤袋中取出一把小玉梳，见对方右手敷着伤药不方便，索性自己坐过去，将他的发带抽开。

衣物熏香裹着雨露清寒，打得谢刃整个人一僵："你干吗？"

风缱雪道："头发蓬乱，衣衫不整，有碍观瞻。"

"我没有有碍观瞻。"谢刃觉得自己得解释一下，"满长策城的婆婆婶婶都夸我好看。"

风缱雪笑他自夸，替他将头发仔细弄干。

不仅是婆婆婶婶，还有情窦初开的小姑娘们，每每都会躲在窗户后偷看，看他白衣佩剑穿过长街，笑起来时，似乎整座城都会变得生动蓬勃，被朝阳映得橙黄发亮。

试问谁不想嫁一个这么好看的少年郎呢？

反正长策城里至少五成的姑娘都挺想的。

风缱雪的动作很慢，他其实不大会做这些事，唯一替别人梳头的经验，便是有一回青霄仙府来了个三四岁的小仙姑，肉嘟嘟的脸蛋可爱极了，所以他就放下手中的琴与酒，去帮忙捆了两个圆圆的小发髻。

小仙姑坐不住，屁股左扭右扭，梳头的难度不低。而谢刃好像也同样坐不住，三不五时就要抬抬头，滑软的发丝在指间拢了又散，风缱雪不得不压住他："别乱动！"

谢刃就真的没再动，坐得如同一根棍子。

"阿嚏！"

风缱雪试了试他额头的温度："着凉了？"

谢刃面不改色道："没有。"

风缱雪将他的头发整好，坐回他身边，又从乾坤袋里拖出来一条毯子："不然你先将湿衣服换下，然后把这个盖上。"

正说着，璃焕与墨驰赶来了，两人是看某人迟迟不回学府，还当他又炼炸了炉子，于是冒雨赶来友情救援。见到狐朋狗友的谢刃如释重负，一手一个揽住就往外跑。璃焕莫名其妙极了："急什么，你就不能等雨小一些再走？"

"不等，我困。"

"那你也等等风兄。"

谢刃："……"

谢刃停下脚步，回头看了眼。

风缱雪撑着伞，刚从山洞里出来。身后的火堆已经熄灭了，所以他放了一小把雪光流萤，似星辰飘浮在空中，照亮了身前的路。

有些流萤或许是偷懒，懒懒地地落在风缱雪的衣襟与发间，还有一圈紧紧绕着他飞，走动时被衣摆扫中，便一路骨碌碌滚落在地，变成融融跳舞的粉末。

雷鸣暴雨风呼啸，按理来说大家都应该很狼狈，但偏偏有人就能干净飘逸地撑着伞发着光，衣袖在撑伞时滑下，雨丝打在小臂上，在那里留下水痕。谢刃从来没觉得自己的眼神如此敏锐过，他不自觉地握紧了手里的帕子，想去将那些寒凉擦干，却又挪不动步子。

璃焕在他面前晃了晃手："你发什么呆呢？"

谢刃摸了把鼻子："没什么，走吧。"

四人是御剑回去的，差不多被雨浇了个透。风缱雪的住处虽没有家具，但浴桶倒是早早就搬了来，趁着他还在泡澡的工夫，谢刃用此生最快的速度洗完了澡，劫匪一般冲进璃焕房中，将他的肩膀一搂："我有件事要问你。"

"你有病吧，问事就问事，为什么踩着窗户翻进来，走个门能耽误多久？"

"我着急。"

"行，那你问。"

结果等了半天，没见谢刃说一个字。

璃焕怀疑地想，该不会是山里真有什么妖邪，这人好像一整晚都很反常，回来时跑得像有狗在追，现在又跟被鬼卡住嗓子一般。越想越不对劲，他干脆画了张符咒，"啪"一声贴在对方额上："醒！"

谢刃骂："滚！"

璃焕一把拖起他："算了，你随我去见竹先生。"

"见什么师父，我没事。"谢刃挣开，清清嗓子，"我就是……就是我有一个朋友，想托我问一下你，如果他在看见一个人的时候，觉得那个人哪儿都顺眼，这是什么症状？"

"那说明你跟他很要好，很欣赏人家呗。"璃焕说完又补充道，"哦对，不是你，你的朋友，谁啊？"

谢刃一骨碌坐起来："先走了。"

璃焕看着他风风火火的背影："到底是谁啊？"

谢刃远远抛来一句："没有！"

他回到自己的住处时，风缱雪正靠在床上看书。

"你去哪儿了？"

"去找了趟璃焕。"

风缱雪放下书："你在山里守了一夜，今天早点睡。"

谢刃站在桌边，本来想靠着《静心悟道经》消磨一夜，但转念一想，还是不肯看书，便放弃了这个想法。

翌日清晨，等风缱雪睡醒时，谢刃已经意气风发地出现在了前院。

墨驰正在翻书："这么早就来上课，你今天算稀客。"

谢刃挤在他身边："问件事。"

墨驰点头："说。"

"先前璃氏请你家修葺兰芳苑，一共用了多少钱？"

"没细问，但肯定不会少，据说光是移植花草就用了半年。没办法，那回璃氏要求娶的可是风家最受宠的小女儿，排场哪能小？修葺房屋算是小头了，大头在聘礼上，一望无际的大船浩荡南下，每一艘都装满了奇珍异宝，压得渭河水位都上涨了半尺高。"

谢刃一阵头晕目眩，牙疼道："这些有钱人怎么都这样，非要找一个家世相当的吗？"

"不然呢？世家千金难道要嫁给家徒四壁的乞丐？"

谢刃心塞："也没有到乞丐的程度吧！就普通的人家，有钱有地有丫鬟仆人那种。"

"普通人家要娶风氏的小姐……"墨驰帮着想了一阵，"书里倒是有普通人娶到过仙女，具体是这么干的，趁着人家下凡洗澡，将她衣服藏了，逼她答应。"

谢刃听得呼吸不畅："这也忒缺德了，什么破烂故事。"

墨驰答："牛郎织女啊，别告诉我你不知道。"

谢刃心想，我知道，但我真是吃饱了撑的，才来找你探讨这种问题。

于是他又去找了璃焕。

璃焕主动开口："你那位朋友又有新问题了？"

"这回不是我的朋友，是我。"谢刃坐到他对面，"你觉得我什么时候才能扬名立万，天降横财？"

璃焕道："你现在已经够扬名立万了，连长策城里的狗见你都要多叫两声。至于天降横财，我以后可能也会经常思考这个问题，因为我不肯去火焰峰，我叔父已经停了我的月钱，以后八成要靠着你和墨驰养活。"

谢刃爽快答应："养你没问题，但你得先告诉我，你家怎么做到那么有钱的？"

璃焕答曰："祖辈积攒了十几代。"

面对这毫无参考性的答案，谢刃泄气道："我看我还是继续许愿，有哪个造币师突然发疯要送我钱吧。"

璃焕纳闷："我看风兄也没逼你还债啊，你最近怎么老想着要发财？"

谢刃正直地回答："因为我品德高尚，人家不催，我也想快些还上。"

"若只有几万玉币，我们倒是能一起想想办法，但你一烧就是近百万，要去哪里找？"璃焕摇头，"所以不如昧起良心继续赖着，品德再高尚也没用，除非能找到传说中的帝君庙。"

"什么帝君庙，曜雀帝君吗？庙里藏有多少钱？够不够……"够不够将渭河的水位压高半尺。

"我哪知道这些细节，只知道修真界一直有传闻，帝君庙现世时，瑚珠似急雨，万株玉树开。"

听起来只要端着簸箕站在原地，就能接住不少值钱货。

璃焕很讲义气地保证："若真有那一日，我一定帮你多捞点。"

谢刃将书拍在他脸上："行了，你继续学习，我现在不想说话。"

一个藏衣裳，一个要端着簸箕去接钱，听起来脑子都不大好用，还不如先回去睡一觉，做梦来得比较快。

风缱雪问："你今天怎么主动来上课了？"

谢刃顿住脚步。

风缱雪手里拎着一个食盒，笑道："我方才去饭堂，听周婶说你没吃饭，所以带了一点，来侧厅吃。"

谢刃尽量自然地接到手中，关心了一句："别烫到，我自己来。"

睡什么觉，不睡了。

两个馒头三碟小菜，谢刃没吃出任何味道，却在心底打翻了一坛子糖渍山楂。风缱雪坐在旁边，随手闲闲翻着一本书，几朵小花被风吹落，顺着阳光落在杯中与书中，带了一丁点香。

风缱雪问："在看什么？"

谢刃收回视线，说："今日桑道长应该会将落梅生带来，你怎么看，还是同以前一样，觉得不可能是他？"

"愿意闭门数日去制造一座'无用'的微缩城池，这样的炼器师不该被名利所惑。不过我也只是随口一说，具体如何，还是要等竹先生与他仔细谈过。"

既然提到了微缩城池，谢刃就假装很不经意地问："你喜欢那座城池吗？"

风缱雪答："不喜欢。"

谢刃："……"

不喜欢就不喜欢吧，反正还有大把的时间可以慢慢消磨。

竹业虚准时来到学堂，进门见到谢刃坐在第一排，还当是自己眼花，于是用戒尺敲了敲爱徒的脑袋，想看看他是不是又弄了个幻象来糊弄自己。谢刃被打得往旁边一躲："师父！"

底下一片窃笑，竹业虚却颇为欣慰，连带着对琼玉上仙也肃然起敬，真不知他是用了何等高妙的教育方法，竟能让谢刃在短短月余就取得如此显著的进步，待到闲暇时，定要好好探讨一二。

而更反常的还在后头。

谢刃平时上课什么样，大家都是知道的，大多数时间在闷头大睡，其余的时间要么在罚站，要么在捣乱。今日却大不相同，因为他不仅坐得腰板挺直，还主动回答提问，众多同窗震惊得说不出话，甚至还很惊慌，因为怎么说来着，陡生异状必有大灾，和地动前满街乱蹦跶的青蛙一个道理。

墨驰侧身小声问："他真的没有中邪吗？"

璃焕猜测："该不会是想表现得好一点，然后问竹先生借钱还债？"

墨驰嘴角一抽："傻了吧，先生哪有上百万玉币？"

风缱雪也觉得奇怪，于是在下课之后，专门问道："你今天怎么如此自觉？"

谢刃道："因为闲着也无聊，不如听听课。"

立刻就显得又天资聪颖，又玩世不恭，总之很迷人。

风缱雪点头："那你最好每天都能这么无聊。"

谢刃撑着脑袋，心想只要你也来上课，一切都好说。

风缱雪起身想回到自己的座位上，却被谢刃叫住："你等会儿想吃什么？"

"等会儿？"风缱雪道，"我替你去厨房取早饭时，周婶好像要做翡翠菜羹和素豆汤。"

"不是我，是你。"谢刃看着他，"你不是爱吃雪豆炖蹄花吗，有家叫青城间的小菜馆做得还不错，我带你去，好不好？"

他问得满心期待，结果有人赶在风缱雪前头大声接话："青城间？好啊，我说咱们大家一起吧，许久没去这家馆子了，我还真馋那口川蜀辣子鸡！谢刃、风兄再加上一个我，你们还有谁要去啊？"

四周一片积极响应。

谢刃拳上暴青筋："钱多多！"

钱多多招呼："哎，我在呢，那我先让人去订位子了啊，咱们全部都去！"

谢刃来不及阻止："哎？"

风缱雪转身问："川蜀辣子鸡，好吃吗？"

钱多多答："当然好吃，厨子都是从蜀地过来的，别看门脸不大，但鸡豆花、水煮鱼都是一绝，还有大刀金丝面，风兄我跟你说，到时候你只管看我点菜，包你这顿吃得尽兴而归！"

他说得眉飞色舞，极有感染力，聊起美食头头是道。见风缱雪有兴趣，他又主动讲起了开水白菜的做法，修仙能不能修出成果不知道，但他将来肯定是个好厨子。眼看对方上半身已经快要越过桌子，谢刃不得不将风缱雪挡在自己身后，用一本书把人拍了回去："闭嘴，知道你会吃！"

这也就是谢小公子静心悟了一个多月的道，再加上考虑到渭河水位的事，成长了，比较能沉得住气，否则小钱此时可能已经燃烧着被挂上了树。

风缱雪道："听起来不错。"

谢刃心想，何止听起来不错，吃起来也不错，不然我为何要带你去。

竹业虚还要一阵才会回来，于是风缱雪趴在桌上，想稍微睡一会儿。同样是白色的衣服，偏偏他就能穿得又美又清丽，胳膊垫在头下，几根细白手指搭在书册边缘，被风吹起的衣摆飘落似雪覆。

谢刃往后一靠，眯起眼睛看外头刺目的金阳，还有满树粉白的花，被雕花窗框裱起来后，就是一幅充满生机的画，如流淌的溪流般静而美好。

而在云雾缭绕的青霄仙府中，木逢春正在翻看着风缱雪送来的书信：甚是可爱，甚是可爱，甚是可爱，几乎每封信都要提这么一句，有时还要在后头画两笔，头大身子小的小火柴人趴在窗户上，嘴里叼着花，手里举着酒……确实有点可爱。

那问题就来了，既然这么可爱，有什么必要费心去感化？原本还当山下的是个混世魔王，原来却是个可爱少年。

青云仙尊道："小雪像是极偏爱他。"

木逢春将信一一收好："少年人逃课打架都是常事，哪怕多烧了些东西，也是因为控制不好灵脉剑魄所致，如何就与堕入魔道扯上了关系？我看再过一段时间，待九婴一事解决，就能让师弟回来了。"

青云仙尊却说："怕是不能。"

木逢春不解："为何？"

青云仙尊道："今晨，无为仙尊刚刚送来一卦。"

卜的是前路，却看不出凶吉，举目唯见上有冰雪千重，下有火海万丈，焦土遍布深渊，天地纵横撕裂。

木逢春担忧道："这虽说看不出凶吉，但好像也同春暖花开、天下太平扯不上关系。"

青云仙尊叹气："事到如今，也只能走一步看一步，若小雪解决不了，你便下去帮他。"

风缱雪掌心接住一朵落花，随手插到身旁小女孩的头上。谢刃在后头提意见："你怎么不给我？我也要。"

小女孩咯咯笑："男孩不戴花。"

"谁说的？我就能戴。"谢刃将她抱起来，小跑几步送回给前头的夫妇，省得她再占自己的位置。

一行人这是刚下课，准备去吃馆子。本就不宽的小路挤了十几人，越发走不动道。虽说可以御剑，但那多没意思，只有像这种说说笑笑慢慢地走，才能算作消遣，"嗖"一下飞到城中的，叫跑腿买饭。

谢刃只好把半出鞘的剑收回去，转身恼道："钱多多，你哪来这么多歪理邪说？"

后头的人却笑："你也好意思说我，不然问问竹先生，谁的歪理邪说能有你多？连偷懒不肯上课都要编出一套说辞……哎，你别打我啊！"

打的就是你！谢刃拔剑出鞘，追着罪魁祸首到处跑。钱多多自然是比不过这魔王的，没多久就开始哀叫求饶，慌不择路地往前冲，却被风缱雪闪身避开，于是被迫张开双臂抱住了树。

"砰！"

废弃的鸟窝被震下树，帽子一般扣在了小钱头上。

哄笑声几乎传了半座山。谢刃也笑得胃疼，伸手一搭风缱雪的肩膀："扶一下，站不动了。"

风缱雪道："桑道长。"

"啊？"

"那儿，桑道长来了。"

风缱雪跟他一起上前，走近才发现，桑东方风尘仆仆，赶路赶得极为狼狈，甚至连靴子都破了一只。

谢刃急问："落梅生呢？"

桑东方道："失踪了。"

谢刃惊讶地与风缱雪对视。

青城间是没法再去吃了，璃焕与墨驰因为要去白沙海，所以也随着他们回了长策学府。

据桑东方描述，他在抵达春潭城后，第一时间就找到飞仙居，却被小厮告知落梅生去了千矿城，得十天半月才能回来，他干脆追了过去。

"岂料他根本就不在那儿。"

飞仙居的伙计掌柜倒是正在矿山里勤恳地挑选着，问起落梅生时，都说他们在城门口就分开了，至于他去了哪个方向，要做什么，没人知道。

谢刃皱眉："逃了？还是被绑了？"

"谁能有本事绑架飞仙居的老板？"璃焕道，"他可是修真界最好的炼器师，手眼通天，旁人怕是想靠近都难。当然了，像玄花雾那样的上古邪物除外，可天下哪有那么多……等等，他不会是被头带走了吧？"

风缱雪说："有可能。"

"那可糟了。"璃焕道，"万一梅先生被附体，九婴岂不是等于通晓了世间最精妙的炼器法？"

而墨驰还在想一件事，九婴的头能附体。虽说先前附在金泓身上的那颗因为功力不够，很容易就被发现了，但上古妖邪的本事总不至于就这么点大。在对方被完全剿灭之前，又要如何分辨修真界的众人谁是原身，谁又是附身？

竹业虚道："风氏已命自家仙坊造出了照魂镜一万两十余枚，不日就会送往各大门派手中，阿刃，这是你们的。"

照魂镜是高阶灵器，若胸腔内跳动着一颗魔心，镜中就会现出一片乌黑雾气。

谢刃还是第一次见这种东西，随意往前一照。

一片漆黑！

璃焕与墨驰脸色大变，风缱雪也皱了眉，竹业虚怒斥："阿刃，休得胡闹！"

"不是我玩的把戏。"在初时的惊愕过去后，谢刃一手握紧照魂镜，另一手举起了逍遥剑。

而与此同时，其余三人也寒刃出鞘，一起指向桑东方。

屋内杀气陡现，桑东方却并不紧张，反而拱手行一礼，道："诸位不必惊慌，我虽有魔心，却并未入魔，来时听到人们在议论照魂镜一事，我便已做好准备要坦承过往，不知竹先生可听过巴山蛇姬？"

竹业虚示意众弟子暂时收剑。

巴山蛇姬曾是蜀地一凶妖，她盘踞深山，吞噬生灵无数，后被蜀山真人仗剑斩杀。而众人在清理妖窟时，居然在里面发现了一个半人半蛇的婴儿，受邪气侵蚀，他当时后背已覆满鳞片。

蛇妖留下的后代，本该一起伏诛，而外界也确实是这么流传的，桑东方却说："我便是那个婴儿。"

在场几人无不惊愕。

蜀山真人将婴儿带回了洞府，对外只说蛇妖已清理干净，实际上却将婴儿收为了徒弟，剔去妖鳞，悉心教化了二十余年，命他修习正道，以仙法压制魔性。取名东方，便是盼着将来他能如东山朝阳，驱魔除祟，光耀四方。

桑东方道："我已带着这颗邪魔之心，斩杀妖邪数千，将来也会继续除魔卫道，护一方平安，还请竹先生放心。家师之所以从未向外公开此事，只是不想惹来不必要的麻烦。"

他脱去上衣，后背果然布满了陈年伤疤，整齐地排成蛇鳞形状。

风缱雪小指微屈，打出一道灵敏雪光，悄无声息地在桑东方体内周转了一圈，的确没有上古妖邪的凶性，相反，真气极为清澈纯净，便对竹业虚微微一点头。

竹业虚放下心来，叹道："真是没想到，桑道长竟如此不易，当真令人敬佩。"

墨驰在旁插话："桑道长固然令人钦佩，但此事传出后，只怕会被九婴拿来做文章，万一他附身后也依葫芦画瓢，编出一个天生魔心的故事，旁人岂不是难辨真假？所以照我看，还是得继续瞒着。"

桑东方道："我此番前来，只是想向竹先生解释清楚整件事，马上就会重新出发，去搜寻落梅生的下落，并不准备与其余门派见面。"好在他素来是个独行剑客，如此倒也不显突兀。

竹业虚点头，交给他一面照魂镜，并叮嘱要万事小心。待桑东方离开后，风缱雪提议："我们也去找梅先生。"

璃焕问："不去白沙海了？"

"要去，但是不急，也可以派其余门派先前去查探一二。"谢刃道，"白沙海那里毕竟还没有消息传出，落梅生这头更紧急，虽说有桑道长在，但他毕竟是孤身一人，这种事人多总比人少强。"

竹业虚原本是想让风氏帮忙寻找落梅生，现在既然风缱雪主动提出，他便也点头答应了。几人经过商议，准备先去一趟飞仙居，而后再从春潭城出发，前往千矿城找人。

出发的时间定在明日卯时。

谢刃离开前厅后，眨眼间就不知溜去了哪里，过了将近一个时辰才回来。璃焕与墨驰正在收拾出门的行李，突然觉得院中闪过一道光，抬头看时，窗口已经多了个油纸包，香喷喷的，洇出油渍。

"请你们！"

谢刃丢下吃食，继续御剑穿园，如风影飒飒，他原以为风缱雪也在收拾东西，想着自己早点赶回去，还能帮他两把，结果进院一看，厅中灯火明亮，桌上散堆了不少书册与地图，风缱雪正坐在这一堆杂乱的东西中间，拿了支笔细细勾画标记。

"你去哪里了？"听到动静，书堆里的人抬起头。

"城里，青城间。"谢刃将食盒放在矮桌上，"你不是想吃川蜀辣子鸡和蹄花汤吗？过来。"

风缱雪正好看得眼花，便撑着桌子站起来，稍微活动了一下筋骨。天气已经渐渐热起来了，所以他穿得也单薄，在室内时就更随意，头发松松绾着，往谢刃身边一蹲："我就知道，你肯定又跑去不务正业了。"

"给你带吃的也算不务正业？"谢刃嘴上说着，身体却往另一头挪了挪。

风缱雪将手擦干净，盛了一小碗汤慢慢喝。谢刃问他："这么一堆书，在看什么？"

"九婴、千矿城，还有飞仙居近些年来炼出的灵器，什么都有。等你等得犯困，又无事可做，便去藏书楼取了这些。"

"璃焕他们都在忙着整理行李，只你在这里偷懒。"谢刃单手撑着桌子，"还是说想等我回来替你收拾？"

他问这话时，还是比较得意的，但风缱雪回答："我不必收拾行李。"

谢刃不解："为何？"总不能是什么都要用我的吧？虽然我并不介意，但世间哪有这种好事。

风缱雪解释："家中刚刚送来了十个新的乾坤袋。"

比他惯用的那个要小一些，东西也装得少一些，木逢春在信里反复叮嘱，离家十天以内带红色，十天以上带金色，若时间更久，就写信回来，师兄再替你准备更多的行李，那叫一个细而殷殷，就差将一颗老母亲的心摆在桌上了。

谢刃再度听得说不出话，原来乾坤袋还有一次性的？

他顿时觉得自己未来想跟着风缱雪混的前路坎坷了几分！

川蜀口味多麻辣，风缱雪吃得嘴唇微微泛红，身上也起了一层薄汗，于是敞开领口，又将衣袖挽了起来，回头却见谢刃已经跑出八丈外。"我去替你将这些书还了！"

"我还没看完。"

"明天要早起，你今晚早点睡！"

一嗓子说得理直气壮，倒很有几分长辈的架势。

风缱雪极有耐心，一直等到他回来，才说："早起又不耽误晚睡。"

谢刃哭笑不得："这句话你准备记多久？"

风缱雪使劲伸了个懒腰："不好说。"

他刚刚吃完饭，睡是睡不着的，于是谢刃提议："我带你去外头消消食？"

风缱雪犹豫着不想动，结果被他拖了出去。

白日里的琅琅书声散去后，夜晚的学府静得只有蝉鸣与风的声音。两人漫无目的地沿着小路走，石子路两侧开满了粉白小花，叶片是弯弯卷起的，剔透挂水。

谢刃随手捡起一块石子，本来想打只大青蛙给他看，但幸好及时想起要成熟一些，便没有再行这很是无聊的幼稚之举，转而将右手攥住，问他："猜。"

风缱雪答："石头。"

谢刃摊开手掌，数百流萤飘然飞起，纷纷落上草叶尖梢，与满天星辰交相辉映。

他道："猜错了，得罚。"

风缱雪抓住一把萤火："幻术自然由你随心所欲，我说东，你偏变西，谁能猜中？"他说着，又屈指弹过来一枚小碎石，"就是石头。"

谢刃笑着闪身躲开："好好好，算你对，不许砸我。"

风缱雪在他面前伸手："错了有罚，对了没赏？"

谢刃耳根又一烫，但好在他脸皮一直挺厚的，于是假装很自然地握住对方手腕，道："跟我走。"

风缱雪被他拖得跟跄，不懂又要去哪里。

两人风一般穿过花园，衣摆扫落一片清寒月露，夏花美景从两侧掠过，而万千流萤则似一条发光的缎带，轻柔卷过风缱雪腰间，被他带着浩浩荡荡地在半空飞。

光影融了花影，照得少年眼眸似辰星。

他们最后停在花园最深处，树上扎了很高的秋千，绳索上爬着不知名的藤蔓，开出瀑布花海。

谢刃问："想不想玩？"

风缱雪跳上秋千坐好，又叮嘱："要高一点。"

他在青霭仙府时，也有一个差不多的秋千，但不太好看，两根光秃秃的木桩子上挂个板，荡起来时咯吱咯吱响，比这开满花的差远了。于是风缱雪满心期待，双手握住绳索，随着谢刃的动作，整个人荡得越来越高，眼前景物飞速变换，风吹得头发都散了，流萤没见过这气势汹汹的荡秋千法，早不知躲到了何处，只剩下星光与花瓣，似雨落满发间与衣襟。

风缱雪下秋千时，已经咳嗽得脸都泛红了，谢刃替他拍了拍背，指着最高处："喏，刚才你在树梢。"

"才到树梢吗？"

"树梢已经够高啦。"

"不够。"

"那等下次，下次我争取让你到那儿。"

风缱雪目测了一下他指的高度，比较满意："好。"

谢刃让他整了整乱七八糟的头发："行了，走吧。"

风缱雪一边走，一边回头看秋千，脚下一滑险些摔倒。

谢刃扶了他一把。

风缱雪又问："修真界最近不太平，各门派齐聚长策城，这消息早就传开了，何归可会因此事找你？"

好好的夜游，突然冒出这么一个煞风景的名字，谢刃只好道："暂时没有。"

风缱雪道："他若找你，你告诉我。"

见他说得认真，像是极在意此事，谢刃笑笑："好，我答应你。不过何归真的不是坏人，退一步说，哪怕他真的存有邪念，我也不会被拖下水，你别被师父影响，一听到血鸶崖就如临大敌。"

风缱雪道："我没有如临大敌，而且是他先瞪我的。"

谢刃心说，他好像并没有瞪你，但又恐多辩两句，会再招来一个卖糖饼老张的故事，便很识趣地敷衍："走，带你回去，今晚早点睡，你看你满身都是花。"

泡澡时，浴桶里也漂着花。风缱雪累了，没多久就沉沉睡去，梦里还在荡秋千。

第七章

无忧城池

翌日清晨，四人从学府出发，赶往春潭城。

天气越来越热，热辣辣的太阳挂在半空，风缱雪站在河边抬头看，道："好大一太阳。"

谢刃一口水差点喷出来。

幸好风缱雪被热得没什么诗兴，也就说这一句，他掬起一捧水洗脸，又扯开领口在树下扇风。面对这豪放的姿态，谢刃犹豫半天，最后实在没忍住，伸手示意他拉一拉衣领："穿整齐！"

风缱雪不愿意："我热。"

谢刃坚持。

过了一会儿，璃焕拿着吃食过来，奇怪地问："风兄，这儿又没旁人，你怎么不脱了外袍？也凉快些。"

风缱雪正襟危坐："谢刃说不行。"

璃焕难以理解："他是不是闲得慌，这也要管？"

风缱雪说："嗯。"

墨驰也纳闷："最近阿刃好像真的很奇怪，往常这天气，他早脱了衣服跳下河洗澡了，现在怎么还要管别人？"

谢刃如恶霸一般将两人赶走，自己坐在风缱雪身边，手里捧了一包凉果："这是我娘自己腌的，宝贝得很，你尝尝？"

风缱雪含了一粒，立刻被清凉得浑身一激灵，他本来想夸两句，但舌头实在辣，半天说不出话。

谢刃被逗乐："吃不惯就吐出来。"

风缱雪摇摇头，咕嘟，咽了。

他说："谢夫人的手艺很好。"

谢刃看着他憋红的眼角，心想，都吃哭了，还很好，你这演戏的本事，差不多也能和作诗一战。

春潭城和以前一样，却又不一样。

一样，是指多如牛毛的店铺、拥挤喧嚣的人群，还有那些整齐悬浮在半空的机甲。金色阳光穿透云层，举目四野处处生辉，依旧是修真界最大的灵器城。

不一样的，一是城中气氛，在热闹中多了些紧张；二是所售商品，摆放在最显眼位置的已经不是修为大长石，而是照魂镜。这两处"不一样"，自然都与落梅生的离奇失踪有关。至于飞仙居，倒是还在正常营业，不过进门就能看见墙上挂了几十面照魂镜，明晃晃的，别说是照魂，大姑娘化妆都不用再点灯。

管事在仙船上见过四人，认得璃焕是璃氏的公子，因此十分客气。

据他所说，在落梅生失踪后，飞仙居已经派了不少人去寻，不过暂时还没消息。

璃焕道："梅先生被九婴劫持，其实只是猜测，并无证据。假如他的失踪与九婴无关，可有第二个怀疑的人选？比如说曾经的仇家，或者他有没有什么心心念念想去的地方？"

管事摇头："没有。"

是真的没有。落梅生生平只做两件事，一是炼器，二是读诗，都是与世无争的爱好。他性格好，善交友，好人缘能在修真界排前十，从没有过仇家。至于想去的地方，差不多也都去过，毕竟现如今最快的机甲就出自飞仙居，焉有不用之理。

总之听起来无忧无虑，万事不愁。

风缱雪问："也从没有过执念或心结？"

管事道："没有，硬要找出一件的话，五年前老板前往江南寻找灵石，曾暂住在一农户家中，农户有个小女儿，从小就被许给了同村的一名书生。听起来像是好姻缘，那小女儿却不愿嫁，嫌书生没本事，眼看婚期将近，她竟然收拾包袱，准备远走天涯。"

结果还没走出村口，就被夜半出门收集月露的落梅生给撞上了。他一直将对方当成小孩子看，也没将这"离家出走"放在心上，笑着打趣："听说你从前是很想嫁给他的，怎么突然就要逃婚了？"

小女儿绞着帕子，说："那是因为我从前没见过别的男人。"

她说得含羞又含蓄，落梅生却听出来了，原来是自己日日在人家院中晃，晃花了这小姑娘的眼。他一时哭笑不得，便将她送回家中，自己收拾行李，连夜走了。

管事道："那小女儿脾气倔，没三天就又跑离家中，结果……"他叹了口气，"结果在斐山遇到一群凶煞，不幸丢了性命。"

斐山距离春潭城并不远，走十天就能到。落梅生在知晓此事后，懊悔愧疚不已，不仅亲自追凶报仇，还耗费数月，将那小女儿的魂魄从斐山片片捡回，送回了江南村中。

璃焕与墨驰对视一眼，片片捡回，就是连魂魄都被撕碎了，可怜那姑娘，满心期待地来寻暗恋的情郎，却在马上就要进城时，遭此横祸。

不过这件往事，惨烈归惨烈，倒不至于会让落梅生突然消失。

风缱雪冷不丁地问："南山三神剑呢？"

管事纳闷道："三神剑？我们只找到了一把神剑，后来送往了鸾羽殿。"

风缱雪看向他的眼底深处，重复了一次："南山三神剑呢？"

管事目光涣散，愣愣地道："我们只找到了一把神剑，不知道其余三把在何处，此事不归我负责。"

"那归谁负责？"

"第十三阁。"

飞仙居分为七七四十九阁，每一阁都有不同的职责。

"第十三阁共多少人？"

"五十。"

"平时主要负责打探消息？"

"是。"

"由谁掌管？"

"老板。"

"现这五十人在何处？"

"天南海北，大家都有不同的事做。"

"没有一个留在城内？"

"是。"

风缱雪与他错开视线，淡淡地道："多谢。"

掌事从混沌中回神，稀里糊涂道："啊，谢什么？"

"走吧。"风缱雪转身，"我们去别处看看。"

璃焕与墨驰都是第一次见识到传说中的摄魂术，双双惊呆，这……大禁术啊！换作旁人也就算了，怎么风氏的子弟也能练，而且居然就这么堂而皇之地拿出来用，一旦暴露，是会被废去修为，打出家门的吧？

而谢刃在长夜城时已经见识过一回，所以要稍微淡定一点，他在两人肩头一拍，漫不经心道："好用就行，管他禁不禁，实话说了吧，我还偷偷看过《画银屏》，那不也是禁书？"

"禁书和禁术怎能相提并论？"墨驰心有余悸，"而且这有问必答的术法，也太……人人都有深藏于心的秘密，哪能随随便便被窥破？怪不得是邪术，我以后可不敢再看风兄的眼睛了。"

璃焕道："摄魂术是邪术，邪术必伤身，就你那点鸡毛蒜皮的少年心事，哪里值得专门窥视？不过阿刃，你还是劝劝……"

话未说完，谢刃已经随手从摊子上拔下一个糖人，跑两步追上了风缱雪。

被摊主拦住的璃焕无语问苍天："你买那玩意干吗？我真的已经没有月钱了！"

谢刃将糖人往前一递："给！"

风缱雪看了一眼："太丑，不要。"

"下回给你弄个好看的。"谢刃陪着他走了两步，小心翼翼地问，"你是从什么时候开始练摄魂术的？"

风缱雪答："忘了。"

谢刃解释："其实我倒不在乎摄魂不摄魂，但邪术毕竟于自身无益，你以后还是少用为妙。"

风缱雪道："省事。"

省事也不能事事都靠摄魂啊！谢刃热血上头，很有气概地大包大揽："这样，你教给我，以后这种伤身的活我来干！"

风缱雪依旧是两个字："休想。"

说完之后又怀疑地看着他："你买糖人送我，就是想学摄魂术？"

谢刃听得想吐血："你这人怎么这样，我才不想学邪术，我是在关心你好不好！"

风缱雪往前走："不信。"

谢刃深呼吸几口，不行，要冷静，要成熟，要宠辱不惊。然后跑着追上去："我真的没有！"

气死了。

四人又在春潭城中打探了一圈，中午正想随便寻一家馆子吃饭，迎面就飞来一张揽客传单，上头画着鸡鸭鱼肉山珍海味，对饥肠辘辘的旅人来说分外有诱惑力。墨驰笑道："杏花楼，阿刃，这家新开的酒楼倒是与你有缘，卖的也是你的家乡菜。"

风缱雪听到之后说："那我们就吃杏花楼。"

这种揽客传单是不必写地址的，点燃后就会化作一小簇光，晃晃悠悠地飘在前头，将客人领到店铺中。谢刃还惦记着要重新买个好看的糖人，千挑万选弄了个穿粉裙子的姑娘，璃焕评价："你这什么审美？"

"你懂什么？"谢刃十分相信自己的眼光，也不知道是哪里来的底气，总之充满信心地就去献宝了，结果风缱雪只看了一眼，就觉得眼睛遭到污染，坚决不肯接到手中。

谢刃："……"

璃焕站在巷子的前头，奇怪地说："咦，这里怎么没路了？"

不仅没路，而且光晕也消失了，尽头是一堵黑漆漆的高墙。四人刚开始以为是传单出了问题，没多想，转身要按原路返回，谁知越走越偏僻陌生，走到最后，更是完全换了一条路。寂静，没有任何声音，高耸黑墙夹着一条惨白的窄道，白雾缭绕，连一丝风都感觉不到。

风缱雪沉声命令："御剑！"

四道寒光同时出鞘，两侧的墙壁却也跟着陡然拔高，任凭剑飞得再高，墙总能以同样的高度阻挡视线。

璃焕心慌："什么鬼东西！"

风缱雪双目紧闭，从黑墙白雾中敏锐地捕捉到一丝熟悉的怨气，与在长夜城感受到的相差无几，便道："是九婴。"

"的确是九婴。"谢刃说，"先下去吧，御剑怕是飞不出这迷阵，等会儿，那里好像能看到一座高亭！"

"是城里的捞月亭！"璃焕喜道，"走，咱们冲破白雾，说不定就能出去。"

剑气如霜寒，飒飒穿过半空，白雾依旧纹丝不动。风缱雪眉头微皱，一手拉住谢刃，与他一道落在高高的凉亭顶上——的确是捞月亭，却不是春潭城里的捞月亭。

而浓厚的雾此时突然开始消散，华光倾泻万里，刺得人睁不开眼睛。

一座城池就这么毫无预兆地出现在了四人脚下，也有亭台楼阁，也有小桥流水、小贩叫卖、小孩笑闹，三五游人结伴，甚至还能闻到饭菜酒香。

璃焕问："是幻象吗？"

墨驰从袖中取出一枚木镖，按下机关飞入城中，一路打得房檐"咚咚"作响，还险些绊倒一名卖菜的大叔。

"不是幻象，是真的，不过不对啊，这地方怎么这么眼熟，我们是不是曾经来过？"

正说着话，城里突然就有人开始吵架了，吵得还挺激烈，仔细一看，原来是猪肉摊子的老板娘在教训自家相公，骂到后来仍不解气，干脆扯着他的头发开始往家里拽，街坊四邻听到动静纷纷出门，有相劝的，有掩嘴偷笑的，还有趁机偷猪下水的，一时好不混乱。

猪肉摊，老板娘，谢刃脑中轰然一响："是那座微缩城池！"

酒楼、客栈、小桥流水……可不得眼熟，因为几人曾经一有空闲，就趴在桌边专心致志地看这群人过日子，只是万万没有想到，有朝一日，自己竟然也会成为城中人。

城池的图纸是落梅生亲笔所绘，前后修改过百余次，想来他对每一个细节都已烂熟于心。九婴若附于他身上，想造出一座同样的城，并不算难。

璃焕惊愕："他将我们困在这里，是要做什么？"

谢刃收剑回鞘："管他有什么目的，先想个办法出去再说！"

想出城，最快的方法当然是走城门，不过四人很快就发现，这座城池压根没有门，黑墙四四方方地圈住城中的每个人、每件物，砖石间找不到任何可拆卸的缝隙。璃焕道："那座微缩模型也是没有城门的，只有一块牌匾，上书'无忧'二字。"

无忧城，听起来是个人人向往的好地方，而城中百姓也确实活得无忧，哪怕是凶悍地吵着架的肉摊夫妇，所为也不过是"明晨几时出摊"这种鸡毛蒜皮的小事，没多久就又手牵着手，亲亲热热地回来了。

"这座城共分东西南北四块。"风缰雪道，"我们从四角出发，先画一张详细的地图。"

"好。"璃焕与墨驰答应一声，分别去了东角与北角。谢刃自己挑了西角，因为他在长策学府时，每晚睡前都要盯着微缩模型看，对构造很熟悉，西角是最空旷的，一个马场就占了一大半地方，再加上一个木匠铺、一座宝塔、零星几户人家，很快就能画完。而多出来的时间，正好可以去南角帮忙。

南角则是整座城池最复杂的所在，不仅住的人多，还三教九流皆有，鱼龙混杂。风缰雪穿过街道，被路边的面点铺子吸引了目光，老板长得挺白胖喜庆，跟笼屉里的馒头似的，热气腾腾的，还点了三个红点，不少百姓在排队。

"两个肉馅的，一个素菜的，一个豆沙的。"风缰雪点好东西，想付钱，摸向腰间却发觉空空荡荡，不由得一愣。

"现在才发现东西被人偷了？"身后响起熟悉的声音，谢刃丢给老板一些碎钱，一手抄过包子，一手牵起风缰雪，带着他走到阴凉茶棚里，"坐这儿等，我去买点喝的。"

风缰雪问："你怎么偷我钱袋？"

谢刃又好气又好笑,敢情你到现在还没反应过来?于是双手扶住他的肩膀,往后一转:"看到那个被捆在树上的人了吗?"

风缱雪皱眉:"看到了。"

谢刃道:"你还在盯着包子看时,他就下手了,我抓他时,周围百姓都见怪不怪,可见是个惯偷。你先吃东西,等会儿再去问话也不迟。"

小二很快端来了一壶茶,茶具竟然是整套聆白玉,茶汤碧绿清香,风缱雪端起轻轻一闻,道:"是瑶台春茶。"

"我虽不爱喝茶,不过也听过瑶台春茶,万金一两。"谢刃道,"还有,我方才去马场,发现里面养的皆是旷世名驹,看来落梅生在建造这座城池时,的确是冲着'无忧'二字去的,所以才会将他所见过的、用过的、尝过的所有好东西都放在城内,供百姓日常取用。"

风缱雪掰开包子,肉汁流下指尖,于是他低头一吮,谢刃也拿起素菜包子吃,可没咬两口,又觉察出不对:"你不知道我要来,怎么还替我买了吃食?"

风缱雪道:"城西一共也没几样东西,你画完了,自然会来找我,算着时间差不多,我就去买了。"

谢刃听得心情好,又凑近很欠很痞地问:"为什么我画完之后,就不能去找璃焕或者墨驰?"

风缱雪将剩下的包子抢回来,视线一飘:"那你去吧。"

"别,我就开个玩笑!"谢刃戳戳他,"快还我,我还没吃饱呢。"

风缱雪笑着躲开,捏着包子直接递给他:"吃,吃完了继续干正事。"

谢刃接过来咬了一口,两人就这么说说笑笑地吃完了一顿饭,若城外的九婴能看到,应该会感到颇为挫败,毕竟围观困兽之斗的一大乐趣,就是欣赏对手那种逃脱无门的焦虑和急躁,而不是一个小包子恨不得咬上十八口。

那贼被捆仙索绑得结实,寻常人只怕早已四肢麻痹,他却还在晒着太阳和周围人吹水。见到谢刃与风缱雪过来,他也丝毫不恐慌,反而嬉皮笑脸道:"两位小仙师,反正我也没偷成,你们就高抬贵手,放了我吧。"

谢刃看了他片刻，右手打个响指，捆仙索立刻如灵蛇一般回到袖中。贼人没了束缚，大摇大摆地刚想走，却被谢刃握住右手，往树上用力一按。风缱雪站在旁边，只觉眼前寒光一闪，贼人的手已经被谢刃用匕首穿透，牢牢钉在了树上。

他心中一惊，想上前劝阻，却发现对方并没有流血，而且随着谢刃收回匕首，伤口也迅速愈合了。

贼人惊魂未定，忙不迭地跑了。谢刃道："我猜得没错，这里的人果然不会有伤病疼痛，你打我一下试试。"

风缱雪飞起一拳打过去。

谢刃猝不及防，险些被打得背过气，半天憋出一句："真打啊？"

风缱雪一顿，辩解道："你说不疼。"

"我是让你试试。"谢刃扶着树站直，叫苦，"不疼归不疼，你怎么能打我和打炎狱用一样的拳法？"就算不会轻一点，拍一巴掌也成啊！

风缱雪问："真的不疼？"

"真不疼。"谢刃揉了揉肚子，"无忧城，连生病受伤的痛处都免了。"

两人继续走街串巷，将剩下的地图画完。过了一阵，璃焕与墨驰也来了，四人寻了处客栈，将各自的地图拼在一起，发现这座城池果真设计得极为精巧，堪称五脏俱全，而许多先前没注意到的小细节，如今身处城中，也如拨开云雾呈现眼前。

"除了医馆，什么行当都不缺。"璃焕道，"我们试着问了几个人，他们神志清晰，敏捷善辩，只有在提起外界时，才会露出迟疑的神色，似乎完全听不懂。"

"因为对他们来说，这座城池就是天地宇宙，就像你若问我九重天外是什么，我也答不出。"谢刃随手拿起架子上的一个小玉瓶，"外头难得一见的古玩珍品、山珍海味，在这里却再寻常不过，无忧无虑无病无灾，怪不得从没有人想过离开。"

风缱雪站在窗边："那儿有个姑娘。"

"什么姑娘？"三人也过去看，就见街对面有一处院落，白墙黑瓦绿树掩映，院中坐着个正在制糕的姑娘，十六七岁的年纪，一身红裙，看着挺可爱。

璃焕道："这院子是最常见的江南风格。"

墨驰道："城中哪里的建筑样式都有，甚至还有我家修建的三两座楼，梅先生应当是将他走南闯北见过的、喜欢的所有楼宇院落都挪到了城中。"

璃焕不解："可这小院看着没什么稀奇，为何要放在如此中央的位置？"

谢刃接话："既然院子不稀奇，那就是人稀奇了。"

说到这个，四人几乎同时想起了飞仙居管事提过的那位小女儿，因倾慕落梅生，所以逃婚前往春潭城，却不幸惨死在了凶煞手中。

"她叫什么名字来着？"

"当时咱们也没问啊。"

制糕的小姑娘看着门口的四位俊俏小公子，有些不好意思，说："我叫紫英，你们来我家，是有什么事吗？"

"我们只是想讨碗水喝。"风缠雪行礼，"姑娘家中还有旁人吗？"

"喝水啊，进来坐吧。"小姑娘搬出几把小椅子，"我爹不在，明日我家有贵客要来借宿，听说是修真界最年轻、最厉害的炼器师呢，所以我爹和我哥哥去买新的床褥被子了，说不能给人家用旧的。"

修真界最年轻、最厉害的炼器师，不用猜也知道是落梅生。四人在院中坐了会儿，果然又回来一对父子，板车上拉着崭新的寝具，邻居大婶正在晒太阳，看到后打趣道："不知道的，还以为你在给阿英置办嫁妆。"

"我们阿英本来也快嫁了。"哥哥擦了把头上的汗，笑道，"不过还是比不上小娟妹妹，东西都准备好了吧？"

"准备好了，马上就要成亲，哪有今天还没备好的？"大婶拎出来一篮子红鸡蛋，"等着，明日就来给你们沾喜气！"

眼看两家人已经开始忙着准备晚饭，四人也先告辞回到了客栈。

墨驰问："所以明天梅先生会来吗？"

谢刃靠在椅上："按照故事的发展，应该会来，只不过他现在被九婴侵占……可又说不准，投宿江南一事既然发生在数年前，那明天来的，也可能是几年前的年轻落梅生。"

"管他年轻还是年长，只要来一个，至少能帮着咱们拆解一下这座城。"璃焕道，"说不定能找到出去的办法。"

风缱雪双目微闭，试着用神识联络了一下师父与师兄，却像是一头撞进了一团带刺的乱麻中，幸好他反应够快，及时归位，才没有被扰乱心神。

"你怎么了？"谢刃及时发现了异常，上前扶住他。

风缱雪摇头："没事，有些累。"

"那今晚早点歇着吧。"璃焕道，"还是老规矩，我与墨驰一间，你们两人一间。"

饭菜是小二送上楼的，最好的淮扬菜式，价格还不如一屉馒头贵。而入夜后的浴水里也萃了百花汁液，床上铺满绫州锦缎，放在外头得按寸卖。

风缱雪睡在床内侧，睡意全无，这回附在落梅生身上的九婴头颅，明显要比金泓身上那个厉害不少，他不知道自己目前还有几成把握，能降伏那正在不断苏醒的上古凶妖。

谢刃问："在想什么？"

风缱雪回神："落梅生。"

"想也没用，人会不会来，得明日才能见分晓。"谢刃道，"先睡。"

风缱雪回忆了一下，自己在青霭仙府的时候，假如失眠，师兄就会取出一串音铃。

谢刃道："音铃？那不是给小娃娃用的吗？里头藏一些燕子小马的故事……不是，我现在没有痛觉，你打我也没用。"

风缱雪将手收回来，不悦道："我的音铃里是竹林雨声！"

谢刃心想，那不还是音铃，但他非常理解地没有再争辩，而是道："那怎么办？我现在也没有竹林雨声给你听，不如这样，我替你按按肩膀。"

风缱雪依言面向墙。

谢刃替他放松紧绷的身体，幸好城中人只是没有痛楚，别的知觉还是有的，风缱雪总算可以好好睡觉了。

翌日清晨，璃焕对着谢刃发表评论："不知道为什么，我总觉得你看起来好像很困，但是又很亢奋。"

"因为我想了一整夜要怎么出城。"谢刃道，"街上放了一早上鞭炮，你们居然也能睡得着。"

放鞭炮是因为有喜事，就是对面大婶要嫁女儿。吉时到了，一顶花轿欢欢喜喜地被抬往城北，紫英也在送亲的队伍里头。四人闲得没事做，便也跟去混了顿酒席，席间听到有人在叫紫英，约她下午一起去房中陪新娘子，紫英却说："不行不行，我下午有事呀，阿爹与哥哥等会儿要出去买东西，我也要赶紧回家准备糕点，明日家中会来贵客，得招待人家！"

四人听得一愣，不是今天来吗？怎么又成了明天？

"阿英。"谢刃叫她，"那位炼器师在路上耽搁了？"

"什么耽搁？"紫英没明白，"没听说耽搁啊，就是明天吧。"

风缳雪问："一直说的是明天来？"

紫英点头："嗯，明天，我不会记错。"

她说得认真，谢刃微微皱眉，隐约猜到了一些事，于是拉着其余三人回到江南小院，果然，昨日买的寝具都不见了，只有那对父子在收拾空空的板车，商量着要给落梅生置办什么好东西。

璃焕惊讶道："邻居家的人与事都在正常地向前推进，为何紫英家却……"

"紫英家的时间线是错乱的。"谢刃道，"若我没判断错，他们应该被永远留在了落梅生抵达的前一天。"

风缳雪道："落梅生心中有愧，他希望紫英能无忧无虑地过一生，也希望她从来就没见过自己，所以才会把人放在这座城池中，又想方设法停住了时间。"

墨驰摇头："这算哪门子解决问题的办法？倒和监牢没区别。"

谢刃拉起风缳雪："走吧，先去城中检查一遍，看看像这样被停住时间的，还有多少人！"

提到生活周而复始，四人第一个想到的，就是那对猪肉摊夫妇。然而在观察几天后发现，他们的时间似乎并没有被停止，之所以天天吵架，真的只是因为喜欢吵架。

璃焕抱怨："既然吵得如此鸡飞狗跳，为何还要硬凑在一起？害我们白白浪费这么多精力。"

墨驰却道："你只看到他们打架，就看不到人家也有甜蜜恩爱的时候吗？早上老板还去排队买了甜柿，洗干净后捧在手心，让老板娘慢慢吃，若不是因为疼媳妇，谁能做到这么细心？"

一旁恰好也排队买了甜柿，并且洗干净捧在手心，正在让风缱雪慢慢吃的谢刃："……"

幸好风缱雪没怎么听清，璃焕与墨驰也没往这边看。他们二人正在忙着整理名录，这城中共有百姓一百零七人，大家日出而作，日落而息，也同外头的人一样，会随着岁月流逝慢慢老去，而唯一不会老的，只有紫英与她的父母兄长。一家人看似生活得富足无忧，却始终也走不出同一天，只能周而复始地制糕、买床，等着那个永远也不会来的炼器师。

风缱雪道："所以被禁锢的只有紫英一家。"

谢刃擦干净手上的糖渍："也能换种说法，这座城里的所有人、所有事，其实都在为紫英一家服务。就像小孩子的家家酒，总得有人扮演无关痛痒的角色，成个亲、喝个酒、打个架，好让一切看起来更加真实。"

无忧城，也是落梅生的心结城，因为解不开，所以只能将时间停住，命全城人都陪着那个制糕的小姑娘，日复一日上演着"无忧"的戏码。

璃焕推算："照这么说，紫英才是破解这场迷局的关键点，假如她消失了，或者走出了被禁锢的那一天，整座无忧城也就没有了存在的必要，会顷刻土崩瓦解。"

墨驰苦恼："可她好端端的，怎会凭空消失？就算不是真人，也不能一剑杀了吧。至于走出被禁锢的那天，这整座城都是落梅生执念的产物，他若想不通，城中人怎么可能想通？"

谢刃抬头看了眼天，依旧蓝得纯净无瑕，云朵丝丝似绵。也不知道在天穹之外，会不会有落梅生或者九婴正在看着这一切。

风缱雪问："在想什么？"

"嗯？"谢刃回过神，"在想落梅生，你说他费时费力造出这座城，天天看一群假人演戏，真的就能抚慰内心吗？"

风缱雪道："每个人解决问题的方式都不一样，我不了解落梅生，假如他当真因为紫英的死而懊悔不已，那有一些旁人无法理解的行为，似乎不算奇怪。"

"可既然微缩城池是他减轻悔意的方式，为何会突然送给师父？"

风缱雪："……"

风缱雪被问得哑火，因为那座城原本也不是送给竹业虚的。

谢刃却像是发现了一条了不得的线索一样，将璃焕与墨驰都叫过来，说完之后，想不通"落梅生为何要将如此重要的城池送给竹业虚"的人就从一个增加到了三个。

璃焕道："对啊，为什么？"

墨驰也说："没道理。"

风缱雪只好接一句："或许他是突然想通了，不愿再面对昔年旧事，所以想打包送走，眼不见为净。"

璃焕依旧疑惑："那也不用送给竹先生啊，先生和他又不熟。"

风缱雪继续打补丁："可能不是想送给竹先生，而是想送往长策学府。那里的灵气纯净至极，是全修真界数一数二的洞天福地，他虽不愿再面对紫英，却仍希望能替她找一处好归宿。"

这解释听起来很合理，而琼玉上仙也真的很努力地在胡编乱造了。眼看璃焕与墨驰都要被糊弄过去，谢刃却道："不太像。"

风缱雪："……"

风缱雪深吸一口气，尽量心平气和地道："哪里不像？"

谢刃被看得后背一凉："干吗又瞪我？"

风缱雪没表情："是吗？我没有。"

璃焕催促："话别说一半啊，哪儿不像？"

谢刃拉着其余三人，御剑前往最高处的捞月亭："你们看西角那处马厩。"

墨驰不解："马厩有问题？"

"在长策学府的城池里，马厩是三角形，而这座城里的是长方形，要更加宽敞好用，包括水井的数量、草棚的位置，其实都是有细微变化的。那边的酒楼也从两层变成了三层，布坊后院增加了桑蚕树林。还有啊，你们看那个挑担子的货郎，最早其实只会从东街走到西街，那么紫英与南北两条街的姑娘们若是想买首饰，就只能过桥来等，但这座新城里的货郎，会将四条主街都走遍。"

墨驰一时没反应过来："这能说明什么？"

璃焕用胳膊肘一捣："你傻啊，说明落梅生并没有想通呗，所以在送走旧的城池后，又苦心设计了一版新的图纸，将先前种种弊端做出改进，好让紫英活得更加舒适方便一些。"

墨驰提出："既然这样，那他又为何要送人，旧的那个不能改改继续用吗？"

风缱雪说："嗯，不能。"

其余三人："……"

谢刃看出了端倪，将风缱雪拉到一旁，声音压到最低："你说实话，那座微缩城池，到底是落梅生要送给师父的，还是你看我实在喜欢，所以……买的？"

风缱雪问："你方才的停顿是什么意思？"

谢刃敷衍道："没啊，你想多了，我只是打个磕巴。"并没有怀疑你抢了人家东西跑路的意思。

风缱雪一怒，伸手想打他，又及时想起这鬼地方没有痛觉，于是愤然收手。

谢刃觉得自己可能真的有些毛病，因为没有被打，内心好像还挺遗憾的。

风缱雪一屁股坐到另一头，背对着众人。璃焕一踢谢刃："你怎么又把风兄惹生气了？"

"你知道什么！"谢刃看着那雪白飘逸的小诗人，又整了整衣服，方才小心翼翼地上前，结果还没来得及说话，眼前就出现了一道阻隔结界。

谢刃："……"

风缱雪微微皱眉，若有所思地看着眼前晃动的透明结界，也看着蹲在结界前，正在苦着脸挥手的某人。他听不到对方说话，只能根据口型，大概猜出是"我知道错了"几个字。

谢刃正在自我反思，因为即便风缱雪真的抢了人家的城池，也是因为自己喜欢，就算要担责也应该是一人一半。所以他干脆整个人都趴上结界，将脸往过一贴，试图挤进去。

璃焕与墨驰都比较震惊，好丢人啊，这是个什么中邪的路数？

看他挤得实在辛苦，风缱雪挥手撤去仙术。

谢刃猝不及防，整个人跟跄着冲上前。

风缱雪伸手在他背上拍了拍："站直。"

谢刃道："哦。"

风缱雪认真道："我方才想过了，你说得对，落梅生的心结那般难解，的确不该轻易将城池送人。"

虽说自己救了仙船，按理来说可以要空大半飞仙居，但微缩城池既有如此重要的意义，落梅生却只犹豫了短短一瞬就答应，完全没有提出要以其他珍宝来代替，是不太符合常理。

但谢刃哪里知道这些事，听着这毫无情绪的"我方才想过了，你说得对"，还以为又是一轮嘲讽，于是立刻说："我错了，真的。"

风缱雪摇头："你没错。"

谢刃相当坚持："开什么玩笑，我不可能没错！"

璃焕茫然："你看懂了吗？他们两个到底在干吗？"

墨驰答："这谁能看得懂？"

反正无语。

风缱雪双手按住谢刃的肩膀："你闭嘴，听我说，城池的确不是落梅生送给竹先生的，而是我假借风氏的名号要来的。"

谢刃心想，看吧，我猜到了。

风缱雪继续说："但落梅生在答应送我时，几乎没有一丝犹豫，按理说飞仙居内珍宝无数，类似的模型未必就没有替代物，他却连提都没提。"

璃焕与墨驰上前："常人看这模型，就算再惊叹喜爱，也只是当成摆件玩具，风兄并非不讲理之人，梅先生若肯多说一句这座城池对自己来说颇为重要，是一定能留下的。"

"但他没有说。"风缱雪道，"只有一个可能性，他已经拿走了城池中最不可替代的东西，余下的，因为可以复制，所以送亦无妨。"

谢刃脑中灵光一现："残魂！"

当年落梅生在斐山找寻紫英残魂时，或许只送了一部分回江南，余下的，则放在了微缩模型中的"紫英"身上，将她变成了一百零七个木人中唯一有灵的生命，这样也就能解释落梅生为何要耗费无数心血来设计这样一座城。因为在他眼中，城中的紫英依旧有着人的魂魄，是"活着"的。

四人再度回到江南小院。

制糕的小姑娘今天换了紫衣，依旧笑吟吟地说："又来讨水喝啦？自己去厨房取吧，我爹和我哥哥都不在，我空不出手。"

风缱雪绕到她身后，掌心隔空一按。

一道微弱的光影隐隐浮动，不似寻常人的魂魄那般清晰，只有模糊的影子，但确实是有魂魄的，被符咒锁在体内，维持着"活着"的表象，也安抚着落梅生的愧意。

璃焕看得瞠目结舌，心道这是何苦。

猜测得到验证，风缱雪却依旧控着那片残魂，并非将其放置归位，谢刃不解地问他："怎么了？"

风缱雪掌心翻转，额上沁出细密的汗珠，声音冰冷："我要将这片残魂补全，让这个木人彻底醒来，再问问她，究竟愿不愿被困在这日复一日的'无忧'中！"

修补残魂虽非禁术，却极少有人会用。一来此术会极大地损耗补魂者的灵力；二来，即便勉强将魂魄补全，也顶多只能维持一个时辰，被风多吹几下都会散。故而近些年在修真界，只有在发生离奇血案，而现场又无任何线索，只剩一缕被打散的残魂时，才会由几位大长老一同聚力补魂，好从逝者口中问出真相，算是无奈之举。

长策学府的弟子们也被组织看过一次补魂术，谢刃对这玩意不感兴趣，所以没留下什么深刻印象，只记得是在一处巨大悬浮的青石法坛阵上，三位胡子奇长的老头将衣袖挥得似玉带白龙，还恰好赶上了一个阴雨天，雷鸣轰轰，吵得人心烦。

于是谢刃半途就溜了，还拐上了璃焕与墨驰，一起进城喝酒。所以现在三人见风缱雪二话不说就要补魂，都比较蒙，全不知该从何帮起，谢刃一把握住他的手腕："别冲动！"

璃焕也道："是啊风兄，且不说此术伤身，就算不伤身，也要补上两三个时辰，紫英的父亲可马上就要回来了，若被他发现，还不得将咱们当成坏人赶出去？"

风缱雪却没有收手，紫英是这座城池存在的全部意义，只有当她醒来，只有当她亲口说出"不愿"，才能击碎落梅生内心深处那份偏执的自以为是，才能毁了这座看似无忧，实则残忍的执念城。

见他不肯停止，谢刃索性在掌心汇聚烈焰，想要上前打断，却被风缱雪单手覆灭，转而十指紧紧相扣："再给我一点时间。"

说这话时，他的声音有些沙哑，手上也没什么温度，像一块刚从寒潭凿出来的冰。谢刃急怒交加，却又阻拦不住，只得将璃焕与墨驰打发去集市，免得紫英父兄突然回来，自己则抬掌按在风缱雪后背，好让他的气息能更平稳些。"一刻钟，不行就收手。"

风缱雪有些力竭，却还是咬牙接了一句："补双靴子都要一刻钟。"

谢刃虽被噎得气恼，倒也不再引他说话分神。片片飞花自风缱雪掌心飞出，轻柔地裹住那缕残魂，而紫英也随着飞花的聚集，慢慢停下了制糕的手，木愣愣地坐在椅子上，眼底先由清澈转为浑浊，后又一点一点恢复清明。

璃焕气喘吁吁地跨进院门："好了，你们慢慢弄，墨驰寻了个借口，领着他二人去吃酒席了，一时半刻不会回来。"

谢刃扶着风缱雪坐在椅子上，蹲在身前问："你怎么样？"

风缱雪摇头："没事。"

璃焕回头看向紫英，见对方已是泪流满面。面容虽未改，眼神却不再是前几日那个笑眯眯地要给众人倒水的小姑娘了。她恍然忆起前尘过往，忆起江南的家人，忆起落梅生，忆起斐山惨祸，也忆起了在这座城池里发生的所有事，日复一日的"无忧"，日复一日的等待。

风缱雪并没有追问紫英，是否愿意继续留在这座城中。因为在她记起往事的瞬间，脚下的大地就开始隐隐颤动，沉闷的嘶吼声从深处传出，灰尘渐渐升腾，似狂风席卷沙漠般弥漫在天地间，呛得人不得不掩住口鼻。

这已是紫英的答案。

万物寸寸化灰。

精美的建筑也好，数不清的珍宝也好，还有城中的百姓，都如萤火四散消失。墨驰正在酒楼中陪紫英父兄吃饭，只捡了个筷子的工夫，对面的人便已消失无踪，屋顶也被风吹成了碎片。他心中一喜，御剑疾行赶往江南小院，沿途但见两侧房屋不断崩塌，合抱粗的大树轰然倒地，泥土下却没有根须，只有一团虚无的雾气。

谢刃扶着风缱雪站起来。

从浓雾的尽头缓缓走来一个人，头戴玉冠，腰佩长剑，一身锦缎广袍绣寒梅，仪容不凡，高贵华美。

紫英痴痴地盯着对方，颤声道："梅先生。"

"姑娘！"璃焕一把拉住她，提醒，"小心，那不是梅先生。"

紫英惶急："可是……"

谢刃拔剑出鞘，将风缱雪护在身后。

来人是落梅生，却是被九婴附身后的落梅生。只见他俊美的脸上浮现出诡异僵硬的表情，周身浓黑怨气浮动，比起当日附在金泓身上的那颗头，这颗头的本事不知大了几倍去。

墨驰也在此时赶到，一起拔剑指向九婴。

九婴却并未将他们放在眼里，视线越过谢刃，直直落在风缱雪身上，问道："你是谁？"

声音难听得像是搅浑了的水，一波一波漾开，让人觉得耳朵也脏了。风缱雪微微握拳，他先前其实一直有些担心，担心九婴在附身落梅生后，会窥破自己的真实身份，也做好了向谢刃坦白一切的准备，但现在听对方这个问题……似乎并没有暴露？

九婴又问了一次："你是谁？"

他一步一步逼近，用充满疑惑的目光盯着风缱雪，僵硬的手指指向自己心口，也是落梅生的心口，声音依旧含混："他将你深深藏了起来，藏在了这里，甚至比这座城池更加隐秘。"

谢刃听得皱眉："什么意思？"

九婴猛然出手攻向风缱雪！

他在侵占了落梅生的身体后，神魂也顺利与宿主融为一体，拥有了属于修真界第一炼器师的记忆，知道了紫英的故事，找到了这座无忧城。他还在落梅生的脑海中找到了谢刃、璃焕、墨驰，却独独没找到风缱雪，有关对方的往事，像是被一个铁笼、一团棉絮给裹住了，裹得密不透风，任凭自己用尽手段，不惜以酷刑来折磨这具身体，也始终窥不破。

谢刃挥手一剑，替风缱雪挡下了这一招。璃焕将紫英拖回屋内，自己与墨驰上前帮忙。三人都是长策学府的佼佼者，但在面对这上古邪妖时，哪怕联手亦力不从心，也只有谢刃能靠着红莲烈焰，勉强抵挡对方的攻势。

风缱雪在补魂毁城时，虽耗费了大量灵力，却也不是不能继续打。不过他见谢刃出手骁勇，想让他多练练手，便坐着没动，毕竟能和九婴对打的机会不常有，比屠一百条鸣蛇更有用。

九婴的双眼几乎一直落在风缱雪身上，他知道对方的身份一定不简单，否则落梅生不会如此拼命地想要护住。那种深藏在记忆深处，呼之欲出却又始终抓不住的感觉并不好受，带着倒钩的刺爪将心划出淋漓的血，他的咆哮越发向着野兽靠拢，谢刃也越发气不打一处来，因为无论是九婴在盯着风缱雪，还是落梅生在盯着风缱雪，都是让谢小公子非常不高兴的事——什么叫他把你深深藏在了心里，甚至比这座城池更加隐秘？！

不会说话就闭嘴！

谢刃挥剑扬出万丈烈焰，璃焕大惊："别这么烧啊，小心伤到梅先生！"

话音刚落，就见烈焰霎时收紧如拳，卷起呼啸的风，结结实实打在了落梅生背上，打得对方一个趔趄，前胸也突兀地出现了一个人头的形状，却很快就被收了回去。九婴可能无论如何也不会料到，自己竟会被一个初出茅庐的小子打飞神魂，内心一时震怒，身后怨气陡然拔高，也凝成浓黑烈焰形状，双目赤红，似地府修罗步步逼近谢刃。

谢刃单手握紧逍遥剑柄，低声道："你们两个，退后！"

璃焕与墨驰却不肯走："退什么，要死一起死！"

谢刃看了眼坐在屋檐下的风缱雪，心想：闭嘴吧，我想做的事情还多着呢，才不想死。

他深吸一口气，暗中往前挪了半步，将其余二人护在身后，逍遥剑贯穿烈焰，映得他眼底火光跳动。

风缱雪指尖凝出一点雪光，从乾坤袋中再度拖出了那只铁虎兽！

"咚"一声，巨兽四爪踩得地面裂开，啸似雷鸣！雪光替它穿上了一层幽蓝色的冰甲，所经之处重重寒意卷飞雪，数千把冰刀在它身侧盘旋，院中气温也从炎热盛夏，顷刻间变成了隆冬腊月，冻得人鼻头都疼。

墨驰大开眼界："世间竟还有这种机甲？"

谢刃也有些错愕，不过他暂时顾不上多想，依旧握着佩剑，凝神留意着九婴的一举一动。

风缱雪手指稍微一屈！

铁虎兽立刻向着九婴扑去，周身冰刀也化为急雨，从四面八方穿透他的身体！

璃焕看得心惊，觉得经此一战，落梅生的命可能也保不住了。不过他很快又发现，这些冰刀都是由灵气凝结而成，并不会伤害肉身，只会撕碎那些融入血脉的煞气！

九婴眉目狰狞，怨气将铁虎兽高高托起，眼看就要将其撕得粉碎，谢刃哪里会放任不管，手腕一震，纵身挥剑便去救这位老熟人……老熟兽！少年灼热的剑气带出火海，逼得九婴暂时放下铁虎兽，腾出精力来应付他，风缱雪也站了起来，专注地盯着谢刃的每次出招，暗中催动铁虎兽护在他身侧，配合那把逍遥剑出击制敌。

璃焕与墨驰也重新加入战局，有了铁虎兽的加入，或者说得更确切一点，有了铁虎兽背后的风缱雪加入，九婴明显开始应对吃力。而谢刃却越战越勇，因为他发现风缱雪正站在屋檐下，伸长脖子往这边看，四目相接，凶悍的红莲烈焰里立刻就多了几分年轻气盛的小火苗，"嗖嗖"直蹿向脑门。

"轰"一声，剑身烈焰突兀地拔高三丈，迎风到处卷，乱七八糟那种卷，卷得风缱雪脸上一烫，不得不用手背去冰。

烈火将天穹与浓雾一并染成了血色，大地裂纹中岩浆涌动，似一条条暗红色裸露的血管。滚烫的空气几乎要灼伤皮肤，连璃焕与墨驰也不得不躲到别处，暂时喘口气。

九婴看着红莲烈焰中的少年，无可避免地想起了千余年前那把烛照神剑。谢刃握紧道遥剑柄，总结出了一个规律，他发现前后打的这两颗脑袋，在看到自己的火光后，都会不自觉地伸手去摸脖子，而后便会越发怒火冲天——估摸是穿越到上古，摸到了脖子被砍断的那个瞬间。

谢刃其实是不介意出一份力，让这妖邪重温一回旧梦的，但落梅生的头又不能随便砍，他只能退而求其次，翻身骑上铁虎兽，驱使它腾空跃起，再度一起冲向九婴！

飞雪与火光汇聚成一条巨蟒，逼得九婴后退数十步，他余光瞥见风缱雪站在屋檐下，正欲出手，已被谢刃飞起一脚踹上后背，谢刃还指着鼻子怒骂一句："老色鬼，再看小心我抠你眼珠！"

风缱雪："……"

他其实一直在等九婴过来，手中的符咒已经快攥得发烫，但谢刃实在防得太过滴水不漏，恨不能用烈焰在房檐四周画个大圈。道遥剑里的红莲心烫得如骄阳烈日，插向地面时，带得岩浆似沸水往外喷溅。九婴御剑腾空，更多的雾气从四面八方聚拢，腥臭难闻，如许多冰冷滴水的舌头，要将空气也舔尽。

璃焕与墨驰呼吸困难，想要御剑，却像是被千斤坠捆住了脚踝，只能回头急叫："阿刃！快带着风兄躲开！"

话音刚落，铁虎兽就冲了过来，将两人一头撞向远处。谢刃也被雾困住了，他一边挥剑扫出火光，一边试图在越来越高、越来越浓的黑雾中找到风缱雪，大声喊道："我看不见了，你们先走！"

风缱雪等的就是这看不见的时刻！另一头，璃焕与墨驰一动不动地趴在地上，像是已经被撞晕了，于是他飞身冲上高处，裹着浩瀚灵力劈海一掌，直打得九婴头颅再度突显！又趁着对方还没反应过来，单手在落梅生胸前一抓，两根手指恰好抠住眼眶，将那颗脑袋生生拽了出来！

九婴愤怒地张开嘴，牙齿焦枯肮脏。风缱雪觉得自己此生从没见过这么恶心的玩意，也不太能忍受，整张脸一瞬煞白，全靠斩妖除魔的本能才没有扔掉，拽着那茅草一般的头发往树上狠狠一砸，"砰"！扁了。

扁得还很彻底。

黑雾逐渐散开。

谢刃从地上捡起佩剑，踉跄着跑到风缱雪身边："你怎么样？"

风缱雪的脸色还白着，他虽然已经擦干净了手，但那种绵软令人作呕的触感还在，暂时说不出话，眼眶也是红的——被火熏红的，方才的烟实在大。

璃焕与墨驰此时也醒了，两人看着趴在地上的落梅生，以及落梅生身边那颗丑陋肮脏的头……扁头，暂时还顾不上吐，惊愕地问道："他是怎么死的？"

谢刃摇头："不知道，我方才也被黑雾困住了。"

风缱雪解释："是铁虎兽，它的驱动全靠仙甲机关，所以并不会受到黑雾影响。"

谢刃取出收煞笼，将那颗头装进去，见上头果然结了一层幽蓝色的冰霜。

璃焕也同墨驰一起来看传说中的上古第一妖，结果双双被恶心到了，这眼眶稀烂的，都已经被埋成这样了居然还要强行出土兴风作浪？

谢刃拍了拍铁虎兽的脑袋，转身又将昏迷的落梅生扶起来，从袖中取出灵药喂他服下。

片刻之后，落梅生缓缓苏醒过来，他精疲力竭地靠在树上，胸口微微起伏，脑中一片模糊，只觉是做了一场大梦。他用浑浊的双目一一辨认着眼前人——谢刃、璃焕、墨驰、风缱雪，还有……他看着倚门而站的紫衣少女，嗓音嘶哑："紫英姑娘。"

紫英擦掉脸上的泪痕，轻轻走上前，她的魂魄已经出现了裂痕，却依旧行了一礼："梅先生，我这回真的要走了。"

落梅生愧道："是我对不住你。"

紫英道："梅先生没有错，错的是我，但我的错也不在喜欢上了先生，而是错在不愿听父母劝阻，冲动离家。不过现在说什么也迟啦，好在先生已经替我报了仇，又让我在无忧城里过了几年的日子，现在就放我回江南吧，虽说残魂维持不了太久，但就算要散，我也想散在故土。"

落梅生答应："好。"

紫英像是松了口气，又笑着看了眼身后的四人："多谢。"

说完这两个字，还没有等到回音，她的魂魄便散了，只剩下残破剔透的一小片，似枫叶般轻轻落落在落梅生满是脏污的手中。

风缱雪道："虽说被你囚禁数年，但紫英姑娘依旧选择了让你送她回乡。"

落梅生攥住掌心，痛苦道："她是我此生唯一的愧与悔。"

谢刃实在看不过眼，上前骂道："人家姑娘喜欢你，是想要你同样喜欢她，你若不肯，直接说明白了便是，谁稀罕什么愧与悔了？而且你要愧就愧，要悔就悔，为何还要专门建一座监牢来强迫紫英接受你的愧与悔？这无忧城看似是为她而建，实际上你只是想让自己更好受些，这算哪门子的赎罪？"

落梅生无话可辩，浑浊的眼底痛悔愈深，不言一句。

璃焕看在他同璃氏的交情上，上前将人扶起来，道："咱们先离开这儿吧。"

墨驰与他一道，带着落梅生向外走去。风缱雪也拉过谢刃的衣袖："走，回客栈。"

依旧是来时那条幽深的黑巷，不过这回他们很快就走了出去。巷口恰好有一群飞仙居的弟子，见到自家失踪多日的主人衣衫脏污、满脸颓丧地突然出现，一时又是惊喜又是惊吓，来不及多问，赶忙先找来一艘小的机甲船，将他接回家中。

在登船时，落梅生像想起了什么，回头欲说话，却被风缱雪制止了。

"梅先生身体虚弱，先回去休息吧。"他道，"有事明日再议。"

谢刃惦记着九婴那句"藏在心里"的鬼话,这阵见落梅生眼底的感情好像还挺丰富,于是再度不满起来,硬将风缱雪带走了,边走边说人家的坏话,叽叽歪歪的。

风缱雪被吵得不行了:"你说的我都知道。"

谢刃立刻顺杆爬:"知道你还约他明日见面。"

风缱雪道:"不见面,你打算隔空问他九婴一事吗?"

谢刃:"……也不是不行。"

风缱雪扯过他的头发:"快走!我要沐浴!"

谢刃去了隔壁,几人被关在无忧城里数日,虽说吃穿用度都是最好的,但脑中的弦一直是紧绷的,现在才算真正放松了下来,泡在热乎乎的浴水中,听着窗外喧嚣的烟火声,带着顺利斩落第二颗头的喜悦,不知不觉就合上眼皮,沉沉睡去。

外头正是吃饭的时候。

小二笑容满面地迎客:"小仙师,一个人?"

风缱雪问:"你们这儿招牌的菜式是什么?"

小二立刻滔滔不绝地介绍:"糖醋鱼、过油肉、烤羊脊,都是一绝。"

风缱雪强调:"要素菜。"

小二上下一打量他,又笑道:"也对,像小仙师这么清雅脱俗的人,是该不喜荤腥。素菜也有,卖得好的有地皮菜、茄子,还有主食,猫耳朵、刀削面、葱香饼,都是素的。"

风缱雪点头:"好,就你方才说的所有菜,荤素全部要两份,一桌送到二楼雅间,一桌送到何菲菲客栈。"

小二一听很为难:"咱们店生意好,不外送,只能堂食。"

风缱雪放下一枚宝石。

小二拍着胸膛保证:"小仙师放心,您就是我们外送开张的第一单了!"

夜幕低垂。

谢刃从梦境中惊醒,匆匆套上衣服擦干头发,出门想去找其余人,却被伙计告知，璃焕与墨驰已经出门去吃饭了。

他心道，有没有这么饿，居然也不叫我一声？

谢刃对狐朋狗友极为不满，转身又去敲风缱雪的门，进屋却见饭菜摆了满桌，风缱雪正一手撑着腮帮子，另一只手无聊地拨弄着一副机关棋："我还当你要睡到明天。"

谢刃："……"

风缱雪叫他："愣着干什么，再不过来坐，菜都要凉了，杏花楼的队可不好排，我还等了一会儿。"

谢刃问："你怎么突然想起买这个？"

风缱雪将酒杯放好："不是你的家乡菜吗？上回没吃到，这次补回来。"

谢刃坐在他身边："专门去为我买的？"

风缱雪点头："嗯。"

谢刃继续问："那你怎么只替我买，不替墨驰与璃焕买？"

风缱雪道："也买了。"

谢刃一噎："骗人，他们出去吃了。"

风缱雪很有耐心："他们出去吃的饭菜，就是我买的。"

谢小公子立刻坐直，补了一句："那你怎么不让他们也在这房中吃？"

风缱雪稍微想了想，没有立刻回答。

谢刃受到了鼓舞："说啊。"

风缱雪避开他的视线，提壶斟酒："因为你今日在对战九婴时，表现得很好。"

谢刃撇嘴："最后还不是靠你师兄的机甲，我有什么厉害的。"

风缱雪道："不必将功劳都推给铁虎兽，我说你表现得好，你就是表现得好。只是因为要顾及落梅生，所以无法施出全力，不过九婴每一次出现都是附身旁人，的确不好对付，你若能静心修习，将红莲烈焰变成只焚煞气、不伤肉身的灵火，便不会再束手束脚。"

"我先前试过，不过始终不得其法。"谢刃夹了一筷子菜，"师父说连曜雀帝君也没能成功剥离灵火。"

风缱雪看他："所以你就觉得自己也不行？"

谢刃被酒一呛："话不要胡乱省略，什么叫我不行，我行的，我只是不能剥离灵火而已。"

风缱雪皱眉："既然不能剥离灵火，那你行在哪里？"

谢刃："……"

风缱雪摇头："算了，先吃饭吧。"

谢刃提意见："你别激我好不好？"

风缱雪莫名其妙："我哪里激你了？"

谢刃道："你刚刚叹气了。"

风缱雪道："因为你不仅不行，还不承认，我为什么不能叹气？"

已经长大成熟，十分宠辱不惊的谢小公子再度被气死。

于是他一股热血上头："等着，我在一年内肯定行给你看！"

剥离灵火并非易事，否则也不会连曜雀帝君都无法做到，谢刃所谓的"先前试过"，不过是心血来潮之举，加起来一共没练满三个时辰。反正于他而言，大多数妖邪凶煞都是能一把火烧干净的，何苦费那功夫，倒不如省下时间，浪去城中喝一壶酒。

不过现在被风缱雪一激，再加上事关"行与不行"的颜面，以及九婴还有七个脑袋流落在外，总不能回回都靠别人的铁虎兽，谢刃琢磨了一下，便端着一杯酒坐过来："来，敬你。"

风缱雪一瞥："我不喝，你要问什么？"

谢刃道："今日那些盘旋在铁虎兽周围的冰刀，是怎么做到只斩九婴煞气，却不伤害落梅生的？"

"你若想学，我这里有本书。"风缱雪起身，从柜中取出一册《离寒诀》，"先自己看，若有看不懂的地方，我再叫师兄来教你。"

"好说。"谢刃将书册卷入袖中的乾坤袋，"说好了啊，等我能将灵火剥离时，你就得承认我很行。"

风缱雪点头答应，暂时没想通这件事究竟重要在何处，值得三番五次拿出来提，便道："我发现你在意的事情都很奇怪。"

谢刃替他盛了一小碗汤，说："我也很在意朋友啊，比如你，奇怪吗？"

风缱雪道："在意我的人很多。"

这话说的，令谢刃再度想起了无忧城里的九婴，加上又好巧不巧夹了一筷子凉拌菜，来自家乡的上好陈醋酿得他一阵酸，索性也不吃饭了，追问："白天九婴说什么落梅生将你藏在心里，不让旁人看，是什么意思？"

风缱雪摇头："我也不懂，不过那颗头被埋了千余年，看着不太清醒，胡说八道也是有的。"

谢刃自然不信这说辞，他继续盯着风缱雪看……咝！

风缱雪用筷尾敲他的头："不许靠在我身上！"

谢刃撇嘴："给我靠一下怎么了？"

风缱雪不满："好好坐直，怎么不见我来靠你？"

谢刃被逗乐了："那你来靠呗，想怎么靠都行。"

一边说，一边张开手臂，慷慨得很。风缱雪不想理这吃错了药一般亢奋的猴，便起身坐到另一头："你饱了就出去，休打扰我吃饭。"

谢刃眉梢一挑，自己取过酒壶斟满杯，刚要说话，抬头却又明显一噎。

风缱雪的感官何其敏锐，自然能觉察出来自对面的犹豫，但他已经不想再听落梅生、九婴以及行不行的故事了，便道："闭嘴！"

谢刃："……"

风缱雪又道："多说一句，晚上就多看一个时辰的《静心悟道经》。"

谢刃用手指蘸酒，在桌上写——一句，我就说一句。

风缱雪却不答应。

于是在接下来的时间里，谢刃全程都保持着一种非常惆怅的、非常关切的，以及唯恐天下不乱的眼神，一直等着风缱雪吃完了最后一口饭，才道："方才你坐过去的时候，忘记将杯盘碗筷也一道换了。"

风缱雪视线缓缓下移："……"

谢刃往后一退，做好随时跑路的准备："但我就吃了几口啊，所以差不多也算新的，而且我又没有病——喂喂，谋杀……别打我啊！"

他一把抓过佩剑，飞身夺窗而出。

风缱雪单脚踩过窗棂：他信了个邪！

225

谢刃御剑疾行，笑着穿过漫天悬浮的机甲，惹得万千流萤散乱似星。机甲上的人们见到两名白衣小仙师像是正在比试，便也凑热闹地鼓掌喝彩，谢刃随手扯住手边一串星旗，借力落在了最高处的一座凉亭顶上："你这人不讲道理，是谁不让我出声的？"

风缠雪指着他："你有空在桌上画那些乌龟、金鱼、鸡、鸭、鹅、猴，写不得一句话提醒我？"

谢刃奇道："我看你目不斜视的，原来一直在偷看？"

风缠雪："……"

谢刃见他不说话，见好就收，上前道："就想逗逗你，真的生气啦？"

风缠雪转身欲走，谢刃哪里肯让，伸手拉住他："喂，我方才骗你的。"

风缠雪回头看他。

谢刃道："我知道你用不得别人的东西，又嫌我，所以在你刚坐过去的时候，就使了个小术法，将两套餐具换过来了，你没用我的，真的，我发誓。"

他举起手，说得一本正经，笑得也分外讨人喜欢。风缠雪微微垂下眼眸，侧头看着另一头："我没有嫌你。"

谢刃对他道："那……都来了，坐会儿？"

悬浮的机甲里有酒肆、有茶馆，也有观景台。不过两人哪儿都没去，就并肩坐在凉亭的顶上，看远处万千星河。身边偶尔会飘过几缕细细的云丝，里头藏着湿气，谢刃便叫他："你坐过来一些，别沾湿了衣服。"

风缠雪本是喜寒怕热的，但今晚可能是因为刚刚吃完饭就御剑喝了满肚子的风，觉得有点冷，于是对谢刃道："手借我。"

谢刃将手伸过去："干吗？"

"弄热一点。"

谢刃在掌心幻化出一朵烈焰："够吗？"

风缠雪将他的手按在胃上，觉得舒服了许多："够了。"

谢刃道："哎？"

他一动不动地僵着，又有些头痛，也不知是该愁还是该喜，不过既然他愿与自己如此亲近，至少自己还是同旁人有些区别的吧？

手下传来的温度有些寒凉，谢刃索性放出一道结界，阻断了高处凉风。风缱雪猝不及防被他拉过去，有些惊愕地回过头，却见谢刃正目不斜视地看着远方，口气好像还很不耐烦："别动了，等会儿胃疼！"

风缱雪欲言又止，止的主要原因，可能是被这一脸浩然正气的少年给震住了。

结界阻隔了风，也将两人衣衫上的熏香聚了起来，谢刃不讲究这些，长策学府里的弟子统一是用幽沉檀香，静心清气。而风缱雪的衣柜里放置的是百花囊，根据时节不同，香气也不同，平时淡得几乎闻不到，此时倒显得分外明显。

谢刃微微仰起头，盯着天上看。

风缱雪却已经睡着了，暖融融的温度让他腹内寒意消退不少，檀香的气息也很好闻，斩杀九婴的疲倦像是在此时才涌向四肢百骸，补魂也好，操纵铁虎兽也好，耗费了他太多灵力，实在困倦极了。谢刃没叫醒他，一直等到机甲船上的人群逐渐散去，春潭城也安静下来，方才带着风缱雪一道回了何菲菲客栈。

翌日清晨，天还没大亮呢，一艘机甲小船就停在了客栈外。璃焕道："是梅先生派来接咱们的。"

谢刃咬了口馒头："急什么，让他等着。"

璃焕不解："梅先生在紫英一事上虽说糊涂，但并非坏人，况且他找我们是要说九婴的事，你怎么这么烦他？"

谢刃道："我没有烦他，我是想让他多睡会儿。"

璃焕没有领会精神，及时悟出这句话里的两个"他"并非同一人，坚持道："梅先生既然派出了机甲，就说明已经起床了。"

谢刃塞给璃焕一个包子，自己端起小二准备好的另一份早饭上楼，还没敲门却见风缱雪已经出来了，便小跑两步迎上前："来，喝点热粥。"

风缱雪后退："这天气喝什么热粥？"

谢刃却不答应："昨晚胃寒，今晨可不得吃点暖胃且好消化的？"于是风缱雪被迫咽了一小碗青菜热粥，暖得满身是汗，直到坐上机甲小船还没想明白，自己下山分明是为了照顾感化他，怎么现在倒好像完全反过来了？

真是岂有此理！

谢刃倒吸冷气："你又打我！"

风缱雪答："想打。"

谢刃妥协。

璃焕与墨驰疑惑："哎？"

落梅生正在前厅等着四人，经过一夜休息，他的精神已经缓过来不少。

璃焕问："梅先生究竟为何会被九婴附身？"

落梅生叹气道："当日在千矿城的城门口，我见到一侧山中有异动，想着或许埋有好货，就想过去看看，没承想却在那里挖出了九婴的一颗头颅。"

落梅生的修为不低，按理来说哪怕不能将其斩杀，也不至于被附身。但坏就坏在千矿城一带到处都埋着灵石，各种力量汇聚，很容易扰乱心神，再加上那里又刚开出来一个极冰寒的天然洞窟，寒气几乎能冻裂骨头髓。

"我在缠斗中不慎滚入洞中，手脚麻痹，才会……实在惭愧。"

飞仙居已经木雀传书前往各大世家，将整件事情的经过说明，好让大家提高戒备。璃焕道："桑道长还在千矿城找人，他先前本想请梅先生前往长策学府，说明南山三神剑的事。"

落梅生点头："我已经听管事提过。不过此事确非飞仙居所为，我们收了鸢羽殿的赏金，就只替金殿主寻了那把灭踪剑。负责这笔生意的是第十三阁，我已下令将阁内五十人全部召回，定会查出一个结果。"

风缱雪道："我们还要赶往白沙海，找寻九婴的下一颗头颅，那十三阁一事，就交给梅先生自己查了。"

谢刃在背后扯了扯他的衣服，心道："你就这么相信啦？虽然摄魂术是伤身邪术，但你上回拿来对付管事时那般爽快，怎么这回却省下了，不如往后还是教给我吧，像落梅生这种，还是很值得摄一摄的！"

他这番"吱儿哇"都在心里，风缱雪却猜得八九不离十，于是往后用力一脚下去，踩得某人险些当场飞升。

落梅生还专门准备了最快的机甲，好将四人送往白沙海。他自己则准备先将紫英的残魂送往江南小村，而后便会率领飞仙居众弟子，加入斩杀九婴的队伍。

"除了机甲，隔壁还有许多高级灵器，都是我亲手所炼，诸位尽管去取，将来对付九婴时或许会用得上。"

落梅生亲手炼制的灵器，当真是万金难求，璃焕与墨驰一听，立刻跑去隔壁开眼界，还顺便将谢刃给拉上了。前厅只剩下两个人，风缱雪这才道："多谢。"

落梅生拱手："当日在仙船时，我既然承诺要帮上仙隐瞒身份，自不会让任何人窥破。不过也是这回附身的九婴尚未完全恢复，我才能勉强以术法掩住些许回忆，守住这个秘密。"

他还想继续说话，却被风缱雪以眼神制止了。角落花影中，谢刃正拎着剑走过来，他一眼看到厅中二人，立刻满心不悦：怪不得落梅生要用那些灵器将其余人都引走，什么叫居心不良，不行，我要找点存在感！

"喀！"

风缱雪走上前："你咳嗽什么？"

谢刃答："因为我肺热。"

风缱雪从袖中取出一粒药："给。"

谢刃看着那牛眼珠大的狂野丸子："我突然又不热了。"

"就知道你在装病。"风缱雪笑着扯住他，"走，我们去挑点好东西！"

谢刃不屑地"嗤"了一声："我才不要他的东西。"

风缱雪反问："为何不要？"

他一边说，一边不知道从哪里摸出来一个口袋，袋之大，感觉整间房的值钱货都能装得下。就算脸皮一向厚的谢刃，此时也被震住了：

"你就打算拿这玩意去挑东西？"

风缱雪目测了一下屋内灵器的数量，道："应该够。"

谢刃哭笑不得，低声教他："旁人说'尽管去取'，你也不能真这么不见外，顶多挑个三四样。"

此时落梅生从房中出来，恰好听到二人的对话，便拱手道："只要诸位能看得上眼，哪怕将这整间房都搬空亦无妨。"

风缱雪点头："好。"

谢刃眼睁睁看着他拖起口袋进了门，姿态和拦路抢劫的山匪有一比。

房内共一百余件高级灵器，璃焕挑了两样，墨驰挑了三样，风缱雪没耐心仔细比过，粗粗一扫，觉得都还不错，于是长袖一扫，将剩下的全部纳入袋中，回身往谢刃怀中一塞："收好。"

璃焕与墨驰都是头一回见这般粗犷的收礼手法，站在原地不敢动，纷纷用眼神问谢刃：怎么回事？

谢小公子："……"

只有落梅生面色如常，还找了艘机甲小船帮他们搬货。璃焕抽了个空，偷偷一拉墨驰的胳膊："你觉得风兄这样真的没问题吗？梅先生究竟是看在风氏的面子上咬牙硬撑，还是想着咱们在无忧城救了他一命，所以不方便出言阻拦？"

墨驰摇头："梅先生的心态我不知道，不过阿刃为什么也满脸不耐烦？还不肯挑灵器，倒是一直跟在风兄身后。"

直到回到客栈，谢刃还在追问："我们何时出发前往白沙海？"

风缱雪极有耐心地答："明早，同样的问题，你已经问了四次。"

谢刃坐在桌边，单手撑住腮帮子："问了四次也没见你将明早改成今晚，反正也歇够了，事不宜迟，不如咱们今天就出发，免得白沙海那头又出乱子。"

"好。"风缱雪并未与他纠结这些，只道，"你像是不喜欢落梅生，是因为紫英吗？"

谢刃心说，这和紫英有什么关系？他伸手将风缱雪拉到自己身边坐："你对落梅生有什么看法？"

风缱雪道："他天资奇高，为人慷慨，遵信守诺，缺点是过于自大，性格偏执，因为过往皆坦途，反而越发受不得半点坎坷与不如意，否则也不会在紫英一事上钻牛角尖。"

谢刃又开始提意见："你怎么如此不假思索？我们一共也没见他几回，你还挺了解。那我呢，你觉得我怎么样？"

"你？"风缱雪侧头打量他片刻，"你同样天资奇高，但也喜欢仗着这份奇高的天资胡作非为，静不下心，哪怕已经能将整本《静心悟道经》倒背如流，也只是勉强悟了个皮毛。你还挑食，嗜甜，爱喝酒……"

"喂喂，我哪有！"谢刃打断他。

"没有吗？"风缱雪想了一会儿。

风缱雪看着他眼皮一掀，也不知在想些什么，似乎颇为志得意满，还挺可爱，便也没有再追问，只提腕斟了一盏茶，又细心地取出一点花蜜加进去，用玉匙搅匀："这茶能降暑，你喝完就去收拾东西，我们今晚出发。"

谢刃接过杯子，心想，我怎么好像混得连个杯子都不如？

横行霸道、所向披靡，长策城内无人不知、无人不晓的谢府逍遥小公子，哪里受得了这种委屈？！

于是他拍案而起，站了一会儿，又无事发生地坐下。

算了，还没准备好。

风缱雪吃惊地问："你怎么了？"

谢刃面不改色："没怎么，腿麻。"

晚些时候，谢刃坐在飞驰的机甲船上，就着船头一点灯火，心不在焉地翻看着白沙海一带的地图。

白沙海是荒海，不过与话本里的凶险鬼域不同，那里并没有滔天巨浪与漆黑崖壁，而是一片平静到几乎没有任何浪花的蓝海，沙滩是纯白色的，像雪。

如此美丽的地方，之所以会成为荒海，是因为白沙海在百余年前，吞噬过三艘巨大的航船，船上近万名修士悉数丧生，无人生还，因此也无人清楚当时究竟发生了什么。

风缱雪问："修真界没去查吗？"

"当然得查，这么大的事，而且是由你们风氏牵头去查的，不过并没有查出什么结果。"谢刃道，"你从没听家中长辈说起过？"

风缱雪垂下眼眸："或许有过吧，记不清。"

他手里攥着一只草蚂蚱，是谢刃亲手编的，学艺不太精，但胜在舍得用料，巨大且敦实，感觉呼呼抡起来时，能当凶器使。

璃焕与墨驰都已经进了船舱休息，风缱雪玩了一会儿草蚂蚱，玩腻了，抬头见谢刃还在看地图，于是用草须去戳他。

谢刃猝不及防："阿嚏！"

风缱雪迅速收回手，扭头看向别处，他绷着脸，眼底却透出一点笑意。片刻之后，谢刃果然凑过来："偷袭完我就不认账了？"

风缱雪理直气壮："你若能时刻保持戒备之心，又如何会被我偷袭成功？"

"有道理。"谢刃点头，然后说时迟那时快，伸手便要去掐他。风缱雪本能地往后躲，脚下却一打滑，与他双双跌下了机甲船！不过这次没有危险，谢刃拉住他的腰带，轻松便将人带回了船上："看，你也没有时刻保持戒备之心。"

风缱雪后背抵着柱子，无路可退，于是单手按住他："不许再往前！"

谢刃却耍赖将人堵住了，风缱雪不得不随手抓过一物，往对方眼前一凑！

谢刃看着几乎杵到自己鼻子上的大型草蚂蚱："……"

风缱雪趁机脱身，站到一旁说了句："玩腻了，要新的。"

"等着。"谢刃跳上船头，对着不远处一艘花船招手，"姐姐！"

花船上一群漂亮的仙子正在抚琴饮酒，听到动静，见对面是一位俊俏极了的少年，便笑着邀他一同赏月。风缱雪眼睁睁看着谢刃御剑飞过去，也不知同她们说了些什么，半晌后骗了条漂亮的丝带回来，又躲在角落里来回捯饬，最后扬扬得意地背着手走过来："好啦，保证你这回不腻！"

风缱雪已经等得有些困了。

谢刃隆重地往前一捧："看！"

风缱雪："……"

绿蚂蚱头上系着粉红的蝴蝶结，两只凸眼珠子上头画着黑粗眉，还染了张通红的嘴，达到了一种丑上加丑的观赏效果。若换成别人，胆敢在琼玉上仙面前献出这惊天一宝，可能已经被冻成了冰溜子，但这回可能是因为他先前将绿蚂蚱攥在手中玩了半天，玩出了感情，所以对这玩意的接受程度居然出奇地高，甚至还觉得十分顺眼。

于是他吩咐谢刃："你给它取个名字。"

"取名字啊。"谢刃一摸鼻子，厚颜无耻地占便宜，"跟你姓还是跟我姓？"

风缱雪并不想要这么一个丑儿子，不假思索道："你。"

谢刃搭住他的肩膀："好，跟我姓，这回咱们是要去白沙海擒妖，定要旗开得胜，所以就叫它谢大胜！"

风缱雪心道："从来没听到过这么难听的名字。"

两人又坐在船头玩了会儿谢刃这新添的儿子，直到漫天星子都隐了，才各自回舱休息。

风缱雪将谢大胜挂在床头，白日里吃饭时也要带着，璃焕与墨驰双双被丑得说不出话，谢刃倒是隆重地向两人介绍了一下自己的儿子，顺利遭米白眼四只。

第八章

白沙之海

白沙海在南域。

机甲船一直将他们送到沙滩上，方才返回飞仙居。

正午烈日照着洁白细沙，光芒刺眼，皮肤也被灼得刺痛，众人各自服下几粒冰珠，才觉得稍微凉爽了些。

璃焕看着一望无际的海面，发愁道："这要怎么找？"

墨驰蹲在阴凉的礁石下："也不是非要找到不可吧，咱们前几日已经在附近城镇都问过了，并没有妖邪为祸的消息，说明九婴的头还没有出来。再退一步说，曜雀帝君斩妖首于白沙海，只是书中记载的一个传闻罢了，无凭无据，谁能判断真假？"

璃焕看向谢刃："阿刃，你怎么看？"

"来都来了，多少也得带点东西回去。"谢刃坐在沙滩上，随手捡起一个漂亮的海螺壳，"而且我觉得这个地方好像挺熟悉的。"

璃焕纳闷道："怎么可能，我没记错的话，这是你第一次见到海吧？"

谢刃将海螺壳用力丢向海里，其实自己也觉得奇怪，杏花城与长策城都位于内陆，这的确是他第一次来海边，心里却没半分激动，反而有一种重返故地的诡异错觉。他一边乱七八糟地想着，一边不经意地将手指插入细沙，微小的红莲烈焰似一条游龙，无声地在地底深处蔓延开来。

风缱雪突然将微凉的掌心覆在他额上。

谢刃从混乱的思绪中回神。

风缱雪扶着他站起来，又伸手拍了拍他衣襟上的细沙："想不起来就别想了，或许是梦，又或许是……很早之前发生的事情。"

"有多早，前世？"谢刃看着眼前一望无际的蔚蓝海面，"我以前其实还挺想到海边看看的，墨驰也经常说他的家乡码头有多有趣，但现在一看，好像也没那么有意思，反而有些古怪。"

"好玩的是有烟火气的码头与海，至少也得有村落，像这般死气沉沉的地方，哪怕是最璀璨的宫殿也不值一看。"风缱雪道，"沿着沙滩走走吧，或许会有发现。"

璃焕与墨驰各自放出一道寻煞符，幽蓝色的光束却飘飘摇摇，停着不肯往前，片刻之后，更是似青烟袅袅散开。谢刃看得"扑哧"一声笑出来："不是吧，这点小玩意也能画错？"

璃焕正热得慌，懒得与人斗嘴，于是做出邀请的手势：您老人家厉害，您亲自来。

谢刃双指夹着寻煞符，往半空潇洒一掷！

这回散得更快。

众人："……"

谢刃皱眉："不可能，我的符咒绝不会错。"

"我们的也不会错啊，但它就是散了。"璃焕摊手，"有什么问题？"

谢刃看着四周悬浮不散的蓝烟，很快就发现，这玩意好像在动，而且不是乱动，是顺着某种规律在动，三不五时还会伸出一条触须，轻柔妖娆地舞上两下。

"御剑！"

在谢刃脱口而出的刹那，风缱雪已经拎着手边的璃焕御剑升空，墨驰与谢刃也迅速离开沙滩。而在下一个瞬间，一条粗壮的触手从地底猛然扬出，如风车陀螺般呼呼扬起，搅得沙石如雨，海面激荡！

谢刃大惊："什么玩意？"

"八何罗。"风缱雪道，"我先前随师父斩妖，曾在海中见过此物，不过要小得多。"

而眼前这只，若全部钻出来，怕是要有五六丈高！圆圆的脑袋下连着八条巨大的触手，模样生得丑极。墨驰自幼在海边长大，对这类凶煞不陌生，他袖中专门藏有一张天丝网，就是用来兜海淘金的，当然了，也能兜水妖。

其余三人退到一旁，看着墨驰以口诀催动那张天丝大网，很快就将八何罗牢牢制住，捆成了大粽子。

璃焕松了口气："原来这怪物只是看着大，内里却如此不中用。"

墨驰胸闷："那是因为我这张灵网厉害，若没有它，你且试试，怕是骨头渣子都会被它嚼干净，八何罗是会吃光整座村庄的，别愣着了，收煞袋给我！"

谢刃随手丢过去，又走上前细看八何罗，只见它浑身是黏液，果然恶心得很。刚欲转身离开，对方一条触手却突然从网中挣脱，朝他横扫过来，力度极大，怕是铁骨也得拦腰折断！

"小心！"风缱雪扬出一道落花，裹着谢刃堪堪躲开！八何罗哪里能容到口的食物没了，将怒火全部引到风缱雪身上，触手在空中灵活一转，直奔他而去！

风缱雪轻灵一闪，虽躲开了触手，但腰间挂着的草蚂蚱被卷走了！眼见烈焰红唇的"爱子"在风中飘摇，风缱雪目光陡然凶戾，拔剑便攻了上去！一时之间，只见千重落花似夏日急雨，噼里啪啦地砸向八何罗，直在那粗糙的厚皮上打出一个又一个深坑，"嘎巴"声中，像是连骨骼都断了。

谢刃："……"

风缱雪抢回谢大胜，甩袖冷哼一声，用随身携带的灵泉洗干净黏液，还用润手的脂膏涂了涂，这才道："带上八何罗，走吧。"

璃焕与墨驰都看呆了，一是呆风缱雪毫无征兆地突然凶悍，二是呆他对那草蚂蚱的拳拳爱意，难道风氏子弟的品位都这般偏门吗？

谢刃挥手示意两人快点去收八何罗，自己小跑几步追上去："多谢你方才出手救我，哎，儿子先给我吧，我给你重新编结实些，免得又散开。"

"我不出手，你也能躲过去。"风缱雪示意他看前头，"寻煞符像是发现了新东西。"

蓝色光束似一道白日流星，飒飒掠过海面。四人赶忙御剑去追，这一追就是二十多里，最后停在了一处海岛上。

岛上有个人。

还是熟人。

谢刃诧异道："何归？你不在血鸳崖待着，跑这儿来干什么？"

墨驰的反应倒快，二话不说，先掏出明镜一照！幸好，何归只是看起来古怪了些，倒没有修不该修的道，至少在此时此刻，镜中所映出的心仍旧是纯净的，并未被魔气浸染，当然了，也没被九婴附身。

墨驰收起照魂镜："何宗主见谅。"

何归并未在意："无妨，现在整个修真界人心惶惶，是得多注意些。"

谢刃又催问了他一回："你怎么跑这儿来了？"

何归道："我听人说你要来白沙海找九婴的首级，正好血鸳崖最近没什么事，便想着过来帮忙。"

这话明摆着是鬼扯，现场基本没一个人信。尤其是风缱雪，他原本就对这位何宗主充满戒备，现在又看他突兀地出现在荒海岛礁，手里还拎着一根棍子，说是来偷偷找头的也很合理。

何归将手中木棍丢给谢刃："敲敲，这座岛有一半是空的，下头像是被石盖封住的洞穴。我今晨一抵达白沙海，就被寻煞咒引到了这座小岛，找了一大圈，没发现有活物，只听到地下偶尔会传来呜咽声，不知是妖声还是风声。"

"中空的岛？"璃焕蹲下，掌心覆上地面一试，道，"下头不仅有洞窟，还有许多正在乱窜的玩意，搅得气流如卷风般，煞气也极重。"

何归问："阿刃，你怎么看？"

谢刃看了眼风缱雪，见他正蹲在璃焕身边，也在试地下的煞气，像是暂时顾不上这边，便趁机将何归一把扯到偏僻处，低声质问道："老实交代，你到底跑来这儿干什么？还有啊，你家血骸潭下埋着的那颗头怎么样了？我前几日收到了师父的传书，说他要联合其余门派，协助你填平血骸潭？"

何归叫苦："别提了，当初血骸潭沸成岩浆，我实在没办法，才去找你师父，想着他是修真界排第一的大儒，博学广识德高望重，哪怕再看不惯我，应该也会出手相助。"

谢刃道："我师父确实帮你了啊！"

"是，他要我将九婴首级交出来，再将血骸潭填了。"何归道，"我同你说过吧，血鸳崖的高阶弟子修习，必须去血骸潭底，借助那里极阴的煞气突破关窍，百余年来一直如此，现在突然要填，我身为宗主，自然要替本门弟子另寻一条出路。"

谢刃猜出他的目的："所以你想将白沙海的这颗头偷偷弄回去，重新布置一个煞气血潭，供弟子修习？"

"是，我也只有这一条路可走。你是没看到，现在血鸳崖挤满了各路修士，个个举着剑与符咒，都想分一杯羹，好将他们的名字也留在斩杀九婴的功勋石上。其实也对，九婴的首级虽然多，但找起来费时费力还费命，哪有浩浩荡荡数百人挤在一起，到我家捡现成稳妥省心，我懒得与他们争，也不愿解释，倒不如重新找一颗头省心。"

"只要你能压制住，不让那玩意到处飞，我倒不介意你藏一个。"谢刃钩住何归的肩膀，"但不能是白沙海这个，因为这是我的地盘，你还是去别处打听吧。"

何归不满道："你有病吧，我专程赶来白沙海，就是想请你帮忙，你倒好，不仅不帮，还赶我走。"

"你才有病，外头有六颗头不去捡，非跑来这儿和我抢。"谢刃一边说，一边往身后一瞥，结果就见风缱雪单手拎着剑，正目若寒霜地站在不远处，顿时虎躯一震，非常自觉地停止与狐朋狗友的勾肩搭背，反手把人给扔了。

何宗主莫名其妙："哎？"

风缱雪转身朝另一头走去。

谢刃赶忙拔腿追上他："我看你方才在忙，就随便问了何归几句。"

"他来做什么？"

"和我们一样，找九婴的首级。"

"为了让弟子练功？"

"是。"

风缱雪眉头微皱，还欲说话，却被谢刃捂住了嘴。"行行行，我知道，没有哪个正经门派是利用煞气练功的，何归也不是正经人，可我这不也没答应帮忙嘛，咱们不理他，只各凭本事找头，好不好？"

风缱雪侧头躲过他："明日正午，开石盖，探岛穴。"

"好说，到时候我护着你。"谢刃扛起剑，笑嘻嘻地站在他身侧，"别不理我啦，咱们先去镇子里找点东西吃。"

五人御剑向北疾行了一个多时辰，才找到一处小镇，是真的小，总共就两家饭馆，一家客栈，连木楼梯都是摇摇晃晃的，只有四间客房。

何归随口道："阿刃，还是像先前一样，咱们住一间？正好我有话要同你说。"

谢刃立刻正色拒绝："鬼扯什么，我何时与你共宿一屋过？不行，不可以，你自己去隔壁睡。"他一边说，一边跟着风缱雪就上了楼。

何归看得目瞪口呆，但他所获得的情报有限，所以暂时还没有考虑到其他层面，只问其余二人："他真的没病吗？"

"病倒是没有，不过阿刃在与风兄相处时，的确与对待旁人不同。"

"是该不同，毕竟他又没有欠旁人百万玉币。"

"也对，何宗主，你倒不必介怀，等他什么时候还完债，大概就正常了。"

"但他这辈子真的能还清吗？"

二人："……"

小客栈有些破，不过二师兄行李收拾得好，所以依旧能让养尊处优的小师弟在蓬松的被窝里舒舒服服睡上一觉。谢刃在屏风后沐浴，风缱雪擦着半湿的头发，抬头恰好能看到屏风上投映的模糊影子——宽肩窄腰，鼻梁尤其高挺，抬手取布巾时，手指也修长。

擦干净后，谢刃披着寝衣出来，站在床边奇怪地问："大热天的，你捂着头做什么？"

风缱雪便将被子掀下来。

谢刃道："果然，脸都热红了吧。"

风缱雪"嗯"了一句。

谢刃靠在他边上，没话找话聊："你师兄经常给你写信，上头都写什么？"

风缱雪道："没什么。"

谢刃寝衣穿得随意，风缱雪瞥了两眼，不愿与这衣衫不整的人多说话，便将床头的信丢过去："自己看。"

信上也没什么要紧内容，没提仙府，没提任务，甚至也没提其余人，就是一些要吃饭穿衣睡觉的叮嘱，并不会暴露身份。不过谢刃倒是看得分外认真，他盯着开头看了一会儿，突然对他道："我以后也叫你阿雪，这样显得咱俩也亲近些，好不好？"

风缱雪将下巴缩进被子，依旧面对着墙："我比你年岁大。"

谢刃考虑问题很实际："可大雪又不好听。"

风缱雪嘴一抿："睡觉！"

"那就这么定啦？"

风缱雪伸手捂住耳朵。

谢刃便没有再吵他。

风缱雪闭起眼睛做出睡觉的架势，半晌后，感觉房中一暗，是谢刃熄了一半灯。

只剩床头一截短短的蜡烛，豆光跳动着，燃尽时，恰是子时。

谢刃想溜去找何归，屏气凝神想出门，却不料风缱雪根本没睡着。

他毫无防备，又做贼心虚，险些连心跳都吓没。风缱雪睁开眼睛，问他："你要去哪儿？"

谢刃干咽了一下，惊魂未定地随便编了个话，答："喝点水。"

风缱雪松开手："去吧。"

茶壶就在桌上，谢刃老老实实饮下一杯，重新睡下。

风缱雪寻了个舒服的姿势，继续睡了。

过了一阵，谢刃又想溜。

风缱雪道："给我也倒一杯。"

谢刃在黑暗中站定，心中叫苦，缓缓回头。

风缱雪坐起来，墨发散开，笼一身银色月光。

谢刃认命，看着人喝完水后，又躺回床上。

这回谢刃彻底老实了，也并没有留下肉身，用神识化雀去找，因为万一又被抓包，连喝水的借口都没法用。

第二天一大早，何归就寻来算账，指着他的鼻子怒骂："你让我在房中等着，是等鬼吗？"

"小声点！"谢刃捂住他的嘴，将人强行拖走，"不管你信不信，我真的努力过了，但没有成功。"

何归道："什么叫没有成功，风家的人难不成将你绑在床上了？"

谢刃答："他没绑我，但我家教良好，你不懂。"

何归没好气道："滚，我不如自己找，再不指望你。"

谢刃在街边买早点。"我昨天就说了，白沙海这颗头是我的，不然你去怒号城碰碰运气？那儿是实打实已经有动静的，由鸢羽殿负责，金家的人应该玩不过你。"

"算了，来都来了，我还是帮你一把吧。"何归道，"攒点经验，也好去别处寻。"

"也成。"谢刃将馒头丢给他，"你还有什么话要同我说？现在抓紧时间啊，过阵子阿雪醒了，我就得回去陪他吃早饭。"

何归实在听得牙疼："你确定不用我先借你点钱？这当牛做马的实在窝囊。"

"你懂什么？"谢刃一嗤，"我将来可是要把渭河水位压高的人！"

何归嫌弃极了："怎么压，投河自尽吗？"

谢刃道："哎？"

你不会说话可以闭嘴，真的。

小镇上没什么好东西，不过热腾腾的鱼肉锅贴还不错。谢刃守在摊子旁专心等着锅贴出锅，何归揽过他的肩膀，又确认了一回："喂，你会帮我的吧？"

"帮你什么，帮你找九婴的首级，还是帮你瞒着重建血骸潭的事？"谢刃用胳膊捣他一下，"行，我答应，除了白沙海这颗头不能给你，其余都好说。不过你也别把事情想得太严重，一天到晚苦着张脸像什么样子，来，再请你吃一盘锅贴。"

"你自己都穷得要卖身还债了，还请我。"何归白他一眼，自己付了玉币，顺便警告道，"这件事你知我知，不要告诉任何人！"

"放心，我也怕唠叨。"谢刃让老板额外打包了几份，带回客栈分给其余同伴。风缱雪还在睡，可能是因为昨晚与谢刃挨得太近，导致他做了许多被烈焰纠缠的梦，直到天亮时才勉强睡踏实，此时听到开门声也不愿起，反而扯高被子捂住了头。

窗户紧闭着，屋内残留着昨晚未散尽的花香，房中又暖又静，静得让人不忍心打破气氛。谢刃在门口站了一会儿，觉得时间还早，也不必这么早就把人叫醒，便轻手轻脚地想退出去，风缱雪却突然开口："我做梦了。"

谢刃进屋替他系好床帐："梦到什么了？"

"大火，还有那把弓。"

谢刃手里一顿："弓，和我梦到的是同一把吗，幽莹？"

风缱雪坐起来，伸手揉了揉涨痛的太阳穴："什么时辰了？"

"辰时。"谢刃递给他帕子擦去额上虚汗，"或许是因为先前我们说起梦的时候，你觉得那把弓很漂亮，就记住了，并不能代表什么。"

风缱雪的思绪仍停留在那迎面扑来的火海中，错乱与失重的感觉令他的心也空了瞬间，此时正"怦怦"跳着。他其实是一个极少做梦的人，一旦睡着，便如坠进了一处纯白天地，脑海中找不到任何杂色，更遑论是这么色彩斑斓的混乱火海。

谢刃替他拍背："我经常梦见那把弓，不也没什么事？"

风缱雪将额头抵在屈起的膝盖上，缓了好一阵子，才问："你方才又同何归出去了？"

谢刃还在喋喋不休，被他突然打断，舌头与脑子双双没打过弯："什么出去，我刚去买早点了，锅贴，吃吗？"

风缱雪掀开被子："不管你现在怎么想，修真界数千万年来，从未有过以煞气修习，却不被反噬的先例。"

"但……"但凡事总得有第一个吧，谢刃把后半句话吞下去，稍稍挑眉不置可否，倒没有同他再争辩这个，也不愿多管血鸳崖的闲事。反正现在又没到非得自己帮忙的时候，火还没烧到眉毛，就可以等着车到山前再找路。

风缱雪本就被古怪梦境扰得心里烦躁，鱼肉锅贴还很烫，越发烧胃，没吃两口就放下了筷子："走吧，出发！"

"现在？"谢刃一愣，抬头就见人已经消失在了楼梯口，一时也摸不准，难不成真梦到了什么脏东西？便也匆忙追上去。幸好，被外头凉爽的海风一吹，风缱雪整个人的情绪平复了不少，回头见谢刃正不远不近地跟着自己，又催促道："你走快些。"

"唉！"谢小公子满口答应，几步追上前，"你心情好啦？"

风缱雪"嗯"了一声，提醒他："岛窟内或许藏有九婴的首级，你多加小心。"

谢刃笑着拽住他："知道，到时候你只管寸步不离地跟着我，走，御剑！"

逍遥剑虽非神剑，但好在力气够大，载两个人也很稳当。其余三人跟在后头，自然又将他们这种待在一起的奇诡现象解释为"债务行为"，并未觉得有什么不对，反而再度考虑起给谢刃凑钱还债的事，因为实在太可怜了，看着很糟心，所以能拉一把算一把，兄弟情不可谓不感人。

正午是太阳最烈之时。

几人四处检查，找到一处相对薄弱的石盖。谢刃手腕翻转，剑身顷刻燃起烈焰，风缱雪站在他身后，也暗中握紧剑柄，没人知道下头那些蹿来蹿去的玩意到底是妖还是煞，所以墨驰一早就张开了天丝网，璃焕与何归则站在谢刃对面，共同以符咒布阵，将四周堵住。

谢刃在动手之前提醒他们："都各自小心啊，说好了，谁被九婴附身谁丢人。"

璃焕气恼："那是丢人的问题吗？那是丢命的问题。"

何归摇头："一旦被附身，就会被窥破所有心事，若这颗头恰好是个话匣子，说不定还会说出来，所以还是丢人的问题更要紧些。"

这个年纪的少年，谁还没点不便与外人道的秘密，尤其是谢刃，他琢磨了一下，如果自己这火苗乱燎的壮举被九婴声情并茂地朗诵出来……

风缱雪沉声道："动手！"

谢刃定了定神，示意众人多留意，自己扬手一剑劈向石盖！

火光像涨潮时的白浪般，以一道线的姿态冲向远方。石盖受到这极高温度的炙烤，轻而易举便向两边分开，没有想象中的乱石炸裂如雨，只有寂静裂缝似怪眼，黑洞洞地盯着众人。

璃焕道："怎么连怪声也消失了？"

墨驰放出几个举灯小人，飘飘落入洞穴，有了光亮，便能看清下头的状况，似乎是一处天然形成的石窟。

谢刃第一个跳下洞窟，风缠雪紧随其后，地面高低不平，还有不少浅滩积水。举灯小人在最前头卖力地走着，它们不靠灵气点醒，全靠机关驱动，咯吱咯吱运作的声音在地底显得分外明显，璃焕听得心里直闹腾，便想收起这玩意以照明符代替，结果试了两回都不行，惊愕道："这里无法绘符！"

无论多凝神静心，绘在空气中的符文都会很快消失，何归取出随身携带的纸符打开，见上头的图案也正在淡去。几人顿时紧张起来，风缠雪站在最后，指尖在石壁上暗暗一划，果然，雪光一样遇风即散。

"这是什么邪门地方？"谢刃抬头看了一眼，刚打算先撤出去，却见那道石缝像是被外力推动，"轰"的一声闭合了。

事情发生得太突然，众人几乎同时御剑向上冲去。谢刃右手燃起不熄烈焰，咬牙重重炸上石壁，按理来说这力量能推平山头，但除了震出的动静不小之外，似乎并没有其他效果。

璃焕捂住嗡鸣的耳朵，道："怪不得方才进来得那么轻松，石壳一捏就碎，就差敞着门户欢迎咱们了，原来是个布置好的陷阱，现在要怎么办？"

墨驰猜测："会是九婴吗？"

"谁知道。"何归道，"管他是谁，既然咱们都已经中计了，横竖出不去，倒不如继续往里走，看看背后究竟藏着什么。"

谢刃又试了一回，洞口还是纹丝不动，众人便听从何归的建议，继续向内走去。风缠雪紧紧跟在谢刃身后，两人都存了"万一遇到突发意外，要第一时间保护对方"的心思，所以手也牵在一起。如此又跟着举灯小人往前走了一段，风缱雪突然收紧手指，提醒道："水里有东西。"

谢刃点头，让举灯小人先围了上去，灯火跳动着，照出潭底一片漆黑影子，像是个最寻常的水妖。

风缱雪继续道："死物，没有煞气。"

何归用剑将那玩意挑出来，却不是水妖，而是一尊石像，人身鱼尾，双手虚抱在胸前。

璃焕道："看这鲛人的姿态，怀中最初应当是有东西的，织布机吗？"

墨驰奇怪："鲛纱的确出名，不过我从没听过谁会给鲛人立石像，这个族群的地位并不高，还总是被别有用心的海匪绑架虐杀，从他们身上榨取利益。"

风缱雪看着鲛人石像，发现其雕工极为精致细腻，按理来说纺纱织布时，心情也应该是平和的，尤其鲛纱的工艺还极为繁复。但眼前这一尊的神情却怎么看怎么焦躁，像是正要抱着怀中物奔向远方。

谢刃蹲在他身边："发现了什么？"

风缱雪摇头："没有，只是觉得这尊石像有些奇怪。"

"再去前头看看。"谢刃拉着他站起来，"风声越来越大了，或许会发现新的空洞。"

掌灯小人继续吭哧吭哧地向前跑着，脚踩得地下水滩啪啪四溅，有一个发条被拧得最紧，速度也最快，结果在拐角处撞得脑袋"咚"一声响，滚几圈落在水中，灭了。

撞飞它的是一大块木料，一半淹没在水中，看不出是个什么玩意。墨驰捡起小人重新点燃，随手一提那块木料，却纹丝不动："什么玩意，这么沉？"

谢刃随口问："棍子？"

风缱雪道："桅杆。"

"桅杆？不能怪我不认得啊，我是在内陆长大的。"谢刃替自己说的"棍子"找补两句，蹲下随手一敲，"下头不会连着一艘船吧？"

璃焕脑中灵光一闪："白沙海曾经吞没大船，会不会就是当年那艘？"

"这……"谢刃自己打了个火匣，就见水下一片晃动的漆黑光影，辨不真切，但他不大认同璃焕的猜测，白沙海吞噬的大船何止数百丈，可眼前这潭水，看起来顶多能淹没一艘渔船。他将火匣递给风缱雪拿："我用神识下去看看，你们在这里等。"

风缱雪道："我也去。"

"别啊，下头万一有危险，我去看一眼就回来。"谢刃不答应，"你待着。"

风缱雪拉住他，摇头表示不同意。

谢刃道："行吧行吧，那你跟着我，咱们就站在这儿，让何归下去看。"

何宗主无语："哎？"

风缱雪摇摇头，自己一掌拍出谢刃的神识，拖着他没入了水中！

其余三人没有一点点防备，盯着"咕嘟咕嘟"的气泡，集体陷入了沉默。

过了半天。

何归问："他一直这么野蛮吗？"

墨驰答："差不多吧，吓我一跳。"

璃焕道："虽然我最近没有月钱，但还藏了些值钱的字画兰草。"

墨驰道："我也能再凑点，何宗主，你多出一些吧，咱们先将阿刃赎出来再说。"

何归："……"

当事人浑然不觉狐朋狗友已经快为自己掏空了家底，谢刃方才被拍得有些蒙，半天才反应过来，赶忙摆着胖乎乎的鱼尾追上去，一鳍搭上身边鱼，与他一道游向了深不见底的黑暗深处。

三艘大船缓缓出现在两人眼前。

它们无声悬浮在水中，船身依稀保持着最初的形状，上头生满五颜六色的海藻与水草，缝隙间偶尔会游过一群发光的鱼，而那些攀附在木板上的贝类，则像一只只眼睛，正幽幽注视着两名不速之客。

在极黑极静的环境里，时间如同被暂停了，即便下水的仅是神识，谢刃也觉得呼吸莫名困难，他稳住心神，将风缱雪挡在自己身后，示意对方先离开。

风缱雪摇摇头，带着他一起游向甲板。在海中泡了这许多年，大船不说一碰就碎，也差不多是千疮百孔，两人在舱内寻了一圈，没发现有人，亦没发现有白骨残骸，只有零星被朽木挂住的乾坤袋，证明这里曾有修士居住过。

直到两尾红鱼并肩游出水面，守在上头的人这才松了口气："怎么下去这么久？"

"多年前被白沙海吞噬的那三艘船，都在下头。"谢刃坐在地上，深呼了口气，"不过船上没发现骨骸，只有破破烂烂的乾坤袋，我等会儿再下去一趟，拿几个上来，看能不能掏出东西。"

"别去。"风缱雪拦住他，"方才你只是神识入水，便已有瞬间涣散，这么去只会更危险。"

何归提议道："我自幼在血骸潭中长大，墨公子也是海里来浪中去的，潜水经验丰富，不如我们二人下去取。"

"也不必。"风缱雪手伸入乾坤袋，他这个动作谢刃熟悉，从掏那只铁虎兽开始，可谓每回都有新世面，这次自然也一样。只见风小公子皱眉在里头掏了一阵，最后竟是生生拽出了一只水妖，还是活的，正在嘤嘤嘤地哭泣。

在场的所有小伙伴都惊呆了！

先前看他各种掏天掏地，虽说有些玩意确实匪夷所思，比如说会发光的毛毯，再比如说一截新鲜的树枝，但好歹还在能理解的范围之内，这一下掏出一只活妖……他到底是怎么塞进去的？

谢刃认出这老熟妖，瞠目结舌地问："这不是我去白鹤城给师父找红锦鱼时，用来做饵的那只水妖吗，怎么会在你的乾坤袋中？"

风缱雪答："因为想着要来白沙海，他或许有用，就一并带着了。"

谢刃仍旧没想明白："可我记得他当初被你踹入河中，好像逃走了啊，你后来又将他抓回来了？"

风缱雪说："嗯。"

堂堂琼玉上仙，想找回这只水妖，不费吹灰之力。他不仅找了，还冷冰冰地提着剑威胁警告了人家大半天，所以水妖此时正万分恐惧，缩成一团悲哭："风公子，我接下来要做什么？"

何归看不过眼："我看你周身的怨气，好歹也是能排上名次的凶妖，怎么这般窝囊？"

水妖闻言，顿时哭得更伤心了，他哪能不怀念当初在东海兴风作浪的好日子呢，但谁叫自己运气不好，先是被那白胡子仙尊一掌废去大半修为，脑袋上顶着明珠给渔船做了许多年的灯塔，好不容易逃出来，还以为能吃上几口新鲜嫩肉，结果第一次出手就撞上谢刃，谢小公子多猛啊，一剑劈下来，红莲火当场飞起三丈高，被捆着丢在河中做鱼饵不说，捞起自己的人还是琼玉上仙……想及此处，他简直悲从中来，照这么下去，怕是这辈子都只有做好事的命了。

风缱雪吩咐："去将下头所有的乾坤袋都捡上来，顺便再看看还没有什么别的东西。"

水妖答应一声，"扑通"潜入水中，很快就消失在了众人视野中。璃焕再度对风缱雪手中看起来无所不能的乾坤袋产生了浓厚兴趣，甚至连赎狐朋狗友的钱都不愿再凑了，反正某人看起来很乐在其中，多卖两年身也无妨，他便上前问："风兄，你这好宝贝到底是谁炼的啊？"

谢刃懒懒地将剑柄挡过来，刚要强调一下自己排在第一位这件事，风缱雪却对璃焕道："此物难制，新的得到明年才能炼成，到时我送你一个便是，不必付钱。"

璃焕一听大喜过望，墨驰赶忙凑热闹举手："我也要！不过风兄，钱还是要付的，哪能白拿你的好东西。"

风缱雪摇头："我说送，就是送，若硬要付钱，那乾坤袋也没了。"

"别啊，不然这样，钱的事咱们到时候再说。"璃焕与墨驰一左一右围住他，殷勤捶肩，又邀他在放假之后，也去自己家里挑宝贝。

何归在一旁问谢刃："你不跟去要一个？顺便借我研究一下，究竟什么样的乾坤袋才能装妖。"

"借什么借，你不会自己炼啊？"谢刃一把推开他的脑袋，"别挡着我，看水呢。"

"水有什么好看的？水妖才刚下去多久，哪会这么快回来？"何归靠墙坐下，开始闭目养神。

谢刃一吹额前碎发，回头看了眼风缱雪，却见那三人还在低头说着什么，便越发不痛快起来，这不痛快其实与乾坤袋无关……好像也有点关系，但总的来说，他还是更在意自己被强行消失的"排在第一"，心里像是被戳了一根酸溜溜的针。

片刻之后，风缱雪走过来，坐在他身旁："在看什么？"

谢刃答："水妖。"

风缱雪侧过头："既然都听见璃焕同我说的话了，怎么也不问一句你自己的乾坤袋？"

谢刃将手头的小石头丢入水中。

风缱雪道："你喜欢赤红暗色，喜欢火焰纹，师兄说他得先去七织娘那里找金红裂纹石，又问我能不能将另外两个先送来，我没答应，我说过的，你要排在其他人的前头。"

谢刃："……"

风缱雪继续问："所以你还不高兴吗？"

谢刃调整了一下表情，装出一副什么都没听明白的吊儿郎当相，扭头和他对视："没啊，我哪有不高兴？说什么呢？"

风缱雪明显不信。

谢刃道："干吗？"

风缱雪道："说实话！"

谢刃小声哼："嗯。"

"'嗯'是什么？"

"'嗯'就是以后不管什么事，我都得排在最前面！"

风缱雪好笑他终究是小孩子心性："为了这点小事生闷气，你今年几岁？"

"随便吧，你说几岁就几岁，反正我不能在别人后头。"谢刃干脆开始得寸进尺，"记没记住？"

风缱雪这才从袖中掏出一粒糖，拆开包装纸递给他："这个只你有，满意了？"

谢刃用舌尖抿了抿，甜滋滋的果子味。

两人就这么随意地说着话，丝毫不顾环境不太合适，因为能不能出去都还是问题。反正坐在一起，还有糖吃，好像也不算很糟糕。只有何归在闭目凝神结束后，随口叫了一句"阿刃"，谢刃头虽然转过来了，但心情与表情都还处在刚才的状态，何宗主没有一点点防备地转过头，结果被谢刃一脚踢开。"水妖怎么还没上来？你若闲得没事，不如下去瞧瞧。"

"都冒头了，还没上来。"何归招呼其余人一道围上前，合力将水妖拖到岸上。

这一趟可算满载而归，因为他浑身挂满了破破旧旧的乾坤袋，约莫两百个，掌心还攥了一大把海蓝色的漂亮珠子，晶莹剔透。

"是鲛珠。"谢刃捏起一颗，"先有鲛人雕像，又有这把珠子，当年失踪的那三艘大船上，有鲛人吗？"

"没有。"璃焕道，"我与墨驰仔细查阅了关于白沙海的所有记载，没看到有鲛人。"

在被吞噬之前，三艘大船已经在这片海域安然航行了百余年，从未出过乱子，因为沿途要经过许多繁华的码头，所以每回都是满客。

众人试着翻了几个乾坤袋，倒真找出一些日常所需的小物，还有一些保存完好的上品布料，这也符合书中的记载——当时船上有许多织女与蚕娘，她们是准备去参加南洋纺织会的。

风缱雪问："除了织女，还有没有什么有名望的乘客？"

墨驰回忆："最有名望的，应当就是一名叫天无际的修士了，鹤发童颜，行踪不定，四处斩妖除魔，修为深不可测。直到现在，沿海的许多小村子里都会贴一张长髯客弯弓射浪的画像，百姓们很喜欢他的。"

"弯弓？"

"天无际是最好的弓箭手，箭无虚发。"

只是这么一位强大的修士，最后也未能逃脱白沙海的吞噬。

风缱雪挑出一个看起来最新的乾坤袋，倒拎起来一抖，这回掉出了整整一匹布料，"咚"一下重重砸在地上，震得水面也漾起波纹。

墨驰险些被砸了脚："哪位织女姐姐带的货，也太实在了。"

"不是普通织物，是鲛绡。"谢刃拎起另一边，与风缱雪合力将其抖开。

掌灯小人们立刻聚拢，灯火跳动，照亮了上头的图案——鹤发童颜的俊美修士手持长弓，正瞄准着眼前一团黑漆漆的雾气。

水妖战战兢兢地问："这是什么？"

其余人异口同声道："九婴！"

第九章

山河入画

距离白沙海吞噬三艘大船，已经过去了整整一百二十年。

谢刃道："所以至少在那个时候，九婴的这颗头就已经醒了。"

"怪不得，白沙海先前一直风平浪静，突然就开始出事。"璃焕道，"原来是这丑东西在作怪。"

鲛绡中的弯弓修士就是天无际，他看起来曾与九婴有一场激战，但根据三艘大船的命运来看，正义方或许并未获胜。不过如果是九婴赢了，接着又顺利侵占了天无际的身体，那世间应当会出现一个有着强大力量的新妖邪，可近百年似乎又没有这方面的传闻。

墨驰道："鲛人既然将天无际与九婴织进布中，怎么也不将故事讲仔细些，这没头没尾一幅画，委实看不出什么。"

风缱雪用指尖按住画面上的一朵浪花，凝神细辨片刻，竟然从那里感受到了一丝潮意与震颤。修真界的确有一种术法是以山河作画，步入长画，便等于步入了另一个世界，但能修成此术的，多为逍遥散仙，他们无拘无束地行走世间，视红尘如一缕烟、一朵花、一阵风，无所欲无所求，方可以天为笔，以地为卷，绘出胸中大道万千……与鲛人似乎没什么关系。

谢刃见他不出声，便问："怎么了？"

风缱雪道："这画似乎能进去。"

"的确，布匹上一直有流光涌动，只是不明显。"何归问，"咱们要进去吗？"

"寻常的山河图当然能进去，但这玩意一股邪气。"墨驰皱眉，"虽说上头织着天无际，可谁知道里面真正藏着什么，万一九婴当年成功吞了天道长，又将大船上的所有人都变成了傀儡，此时正在画里等着我们，我们岂非自投罗网？我看还是把它带出去，交给竹先生处置吧。"

璃焕也赞成他的提议，何归却不愿意，谢刃基本能理解他的不愿意来自何处——九婴的头对现如今的血鹫崖来说，差不多等于宝贝疙瘩，少一颗算一颗。他将人拉到一旁道："这颗头反正也不是你的，就别管了呗。"

何归白了他一眼："我还不了解你？这颗头没了，便要同我抢下一颗。"

"不抢，肯定不抢！"谢刃举手保证，正打算拉着他回去，却听身后传来一声惊呼。他匆匆扭头，便见风缱雪已经整个人跌入鲛绡中！他当下心里一空，伸手欲拽，却只来得及扯下一片雪白衣摆。

事情发生得太快，一旁的璃焕甚至都没看清，只惊慌道："风兄不像是自己跳进去的，像是被某种力量吸了进去。"

谢刃来不及多问，一把捡起跌落在地的玉剑："你们守在这里，我去找他。"

何归道："我也……"

话未说完，谢刃已经跳进了画中。

何归："……"

巨浪的咆哮声几乎要掀翻整片天！

风缱雪重重跌入一片乱石堆中，方才璃焕看得没错，他的确并未主动入画，而是被硬生生地拖进来的。只是此时四周却没有人影，只有暗流涌动的广袤大海与高耸石壁，大浪打来时，整座岛都会晃如地动，不算好地方。

他站起来，从石头缝里抠出倒霉爱子谢大胜，重新系回玉佩上，又抬头往天上看了一会儿，并没有见到谢刃，便明白过来，原来这匹鲛绡中织了不止一个世界，自己落在海边，谢刃却落去了别处。

至于琼玉上仙为何如此笃定谢小公子也会跟着跳进来……这还用想吗？他摸了一把空荡荡的腰间，从乾坤袋里随便取出一把剑，拎着就去找人。可能是因为方才摔疼了，身边又没人黏着，衣摆还被扯破了，所以他心情不算很好，整个人看起来凶神恶煞，走了一段路，用剑柄一敲礁石，怒喝道："出来！"

石头："……"

一阵窸窸窣窣的声音后，钻出来一个小姑娘，双目直勾勾地盯着他，双手捧着一个小玉梭，面色灰白，瞳仁涣散。

并非活人。

风缱雪微微皱眉，蹲下与她平视："能听懂我说话吗？"

小姑娘嘴里发出含糊的声音。

风缱雪掀起她的裙摆，见层层破布下是两截斑驳枯骨，便暗自叹了口气。他素来喜洁，此时却还是用自己的帕子将那张脏污的小脸擦干净了，小姑娘手中的玉梭是织布所用，想来她在百余年前，应当是要随长辈一起去南洋参加纺织会的，谁知却被永远困在了这里。

风缱雪用指尖轻轻幻出一道雪光，打散了种在她体内的傀儡邪术。

禁锢被卸去的刹那，小姑娘终于闭上眼睛，僵硬地向后倒去，风缱雪及时用两道清风裹住她，低声道："来生平安无忧。"

清风盘旋几圈，带着小姑娘飞向极寒也极干净的天尽头，在那里降下了一场看不见的细雪。

风缱雪站起来，当初被吞噬的修士共一万两千八百七十二名，能找到一个，就极有可能继续找到余下的一万两千八百七十一个，像天无际那般修为高深的道长，九婴就算能将他制服，应当也不舍得将他炼成低级傀儡，或许还有救回来的机会。

想及此处，他不由得加快了脚步，打算再去别处看看。

而另一头，谢刃却掉入了密密麻麻的人堆里。

他受惊不轻，当下便拔剑出鞘！不过周围的人群却没有任何反应，只是笔直地站着，双目空洞地望向远方。谢刃这才看清，原来这些全是人偶，只不过因为制作得十分精巧，所以难辨真假。而且所有的人偶都长得一个样，身材高大，正气凛然，手持一柄绘满了红莲烈焰的长剑……等会儿，眼熟啊！

谢刃想了半天，想起来了，这不是画中常见的曜雀帝君吗？！

他心中大为诧异，御剑升至高处一看，空旷的沙滩上少说摆了三千个一模一样的曜雀帝君人偶！这位尊者，平时端坐在高堂庙宇中时自然威严不可犯，令人心生敬意，但如此规模庞大地排在海边，敬意是没有了，诡异感倒是扑面而来。谢刃寻了一圈没找到风缱雪，心中生出鬼主意，掌心分出数千股细小的灵力，依次打入面前人偶的额心，命令道："去帮我找人！"

人偶们齐刷刷地抬头看他。

谢刃描述："白衣，这么高，腰间挂着草蚂蚱。"然后又仗着周围没人，颇为膨胀地加了一句，"我的人，找到之后，速速来报！"

人偶得了命令，开始僵硬地向四面八方移动，很快就散在了海岛的各个角落。谢刃御剑在四周查了一圈，没发现有别的人影，也推断出了鲛绡中的世界肯定并非只有一重，只靠着人偶怕是希望不大，还是得找到前往另一重世界的大门。

不过这里的主人若真是九婴，制出如此庞大数量的"曜雀帝君"，看来当初的确是被砍得够惨，才会记仇这么多年，还一醒来就开始照着老仇人的面貌做人偶，好供他自己驱使。怎么说呢，听上去又㞞又变态。

谢刃没有在这座海岛上找到别的东西，便又回到了先前那片海滩。这里风浪极大，按理来说不应该被选中来存放人偶，既然选中了，就说明门必然也在附近，可他来回试了半天，全然解不出这匹鲛绡的奥秘，索性不解了。他心中想着，这个世界里既没有，那我便毁了这个世界，下个世界再没有，就再毁，一个一个拆下去，总能将人找到。

主意打定，谢刃抽出逍遥剑，带着万丈火光猛然一砍——

"轰！"

"轰！"

风缱雪倒退两步，有些震惊地看着眼前这尊巨大的魔鼎。鼎身近乎透明，可以看到里面至少锁了三千名修士的魂魄，黑色火焰正熊熊炙烤着，虽说被封住了声音，却仍能从那些扭曲变形的容貌中窥得众人的痛楚！

妖火淬魂之苦，这些修士少说承受了百年。风缱雪试着用寒霜去灭黑焰，谁知反而激得鼎中三千魂魄越发躁动，"砰砰砰"地到处撞！风缱雪不得不躲向一侧，掌心刚欲幻出更多雪光，耳边却传来一声清脆的碎裂声。

是魔鼎。

魔鼎要碎。

风缱雪的脑中刚浮现出这四个字,数万锋利的碎片便已如同天女散花般炸向四周!被妖火燎了百年的魂魄们早已失去理智,变得与夺命恶灵无异。风缱雪拔剑抵挡,却没扫出寒霜灵力,反而扫出了一大片非常漂亮的粉红小花。因为这把剑是木逢春随便造的,主要用途是拿来给师父庆生,有点花场面就会很美丽,压根没有考虑过有一天小师弟竟会拿着这玩意来御敌!

风缱雪一道凶悍剑气全化成绵软花雨,挡不得恶灵,反而被偷袭了一爪,肩头也渗出血迹。他飞身躲过迎面撕咬而来的魂魄,掌心先是凝出凛冽冰雪,却又犹豫着散去。说到底,这些原本也是无辜的修士,哪怕现在变成了恶灵,他也想找个法子将他们送入轮回,而非直接冻成粉末,落个魂飞魄散的下场。

只是他虽心软,三千魂魄却不肯领这份人情,百余年来受的苦楚此时全变成无边愤恨,只知道疯狂地四处发泄,至于发泄的对象究竟是仇人还是好人,已经全然辨不清了。风缱雪不愿杀他们,手中又没有合适的剑,只能徒手一个一个往收煞袋中摁!如此解决了近一千个,便已狼狈不堪,衣衫凌乱,连发冠也散了,头发又刚巧不知被哪个不要命的恶灵一扯,风缱雪心中简直怒火万丈,又腰吼道:"找死啊!"

恰好从天而降的谢刃:"啊?"

谢刃也没料到自己竟会一来就撞上这混乱的大场面!来不及多想,他凌空扫出一丈高的火墙,将附近的恶灵悉数逼退,又一把将风缱雪拉到自己身旁,急问:"你怎么样?"

"没事。"风缱雪道,"剑给我。"

谢刃将他的玉剑递过去,远远看了眼被火海阻隔的恶灵:"大船上的修士?"

"被人囚禁在魔鼎中,用妖火烧了百年。"风缱雪叮嘱,"尽量护住众人魂魄不散,这样还能有个来生。"

谢刃点头:"只管交给我。"

风缱雪说："好。"

谢刃将人安顿到一边休息，自己掉头冲入火海！他惦记着风缱雪身上的伤，满心只想速战速决，并没有多少耐心挨个来打，于是干脆同时向空中扬出数十收煞袋，右手再以烈焰幻出火鞭，一次拦腰卷住几十恶灵，手腕翻转，"咣咣咣"全部甩进收煞袋里去！他收煞收得熟门熟路，余光瞥见风缱雪正眼睛一眨不眨地看着自己，内心越发得意，下一剑也就挥得更猛，魔鼎内的黑色烈焰撞上红莲火，顷刻就化成轻烟，很快，沙滩上的火焰便只余下了一种颜色。

漫天晚霞也被染红色。

风缱雪看着那裹了满身烈焰的黑衣少年，觉得他似乎比先前更成熟了一些。若说在长策学府时，是白衣顽皮，甚是可爱，那现在便是攻无不克，甚是可爱……反正总归逃不过可爱。他用手背冰了一下滚烫的脸，却没有离开，依旧站在火舌的边缘。倒是谢刃在看到之后，不得不加快速度，三下五除二将最后一批恶灵悉数丢入袋中，再飞身把他拖离火海："怎么也不躲着些？"

风缱雪拍拍他的肩膀："你先放我下来。"

谢刃单手揽着他："你都受伤了。"

风缱雪道："小伤。"

"小伤就不用管了？"谢刃寻了块干净的大礁石，"坐好，我看看。"

风缱雪方才打得浑身狼狈，但这鬼地方也没法沐浴更衣，幸好先前抢的……崔小公子慷慨赠予的春涧匕首还在，谢刃用它凝了些霜雪，浸湿帕子交给风缱雪擦脸，自己则取出伤药，替他小心处理肩上和掌心的伤。

曾经发生在铁山的对话如今又上演了一遍，但这回谢刃已经有了经验，于是胡诌道："就一点点疼，马上就好了，真的，我最近疗伤手法多有精进，你别乱动啊。"

风缱雪被擦得耳根痒，不得不朝另一边躲，或许是因为心不静，又或许是因为谢刃真的学习了，似乎真的不太疼，便问道："你是从哪儿进来的？"

261

"我已经拆了两个世界。"谢刃道，"我初时进入的荒岛上，立着三千还未被点醒的人偶，全部做成了曜雀帝君的模样，极为逼真。"

"曜雀帝君？"

"是。"谢刃替他缠好绷带，"我到处找不到门，索性拆了那座岛，果然顺利进入了下一个世界。"

"也是岛？"

"是堆放杂物的岛，海滩上堆了许多破旧的织布机，七七八八的，也没有你。"

风缱雪坐起来，自己拢好衣襟："这座海岛上有个小姑娘，是失踪的修士之一，她被人炼成了傀儡，双手虽幼嫩，却生满厚茧，是常年织布所致。魔鼎内炼着三千魂魄，人偶的数量恰好也是三千，所以我猜幕后之人应当是想等这批恶灵彻底炼成后，再填入那些'曜雀帝君'的身体中，将来供他驱使。"

"幕后之人？九婴吧。"谢刃指指他的手，问，"这里的伤要不要包扎？"

风缱雪摇头："不必了，影响我拿剑。"

谢刃看着他："你不必拿，我来。"

风缱雪问："你刚刚打剩下的恶灵，用了多久？"

"多久？一刻钟不到。"

"一刻钟太久，何时能一招收尽，再说自己来的事。"

"一招？"谢刃心想，那可是两千多凶神恶煞，谁能一招就解决？不过看风缱雪已经一瘸一拐地走向了另一头，他便也追上去将人扶住，"这座海岛你若也找过了，那咱们去下一个？"

"你拆完一个世界后，那个世界的东西会随之消失吗？"

"应当不会，我在落入第二座荒岛时，亲眼见几十上百的人偶也一同跌落了。"

风缱雪将所有的收煞袋交给他："废旧织机、傀儡女童，若我没猜错，她们织出来的匹应当就是要拿来做那些曜雀帝君的人偶。我们只找到了三千，别处保不准还有更多，又或者有些早就已经炼成，你要多加小心。"

"放心吧。"谢刃抓住他，"握紧一点，免得这回我又走岔了路。"

风缝雪却只站着不肯动。

谢刃只好改正说法："行行行，免得你又走丢，你比较值钱。"

风缝雪侧过头看向别处，反手用剑柄戳了一下："快些！"

谢刃见他像是在忍笑，便也跟着乐，这才拔剑共同冲向下一个世界！

"轰！"

在落地的瞬间，谢刃将他牢牢护住，原想充当一回话本中常见的"人肉软垫"，结果风缝雪也不知从哪里召来了一股风，卷起两人稳稳落向沙滩。

谢刃："……"

风缝雪问："你还躺着干什么？快起来。"

谢刃道："起不来，拉我一下。"

风缝雪看着他笑，伸手刚想去拽，天上却突然掉下来一个人偶，砰！直挺挺插在了谢小公子身边，扑得他满脸都是沙。

"喀喀，呸！"谢刃被呛得咳嗽了半天，叫苦，"这玩意也太会挑地方了吧！"

"谁让你不起来的。"风缝雪将沙滩中的"曜雀帝君"拽出来，感受到对方体内若有似无的熟悉灵气，便问，"你点醒的？"

"是，为了能尽快找到你，就唤醒了一批。"反正人偶又不会说话，谢刃丝毫不担心膨胀过度的"我的人"会被发现，看起来就十分君子坦荡荡，人模狗样的。

风缝雪一寸一寸仔细摸过人偶，从头到脸，再到胸膛小腹，眼见他的手还要再往下，谢刃终于忍不下去了，心道这虽然是假的，但假的做得太真，便问："你在找什么？"

"没找什么，想看看它的材质。的确是丝绢，却比天女制成的还要更细腻，而且柔韧度极佳，一根丝线便能拖动一块巨石，这技法应当与石窟内无处不在的鲛人有关。"风缝雪收回手，"走吧，我们去别处看看。"

这座海岛很大，两人御剑升至高处，初时并未觉察出异常，可正准备走时，风缱雪的余光却瞥见天边似有暗光浮动，谢刃也道："好像有结界。"

两人各自祭出一道符文，似利剑飞向半空，果然在那里割出道道裂缝！海风呼呼灌进口子，很快便将结界撕得粉碎，而紧随其后出现的场景，也令两人大吃一惊！

一名白发修士正被铁链缚住四肢，悬空高吊在昏暗的天地间，他身后聚着滚滚黑云，而两侧则是数万把飞速旋转的利刃，共同组成阵法，似是要将云也斩碎！

"是天无际！"谢刃掏出照魂镜遥遥一试，"九婴并没有成功占据他的身体。"

"若成功占据了，也不至于到现在还吊着。"风缱雪道，"趁着还没被发现，先将人救下来。"

谢刃与他一道御剑行至阵法周围，本想挥剑砍破刀阵，那些锋刃却丝毫无惧火光与飞花！风缱雪再暗中用寒霜一试，虽能冻住，但冻住的时间不过一眨眼，很快锋刃就会挣脱寒霜禁锢，重新高速旋转。

谢刃看着被刀阵牢牢包裹住的天无际，还在仔细琢磨救人的方法，风缱雪却拽着他的胳膊落回地面，吩咐道："你保护好我。"

谢刃没明白："保护，你要做什么？"

风缱雪往他身后一靠，谢刃毫无防备，脑子惊得一空。

而风缱雪的神识此时已出窍，一道莹白寒光没入沙滩上的"曜雀帝君"额心，下一刻，便操纵着人偶冲向了刀阵！

谢刃："……"

织成人偶的柔韧丝绢，此时成了最好的阻隔屏障！只见"曜雀帝君"撕开胸前衣袍一兜，数不清的锋刃立刻争先恐后地撞入他怀中，又纷纷跳动着想要冲出来！风缱雪哪里肯给它们这个机会，单手一压衣襟，将大半寒刃牢牢制住。此时刀阵已经出现了巨大的缝隙，风缱雪趁机斩断锁链，一把拖着天无际冲向沙滩！

谢刃上前接住二人，风缱雪神识回归自己体内，伸手一探天无际的气息："还没死。"

"不知道刀阵被毁，会不会引来幕后之人。"谢刃道，"不如先离开这个世界，想个办法尽快出去。"

风缱雪与他一起扶起天无际，而被割得破破烂烂的"曜雀帝君"也跟在三人身后晃悠，谢刃初时没觉得哪里不对，但走着走着，突然就意识到了一件事，方才风缱雪的神识进入了人偶体内，那自己先前说过的话……

谢小公子膝盖一软，差点当场跪在沙滩上。

风缱雪一把拖住天无际，问谢刃："怎么了？"

"我……没啊。"谢刃看着他，强装镇定，"走吧。"

风缱雪点点头："嗯。"

谢刃暗暗叫苦，小心地瞥了他几眼，见对方神情并无异常，于是自我安慰，或许……或许刚才的情势那般紧张，他顾不上管别的呢。

谢刃很想拍自己的脑袋一巴掌，顺便将嘴缝了，免得以后再胡说，但又怕被对方看出什么，只好继续如无事发生地往前走着。

风缱雪垂眸看两人被风卷起的衣摆，也没说话。

走了一阵，谢刃又没话找话地问了一句："你能找到离开这里的门吗？"

风缱雪摇头："我从没研究过山河入画的术法，况且这幅鲛绡图比起普通的山河入画还要繁复许多。先前只听说鲛人一族善于纺织，技艺精妙，天下难寻，这回也算见了世面。"

"不过找不到门，也有找不到门的好处。"谢刃道，"就这么一个个地拆下去，还能顺便看看九婴都在搞什么鬼。"

可能是因为听到了九婴的名字，一直昏迷的天无际嗓子里突然发出了含糊的声音，两条手臂也青筋暴突，像是使出了浑身的力量要去拔剑，但因为被囚禁太久，他的身体已经像雕塑般僵硬。谢刃掀开他的眼皮，看着那对发白的无神瞳仁，皱眉道："神志还没回来，如此躁动，不会是要妖化吧？"

"不像。"风缱雪道，"天无际的修为极其高深，九婴既然能将他制服，就一定会想方设法去侵占，现在却失败了，理由只有一个。"

九婴是邪，但再凶恶的妖邪，也无法侵占一颗至真至纯、无欲无念的心。

谢刃看着天无际："人们虽常说愿为大道而生，愿为大道而死，但听得多了，耳朵也就起茧了，却不知世间原来当真有人能将心活成一捧清可见底的水。也对，先前被附身那两人，姓金的就不说了，落梅生也是有欲望、有愧悔、有执念，自然容易被九婴钻空子。"

风缱雪问："你的心又如何？"

"我？"谢刃扶着天无际继续往前走，"我所思所念，怕是比落梅生还要多上千百倍，所以只能靠手中这把剑来挡九婴，指望不上胸腔里的这颗心。"

风缱雪道："好。"

谢刃听得一噎，他原先还有些忐忑，忐忑对方若继续问自己的想法都是什么，究竟该如何回答，却没想到会等来一个"好"。"好"是什么意思，难道你就一点都不好奇吗？

风缱雪紧走两步："我们去下一重世界。"

谢刃拔出逍遥剑，刚刚贯注烈焰，不远处却突然出现异动，紧接着，便有狂风从云端呼啸卷出！

一道惊雷撕裂苍穹。

风缱雪带着天无际飞掠后退，堪堪躲过迎面砸来的巨浪！两人脚下的沙滩摇晃震颤，如同被抛到海面上的一块木板，谢刃一手牢牢抓住风缱雪的手臂，另一手举起逍遥剑，用尽全力向下一砍，火光轰然冲入大地，可这回的世界并没有塌陷，相反，不熄的红莲烈焰还争先恐后地浮上水面，险些燎伤了昏迷不醒的天道长。

风缱雪道："为了能困住天无际，九婴看来在这一重世界多下了些功夫。"

两人一左一右架起天无际，共同御剑升至半空。此时仍不断有雷鸣炸开在耳边，雨点似利刃打上脸颊，带来阵阵刺痛。谢刃道："海水正在越涨越高，他不会是想在此处将我们淹没吧？"

风缱雪二话不说，从乾坤袋中拎出倒霉水妖，顺手将他抛向海中："探路！"

正在睡觉的水妖稀里糊涂道："啊？"

然后就被巨浪灌了一肚子水，瞬间消失在惊涛骇浪之中。

水妖："……"

谢刃提醒："这地方又煞又邪，水妖怕是欢喜得如同回了老家，你就不怕他趁机溜了？"

风缱雪笃定道："他不会。"

谢刃不解："为何？"

风缱雪看他一眼："你猜。"

狂风暴雨，电闪雷鸣，实在不是一个猜谜的好地方。但谁让谢小公子正处于怎么看风缱雪怎么好的阶段，便花式吹捧道："因为在你的悉心教诲下，他已经痛改前非，洗心革面，决定重新做妖，自不会背信弃义。"

风缱雪左手翻转，一道银色丝线时隐时现："因为我牵住了他的命脉，所以他要么听话，要么死。"

谢刃："……"

好凶，有个性。

巨浪还在不断向上咆哮！谢刃没什么护着人的经验，直到对面的人都淋成落汤鸡了……不是，都淋成沾满水的白色漂亮小花苞了，才想起好像应当替他挡一挡，于是立刻放出一道屏障，谁知天不遂人愿，他这头屏障刚竖好，天上雨却停了。

谢刃道："这又是为何，九婴不至于就这点手腕吧？"

风缱雪看着海面下："是水妖。"

谢刃将信将疑："水妖有这么大的本事，竟能让风雨停下？"

"如你方才所说，他入海是回老家，在自己的地盘，本事自然能发挥出来。"风缱雪道，"来了。"

话音刚落，就见一道黑影从海中蹿起，劈着嗓子大声哭道："救命啊！有鲛人要杀我！"

谢刃啧啧道："刚说完你有本事就这副模样，确实不禁夸。"一边说，一边飞身上前拎起水妖，又反手一剑替他挡去身后的追兵，将他带回了半空。

海中密密麻麻冒出一支队伍，人数约莫三百，有男有女，容貌极美，却都满脸杀意，身后各自拖着一条长长的鱼尾，正是鲛族。

水妖手中攥着一颗珠子，这是他方才从海底一个大蚌壳内生抠出来的，名曰"兴浪珠"，只要蚌壳一打开，此珠便会在天地间兴风作浪，引发绵绵不绝的雷暴与海啸。水妖惊魂未定地继续道："我刚取了珠子，这群鲛人突然就冒了出来，我本欲杀，又怕琼……风公子，怕风公子说我胡乱杀生，只好赶紧逃了出来。"

风缱雪接过兴浪珠，扫视了一圈下方的鲛人："他们并非人偶。"

"而且身上也没有怨气，就是普通的鲛族。"谢刃道，"怎么会与九婴扯上关系？"

风缱雪道："鲛族美貌脆弱，泪落成珠，歌喉曼妙，又擅长纺织，本该无忧无虑地活在海中，只可惜这世间恶人太多，喜欢将他们当成赚钱的工具，多有虐待屠杀的惨案发生，鲛族心中多有怨气，自然容易被邪魔引诱。"

谢刃御剑降到低处，还未来得及开口，便有许多银光利箭朝他射来！

"喂！"谢刃闪身躲开，"我说你们，咱们无冤无仇的，怎么一见面就痛下杀手？"

鲛人带着仇恨道："你想烧干这片海。"

谢刃赶紧解释："别，我哪有烧干海的本事，只不过想烧出一条路，早点出去罢了。"

不说还好，一说要出去，鲛人们越发狂躁愤怒，眼看新一轮箭雨将至，谢刃不得不暂时回到风缱雪身边："现在怎么办？说话不肯听，杀也杀不得。"

风缱雪问："他们最怕什么？"

谢刃答："一怕海被烧干，二怕有路通向外界，概括起来，就是怕目前的生活被打乱，再度过上东躲西藏、朝不保夕的日子。"

"不错。"风缱雪从乾坤袋中掏出一大捆绳索，"这个世界如此柔韧，连你的红莲火都烧不破，我怀疑与鲛人织布的技法有关。既然杀不得，那你便去将他们全部绑了，也好慢慢审问。"

谢刃答应："好，那你顾好自己与天道长。"

风缱雪点头，看着他风风火火冲向海面，水妖也站在空中看热闹，他心中实在好奇，憋了半天，到底没憋住，问道："情势如此危急，理应抓紧时间，上仙为何不自己出手？"

可能是看在兴浪珠的功劳上，风缱雪难得有心情地回答了他一句："让他练手，机会难得。"

况且凭谢刀现在的本事，对付这群鲛人还是绰绰有余的，这回用的时间比一刻钟更短，麻利地将对手全部打包，为首的鲛人男子身穿红衣，一直在破口大骂，脸生得有多美，话就有多脏。谢刀随手用一块破布塞住他的嘴，龇牙道："你怎么这么大脾气？"

旁边有个年幼的鲛人，可能是想替红衣鲛人求情，便说："他昨天刚成亲。"

"成亲还这么大脾气？"谢刀不理解，"告诉你啊，我若遇上这样的大好事，只恨不能每天写十几首花团锦簇的绵绵长诗来抒情，哪里会梗着脖子骂娘，怨气这么大，你怕是娶了个三只眼的老妖婆吧？"

红衣鲛人"呜呜呜"地骂得得更凶了，一条滑溜溜的鱼尾"啪啪"乱拍，刚好溅了前来审问的风缱雪一脸水。

风缱雪："……"

谢刀扯过衣袖替他擦擦脸，道："他刚娶了媳妇，内心比较躁动，你最好换个人问。"

风缱雪皱眉："有媳妇就要躁动？"

谢刀答："看他这模样，的确是。"

风缱雪继续跟他开玩笑："那你躁动吗？"

谢刀立刻否认以示清白："我当然不躁动，我又没成亲没媳妇……哎，你怎么又用袖子打我！"

沾了水，跟条麻绳似的，还挺疼。

风缱雪没再理他，将红衣鲛人嘴中的破布扯出来，冷冰冰地威胁："若不说出这一重世界的出口，那我便炸毁鲛窟，烧了织机，强占这片海域，将你们当成奴隶驱使，至于长得好看的，"他目光搜寻了一大圈，随手一指，"就这几个吧，全部给这位新任海王做妻做妾。"

水妖受宠若惊："新任海王，我？"

"废话，不是你，难道还是我？"谢刃一脚将他踢到前头，"站直，让你的妻妾与奴隶们好好看看。"

鲛人们最为娇弱美丽，哪里受得了水妖那张枯黑模糊的脸，有几个当场就吐了。红衣鲛人骂道："你们以为在这里发生的一切，外头都看不到吗？马上就会有人来救我们的！"

"谁，九婴？"风缱雪盯着他看了片刻，突然一把将人拎起来，广袖一遮，目光望向对方瞳仁深处，低声快速问道，"这世界如何拆解？"

红衣鲛人神情呆滞，喃喃吐出几个字。

风缱雪撤去摄魂术，将他丢回海中："你且看看，九婴会不会来救你。"

谢刃对风缱雪这动不动就祭出摄魂大法的习惯也是头疼，打定主意，待这回出去之后，无论如何也要想办法将此禁术学会，否则任由他到处滥用，万一哪天真被反噬伤身，自己岂不是连哭都没地方哭？

红衣鲛人浑然不知方才发生了何事，还在头昏脑涨着，他视线模糊地盯着风缱雪，盯着他御剑回到高处，像是与同伙说了几句话，而后那只水妖便"扑通"一声落入水中，带着浓黑的怨气朝自己走来！

他浑身一寒，这才猛然清醒，想起了风缱雪方才说过的海王与妻妾，这种屈辱如何能忍！鲛群们恐惧而又愤恨地看着越来越近的水妖，那张丑陋凶残的面容越来越清晰，胆子小的鲛人已经开始大哭，红衣鲛人想带着族人们反抗，却被捆仙索牢牢制住，只能徒劳地挣扎，任由水妖牵着绳索另一头，将他们拖向大海深处。

谢刃问："真的不用我帮你？"

风缱雪道："不必，你保护好天无际。"

依照方才红衣鲛人所言，这一重世界之所以会刀枪不入，无法摧毁，是因为天地都被一张巨大柔韧的鲛绡包裹了起来，所以即便是最锋利的寒刃，也不能将其撕开裂口。而风缱雪想的解决办法也简单，既然无法摧毁，干脆将外头包着的鲛绡彻底抽离！于是在确认谢刃已经准备好之后，他就从袖中取出方才那枚兴浪珠，将它抛回了一望无际的大海中。

风雨雷暴果然再次压顶！

鲛人们被突如其来的浪涌推得七倒八歪，急忙回头去看，却见天与海之间又出现了熟悉的龙卷风柱！风缱雪拔出玉剑，在红衣鲛人说出的方位凌空一挑，果然从沙滩中扯出一大块鲛绡，他单手狠狠握紧鲛绡，飞向越来越肆虐的龙卷狂风！

狂风吹得他墨发高扬，鲛绡上未来得及抖落的沙砾全部被暴雨打成浆，将鲛绡裹成一条泥色的巨蟒！谢刃便看着风缱雪拽住这条沉重无比的"巨蟒"在风雨间来去自如，心中冒出一句诗样的感慨——好大的力气！

没有了蚌壳束缚的兴浪珠，掀起的风暴能将整个世界都倾覆淹没，龙卷风呼啸着搅动大海，鲛人们全靠腰间绳索束缚，才没有被冲散，水妖死命拽着他们不肯松，红衣鲛骂道："还不松手去找珠子，等着一起死吗！"

水妖哪里肯听，依旧用尽全力牵着绳子。而另一头，风缱雪终于顺利抵达了风暴边缘，只见他将怀中抱着的鲛绡使劲向前抛去，飓风如同一张巨大的魔口，一旦扯住鲛绡，便卷着它开始撕咬入腹！

越来越多的鲛绡被龙卷风掀起吞噬，流沙先是扬了漫天，再混成泥点"噼里啪啦"地往下砸，所有人都狼狈不堪，但所有人也都没有心情再去管。天昏地暗的世界，鲛群惊慌失措，以为这群人彻底疯了，而谢刃则牢牢扯着天无际，只等风缱雪一个眼神，便拔出逍遥剑，伴着震耳欲聋的惊雷扬出一片灼热火海。

又是"轰隆"一声！

这个由鲛绡包裹的世界终于被彻底摧毁，所有人都失重踩空，惊呼着落向下一重世界！

风静雨停。

风缱雪用玉剑撑着，摇摇晃晃站在沙滩上，脑海中还残留着方才的混乱与巨响。谢刃将天无际丢给水妖照看，自己跑过来扶住他："没事吧？"

"没事。"风缱雪缓了口气，检查一圈，见所有鲛人都被水妖扯了过来，天无际也没缺胳膊断腿，便继续问，"这座岛又是哪里？"

谢刃道："海中建有房屋，礁石上铺着厚厚的毯子，岸边还晾晒着食物与织机……啧，鲛村？"

"鲛人生活的地方？"风缱雪看向四周，"的确。"蓝天白云，沙滩海鸥，远处还有天籁般的稚嫩吟唱，与前几个世界比起来，可谓天上地下，也难怪鲛人们拼死也要守护住这处虚幻的"家园"。

而红衣鲛人还在不停地说脏话，谢刃评价："可能真是被老妖婆抢去当压寨相公的吧，反正我是一点都看不出他婆媳妇的喜悦。"

红衣鲛人骂："住嘴！你且看看你自己，凶残暴戾，毁人家园，去配那海中的老妖婆倒是刚刚好！我便在这里祝你们早生贵子！百年好合！"

谢刃指着他的鼻子怒道："你知道什么，我将来要娶的是天仙！"

红衣鲛人道："哪个天仙能看上你这满身泥的毛头小子，做梦倒是快些！"

谢刃转头问："我能打他吗？"

风缱雪没表情："能。"

谢刃将逍遥剑往腰间一收，红衣鲛人立刻后退："你有种将我放开！"

"放开你也打不过我啊。"谢刃一乐，"喂，再给你一次机会啊，我将来到底能不能娶到天仙？"

红衣鲛人脾气虽暴躁，但也不想白白挨打，于是没好气道："你要娶谁就去娶，要我答应什么？我又不是你那天仙的爹！"

话音刚落，一道花鞭便重重抽上他的脊背！红衣鲛人疼得直甩尾，对着风缱雪怒道："你做什么！"

风缱雪拎着鞭柄，面如霜雪："你多问一句，就能亲眼再看一次我方才在做什么。"

红衣鲛人："……"

有病吧你们这些人！

风缱雪擦了擦脸上的泥点，吩咐水妖："去看看鲛村里还有没有其他人。"

这话一出，鲛群立刻骚动起来。谢刃挡在风缱雪身前，抱起手臂："不想让我们去看也行，不过得老实交代，这里都藏着什么，以及要怎么离开这幅鲛绡图，若不肯说，我就只有一个世界一个世界地拆下去，到时候你们同样家园不保。"

风缱雪也冷冷地地看着他们。

"这里……这里没藏什么。"片刻后，那个年纪小的鲛人小心翼翼地开口，"只有我们的村庄和家人。"

"九婴呢，他这次附在了谁身上？"

"附身？没有。"鲛人道，"他每次出现，都是一团黑雾包裹着的头。"

谢刃扭头低声说："九婴躲在这里，看起来只是为了养精蓄锐，外加制作人偶傀儡，的确不必附身。"

风缱雪目光落向远处："有人来了。"

是一名鲛人女子。

红衣鲛人看到她后，急道："娘子，你怎么来了！快些回去躲着。"

谢刃口中"嗤"了一声："搞了半天，你是与九婴成的亲？"

"你放屁！"红衣鲛人闻言怒不可遏，"你才要与那颗丑头成亲！"

谢刃点头道："哦，原来你也嫌他丑。"

红衣鲛人："……"

鲛人女子并未理会自己的夫君，而是双目直直盯着风缱雪一行人，踏浪而起后，鱼尾下竟有一团浓厚不散的污浊怨气！

红衣鲛人大叫："娘子！"

谢刃示意水妖护好鲛群，又道："都说了是九婴，你怎么还梗着脖子叫娘子？恶不恶心啊？"

附身在鲛女身体里的九婴声音僵硬："你们是来救他的。"

红衣鲛人惶急，欲上前看个究竟，却被水妖牢牢制住，动弹不得。

"还真不是。"谢刃解释，"我们是专程来杀你的，救天道长这件事，纯属巧合。"

九婴轻蔑道："不自量力！"

"你流落在外的另外八个同伴，现在应当也死得差不多了。"谢刃道，"你醒来得最早，却不去将他们一一搜罗回来，反而躲在这鲛绡图中，组织一批鲛人男耕女织地过起了田园生活，还一过就是一百多年，也挺有意思。"

九婴幽幽注视着他，目光似能穿透他的胸腔："你体内有红莲火。"

"是，我有，天生的。"谢刃掌心燃起烈焰，"怎么，见到老朋友，回忆起当年的事了？"

九婴的神情越发古怪，他不再言语，海水却开始微微震颤，"砰"一下，先是岸边的黑色礁石接二连三碎成粉末，而后便是建在海中的房屋也一并坍塌，无数漩涡出现在海面上，而生活在海底鲛村的居民们受到惊扰，也不得不逃往岸边，加在一起，约莫有五百人，多是老弱。

水妖有一个算一个，将他们全部笼入自己的怨气结界中加以看管。也不知是真当"海王"上了头，还是忌惮那被风缠雪控在掌心的命脉。

年幼的鲛人宝宝不懂事，也辨不明危险，反而指着不断浮出海面的"曜雀帝君"傀儡欢呼："哇，这么多人偶，都是他们做出来的吗？"

谢刃退到风缠雪身边："少说也有五千。"

"而且全是被恶灵侵占。"风缠雪道，"与魔鼎中的不同，这些是已炼制成功的魂魄，只会更加丧心病狂，你自己多加小心。"

谢刃点头："这次还要想法救下傀儡体内的魂魄，送入轮回吗？"

风缠雪握紧剑柄："能救便尽量救，一个也好，两个也成，不能救的，全部杀掉，总之你不能受伤。"

谢刃心想，果然够凶。

五千"曜雀帝君"一起发出怒吼，手持寒光长剑，踏浪朝二人杀来。

水妖忙不迭地带着鲛人们，一猛子扎入大海最深处，躲起来了。

幸好九婴的注意力也不在鲛群身上，他操纵着黑色的浓雾，在数千人偶间来回穿梭，陷入这场越发疯狂的杀戮。谢刃腰间系着收煞袋，遇到好抓的魂魄，便一把扯出来塞进去，但架不住对方的数量实在太多，想救也救不过来，只能扬起一道火鞭，在海面打出激荡火海——虽然烧不透人偶，却能将恶灵焚成一缕青烟。

凄厉惨叫几乎填满了这座村庄。

眼看人偶的数量越来越少，九婴却似乎丝毫也不在意，反而一直在盯着风缠雪看。

于是谢小公子再度气不打一处来，什么毛病，怎么九婴每个脑袋都要盯着他看？

他挥手一剑，直直劈向九婴。

风缱雪眉心猛然一跳："小心！"

九婴这次附身的鲛女，身形纤弱得好似一枝扶风柳，哪里经得住谢刃这震怒的一剑，风缱雪看得瞳孔紧缩，险些以为鲛女要拦腰断成两截。但幸好，剑火在中途便打了个转，并没有直接砍向九婴，而是落在了海面上，重重打起数丈巨浪。

风缱雪看出了谢刃的怒火，又见九婴还在用古怪的目光打量着自己，一时也摸不准这老妖怪究竟是在打新的鬼主意，还是窥破了自己的上仙身份，打算语出惊人一番。为了避免生出不必要的事端，他决定速战速决，不再留着这颗头让谢刃练手了，飞身便冲向九婴，手中玉剑铮铮出鞘，一路扬出飞花万千！

谢刃眼睁睁看着风缱雪与自己擦肩而过，想拉没拉住，心中也是着急！他有心去助对方一臂之力，却又有一批人偶围了上来，一时脱不得身，只好一边奋力砍杀，一边大声喊了一句："先回来！"

风缱雪听若无闻，持剑逼着九婴，与他一道飞向巨浪滔天处。

谢刃拼力挥出一剑，火焰恨不能将整片海都煮沸！他先前也是在庙宇中见过曜雀帝君的，当时还感慨了一句这位尊者果真相貌堂堂，但现在被数以千计的"相貌堂堂"围住，他又只剩下满心焦躁，怎么看对方怎么不顺眼，出手也更凶猛了三分。不断有被卸除魂魄的人偶直挺挺倒在海中，它们不会沉底，只会顺浪漂浮，远看就像是一具又一具的尸体铺满了整片海，阴森如鬼狱。

浪一重接一重，阻隔了远方的视线，而风缱雪手中的玉剑也逐渐染上寒气，直到将四周翻涌的水全部冻出冰层。九婴捻了捻指间的霜雪，道："天生寒魄，果然是你。"

世人都在传，天生带有冰魂寒魄的，唯有琼玉上仙一人。风缱雪冷冷道："能认出我，看来你近些年也没少出去。"

九婴呵呵干笑道："你以为这一百余年，我就只在岛上养了区区一万恶灵吗？"

风缱雪道："还有什么丰功伟绩，不妨说出来听听。"

"好说。"九婴用更加露骨的眼神打量着他，不过不为别的，而是相中了对方如玉冰寒的肌骨，这可比鲛女好用太多，"将身体给我，我便告诉你我这些年都做过什么。"

说话间，他张开双手，巨大的黑剑缓缓出现在半空，一只黑雾恶灵张着深渊血口，正以野兽的姿态攀在剑刃上，浓厚怨气不断溢出，尖锐的哭泣惨叫声更是不绝于耳，邪门到了极致。

风缱雪皱眉："灭世剑？"

史书有载，上古有妖剑，名曰灭世，天性贪婪残暴，专以屠戮无辜生灵取乐，数年间欠下血债千万，后被烛照神剑斩为数段，从此消失于世间。而眼前这把……风缱雪仔细一看，剑身的每一个黑雾缠绕处，皆有一道深深的裂痕，看来传闻的确不假，斩是斩了，却被九婴捡回来修补好了。

九婴继续道："我一直在寻找一把剑，一把能与烛照相抗衡的剑。"

风缱雪道："原来你以为自己是输在了剑上。"

"不然呢！"九婴像是被戳中痛处，声音陡然拔高，"否则就凭曜雀那点本事，能徒手杀得了我？"

风缱雪后退两步，像是嫌他的声音太大："即便如此，这把灭世同样是烛照的手下败将。"

九婴却没有被他这句话激怒，他将灭世召回自己手中，用欣赏的眼神看着剑刃上的野兽："那是因为它没有遇到一位合适的主人，而现在，它将是这天地间最所向披靡的一把剑。"

野兽自漆黑剑刃一跃而下！风缱雪素手召唤出寒霜飞雪，拔剑攻了上去！他多年追随师父斩妖除魔，自认见过的妖邪数量不少，品种也是应有尽有，但像灭世这样的上古妖剑，还是头一回碰见。

黑雾并不会被寒霜冻住，相反，裹挟着雪刃的野兽还会更加凶残几分！而那把被九婴握在手中的妖剑，断痕处也逐渐被冰雪覆盖，他用手指轻轻磨蹭着剑身上一道道寒冷的白色脉络，甚至已经想好了要如何处置风缱雪——先占据他的身体，再将冰魂寒魄抽离，用来饲心爱的灭世剑。

风缱雪很快就发现，只要灭世剑仍在，那么恶灵野兽便永远也不会消失。于是他腾空一转，飞身躲过迎面咆哮的血口，持剑砍向妖剑！

"当啷！"

灭世剑纹丝不动，风缱雪反而被震得手腕发麻，踉跄几步，恰好被身后追来的野兽钻了空子，一爪抓上肩头，旧伤未愈又添新伤，鲜血染红了白衣。

九婴单手拎住他的衣领，满意地凑近："我花了整整一百年的时间来修补这把剑，就凭你，也想赢它？"

野兽用利爪搭着他的喉管，而更多的黑雾也化为触手，牢牢缚住他的手足。九婴与他几乎紧紧贴在了一起，而一颗肮脏的头颅也自鲛女胸前缓缓浮出，试图进到对面新的宿主体内。

风缱雪握紧拳头，他盯着九婴的头颅，胸膛剧烈起伏："不怕我拉着你同归于尽？"

九婴的动作停了一下，抬起头看他："你会吗？"

风缱雪答："你可以试试。"

九婴想了片刻，又回到鲛女体内："也对，那我便先抽离你的魂魄饲剑，然后留下一具没有思维的躯壳，再慢慢侵占。"

风缱雪语气平淡："我知道的秘密不算少，你当真不进来窥一窥，就这么拿来喂剑了？"

九婴用剑刃戳了戳他受伤的肩头。

风缱雪脸色一白，额头也渗出冷汗。

九婴笑得阴森："既然知道秘密，那我就要好好审一审了。"

风缱雪往他身后看了一眼："不必审。"

九婴问："为何？"

一声暴怒的吼声在半空炸开："你找死！"

九婴猛然回头，便见烈焰冲天！火光卷得比巨浪还高，几乎将整片天穹也燃红了。谢刃在那头刚刚杀完恶灵，急忙追来，一眼便看见风缱雪满身是血，正被九婴牢牢制住，动弹不得，顿时被无名怒火烧得双眼赤红，扬手就挥出一片火海！

风缱雪也没料到谢刃一来就是这滔天的阵仗，担心他在暴怒之下入魔，便想挣脱禁锢回到他身边，反而被野兽一口咬中了手臂！九婴踏浪腾空，野兽与黑雾拖着风缱雪紧随其后，看起来是想逃，谢刃怎么可能放手，单手一道火鞭抽过来，卷得云与浪一碎裂出金红的纹！

"谢刃！"

风缱雪看着逼至眼前的疯狂火海，本能地闭上眼睛，在周身幻出结界！他心中慌乱，一时来不及细想，却半天都没感觉到异常，耳边反而传来野兽痛苦的嘶吼声。

红莲烈焰巧妙地绕过了他，然后穿透鲛女的身体，将九婴的头颅生生逼了出来！

风缱雪一把接住直直向下跌落的鲛女，发现她并未被灼伤分毫。谢刃此时也御剑赶到，问："你怎么样？"

"我没事。"风缱雪按住肩头的伤口，有些难以置信，"你剥离了灵火？"

"是。"谢刃扶起他，"学艺不精，本来想抽空多练练，然后再找个好时候向你炫耀。"

先前他挥向鲛女的那一剑，也是想试试灵火是否能剥离成功，将九婴的头给卷出来，结果被风缱雪一句"小心"喊得一犹豫，只能反手劈向海面。而谢刃现在也是真的后悔，若是方才就动手，何至于让他受这莫名其妙的伤？

他道："你歇着，我去杀了那破玩意。"

风缱雪叮嘱道："野兽只是虚形，小心他手中的那把灭世剑。"

谢刃将他放到安全处，自己拔剑攻向九婴！没有了鲛女的身体，那颗裹满怨气的头只能与妖剑一道悬浮在空中，灭世剑却已经从方才那片火海中，认出了数千年前的仇人。这回不用九婴驱使，剑刃上的野兽便朝他凶狠地扑来，谢刃想起满身鲜血的风缱雪，对这玩意恨得牙痒，整个人如同一支利箭，带着能熔化铁石的火焰穿过野兽，重重砍向灭世剑！

一声巨响传来！被九婴耗费心力修补好的剑身上再度出现新的裂痕，妖剑无惧最严酷的冰霜，却对这与记忆中一模一样的火海仍有忌惮。九婴口中发出指令般的声响，野兽听到后，立刻攀附回剑身，直直向着九天冲去，想要逃往另一重世界。

谢刃手腕翻转，又挥出一道火海！

结果整片天都被点燃了。

风缱雪惊愕地站起来，看着烈焰在天际滚滚蔓延，而火球也如暴雨一般噼里啪啦地往下砸，它们落在波涛翻涌的海面上，很快也在那里引出了同样的火海。

这一重世界要被焚毁了！

"谢刃！"风缱雪拉着鲛女，御剑追上他，"叫上鲛群，撤！"

谢刃看了眼远处的九婴与灭世剑，终于还是没有去追。他一手抓住风缱雪，一剑重重劈向海面！

耳边再度风声呼啸，两人却并没有像先前那样，顺利落入下一重世界。四周都是火海，烧之不尽的火海，颠倒的天与地、尖锐的呼喊声、不断落下的火球，以及被狂风裹挟的海水。风缱雪被呛得呼吸困难，手中的鲛女也早就不知落往了何处。谢刃单手死死拽着他的手腕，也没料到自己竟能一剑烧毁整张鲛绡图，几十重、几百重，或者更多的世界在毁火，不知何时才是尽头。

只知道在昏迷之前，万事万物似乎都变了颜色。

许久之后，谢刃觉得脸上被人拍了一巴掌，而后便是一个十分讨嫌的声音："喂，快醒来，吃饭了。"

谢刃艰难地睁开眼睛，四周景物一片模糊，浑身也火辣辣地疼，他撑坐起来，仔细看了半天眼前人，总算辨认出来："为什么会是你？"

何归手里捏着个干烧饼："为什么不能是我，你这是什么见鬼的语气，难不成还指望醒来就能见到一个美貌仙子？"

"滚。"谢刃嗓音干哑，撑着站起来要去找风缱雪，却被何归一把按住："行了，风公子还在那头休息，你先顾好自己吧。"

谢刃扭头一看，见风缱雪果然正在另一头闭目养神，血衣已经换下，伤口应该也处理过了，旁边礁石上还趴着一个胖乎乎的小鲛人，正在偷偷玩他的头发，海中则浮着更多的鲛人，水妖与天无际也在，再往远处……谢刃嗓音沙哑地问："那是璃焕与墨驰吗？到底发生了什么事，这里还是不是鲛绡图里？"

"是。"何归道，"你与风公子进入鲛绡图后，许久未见动静，我们三个便打算先在石窟内找一圈，看看还有没有别的出口或者机关，那条暗道没走几步就到了头，墨驰便提议下水去找，谁知我们刚一潜入深处，就遇到了一大群不知从哪儿冒出来的八何罗。"

这群八何罗凶残程度比起最初在沙滩上遇到的那只，有过之而无不及，石窟内又无法用符咒，三人只得暂时避往水底大船，一条条巨大的触手却也跟了过来，打得腐朽的船舷碎成木渣。

谢刃猜测："所以你们就也躲进了鲛绡图？"

"不然呢，你独自去打几百只八何罗试试。"何归将烧饼塞给他，"璃焕受伤了，不过不严重，墨驰正在替他换药。风公子的伤我们也替他处理过了，听说这里的九婴找到了灭世剑？"

"嗯。"谢刃要了壶水，将鲛绡图里的事情大致说了一遍，又道，"我以为烧毁了多重世界后，图中的所有人和物就都会回到现实中，怎么一觉醒来，竟然还在这破图里头？海里有那么多鲛人，你有没有去问问究竟是怎么回事？"

"问了，他们不知道。"何归道，"鲛人们说，鲛绡图内共有世界四十九重，平日里鲛群住一重，九婴用四十七重。而此番你的红莲烈焰焚毁了整整四十八重，这是最后一重，我们也研究过，此处的天地的确不是普通鲛绡，但具体是什么，连鲛人自己都摸不清。"

"没说谎？那群鲛人先前可是九婴的下属。"

"应当没有，我们三人撞进来的时候，风公子正在海里给他们疗伤，身边还围了许多小鲛人，像是关系不错。"

谢刃看看四周，继续问："那你猜九婴是出去了，还是也躲在这一重世界中？"

何归摇头："管他在哪儿，总归一场恶战在所难免，你虚耗太多，灵力时而如火，时而又弱得几乎探不到，还是先将自己养好吧。"

谢刃心事重重地靠回礁石，又将沾满沙石的右手举到他面前。

何归问："干吗？"

谢刃道："在砍灭世剑时，好像有人在帮我。"

"帮你，风公子？"

"不是。"谢刃迟疑道，"也不算有人帮忙，就是似乎有什么东西附在了我的灵脉中，爆发了一瞬。都说灭世是上古第一妖剑，我却觉得当时只要再多用三分力，就能当场将那玩意劈断，没感觉到它究竟'上古第一'在何处。"

"这么邪门，会与你最近一直在练《离寒诀》有关吗？"

"练《离寒诀》是为了剥离灵火，与这没关系。而且我在刚找到阿雪时，分明就无法焚毁那一重世界的鲛绡，怎么突然就能把整张图都点燃了？"

何归纠正道："你没有点燃整张，还剩了这最后一个壳子。"

谢刃懒得与他斗嘴，依旧盯着自己的掌心看。灵脉内的那股力量似乎已经蛰伏了，但残留的温度还在，滚烫的血液灼得心也跟着烫，有些许难安。

"你也别焦虑，有什么事出去再想。"何归及时按住他的肩膀，"万一钻进死胡同，在这当口入魔，谁能拦得住你这横冲直撞的纵火犯？"

谢刃将手埋进冰冷的沙地中，尽量让思绪平稳下来，闭目凝神调息。心间的躁意逐渐平复，脑子里却又不受控制地想起了另一件事，在漫天漫地都是滔天火海时，自己在昏迷前的一瞬间，看到的却好像是……白色的大雪？

他越想越不对，索性将水妖叫过来，问他火海之后发生的事。

"火海之后？"水妖的表情茫然得很，"我不知道啊，当时所有的世界都被烧毁了，我只能拽着天道长和鲛群往下掉，最后稀里糊涂就掉到了这里。"

"那火是怎么熄灭的？"

"没怎么熄灭，这一重世界压根没起火。"

"也没下雪？"

"没有，鲛人说图里四季如春。"

谢刃依旧将信将疑，又走去海边。一群小鲛人正趴在那里分糖吃，因为自幼就生活在图中，他们并不知外界险恶，也不怕陌生人，反而笑眯眯地挥手跟他们打招呼。

"你也要吃糖？"

"不吃。"谢刃随手抱过一个小鲛人，"跟哥哥说说，这里下过雪吗？"

"没——有——"一群稚嫩的嗓音扯成一样长，一本正经地否认，像是经过排练一般。

谢刃教育道："小朋友不可以撒谎。"

"是没下雪呀，真的。"小鲛人甩着尾巴，"不信你去问我爹娘，他们肯定也说没有下雪。"

谢刃将他放回海中，又去问了何归。

何归莫名其妙："这里下什么雪，你烧迷糊了吧？"

谢刃："……"

璃焕也道："我们进来的时候，这里就是这样了，阿刃，你为什么要到处问人有没有下雪？"

"因为我确实看到了，我好像还感觉到了。"谢刃坐在沙滩上，满脑子疑问，"幻觉吗？"

"可能吧。"墨驰替璃焕换完药，"风兄只是受了些皮外伤，但不知道为什么，灵力虚耗得似乎比你还要厉害……"

话没说完，眼前的狐朋狗友已经跑没了影。

璃焕十分吃惊："人家刚刚就稍微咳嗽了一声，动静那么小，他怎么跟听到哨似的就蹿过去了？"

墨驰答："欠债。"

何归："……"

"阿雪。"谢刃扶住他，"你的伤要不要紧？"

"我没事。"风缱雪道，"看到墨驰他们来了，我便想休息片刻，没承想睡到了现在，你呢？"

"我也没事。"谢刃试了试他的灵脉，皱眉轻问，"除了肩膀，还有哪儿受伤了？你的灵气不稳，不像只有这一处伤。"

"摄魂术，在对付九婴时也虚耗太多，不要紧。"风缱雪道，"鲛群基本上都在这里，缺的两个，一个是红衣鲛人，另一个是他的妻子，那名被九婴附身的鲛女。"

谢刃取了条帕子给他擦脸："红衣鲛人是鲛村首领，平时和九婴来往密切，八成已经被他带走了，至于鲛女，你已经尽量拉她了，不必自责。"

"我没自责。"风缱雪道，"是她自己挣脱的，她还咬了我一口。"

谢刃急忙拉过他的手腕一检查，果不其然，两排深深的血痕，一时又怒道："她怎么回事！"

"想回去找自家相公吧。"风缱雪道，"我倒不怪她，人之常情。"

他见谢刃嘴唇有些干，便从乾坤袋中摸出一粒酸梅糖："其余的全部分给了鲛人，给你留了个没尝过的味道。"

谢刃一愣："原来你还记得我吃过什么味道，没吃过什么味道？"

风缱雪将糖塞进他手中："天无际怎么样？"

"脉象平稳。"谢刃道，"方才我与璃焕他们商量，想轮流为天道长疗伤，至少先将人唤醒，或许还能问出拆解这一重世界的方法。"

风缱雪点头："好，加上我。"

"别，你现在要多休息。"谢刃用毯子裹住他，"再睡会儿。"

风缱雪握住他的手臂。

谢刃问："怎么了？"

风缱雪寻找了一下他灵脉中的烛照剑魄，确认依旧融合得很好，并没有灼烧谢刃后，便将手缩回毯子，继续闭眼睡了。

谢刃："……"

阳光和煦。

谢刃坐在高处的巨石上，看着海滩附近的动静，顺便也看着手中的逍遥剑，虽说的确是爹娘倾家荡产请人锻造的吧，但一上来就能砍断灭世剑，这质量是不是有些过于有良心了？他试着将掌心的红莲烈焰再度燃上剑身，打算重新找一找斩妖剑时的感觉，余光却瞥见不远处似乎有一片焦痕。

再熟悉不过的焦痕，先前他在长策后山烧天烧地时，便会在余烬中留下一些红莲黑印，擦不掉，想消除痕迹逃脱责罚都不成。

所以这里分明也是被点燃过的，为什么水妖却一口咬定没有？

他猛地站起来，拎起佩剑回到海边，又找到了先前那名小鲛人，取出最后一粒酸梅糖："哥哥再问一次，这里究竟有没有着火，有没有下雪？"

小鲛人犹犹豫豫地吞了吞口水。

谢刃蹲下与他平视："实话实说。"

"那……那我偷偷地说，你千万不要告诉别人。"小鲛人捂着他的耳朵，神神秘秘地供认，"这里也着火了，海里都是火，天上也是，我们都热得不行了，可是又出不去，然后那个哥哥就下了一场很大的雪，有这么大。"

谢刃扭头看了眼风缱雪的方向，接着问："也是那个哥哥教你们隐瞒下雪的事？"

"嗯，是，他给了我们好多糖，还跟爹娘也说了，跟那个水妖也说了，让我们都不准告诉你。"

"那个哥哥是怎么下雪的？"

"他一剑插到海里，整片海就开始结冰，我爹娘他们都惊呆了，然后天上也开始下大雪……哥哥，你怎么不说话了？"

"没事。"谢刃回过神，心怦怦跳着，将手里的糖递给他，"我们也互相保密，好不好？"

小鲛人点头："好呀。"

他含着糖，甩着尾巴欢快地游向海中。谢刃也回到风缱雪身边，用帕子轻轻擦了擦对方额头上的虚汗。

风缱雪在梦中一脚踏空，猛然惊醒。

谢刃将自己的水囊默默递过去，看着他喝水，又想起了先前仙船遭遇玄花雾时，那场突如其来的、能拯救整座大船的狂风暴雪，还有，还有落梅生千金不卖的微缩城池，却突然就舍得拿出来送礼，再往后，第一次与九婴对战，自己被困在雾中，脱困后就见头颅已经被打飞，第二次与九婴对战，靠的也是铁虎兽与同样的冰雪寒刃。

件件往事交织，他深呼一口气，有些烦闷地抓了把头发。

风缱雪拍拍他的脸，不解地问："你怎么了？"

谢刃随便寻了个理由："没什么，在想给天道长疗伤的事。他被九婴禁锢了百余年，身魂皆受损，璃焕他们方才已经花了大力气，人却始终不见醒。"

风缱雪道："我过去看看。"

谢刃点头："好。"

他答应得爽快，风缱雪却又疑惑起来："你这回怎么不拦着，说我灵力虚耗，先不要管天无际的事了？"

谢刃被问得哑口无言，拦着，要怎么拦，如何拦？在春潭城仙船上时，玄花雾被冰霜制服，曾有修士连连感慨，说琼玉上仙的符咒果真厉害，自己当时未曾细想，可现在鲛绡图内也降下了一场同样的冰雪，甚至能压制住自己的红莲焰，这世间能一剑封海、一剑纵雪之人本就不多，而若在此等深不可测的修为基础上，还外加"长得极好看"五个字，那也确实不难猜。

水妖其实是露出过两回破绽的，一是初见时那莫名其妙的"穷且益坚"，二是有一回不假思索地说了句"琼……风公子"，自己当时还在想，这"穷疯公子"是什么奇怪的口误，现在一想，穷疯的好像只有自己。

谢刃看了眼风缱雪，风缱雪担忧地问："你到底怎么了？"

谢刃握住他的手，不甘心地捏了捏："没事，心里烦。"

"被困在这里，就开始烦了？"风缱雪撑着他的肩膀站起来，"事情还没到山穷水尽，你休息一会儿，我去看看天无际。"

谢刃目送他去了另一头，自己枕着手臂躺回沙滩上，看着碧蓝长空，继续一件一件地整理往事。

若对方当真是琼玉上仙，却突然化名为风氏子弟，出现在长策学府中，肯定是有理由的。

而他在来到长策学府后，一直跟在自己身边，几乎称得上寸步不离，白天盯着不准逃课，晚上盯着背诵《静心悟道经》，出门降妖时也总是同行，甚至连放假时都约好了要一起回家。那么很明显，自己就是那个所谓"理由"。

可堂堂上仙，为什么要乔装来到自己身边呢？

谢刃微微皱眉，再一细想，在自己为猎鸣蛇烧毁巍山时，璃焕就警告过一句，说当心师父写信去青霄仙府告状。

难不成师父不仅真去告了状，还专门请来一位上仙管着自己？

谢刃的脑袋嗡嗡响，好像也不大可能啊，自己哪有这么大的面子？但事实摆在眼前，高人就在身边，而且对自己照顾有加。于是谢刃继续琢磨，这回他把注意力放在了那本《静心悟道经》上，背静心经，又不许与何归走得太近，其实可以做出同一种解释——担心自己会步入歧途，一朝入魔。

他一下子坐起来，想着：不是吧，难不成我是什么千年一遇的邪魔灾星转世，天生就是要横行四野、造成血雨腥风的命，所以仙府特意派个人来盯着我、安抚我、引导我？

"阿刃，阿刃，谢刃！"墨驰在他眼前晃了晃手，"想什么呢，我叫了你三四声都没反应。"

谢刃被他打断思绪，随口敷衍道："想怎么出去。"

"那你现在可能不用想了。"墨驰道，"天道长醒了。"

"哦。"谢刃站起来，"我去看看。"

墨驰纳闷地看着他："你怎么看起来一点都不激动？那可是被九婴折磨了百余年的天无际，能在这么短的时间里被救醒，外头的大长老们都未必能做到。"

谢刃看了眼远处的风缱雪，单手搭住墨驰："不是不激动，是没心情激动，走，扶我过去。"

墨驰不解："你腿也受伤了？"

谢刃如实答："我腿没受伤，就是有点软。"

墨驰："……"

璃焕举着水囊，喂天无际喝了些水。

他的身体尚未完全恢复，只能僵硬地坐着，听眼前这群陌生的小辈粗略讲述百余年间发生的事。近处的海面上，许多小鲛人正在欢快地游来游去，令他的思绪恍惚又回到了从前，那艘远航的大船，以及同样穿行在浪花间的鲛群。

风缱雪问："天道长，这百余年来，你一直被九婴困在这幅鲛绡图中？"

天无际长叹一声："也是我当时大意了。"

那年，有传闻说南洋有妖邪为祸，他便打算前去一探究竟。商船刚刚起航时，一切都显得那么风平浪静，船上的织女和蚕娘们经常谈论纺织技法，所以那段时间只要一登上甲板，就能看到四处都挂着亮闪闪的美丽织物，在阳光下闪烁如宝石。

而这宝石一般的光泽，也顺利引来了大批怯生生的鲛群，船上的旅客对此并不意外，因为鲛族本就擅长纺织，船主更是在船尾处多加了一艘小平船，让鲛人们趴在上头，同织女交流，双方的关系很快就变得亲近起来。

天无际道："当时有一个年岁不大的鲛人，名叫十七，最为活泼好动。不过他不喜欢纺织，倒更喜欢听人说斩妖除魔的故事，我那阵无事可做，就经常同他聊天，聊到后来，他还想同我一道去南洋。"

日子就这么一天天地过着，直到某一天的日暮时分，大船抵达了白沙海域。

璃焕问："九婴出现了？"

天无际答："大船上的人突然疯了。"

说说笑笑的蚕娘也好，细心温柔的织女也好，还有游历的修士，甚至是还未成年的孩童，突然都撕破了往日的表象，他们高举起手中的刀剑，开始四处屠戮鲛群。待天无际听到消息上到甲板时，鲜血已经染红了大片海水！

鲛人们惊慌失措，争先恐后地向大洋深处逃去，却被修士们的剑阵逼回。大船的乘客中，平日里最德高望重的几位长者执剑大喊："绑了这群鲛人，贩卖到南洋，咱们就发财了！"

而其余人也很配合地振臂高呼，一双双被亢奋染红的眼睛，如饥渴的海匪与恶狼。天无际很快就从长者的心窍内窥出一丝煞气，知道这万余人已被邪魔操控，便从乾坤袋里取出避煞符咒，幻为数千利箭，弯弓满月射向失控的人群！

风缱雪皱眉："若真是九婴，寻常的避煞符怕是无用。"

天无际叹道："确实无用，而且船上的人实在太多，根本救不过来，我那时也想到了曜雀帝君曾在白沙海斩杀九婴一颅的传闻，猜出了这是煞气的来源。眼看鲛人们已经无处可逃，我就想带着他们离开，九婴却先一步从天而降，将所有鲛族一并卷入了海中。"

谢刃嗤了一声："先操控无辜修士屠杀鲛人，自己再以救世主的姿态登场，怪不得鲛族视九婴为大神明，甘愿为他织这四十九重鲛绡图，此等本事，不去搭个台子唱戏挣钱，还真算屈才。"

他一边说，一边又不自觉地瞄了眼风缱雪，结果发现对方也正在看自己，四目相接，不管环境合不合适吧，反正两人都微微一闪躲，将对面的天无际当成了救命稻草，异口同声地问道："然后呢？"

墨驰感叹："你们两个还真有默契。"

谢刃摸了把鼻子，走过去坐到风缱雪身边，将何归顺手一推："你，去那头。"

何宗主莫名其妙，心道你这又是犯哪门子病。

天无际继续道："九婴附身到了一名修士体内，他的剑虽只有一半，却是妖剑灭世，煞气冲天，力量不容小觑。数百招后，我逐渐落于下风，而船上的修士们失去神志，只如木头一样站着，并无一人出手相助。"

千钧一发之际，突然有一名鲛人从海底跃出，怀中抱着天无际方才被打落的箭囊，用尽全力抛了过来！

璃焕猜："是那位叫十七的鲛人吗？"

"正是他。"天无际道，"我虽得了箭囊，却依旧难敌九婴，还害得十七因此丧命。他平日里对我极为尊敬信任，哪怕亲眼看见了族群被无辜屠杀的惨状，依旧愿意助我一臂之力，只可惜，我非但救不了世人，还连累他被妖剑……"

璃焕见他目中似有泪光，便劝道："天道长已经尽力了，无须太过自责。"

风缱雪问："我们在外头见到了一尊奔跑的鲛人石像，是十七吧？"

"是他。"天无际道，"不过那并非普通石像，而是中了化石咒的十七。在他将箭囊丢给我后，九婴勃然大怒，先是以妖剑将十七剔骨剥皮，又将他变为一尊石像，抛入无边汪洋。"

百年前的这桩屠杀惨案，听起来有些沉重。在十七坠入大海之后没多久，天无际也被九婴俘虏，三艘大船上的修士们则无一幸免，全部被沉到海底深处，彻底消失于世间。

谢刃顺着往后推："而后鲛群便替九婴织了这张鲛绡图，供他养精蓄锐，等着有朝一日，再出去兴风作浪。"

风缱雪又问："鲛绡图共七七四十九重，可这最后一重并非由鲛丝织成，天道长可知道这是什么东西？"

天无际抬头看向远处。

最后一重鲛绡图，按理来说应该就是制成画卷的材料。除了天无际，剩下五个人在石窟中都摸过看过，但当时并没有发现异常，都以为是普通鲛丝，又软又滑又细腻的，还能是什么？

天无际嘶哑道："是十七。"

风缱雪眉头猛然一皱。

其余几个人也纷纷震惊道："十七，所以这是……鲛人皮？"

先前众人只以为这图是由鲛丝织成，觉得重重世界古怪诡异，却不承想真相如此残酷。璃焕望着天上那些鱼鳞状的云丝，后背隐隐渗出一层冷汗，碧浪沙滩、和煦海风，周围的一切看起来都是那么安宁美好，可谁能想到，牢牢包裹在安宁与美好外层的，竟然会是一张血淋淋的鲛皮。

墨驰回身看了眼沙滩上的小鲛人们，低声道："若被他们知道这个世界的真相，怕是这辈子都难逃噩梦。"

天无际道："十七是被灭世所害，他的肌骨皆被妖剑封印，想要离开此地，就只有先破除封印。"

璃焕追问："如何破？"

天无际答："灭世剑唯一的对手，便是烛照。"

众人一听就泄气了，烛照剑至今还在太仓山下压着，怎么可能出现在这里？只有风缱雪看向身边的人："你再试试。"

"我？"谢刃有些犹豫，他倒不在乎多砍一剑少砍一剑，但万一天地被砍燃后，却还是老样子，总不能回回都指着他纵风降雪来收拾烂摊子。一来丢人，二来，在短短两天内要冰封两次汪洋大海，哪怕是厉害的上仙，只怕灵力也撑不住。

天无际道："灭世的力量不容小觑，寻常刀剑绝非它的对手，倘若我的逐日长弓仍在，或许还能试着射破天穹，但现在……也只能想别的办法。"

"没有逐日长弓，不如先试试别的弓？"璃焕提议，"反正闲着也是闲着。"

墨驰奇怪道："你还藏了别的弓？"

"我没藏，但风兄说不定藏着呢，他的乾坤袋中什么好货没有，对吧？"

结果风缱雪道："我没有。"

至于为什么没有，因为在见过漂亮剔透、拥有惊世美貌的幽萤长弓后，世间所有的大小弓箭就都被衬成了庸脂俗粉，俗的俗，艳的艳，土的土，赏之索然无味，失去了被琼玉上仙收藏的资格。

璃焕道："哦。"

谢刃又看了眼天空，问道："你真的觉得我能烧毁灭世封印？"

风缱雪说："嗯。"

"为什么？天道长都说了，灭世的对手唯有烛照。"

"嗯，那你别试了。"

"别啊！"谢刃扯住他，"我还指着你鼓励我两句呢，怎么就又让我别试了，我要试，但试之前我得想想，不能又一次把天地都点了。"

风缱雪点头："好。"

目睹全部对话的其余三人表示，谢刃是真的吃错药了吧。璃焕侧头小声从牙缝里向外挤字："我觉得这不像面对债主的态度啊，真想表忠心，难道不该'咣咣咣'磕头发誓，让风兄尽管放心，保证自己会砍破天地？"

墨驰分析："那可能他还没有完全被债务吞噬理智，尊严尚存。"

何归："……"

傍晚时分，谢刃仍拿着一根小棍，在沙滩上不停地写写画画。风缱雪取出一条披风，上前替他裹在身上："如何？"

"我不能控制住烈火焚烧的范围。"谢刃拉着人坐到自己身边，"不过假如我不用红莲烈焰，只剥离出灵火去焚烧封印，就不会点燃整个世界。"

风缱雪提醒他："但你学艺不精。"上回虽说成功剥离了灵火，可那只是用来逼出鲛女体内的九婴，与焚毁整片天地的灭世封印相比，难度相差何止千百倍。

谢刃道："试一试总无妨，就像璃焕说的，闲着也是闲着。而且你要是愿意多夸我两句，说不定我还能多点进步，咱们就真的能出去了。"

风缱雪反手兜住他的头："若我夸完，你却没做到呢？"

谢刃耍赖道："那我也努力过了。"

风缱雪道："可我想出去好好睡一觉。"

谢刃稍微顿了顿，坐直了。

风缱雪和他对视："我不想待在这幅图里，你带我出去。"

谢刃深吸一口气："好，我带你出去。"

明知道对方的修为要强过自己千百倍，堂堂琼玉上仙，竟然需要自己的保护，这世间还有没有天理？他一边这么想着，一边又有些少年人的得意，便问："要不要睡会儿？"

风缱雪拒绝："我不困。"

"不困也得睡，你肩上的伤还没好，要多休息。"谢刃将披风裹回他身上。

风缱雪微微仰着下巴整理系带，眼底却突兀地闯入一片黑雾！

"九婴！"

"九婴!"

水妖也觉察出了异样，在第一时间便赶着鲛群躲回了汪洋大海中。墨驰几人齐齐拔剑出鞘，璃焕挡在天无际身前，警惕地看着从天而降的两个人，一个是红衣鲛男，另一个则是他的新婚妻子，或者说是被九婴重新占据的新婚妻子。

谢刃手握逍遥剑："鲛女费尽力气挣脱我们，要回去找她的相公，却不料又被附身了一回，此等窝囊无用的男人，真不知嫁来何用。"

他说话的声音不小，红衣鲛人自然也能听得到，只见他面部肌肉僵硬地动了几下，像是硬生生将脏话咽了回去。

"喂!"谢刃索性用剑指着红衣鲛人，"你先前还说那颗鬼头丑得令人作呕，现在却能容他躲在你媳妇的肚子里，你还是不是男人了?"

红衣鲛人看了眼身边的九婴，依旧没有说话。谢刃侧头轻声道："他会不会是被九婴威胁了?"

风缱雪道："尽量留命，留不住就杀。"

谢刃嘴角一扬："我知道，我不能受伤。"

九婴身后依旧悬浮着那把巨大的灭世剑，不过组成猛兽的煞气却淡了许多，剑痕处的红莲印记也未完全散去，看来上回的确被伤得不轻。谢刃手腕一转，逍遥剑上燃起熊熊烈焰："怎么，还想再试一次? 我怕你这破剑会碎!"

他话音刚落，剑身上的野兽便被激得怒咆，却被九婴抬手制止。他直直地看着谢刃，一字一顿地说："烛照!"

谢刃摇头道："就算你们爷俩曾被神剑先后砍飞，也不能见谁都叫烛照，我这把剑可比烛照厉害多了，是你爷爷倾家荡产……算了，我不想要你这恶心儿子，还是不占便宜了。"

"花言巧语!"九婴狠狠攥住身侧的灭世剑柄，"杀了他们!"

野兽俯冲跃下!

在脱离剑身的刹那，它的身体骤然膨胀，煞气也重新聚成浓黑的雾。风缱雪看出端倪，提醒众人："是九婴。"

灭世剑受损，九婴便将自己的煞气送入剑身，催动野兽重新变得强大，换言之，他现在已与妖剑融为一体。谢刃推开风缱雪，自己挥剑扬出烈火，呼啸劈向半空！璃焕与墨驰也攻了上去，一直未动的红衣鲛人见状，突然反手一挥，沙滩下也不知弹出了什么机关，扬得到处都是湿漉漉的沙泥，逼得两人退后。而红衣鲛人的动作还没有停止，他不断掀起沙滩与巨浪，墨驰擦了把脸上的泥浆，惊问："他哪来的这本事？"

墨驰道："整张鲛绡图都是他织的，他自然知道何处有机关，先将人绑了再说！"

两人便又攻了上去。但绑人也不是随随便便就能绑的，红衣鲛人不知信了九婴什么鬼话，变得双眼充满仇恨，跟个傻子似的，一门心思地兴风作浪，压根听不进人言，璃焕与墨驰吃了不少风浪压顶的亏。而另一头，谢刃的红莲烈焰虽能气势汹汹地照亮半边天，却始终找不到当初那神之一剑的手感，半天没能打断妖剑，反而险些被野兽掀翻在地，他跟跄几步一剑插入沙滩，抬头看时，风缱雪已经与九婴战在了一起，身后跟着机甲铁虎兽。

风缱雪一剑砍退九婴："点燃它！"

谢刃心领神会，抬手扬起火海，将铁虎兽变成了火虎兽！

两只野兽在半空缠斗不休，怨气与火光交织，冒出滚滚浓烟。天无际坐在树下，想去帮忙，却心有余而力不足，何归压住他的肩膀，劝道："天道长养伤要紧，为鲛族与修士讨公道的事，交给我们便好。"

他所佩长剑名曰红蟒，倒是与不走正道的血鹭崖一个路子。璃焕与墨驰正被红衣鲛人缠得身心俱疲，此番得了帮手，总算能松一口气。但另外两人就没这么轻松了，寻常的红莲烈焰根本制不住上古妖邪，风缱雪眼看谢刃要吃亏，便幻出花索将他拉回自己身边，问："上一次是怎么引燃天地的？"

"那时你受伤了，我着急。"

"非要我受伤吗？"

"别！"

谢刃一把抓住风缱雪，双眼赤红地挥出滔天一剑！灭世妖兽虽被逼得松开了利爪，放走了嘴边的铁虎兽，身体却只是稍微变淡了一瞬，几乎未受到任何伤害，九婴则一直站在半空，手握妖剑，用俯视的姿态看着这一切，就如同所有人都是蝼蚁，等着被他宣判命运。

风缱雪安慰道："不必在意，也不必被他干扰心神。"

谢刃扣紧掌心，在漫天火光与巨浪中看着眼前人："嗯。"

风缱雪道："那么多页《静心悟道经》，总不能真的只背给我一人听。"

谢刃紧紧闭上双眼，静心回忆前日那劈天裂地的一剑，隐匿在血脉深处的烈焰是如何被唤醒的，又是如何贯注整把逍遥剑……他胸口起伏着，手也不自觉得握得死紧，风缱雪被他捏得手骨几乎错位，余光瞥见不远处的铁虎兽已经被打倒，灭世妖兽再一次蓄势待发地瞄准了这头，便叹了口气："谢刃。"

谢刃睁开眼睛，却见风缱雪整个人都俯身过来，拍了拍他的肩。

而裹着怨气的妖兽正在张开利齿冲向两人！

风缱雪自然能感受到身后的危险，却坐着没动，谢刃看着即将落在他头上的利爪，瞳孔猛地紧缩，一把将人带到自己身侧，另一手拼尽全力一砍！

烈焰似巨浪盖向妖兽，幻出红莲将其牢牢包裹在内！痛苦的嘶吼声响彻海滩，它腾空跃起，想要躲回剑身，九婴惊惧地看着朝自己扑来的火球，脚下连连后退。谢刃趁机又挥出一剑，灵火霎时如银河横贯长空，在那里撕开了一道赤红色的缝隙！

风缱雪道："杀了九婴。"

谢刃让他在沙滩上坐好，自己提剑站起来，抬头看着夜空中的不灭火海。

"好，你等着，我去杀了九婴。"

烈火熊熊燃烧！

何归与璃焕合力对抗红衣鲛人，墨驰则拖起天无际，离开了正在不断坍塌的海滩。

在天被划出裂口后，这最后一重世界终于也要消失了，狂浪卷起白沙与礁石，再一起奔涌流向虚无的时空，巨大的旋涡似乎要卷尽一切，璃焕对墨驰道："你护好天道长，我与何宗主去帮阿刃！"

墨驰点头，举目望去，灵火不断在墨蓝的天空上蔓延，将裂缝处勾勒出一道细细的金边，真似骄阳烈日即将撕裂黑暗混沌。

被红莲烈焰焚伤的灭世妖兽已经伏回剑身，而那些裂痕也透出即将熔断的纹路，剑柄被煅烧成暗红，九婴不得不松开手，透过鲛女的双眼，充满仇恨地看着眼前这位千年前的对手，看着他手中那把虽变了模样，却依旧燃满熟悉火光的长剑："烛照。"

"你说是就是吧。"谢刃懒得与他多言，"识相的，就自己滚出来。"

他手中的烈焰不灭，灭世剑上的烈焰便也不会灭，蜷缩的妖兽不断发出痛苦的呜咽，终于受不了灼烫的炙烤，主动离开了剑身。谢刃正欲将其收拾干净，一条赤红巨蟒突然从后头蹿出来，张开毒牙将妖兽吞吃入腹，再一眨眼，已迅速回归剑身——何归的红蟒剑身。

谢刃眉头一皱。

璃焕也吃惊道："何宗主，你怎么也……剑饲妖兽？"

"饲十几年了，我家总走偏门，你们又不是第一天知道。"何归理亏，只能握紧长剑当无事发生，"它最近饿惨了，方才感应到有落魄的煞气，我想拉也拉不住。诸位行行好，就当没看到吧，否则消息传出去，那群白胡子老头又要到血鹜崖闹事。"

璃焕暗自摇头，不过此时也不是讲道理的时候，眼看谢刃已经追上了九婴，便拉着何归上前帮忙。

九婴虽说失去了灭世妖兽，但剑身仍可替他抵挡一二，而此时红衣鲛人也赶了过来，他独自设计出了这张鲛绡图，对其中关窍极为了解，红色长袖一扬，便又打开一道暗门，从中冲出数百曜雀帝君的人偶！

空中一片混乱，红衣鲛人则趁着这短暂空隙，抱起自己的"妻子"逃往暗门。谢刃自然不会放过他们，一道火鞭将暗门击得粉碎！而这时整片天终于被灵火焚尽，最后一重世界也轰然坍塌，刺耳尖锐的呼啸再度响起，众人的身体先是急速下坠，而后又全部落入水中，熟悉的三艘大船出现在眼前，虽说也不是什么好地方，但至少出来了。

墨驰先带着受伤的天无际爬上岸，再试着去推入口处的石门，依旧纹丝不动，便问道："九婴在外头还有帮手？"

天无际摇头："我一直被他囚禁在鲛绡图内，并不了解。墨公子不必管我，先去帮忙。"

墨驰替他布下一道护身结界，自己闭气潜入水中，若不能速战速决，将那群巨大的怪鱼八何罗又引出来……他刚想到这里，眼前就出现了一条丑陋的触足。

墨驰："……"

浑浊的汪洋、不断崩塌的大船，再加上成群结队的八何罗，说是末日的场景也不为过。风缱雪手中幻出雪鞭，一直留意着其余几人，尤其是谢刃的动向。他不想过早出手，打算等真的到了万不得已时，再化冰封海解决鱼群。

鲛族在水中有优势，但再大的优势也敌不过燃烧的火——红莲火和怒火，即便现在身处冰冷海中，少年胸膛中的烈焰依旧不可熄，拎回妖邪的头可比压高渭河水位简单多了，于是围在九婴身侧的八何罗们还没反应过来是怎么回事，就被火刃通通斩为两截！

鲛女低下头，怔怔地看着从自己胸前穿过的红莲，她在水下无声痛呼，谢刃咬牙反手一挑，将九婴的头从她体内生生拉了出来！

红衣鲛人大惊失色，伸出双手接住自己坠落的妻子。

烈火在水下燃烧着，九婴那颗肮脏而又丑陋的头颅，终于被烧尽了煞气，变成了焦黑的空壳。而八何罗群受到火光惊吓，也成群游向另一头。

风缱雪松了口气，不动声色地散去手中一直紧握的雪光，拖着早已精疲力竭的璃焕上了岸。谢刃将九婴的枯骨装回收煞袋，看了眼正在替璃焕包扎伤口的风缱雪，觉得这确实不是一个好地方，况且要怎么出去还是个问题，便转身去关心了一下何归和墨驰。

过了一会儿，水妖也湿漉漉地爬了上来，身后跟着鲛群，还有红衣鲛人与他的妻子。

"我说你这人，"谢刃坐在岸边，"要算账也该是我们算账吧，怎么你反倒一脸苦大仇深的？"

他看了眼鲛女，又从袖中取出一瓶药抛过去："她的手烫伤了，你自己弄吧。对了，你既然已经混成了九婴的心腹，知不知道这儿要怎么出去？"

红衣鲛人语调僵硬："不知道。"

"不知道，那我们都得饿死在这里。"谢刃道，"随便。"

红衣鲛人冷哼一声，并不理他。

水妖自告奋勇："这水下应该有通路，不如我们下去找找。"

红衣鲛人回头看他："你们？"

"是啊，我们。"水妖浮在鲛群最前头，还真有几分海王发号施令的气派，"怎么，你想寻死，还不准我们找生路？"

鲛人们在鲛绡图中一重一重往下落，到现在能一个不缺，全靠这只力大无穷的水妖一路拖，再加上石窟内确实无法居住，得先出去才能有生路，便也跟着他一道劝红衣鲛人。红衣鲛人却不肯听，真如谢刃说的，吃错药了一般。

水妖大声安排："你们几个，去北边，你们几个，去南边，你你你，你们四个，随我来，大家一个时辰回来一趟，记没记住？"

鲛群齐刷刷回答："记住了。"几个稚童的声音尤其响亮。

红衣鲛人眼睁睁看着自己的族群就要跟着水妖跑，终于说了一句："过来吧。"

谢刃嘴角一扬："哪里？"

红衣鲛人也不知在水下按动了哪个机关。

一阵沉沉闷响之后，石窟入口果真被重新打开，明亮的阳光大片倾泻进来。鲛群一阵欢呼，谢刃收剑回鞘，与何归一起，合力将洞内的鲛人都送出了洞窟，又将天无际也背出去。

外头的天明晃晃的，阳光穿透皮肤，再不是鲛绡图内那阴森的"暖阳"，空气也清新极了。谢刃将怀中的小胖鲛人放回大海，道："将来若再见面，记得来问哥哥要糖。"

红衣鲛人突然道："你过来。"

谢刃抬头："我？"

风缱雪扶着天无际坐好，回身去找谢刃，发现他似乎正在同鲛人们说着什么。

红衣鲛人的声音很小。

谢刃纳闷地弯下腰："什么'生不死'的？再说一遍，没听清。"

红衣鲛人又凑近他几分，嘴唇贴近耳朵，像是要重复，嘴里却没有发出任何声音，反而用力拽住他领口，将人往自己身前一拉！几乎在同一时间，另一颗被怨气裹满的头颅竟然从红衣鲛人胸前浮出来，试图进入对面的身体。

"小心！"

一道冰墙从天而降，深深插入沙滩！而紧随其后的，是一把闪着寒光的玉剑！风缱雪飞身上前，如雪衣摆被风吹得鼓胀，其余人听到动静急忙抬头，只来得及看到眼前一道白光闪过，卷起的碎冰狂雪便打得脸颊一阵痛！

九婴被冰墙阻隔，眼睁睁看着谢刃被一把拽走，而锋利的寒芒已经逼至眼前，他只有放弃原本的侵占计划，卷起残破的灭世剑，转身逃往远方，须臾便消失无踪了。

谢刃坐在沙滩上，惊魂未定，脸色也有些白，本能地伸手去摸腰间的收煞袋。

"别找了，你斩落的那颗妖首还在。"风缱雪按住他的肩膀，"白沙海应该藏了两颗九婴的头颅。"

谢刃："……"

墨驰恍然："怪不得在我们进入石窟后，会有人合上门，原来这玩意竟然有两个，可是他为何要带我们出来？"

"八成是因为石窟底下也能找到出路，眼看鲛群都不肯听他的，反而愿意跟着水妖走，倒不如自己供认，还能骗取阿刃的信任。"璃焕道，"幸好刚才风兄反应快，不然就真被他得手了。"

何归看向风缱雪："方才那道冰墙，所需灵力不低，先前一直没发现，风兄好强的修为。"

风缱雪低下头，漫不经心地"嗯"了一声。

何归继续追问："但据我所知，风氏……"

"风什么氏啊，我差点被那鬼东西钻进肚子，你们怎么也不安慰我一下？"谢刃截断他的话头，"还有，方才九婴跑得那叫一个利索，本事似乎比我装着的这颗头要强，会不会溜了的那颗才是醒了一百多年的？"

"管他呢，反正都是九婴的脑袋。"璃焕道，"这一百多年里，他修补灭世剑，找到了另一颗头，炼出一堆人偶，好像做了不少事情，不过现在被烧的烧，残的残，算白忙一场。"

"未必，你哪知道他还带走了什么东西。"谢刃站起来，"先写封信送回长策学府，告诉师父这里发生的事情。至于这对被侵占过的鲛人夫妇，没受什么重伤，应该泡会儿就会自己醒了，不如……你负责替他们找个家吧，还有啊，往后多替鲛群挡着恶人。"

被选中的水妖问："我？"

"对，你。"谢刃在怀中掏钱袋，风缱雪却抢先丢过去一袋珠宝，吩咐："寻一处安稳舒服的地方。"

水妖用双手胡乱接住，看着身侧围着的似乎对这种安排没有任何异议，对自己极为信任依赖的鲛人，心里居然也莫名被勾起了一股使命感，正色道："好，我一定会替他们找到好地方。"

风缱雪点头："有劳。"

水妖带着鲛群，一起游向了落满阳光的大海，很快就消失在远方。

第十章

凛 冬 异 象

谢刃回到石窟，将十七化成的石像搬到阳光下。天无际强撑着站起来，蹒跚着走到石像旁边，在被九婴囚禁的百余年中，他曾无数次梦到过这名少年，梦到他怀中抱着逐日长弓，一路乘风破浪。如今看着正在片片脱落的石像，天无际叹息一声，缓慢而又艰难地伸出手，握住了那深藏于石心的一抹鲛人孤魂。

风缱雪问："天道长以后有何打算？"

天无际道："斩杀九婴，而后便带着十七去南洋看看。"

"妖邪要斩，不过道长还是得先将身体养好。"谢刃提议，"寻仙岭的几位长老德高望重，医术超群，距离白沙海也不远，不如先去那里。"

何归主动请缨："我送天道长过去。"

"你？"谢刃问，"你不随我们继续去找下一颗头了？"

"我得先回一趟血鸳崖。"何归道，"倘若家中没出乱子，再来与你们会合。"

谢刃依旧不放心，将何归强行拖到僻静处："要走可以，先交代清楚，那条红蟒是怎么回事？"

"还能是怎么回事，剑饲妖兽，你都看见了。"何归坦白，"养了十几年。"

谢刃警告道："你就不怕被它反噬？血鸳崖的修炼方式我管不着，也觉得那群白胡子老头三天两头去你家找碴，纯属脑子有毛病，但饲妖兽这件事吧……我可不想哪天接到消息，说你被蟒蛇吞了。"

"现在我还能压制得住，将来压制不住时再说。"何归指着他的鼻子，"还有，璃焕与墨驰都答应替我保密了，至于风氏那位，你负责搞定，总之这件事要是传出去，不管是他说的还是你说的，我都只找你讨债。"

谢刃后退一步："说笑了，我哪能管得住他？"

何归说："你若管不住，那我就去管。"

谢刃抬脚便踹："有病吧，想得还挺美，关你什么事，走！"

"那我走了。"何归笑，"放心，若真有压不住剑的那天，我肯定来找你帮忙。"

谢刃没辙："送完天道长后，你准备去哪儿找头？"

"怒号城啊，不是你说的吗？怒号城归鸾羽殿，金氏不是我的对手。"何归道，"我打算先过去看看，实在不行，还有……算了，猿哀城的齐氏和火焰峰的璃氏都不好惹，我没必要触霉头，若怒号城那颗头没戏，到时候再想别的办法。"

两人一路勾肩搭背地往回走，结果拐弯就见风缱雪正站在前头，脊背挺直，很冷冰冰的那种站法，海风卷起他的大衣摆，跟一朵花似的，于是谢刃当场松手，把狐朋狗友给赶走了。

何归看着他一路狂奔的背影，简直无话可说，璃焕一瘸一拐地走过来安慰他："何宗主，没事的，阿刃他不是欠债了吗？自然要事事以风兄为先，所以在对待朋友时，就显得十分没有人性。对了，咱们什么时候商量凑钱赎他的事？"

何归："……"

真的，半个钱都不想掏。

稍做休整之后，何归便带着天无际前往寻仙岭求医，而其余人也回到小镇客栈，简单吃了点东西。璃焕本来打算开四间客房，结果被谢刃及时提醒："分开住，倘若九婴那颗头又来了呢？"

"他都被你打得落荒而逃了，哪有马上就回来送死的道理？"璃焕嘴上这么说，却还是将客房换成了两间。谢刃目的得逞，假装无事发生地回到风缱雪身边："走，咱们回去。"

小二得了这群小仙师的赏钱，办事也麻利，一趟一趟往房中殷勤地送着热茶与浴水。谢刃单手在桌面轻叩，仰头又喝下一杯茶。

鲛绡图内九死一生，自无暇顾及其他；回到白沙海时又闹哄哄的，同样一群人一堆事，找不到说话的时间；而现在好不容易得了清闲，焉有不好好想想的道理？

然后少年的思绪就飞到了九霄云外，八匹马都拉不回来。

"谢刃，谢刃，谢刃！"不知过了多久，风缱雪突然喊他，"你中邪了？"

谢小公子猛一下回了神："啊。"

"我方才叫了你七八声。"风缱雪问，"在想什么？"

谢刃清清嗓子："没事。"

风缱雪道："你出去吧，我累了。"

"唉……好。"谢刃眼睁睁看着他从自己面前飘走，只好将满肚子的话暂时咽下去。

风缱雪独自坐在桌边，一连饮了两盏茶。他心不在焉地解开腕间绷带，看了眼依旧在渗血的伤口，又看了眼屏风后半天没动静的谢刃，咬牙将伤药洒上伤处。

一阵剧痛。

"谢刃。"

"怎么了！"

谢刃匆忙冲出来，看着满桌乱滚的药瓶，赶紧坐下检查他的胳膊："给我看看。"

风缱雪微微错开视线："嗯。"

"我来吧。"谢刃取过伤药一闻，"你这里头有冰酥，虽说高级，但治疗皮外伤犯不着受这份疼，还是用我的好些。"

风缱雪在灯下坐着没动，任由他替自己处理伤口。

谢刃吹了吹剩下的药粉，仔细将绷带缠好。"等明晚再换新的，三五天就会痊愈，你肩头的伤要不要换？"他一边说，一边抬起头。

风缱雪道："我自己来。"

谢刃乖乖将伤药与绷带递过去："你要去躺着吗？方便一点。"

风缱雪摇头，自己褪下半边衣衫，拿着药瓶想敷，却疼得眉头紧锁。谢刃在一旁看不过眼，重新接过绷带，沉默而又快速地替他包扎完："好了。"

桌上红烛燃得只剩短短一截，烛芯倒是长，引出来的火光也细长，几缕风从窗户缝隙里吹进来，带得满屋光影斑驳跳动。

风缱雪站起来，看样子是想去床上休息，这回谢刃的身体先于大脑行动，一把拽住对方的胳膊，脱口而出："阿雪！"

"嗯。"

"你，那个，你神识进入人偶时，是不是听到我跟它们说过的话了？"

"哪句话？"

谢刃横下心："我不是信口胡扯的，我真把你当自己人，以后都想跟着你历练。"

风缱雪说："我知道。"

谢刃听出他声音中的笑意，支支吾吾道："阿雪，你就答应我吧，我肯定听你的话。"

风缱雪拍拍他的后脑勺："可我对你有诸多隐瞒。"

"没事，尽管瞒着，等你什么时候想说了，我再听。"

"你不好奇？"

"好奇，关于你的所有事情我都想知道。"谢刃道，"但我总不能逼你说，万一你不管我了，我岂不是哭都没处哭？"在这一点上，他还是很清醒的。

风缱雪继续问："倘若我不肯，你是不是就不打算走了？"

"嗯。"谢刃应一句，"我不走。"

夜晚小镇安静得唯有海浪声，风缱雪点点头，说："好。"

接着又补了一句："你若想跟着我，那从今往后，什么都要听我的。"

谢刃笑着答应道："好，我什么都听你的。"

风缱雪跟着笑。

翌日直到中午，璃焕与墨驰才伸着懒腰出门，刚想去敲隔壁的门，小二却道："另外两位小公子一大早就出去了，像是要到东边去买鱼糕。"

"鱼糕有什么好吃的，还挺有闲情逸致。"璃焕打了个呵欠，"走，咱们也去看看。"

结果话音刚落，就见客栈里又进来一个人，腰佩木质长剑，气质威武凛然。

正是前来寻找心爱小师弟的木逢春。

璃焕与墨驰虽听说过木逢春的仙名，却从未见过他本人，此时自然也没认出来，只当是寻常道友作揖行礼。木逢春见二人身上带伤，不过胳膊腿都还全乎，有说有笑气氛轻松，猜出他们此行勉强算得上顺利，也就不着急找人了，自己叫了一壶茶一碗面，打算坐在厅中慢慢等。

墨驰看他仪表堂堂，修为像是极其深厚，便拉着璃焕主动上前攀谈。木逢春在心中暗暗一拍大腿，这敢情好啊，我也非常想了解一下小师弟在山下的求学生涯，于是三言两语就套出了风缥雪与谢刃二人起了个大早，结伴出门去买鱼糕的事。

木逢春十分纳闷，因为小师弟竟也有"起了个大早"的时候，在青霄仙府时，他哪天不是睡到日上三竿？啊，上学果然辛苦。

他又细细追问："我听说那位谢府的小公子，在长策学府时经常纵火烧房，欺凌同窗，不服管教，追鸡撵狗没有半分消停，连竹先生都极为头痛，不知他有没有欺负我们家……我们家小师妹很喜欢的风公子？"

墨驰吃惊道："他的恶名居然已经远播到了这种程度？"

璃焕帮忙解释："其实阿刃人还是很好的，虽然他在学府确实烧了不少东西吧，也老打架，但至少对风兄是一等一的好。"

木逢春一听，这才勉强放心，但又怕引得这两名少年对自己的身份起疑——毕竟还没有同小师弟商量过，不知道他下一步的计划，自己还是不要暴露身份为妙。

不过也不需要问了，因为没过多久，风缥雪便与谢刃一道回来了。

两人手中都攥了一大把炸鱼糕，谢刃一边走，一边对他说："这个太辣，就吃一个吧，免得等会儿胃不舒服。"

风缥雪尝了一口："不辣。"

"真的假的？"谢刃也试着尝了半个，顿时倒吸冷气，"这也叫不辣？"

风缯雪眉眼弯着，刚取出手帕，余光却不经意瞥到了桌边熟悉的身影，于是整个人一愣，还以为是自己眼花了。

结果并没有。

木逢春看着眼前这幅《在家根本不沾阳春水的矜贵小师弟如今竟沦落到如此图》，心情复杂，已经脑补出了他在前往长策学府之后，当牛做马，忍辱负重，百般讨好任务对象的曲折故事，一颗老母亲的心啊……别问，问就是滴血。

谢刃将手中的鱼糕递给璃焕与墨驰，又看了眼桌边的木逢春："不知这位仙……哎哎，你别拽我啊！"

风缯雪扯着他的衣袖，将人扯上了二楼，待两人的身影消失后，璃焕才对木逢春道："你看，平时阿刃与风兄就是这般要好的，我们都已经很习惯了。"

木逢春："……"

谢刃稀里糊涂被他拽回房中，问："怎么了，你认识那个人？"

风缯雪道："嗯。"

"谁啊？"

"我师兄。"

"你师……"谢刃大为震惊，那岂不是就是青霭仙府的人？当然了，鉴于目前琼玉上仙的身份还没有被挑明，所以他也很配合地没有细问，只压低声音道，"你师兄为什么会来找你？"

风缯雪想了想："可能因为我最近总是疏于回他的信。"

主要确实没什么好回的，二师兄的信吧，翻来覆去无非是一些鸡毛蒜皮的有关吃穿用度的事，无半点要紧事，而且每一封信都要问一句谢刃有多顽劣，像是完全看不到自己用心写下的"甚是可爱"，很令人生气，于是干脆不回。

谢刃又问："你要去见见他吗？"

风缯雪点头。

谢刃很自觉："那我下楼去找璃焕他们，过一个时辰再回来。"

风缱雪说："好。"

谢刃转着手中佩剑，玩世不恭地往楼下晃，结果刚好撞到木逢春正神态威严地站在楼梯口，顿时脸色一收，摆出人模狗样的成熟姿态，拱手行礼侧身让路："仙师请。"

木逢春踩着"咯吱咯吱"的楼梯上了楼。

璃焕与墨驰也在伸长脖子看热闹，小声招呼谢刃："喂，他看起来好像颇有背景。"

"知道他颇有背景，你们就表现得好一点，不要给我丢……不要给师父和长策学府丢人。"谢刃一左一右揽住两人，"想好了吗，我们下一步去哪儿找头？"

话音刚落，外头就飞来一只传信木雀。

楼上，木逢春一进门就被无情打劫，风缱雪伸出手："乾坤袋。"

"还没炼好，大师兄一直在丹鼎旁守着。"木逢春四下打量这间破客房，问："床头为何要挂这么一只草蚂蚱？啊，真的好丑，你看它难道不会做噩梦吗？师兄还是给你寻一个好看的香囊吧。"

风缱雪介绍："它是我新得的儿子，名叫谢大胜，现在你们也见过面了，给钱。"

木逢春难以理解："你为什么要弄这么个丑东西当儿子？"

风缱雪答："你到底给不给压岁钱？"

木逢春掏出钱袋，全部塞到这仿佛吃错药的小师弟手中，钱要多少都行，但事情必须说清楚。

风缱雪将钱袋收好："师兄找我何事？"

木逢春虽说看起来很狂野不羁，像是天天都要去山里掏蜂蜜吃，但大家都懂的，他其实是一名内心装满了飞花和长诗的细腻男子，连酒困路长唯欲睡看上了隔壁厩里的大马都能敏锐地觉察到，更何况是一手带大的小师弟。

于是他十分小心翼翼、千回百转地问："此番下山，除了长策学府，你还有没有什么别的事情想告诉师兄？"

风缱雪想了想，道："我有一个朋友。"

木逢春道："然后呢？"

风缱雪道："他觉得谢刃天资聪颖、少年意气、侠肝义胆，甚是可爱，所以十分喜欢。"

木逢春点点头，然后问："什么意思？"

风缱雪继续道："无论日常生活也好，斩妖除魔也好，甚至是被困在幻境里时，只要有谢刃在，他就觉得一点都不无聊。"

木逢春当机立断，拍桌连连感慨："真是好感人的一段兄弟情！"

风缱雪："……"

木逢春循循善诱："小雪啊，你这段时间也累了，不如先随师兄回家住一段时间？"

风缱雪拒绝："我不回去。"

木逢春胸口一闷，尽量心平气和地问："为何？"

风缱雪回答："因为长策学府里有一个开满了花的大秋千，荡起来很好看。"

木逢春闻言痛心疾首，青霭仙府里样样都好，但秋千确实不太好——一个烂木头桩子上挂着破板，百密一疏，百密一疏啊，谁能想得到呢，心爱的小师弟就这么被一个秋千拐走了。

风缱雪道："事情我已经说完了，师兄若只是碰巧路过，现在可以走了，乾坤袋记得快点给我。"

木逢春强忍住要咳血的心，有气无力地指着他："这件事不算完，你且等着，待我解决完凛冬城的事情，再来讨论你和……你的那位朋友和花秋千的事。"

风缱雪一撇嘴，不置可否，又随口问："凛冬城怎么了？"

木逢春道："凛冬城最近时有地动，偶尔还有金光环绕，异象频出。"

"是金光？"风缱雪追问，"而非煞气？"

木逢春点头："师父接到消息，命我前去查看。当年曜雀帝君便被葬于凛冬城，现如今九婴逐一现世，若硬要说帝君复生，也不是不可能。那金光极为刺目，理应不是妖邪伪装。"

风缱雪眉头微皱，曜雀帝君如果真的重新现世，被镇压在太仓山下的神剑势必要被重新取出，可烛照剑魄早已融入谢刃的灵脉，那……他虚虚一握拳，抬头道："九婴我能解决，不必劳烦那位帝君，还是让尊者安心躺着吧。"

木逢春拍拍他的肩膀："倒也未必就是那位，先别担心。"

"埋葬在凛冬城的只有他，师兄都说那金光凌厉刺目，还能是谁？"风缱雪道，"总之他出来也好，不出来也好，都休想再碰烛照剑魄。"

"好。"木逢春宽慰道，"放心，待我探明凛冬城那头的局势，定第一时间传书告诉你。"

风缱雪正色道："谢刃是个好孩子，我会护着他。"

木逢春没有一点点防备，怎么又绕回了谢刃？

风缱雪继续道："所以谁若伤他，我便杀谁。"

木逢春目瞪口呆。

他看着眼前的小师弟，心中五味杂陈，想出言相劝，却又不知该从何劝起，最终只能握住他的手，轻声说了一句："事情还没严重到这种程度，你且宽心，将来若真有什么动静，师兄自会替你挡着。"

直到离开时，木逢春仍有一大堆话要说，甚至还想去教育一下谢刃，护师弟之心殷殷，风缱雪却半句都不愿听，连推带搡地将人赶到窗边，一抱胳膊："好了，你走吧。"

木逢春指出："你这如江湖人般狂放的不雅姿势，怕也是从那姓谢的小子身上学来的吧？"

风缱雪把手放下来："我没有。"

风缱雪的反应依旧淡淡的，没表情，但那只是旁人眼里的没表情，如何能瞒得住一手带大他的木逢春？反正二师兄看着小师弟，肠子都要悔青了，当初为何不是自己乔装进学府，难道长得威武就不能是十六岁了吗？倘若那姓谢的不相信，打一顿不就好了？

他当场潸然泪下，握住风缱雪的手："听师兄的，烛照的事情，得讲分寸。"

结果话没说完，就被心爱的小师弟赶走了，还带着"实在不行，师兄便替我将曜雀帝君重新摁回墓中"这种不可能完成的奇诡任务，木逢春御剑停在半空，又回头看了眼小镇客栈，想起那许多年前的事，又想起谢刃，不由得叹了口气，只暗道一句"正所谓命数在天，此时贸然插手怕也无益"，还是一路往北去了。

　　谢刃找了一大圈，最后终于在客栈屋顶找到了风缠雪，见他心情像是不好，就坐在旁边问："你师兄训你了？"

　　风缠雪摇头："没有，不过他说了一件事，算不上不好，我却不喜欢。"

　　谢刃问："何事？"

　　风缠雪道："凛冬城突生异象，万里雪原时有金光刺目，师兄说或许曜雀帝君也与九婴一样，要重现于世了。"

　　谢刃闻言自是吃惊，曜雀帝君也要重生？其实他对这位尊者还是挺有好感的，一来对方堪称三界斩妖除魔第一人；二来大家都喜欢用红莲烈焰，比起别的大拿来，总要多几分亲近感。而且曜雀帝君与九婴是老对头，他若醒了，正道就等于多了个帮手，也没什么不好吧？

　　于是他便问风缠雪："你为何不喜欢曜雀帝君？"

　　"我为何要喜欢他？"

　　"因为他听起来十分厉害。"谢刃道，"民间一直就有帝君复生的传闻，什么大庙重开时，珊瑚似雨玉树成排，还说帝君一旦现世，便会凛冬化雪四野春生，万物生机盎然，听上去都是好征兆啊，也没什么坏处。"

　　"你懂什么？"风缠雪道，"总之我不想看见他。"

　　"好好，那我也不喜欢他了，你不要因为这个和我生气。"谢刃立刻倒戈。

　　风缠雪问他："你的灵火如何了？"

　　"喏。"谢刃将掌心摊在他面前，燃出一片暗红灼热的火光，"我无时无刻不在练，现在剥离灵火已是轻而易举，但想要召唤出灵脉中的烈焰，还是欠了一口气。"

　　"勤加练习即可，倒不必着急，你天分极高，迟早有一天能做到。"风缠雪道，"我也会帮你。"

　　"那也不能太迟，我还等着在众人面前抖威风，好让你夸我呢。"谢刃双手撑在身后，"不过这股烈焰出现得诡异，也厉害得邪门，我始终没想明白它究竟是什么，也没想明白为何如此强大的力量，我在先前的十几年里，竟然从未觉察到一回。"

风缱雪道："烛照剑魄。"

谢刃没听清："什么？"

风缱雪扭头看着他，重复了一遍："那股烈焰，是烛照剑魄。"

谢刃猝不及防，被这句话砸得有些晕，他脑子嗡嗡响着，如同当空炸开了一道雷。虽说被困在鲛绡图时，他已经推出了风缱雪的身份，以及"自己必定身怀异术"这一可能性；但模糊猜到是一回事，直面真相是另一回事，而且这真相来得未免也太轻飘飘了，怎么自己随口一问，他就说了，简直随意得不像话，连春潭城里的"修为大长石"都要比这更有仪式感。

烛照剑魄，烛照剑魄？！

风缱雪见他半天不吭声，又道："怎么，你不信？"

"我信啊。"谢刃虚虚地说，"但这天崩地裂的内幕，你总得给我一点时间适应。"

风缱雪摇头："没时间等了，我本想着，待有朝一日你能自如掌控烈焰时，再说出烛照一事，但现在凛冬城异状频出，倘若曜雀帝君真的复生，他定然要去太仓山取剑，可烛照剑魄早已与你融为一体，他想唤醒神剑，最快的方式便是抽出你的灵脉，重新淬火祭剑。"

谢刃眉心猛然一跳。

风缱雪继续道："又或者，他会舍弃烛照，将你当成一把新的剑。"

谢刃不解："新的剑？"

"神魂附身于你，以逍遥替烛照。"

"做梦。"

谢刃握紧剑柄："我就是我，逍遥就是逍遥，烛照既然出现在了我的灵脉内，那也就是我的东西，由他是谁，都休想侵占。"

风缱雪赞成道："所以现在你懂为何我不喜欢他了吧？"

谢刃双手扶住他的肩膀："我懂，你放心，我一定会勤加修习，哪怕有朝一日曜雀帝君真的来了，我也能打赢他。不过你得先告诉我，为何烛照剑魄会出现在我的灵脉中？"

"是它自己的选择。"风缱雪道，"神剑被镇压后，剑魄一直在天地间四处游走，正道也好，邪道也好，一直想将它据为己有，各方势力为此暗中角逐多年，剑魄却在十几年前的一个夜里，悄无声息地钻入谢府后院，找到你的灵脉，将它自己彻底融了个干净。"

谢刃又看了眼自己掌心的烈焰，心道怪不得。

风缱雪等了一会儿，主动提出："你怎么也不问我，为何知道得如此清楚？"

谢刃问："你为何会知道得如此清楚？"

风缱雪答："我暂时不想说。"

谢刃一噎："那你要我问。"

风缱雪理由很充分："因为很明显，你迟早都要问，那不如早些问，我也能早些拒绝，好过一直惴惴不安想托词。"

谢刃钦佩地想："你这身份隐瞒得还真是敷衍，居然连借口都懒得想一个。"

但不管怎么说，烛照剑魄还是要比先前胡思乱想的"魔王转世"要靠谱一些的，所以谢刃对自己新身份的接受度相当良好。至于曜雀帝君将来会不会真的索回剑魄……既然融了，那就是自己的东西，只要咬紧不松口，天王老子登门也没用。

他这么想着，灵脉内蛰伏的力量似乎又蠢蠢欲动起来，掌心的温度随之升高几分。风缱雪问："不舒服？"

"没有。"谢刃道，"对了，璃焕可能要去火焰峰。"

那只传信木雀是由璃韵放出的，说火焰峰之行多有险阻，而璃焕理应为众弟子做出表率，所以让他在解决了白沙海的事情后，速速往西会合。

"一起去吧。"风缱雪道，"火焰峰遍布滔天火海，或许会对你的修习有益处，至于前几日逃脱的那颗头，一时也判断不出具体方位，倒不必浪费时间。"

谢刃点头："那我们今晚出发。"

两人回去，风缱雪从袖中取出钱袋，直直一递："给。"

谢刃不解道："干吗？"

风缱雪指着草蚂蚱："挣来的压岁钱，你收着。"

谢刃听得眼前发黑："这是我闹着玩的，你不会告诉你师兄了吧？"

风缱雪："嗯，我给他介绍了。"

谢刃一把扶住桌子，觉得自己距离青霭仙府更加遥远了。本来就是少年初入世间，一没人脉二没钱，在学府里数一数二的本事，扔在修真界像是压根不够看，也就身怀剑魄听起来稍微金贵些吧，但距离赫赫有名的琼玉上仙尚有十万里的长路。他原本还打算在木师兄面前演出沉稳可靠的姿态，现在倒好，不出半天就被打回原形，成了拿着草编蚂蚱摆家家酒的二傻子，无语凝噎。

风缱雪不大理解他"凝噎"的点在哪里："你也觉得儿子丑得见不得人？"

谢刃哭笑不得："这事和好看与否关系真的不大，哪怕是草编的天仙也不成。"

风缱雪追根问底："为何？"

谢刃这回没跟他讲道理，而是另辟蹊径地回答："你怎么知道是儿子，万一是闺女呢？你看这嘴，那么红，所以得养在深闺，哪有随随便便拿出来示人的道理？"

风缱雪看了一眼挂在床头的"爱子"，或是"爱女"吧，心里想着，那也得先从师父和大师兄那里分别讹一笔钱来，再讨论深闺不深闺。

风缱雪将怀中的垫子丢给他："收拾行李。"

谢刃趴在门上，可怜巴巴地摆出一副刚被人遗弃的委屈表情，结果真上仙从不回头看撒娇，倒是把结伴上楼的璃焕与墨驰惊得后退三步，当场表示也别凑钱给他赎身了，还是先凑钱驱魔吧。

谢刃叫住他二人："你们是真看不出我最近春风得意？"

璃焕答："春风得意没见着，但你确实透着一股头被门挤了的错乱感。"

由此可见人真的不能随便欠债，这都被逼成什么样了。

唉，也是可怜。

火焰峰地处西北，肆虐狂风卷起黄沙与火星，将千里荒原都烧出龟裂的纹路，终日不见一滴雨。地下涌动着岩浆，火焰如龙缠绕在庞大的山体上，将一颗颗裸露的晶石炙烤得通红，远远看去，就像一株株燃烧的狰狞的妖树。

当初铁山周围的那片火树林，与真正的火焰峰比起来，可真是小巫见了巫祖宗，简直不值一提。

这日傍晚，天空又扑棱棱飞来一只传信木雀。

风缱雪问："何事？"

谢刃粗扫一遍："是天道长，他说自己已顺利抵达寻仙岭，接下来会闭关疗伤，还随信送来了一本弓箭谱。"

"什么弓箭谱？"其余两人也凑热闹地围过来。

天无际在鲛绡图中时，曾在谢刃的乾坤袋中见过一本《缺月诀》，那是流传了三百余年的箭诀。见少年也对弓箭感兴趣，于是他就在闭关之前，将自己多年使用逐日长弓的心得仔细写下了，也算是感谢谢刃一行人的相救之恩。

璃焕对《缺月诀》还有印象："竹先生让我转交你的那本古书？"

"是。"谢刃道，"有段时间我老梦见自己在雪中射箭，醒来之后一头雾水，便想找一些与箭诀有关的书来看，问师父讨了许多。"

不过现在已经知道了自己灵脉中融着烛照剑魄，那出现在梦中的幽萤长弓，八成也是受此影响，不算什么要紧事。他大概翻了一遍天无际送来的箭诀，问："你们谁要看？"

璃焕与墨驰都对弓箭没兴趣，打着呵欠各自回去睡了。风缱雪站在桌边："最近为何总是开四间客房？"

"这一带的床都小，怕你睡得不舒服。"谢刃收好箭诀，又将烈焰红唇的谢大胜替他挂在床头，笑道，"好了，早些睡，明天还要起个大早。"

他原本也是不会干家事的，但谁叫一山更比一山高，遇到了更加十指不沾阳春水，甚至可能连阳春水长什么样都没见过的风缱雪呢，谢小公子只好被迫激发出了一点铺床整被的天赋，替人将玉枕靠垫一一摆放整齐，方才回了隔壁客房，草草洗漱后连被子都懒得抖开，直接将他自己丢到床上，精疲力竭地睡了。

至于为何会精疲力竭……

子时，摆在床头的两枚灵石"咔嗒"一撞，谢刃立刻从梦中惊醒，看了眼窗外的天色，提起逍遥剑便离开了客栈。这次歇脚的小镇不算繁华，镇子外有的是荒地，他寻了处最宽敞平整的，手腕一转，将长剑点燃。

那日他在房顶上许诺对方哪怕有朝一日曜雀帝君真的来了，他也能打赢，若是被外人听到，定会取笑少年人不知天高地厚。但谢刃是实打实放在心上的，所以他每晚都会偷偷溜出来修习，想要尽快熟悉灵脉中的烛照剑魄，只有能自如操控的，才算真正属于自己的东西，否则总觉得这副躯壳不过是个容器，灵火想出现时就出现，想蛰伏时就蛰伏，飘忽不定，全不由己。

《静心悟道经》的好处就在这种时候显现出来了，哪怕他再焦急想速成，也能静下心来仔细感应灵气。午夜时分，四野寂静如斯，漫天星辰闪烁，谢刃双目微闭，连风似乎都特意绕开了他，耳边剩下的，唯有细细的燃烧声，盘于长剑的，流于血脉的。

就在这片微凉的山野间，谢刃生平第一次，终于用意念聚起了一小撮灵焰，他看着飘浮在眼前的火球，大喜过望，抬手拔剑向斜里一劈。

"轰！"

果然，鲛绡图内那足以焚毁天地的烈焰再度被引出，熊熊大火先是像红龙直飞上天，后又如倾盆暴雨般噼里啪啦地砸下来，挂上树梢，滚入草地，眨眼就带出了一片滔天火海，似恶兽向四周卷蔓延开来！

谢刃的笑容僵在脸上，来不及多想，先慌张地御剑冲到最前方，挥剑砍出一道深坑，免得大火燃到小镇。但连巍山上的红莲烈焰都那般难控，更何况这回还添了烛照剑魄，谢刃拎着剑后退几步，抬头见半边天都映得通红，暗道一声"要完"，一时手忙脚乱，只能先放出身上所有的引水符，大喝一声"灭"！

灵符道道悬于火海，随着他的话语结出冰蓝寒网，凉气扑面而来，谢刃满心诧异，我什么时候有了这本事？

然后下一刻，便见一个白色身影从天而降。

风缱雪手持玉剑，目光冷厉，一路降下霜雪千重。他衣摆广袖掠过火海，冰晶将烈焰也覆满了，北风带出一场鹅毛大雪，方才还肆意燃烧的树林，瞬间就变成白霜满头，只剩缕缕青烟盘旋。

火灭了。

而放火烧山的罪魁祸首就沉默地站在一片狂风暴雪中。

风缱雪收剑回鞘，走到他面前。

谢刃底气全无，憋了半天，小心拿掉他头上的一片残叶："那个，我明日就去找镇长，烧毁了多少树，全赔给他。"

风缱雪却道："再放一道灵焰出来。"

"啊？"谢刃内心稍微挣扎了一下，"都这样了，还要再接着烧？"

风缱雪说："有我在，你怕什么？"

怕你累啊。但谢刃目前理亏，也就没有说出口，他深呼一口气，想唤出烛照灵焰，却又不得法门了。

风缱雪转身往回走，谢刃急忙追上前与他并肩，笑道："今晚多谢你。"

"为何要一个人偷偷出来？"

"我这不是不想打扰你休息吗？"谢刃道，"也想等事成之后，再一并向你炫耀。"虽说勤学苦练又不丢人，但总不如天赋异禀来得顺耳，轻轻松松就能翻云覆雨的才是真高人，夏练三伏，冬练三九，多少有一点天资不够勤劳来凑的意思，不太能满足"开屏"的需求。

风缱雪摇头："歪理邪说。"

谢刃道："那谁让你这么厉害的，我就总想着自己不能太差劲，才好跟着你修习。"

风缱雪看他："你怎么不问，我为何能操纵风雪？"

谢刃这回有了经验："我就不问，我问了你又不想说，自讨没趣。"

风缱雪笑，从袖中取出手帕递给他："先站着别动，自己擦擦脸。"

谢刃不情不愿道："我怕疼。"

风缱雪道："疼就对了，让你长个教训。"

他嘴上这么说着，语气却放缓了几分："能被自己的烈焰烫伤，你也算是有本事。"

"我那不是着急吗？看着整座山都要烧了，就没顾得上护自己。"谢刃泄气，"你还是别说了，你越说，我越觉得自己没用。"

"你不是没用，是太过急于求成。"

谢刃道："我不急于求成，万一曜雀帝君真的找上门了呢？"

"他找上门，还有我挡着。"风缱雪道，"那日我说的以灵脉祭剑，只是提醒你最坏的可能性。不过曜雀帝君为人忠勇，又威名赫赫，理应不会用这损人利己的法子，你也不必太担心。"

"那我也不想让旁人附身。"谢刃道，"所以啊，我得先将这天下的大妖邪都斩尽，绝不给他霸占我的机会。"

风缱雪收回手帕："斩妖是一回事，但以后不准再半夜独自跑出来。"

谢刃道："哦。"

风缱雪道："灰头土脸，有碍观瞻。"

谢刃道："我今晚好歹也成功了一回。"

风缱雪心想：你还好意思说。他勾勾手指，将对方唤近后，指尖在那一小块烫伤的皮肉上准确一戳……

谢小公子的痛呼声响彻夜空。

第二天清晨，璃焕与墨驰眼睁睁地看着谢刃又赔给了镇长一大笔钱，对他的同情简直成倍增长，怎么会有人这么倒霉呢，天生骨子里就有一股控不住的火，在学府时烧房，出来后烧山，将来得多雄厚的家底才能兜得住？

璃焕疑惑道："你半夜不好好睡觉，为什么要跑出去放火？"

"有点良心好不好？"谢刃摆出一副苦情姿态，"若不是为了陪你去火焰峰，我不眠不休地练这玩意做甚？怎么样，有没有十分感动？请我喝酒。"

"勉强吧，但感动也只能白感动，我现在身无分文。"璃焕将空瘪的荷包丢到桌上，"不过要是火焰峰之行顺利，我应当能从家里领一大笔钱，到时候墨驰与何宗主再凑一凑，让风兄打个折，差不多就能把你赎出来了。"

谢刃虎躯一震："我与你无冤无仇，你为什么要闲得没事跑来赎我？

千万别赎！"

墨驰不解："为何？"

谢刃正色道："因为我想靠自己还债。"

墨驰道："那你也得先出来啊，出来再慢慢攒，攒够之后再还给我们三个呗，至少我们三个不会支使你买茶送饭、铺床叠被，这和给人当小丫鬟有什么区别？"

"你才小丫鬟。"谢刃拍了一把他的脑袋，"总之不准赎，赎了我也会跑回去，让你白白花钱。"

"白白花钱"四个字还说得恶狠狠的，仿佛威胁，墨驰简直无语，世界之大，头一回见着干家务干上瘾的，有这天赋他还斩什么妖，靠着去富户家里扫地也能攒够百万玉币。

（未完待续）

礼

物

木逢春讲风缱雪小时候的趣事，说到他有一回随师父赴宴，从散花仙人手中讨来了一小袋幻花种子，小心翼翼地种到后院，珍贵得如同在看顾眼珠，结果雨一淋风一吹，却长出来一大片茂盛的狗尾草，还臭烘烘的，挖都挖不尽。

"幻花？"谢刃曾在古书中见过，此花极美，而极美的事物，总是有那么一点点"恃美行凶"的性子。体现在幻花身上，就是它开得相当随意，遇有缘人，就绽出满园绮丽盛景；而若是心情不好，就只愿生出一片瘌痢头般的青黄秃草。

木逢春当时是这么安慰小师弟的："狗尾草也不错，至少茂密，不秃。"

但风缱雪依旧被打击得不轻，还被气哭了。

谢刃一边听一边想：这什么花，忒没眼光。

于是他抽空去了一趟百花山，又讨要了一缸种子。

散花仙人觉得自己可能听错了："帝君说要多少？"

谢刃随便伸手一比画："先一缸吧，装满一点，不够再说。"

散花仙人紧紧扶住旁边的小童，免得自己因目眩摔倒，幻花种子何其稀有，十枚百枚也就罢了……一缸？

谢刃却有自己的想法，种一小片有什么意思，既然要种，就得种得漫山遍野，种得一眼望不到头，那样才够阔气！他甚至已经构思好了，将来要以一种什么样的潇洒姿态，将这片美景送给风缱雪，越想越心潮澎湃，所以在从百花山回来后，他连休息都顾不上，当即就带着大殿的几十名守卫，去外头寻地方。

当然，这一切都是在暗中进行的，送礼这种事，得讲究惊喜。

偏偏风缱雪最近很闲，既不用斩妖，也不想访友，成天无所事事地在大殿里晃，半刻钟见不到谢刃的人影就要问。

被不幸选中的守卫很紧张，棍子一样站在原地："回……回上仙，帝君他去了……外头。"

风缱雪道："我还不知道他去了外头，外头何处？"

守卫的手都在哆嗦："不不不……知道啊。"

风缱雪狐疑地打量他："你这反应倒像是……"

"阿雪！"关键时刻，谢刃及时赶了回来。

守卫如释重负，一溜烟跑走了。

风缱雪伸手，拈掉谢刃肩头的一片枯叶："又去哪儿鬼混了？"

"什么鬼混，我有正事的好不好？"谢刃强行换道，一点也没有被抓包的心虚，揽着他的肩膀将人带回内殿，"最近吧，我在忙着找贺礼。"

"什么贺礼？"

"给师父的贺礼啊，眼看着就要到八月十五了。"谢刃将距离最近的节日拉来一个，"往年都是送糕饼，多没意思，今年我想送个大的，让他老人家好好高兴一番。"

"大的，是什么？"

"还没想好，这不正到处找呢吗？"

谢刃一边搪塞他，一边提心吊胆，生怕对方来一句"那我陪你去找"，赶紧将话题转移到别处，身体往过一靠："头疼。"

"娇贵。"风缱雪用微凉的手指替他按揉太阳穴，倒没再追问。

谢刃大大地松了口气。

风缱雪也有他自己的想法。

给竹业虚送礼，还要送得别出心裁，的确不是一件容易的事，因为那位德高望重的第一老师，什么稀罕物没见过？谢刃为此头痛忙碌，完全可以理解。

送点什么呢？夜深人静时，风缱雪心不在焉地翻了几页古书，脑海里突然冒出来一个点子。

不如送个妖吧！大凶的，罕见的，越狂躁越好。而后再设下阵法将其困在巍山深处，顶替先前那条鸣蛇的位置，供一众学子练习降妖术，岂不是很好？

就这么干！

而且还得私下去干，等找到一只厉害的大妖之后，再往谢刃面前一送！

送礼这种事，得讲究惊喜。

于是风缱雪很仔细地考虑了整整一个晚上，要如何不动声色地向谢刃提出，自己得回一趟仙府。因为按照先前的经验，每次在离开之前，必然会招来对方好一番绵绵不绝的哼哼唧唧，包括但不限于"怎么又要走""不去行不行""那我送你吧""哪天回来呀"，而且往往是明明说好了一个月，结果顶多十五天，青霭仙府就会迎来"好大一帝君"，搞得很像从天而降。

这可不太行。

翌日中午，谢刃看着眼前呵欠连天的人，关切地问："没睡好？怎么无精打采的？"

"是。"风缱雪趁机提出，"我想回一趟仙府。"

谢刃喜出望外："当真？"

风缱雪被他这奇诡的反应给噎住了，精心构思了一夜的借口半个字都没来得及说，心道："我怎么觉得你好像很迫不及待？"

"呃……不是。"谢刃稍微调整了一下情绪，解释，"我是想着，你若是回了仙府，还能替我向两位上仙讨教一番，看送给师父什么礼物。"

提到礼物，风缱雪有些心虚，立刻就拒绝了："我才不问，要送什么，你自己去想。"

"好好好，不问不问，我自己想。"谢刃替他捏肩膀，服务十分到位，又试探着问，"那……何时启程，要住多久，我送送你？"

"下午就走，住一个月，你不用送。"风缱雪站起来，"算了，反正也没事，我现在就走。"

谢刃暗暗握了一下拳，心中窃喜，但口中还要虚情假意一番："怎么要住这么久啊，不如你等会儿，我送……"

"不用送了。"琼玉上仙御剑而起，头也不回，生怕走晚了会被拖住。

谢刃站在院中，一路目送那雪白飘逸的背影远去，消失，然后转身往回跑："你们几个，继续跟我来！"

守卫们扛起装有幻花种子的口袋，跟在帝君身后呼啦啦追。

风缱雪当然不会回青霭仙府，他只是放木雀传了封信，叮嘱两位师兄要替自己瞒着，千万不能露馅，然后便孤身一人南下，打算去海中捞一捞，看有没有好货色。

另一头，谢刃的花田也已经准备得七七八八。帝君一出手，果然大手笔，一种就是一整座山，按照书中所载，幻花在种下之后，一个月便会开花，到那时，自己再亲自去仙府将人接回来，共赏美景，这不就很合适？

天时地利人和，所以目前唯一的问题，就是没人能预测幻花究竟会开出什么。

谢刃对此也有心理准备，既然没法预测，那索性就不预测了，能开出花最好，要是冒出一片臭草，大不了一把灵焰烧了，大家权当无事发生，也不丢人。

怀揣着这样的期待，年少的烛照帝君开始了倒计时。

而就在谢刃非常安分、非常安稳、非常安静地数日子时，另一头的风缱雪却惊天动地得很，他目光凛凛，引万丈寒霜，将面前的海域冻成了一大坨冰。

冰层之下，一道黑影正在急速往前游。风缱雪已追了这凶妖整整半个月，哪里肯放他走，于是反手一攥，万千冰刃立刻似夏日雷雨朝海面射去，凶妖内心大骇，转身想要往另一边逃，却慌不择路，刚好撞进了大张着的、如山峦一般巨大的乾坤袋中。

风缱雪收起剑，非常嫌弃地用两根手指拈起已经恢复成正常尺寸的乾坤袋。

这次的妖，真的丑，身上还挂满了海藻，腥臭不可闻。若非为了让谢刃高兴一下，琼玉上仙是万不肯将这玩意揣入袖中的，感觉回去要洗八遍澡。

时间一晃就是一个月。

这日清晨，谢刃还在大殿中，守卫就急急忙忙来报，说后山不太对。

味道不太对。

说得具体一些，就是像打翻了谁家腌了一千年的酸菜坛子，熏得满山灵兽到处跑。

花还没开，但开不开，好像已经不是那么重要了。

谢刃二话不说就往外冲，这还等什么？烧！

而就在他赶到花田，强忍恶臭准备引出红莲烈焰时，风缱雪也刚好御剑前来，他准备将那头脏兮兮的凶兽先捆在后山，再拉着谢刃过来看，省得带回烛照大殿后，弄脏自己的地盘。

结果凶妖却不安分，感觉到乾坤袋的系带似乎松了，便铆足劲往外一冲！

风缱雪猝不及防，怒喝："放肆！"

声音清寒如霜，把谢刃吓得险些魂飞，抬头一看，就见一团巨大的黑影正在急速下降！

"砰！"

凶妖重重砸在山顶，痛得嘶吼，身后巨尾一通乱扫，又骨碌碌向山下滚去，当场便搅了个飞沙走石、满场狼藉。谢刃完全没搞懂发生了什么事，他出手将凶妖兜住，以火锁紧紧缚在半山，又御剑飞身接住风缱雪，惊魂未定地问："这是怎么回事？"

"没怎么回事。"风缱雪轻盈地落在地上，"你不是在发愁要给竹先生送什么贺礼吗？我便去南海抓了这凶妖。"

"你去了南海，没回仙府？"

"嗯。"风缱雪拍拍衣袖，嫌弃道，"这凶妖怎么这么难闻？"

谢刃当即虎躯一震："是啊，怎么这么难闻？"

风缱雪分析道："可能是在乾坤袋里捂得太久了吧，你弄些水洗一洗，或许还能用。"

"是是是。"谢刃拉起他，"咱们先回去，我稍后就派人来烧，不是，来洗。"

　　走了两步，风缱雪又问："你怎么看着一点都不高兴？"

　　"我高兴啊，我怎么不高兴，这不是……"这不是还在心虚，得有点反应时间。谢刃的心脏仍在怦怦跳着，嘴里不着边际地扯："你一个人跑去南海，还瞒着我，多危险，我还不能生气了？"

　　风缱雪扯住他："不能。"

　　谢刃立刻挤出一个笑："好，那我不气了。"

　　风缱雪对他这嬉皮笑脸压根就没有办法，但也不必有办法，因为甚是可爱。

　　两人就这么晃晃悠悠的，一道往大殿的方向走。

　　幻花又种失败一回，不要紧。

　　凶妖搞得山崩地裂，也不要紧。

　　反正送礼和惊喜这种事，还有的是机会。

图书在版编目（CIP）数据

云间有座城 / 语笑阑珊著 .--长沙：湖南文艺出版社，2022.7
ISBN 978-7-5726-0703-5

Ⅰ. ①云… Ⅱ. ①语… Ⅲ. ①长篇小说－中国－当代 Ⅳ. ① I247.5

中国版本图书馆 CIP 数据核字（2022）第 081244 号

上架建议：畅销·青春文学

YUN JIAN YOU ZUO CHENG
云间有座城

著　　者：语笑阑珊
出 版 人：曾赛丰
责任编辑：吕苗莉
监　　制：邢越超
策划编辑：王小岛
营销支持：文刀刀　周　茜
封面设计：吴思龙 @4666 啊
版式设计：潘雪琴
插画绘制：逐　夜　舟行绿水　夏　杪
内文排版：百朗文化
出　　版：湖南文艺出版社
　　　　　（长沙市雨花区东二环一段 508 号　邮编：410014）
网　　址：www.hnwy.net
印　　刷：北京中科印刷有限公司
经　　销：新华书店
开　　本：640mm×915mm　1/16
字　　数：344 千字
印　　张：20.5
插　　页：4
版　　次：2022 年 7 月第 1 版
印　　次：2022 年 7 月第 1 次印刷
书　　号：ISBN 978-7-5726-0703-5
定　　价：49.80 元

若有质量问题，请致电质量监督电话：010-59096394
团购电话：010-59320018